守夜者

天演

无论黑暗中有什么　我都是你的守夜者

GUARDIAN OF LIGHT

法医秦明 著

4 大结局

并肩作战，死亦无憾

北京联合出版公司
Beijing United Publishing Co.,Ltd.

萧朗
唐铛铛
萧望
守夜

◎程子墨
◎凌漠
◎聂之轩
者

◎山魈
◎幽灵骑士
◎大力士
守夜

医生
壁虎
皮革人
者

唐骏
崔振
豁耳朵
守夜

董连和
杜舍
董乐
者

是谁打开了
潘多拉魔盒
宿命已难回头
生死唯有一战

最初，那只是一桩不为人知的家暴。

直到血与泪的风沙席卷了一切，所有事物都失去了原本的形状：

有人笑着入狱，戴上了无法摘下的假面；

有人失去四肢，沦为黑暗中沉默的困兽；

有人心怀恨意，夺走父母怀里无辜的婴儿；

有人癫狂成魔，将众生当成自己的试炼场……

为了追捕穷凶极恶的罪犯，尘封多年的守夜者组织得到重启。

但他们追逐的真相，竟藏在一桩桩无法用常理解释的诡案之中。

以无数人命为代价的“天演计划”到底是什么？

如果用一条命去换一百条命、一千条命，这样的交换值不值得？

二十多年前埋下的悲剧，真的还有重写的机会吗？

谨以此书献给所有守护光明的人

序

背抵黑暗，守护光明。

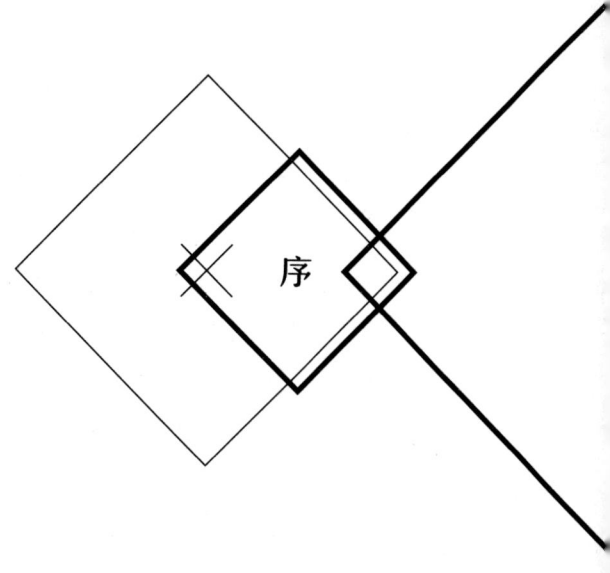

从2015年我开始构思、策划守夜者系列以来，已经五个年头了。对于我来说，写法医秦明系列是得心应手，但写守夜者系列是困难重重。

五年来，缺乏写作能力和想象能力的我，遇见了无数的困难，在元气社各位小伙伴的帮助下，克服了无数的困难。守夜者系列第一季出版后，批评声很多，但到了第三季，每天都有朋友在微博、微信留言或私信我催更，我也是相当欣慰的。

在写守夜者系列的时候，我既希望在故事中多体现一些关于法治的思考，为法治中国贡献自己的微薄之力，也想通过设置各种悬念来创作一个精彩的故事，同时还要保持自己“现实推理”的写作风格。这一切对我来说，确实很难。

不过，故事这个东西，就是越写越有精神。原本守夜者系列的主体故事只设计了三本书的体量，可是在策划故事的时候，越构思越复杂，最后成了四本书。不过看到这里，请大家放心，这本《守夜者 4：天演》真的是守夜者系列主体故事的大结局了。

在前三本书中，我们用了很多的篇幅来探讨法治精神。在第四本书中，则有所不同。我希望用更多的推理内容来提高整个故事的精彩程度，同时，也想挖掘更多角色的心理状态，探讨更多人性方面的内容。

曾经有朋友问我：“当你凝视深渊的时候，深渊也会凝视着你，那么，作为守夜者系列的作者，你如何看待身处黑暗的人们的心理状态呢？”

我说：“当你的心中充满阳光，不仅不会被黑暗侵蚀，反而会把身边的黑暗照亮。”

这就是守夜者系列想要表达的另一层意思：我希望祖国的青少年都可以心中充满阳光。梁启超说过“少年强则国家强”，我们中华民族的伟大复兴就寄托在你们少年的身上。当你们的心中都是阳光，祖国便没有黑夜。

举个例子。

安徽省蚌埠市特警张劼，在极端分子点燃煤气罐准备炸毁居民楼的一瞬间，他纵身一跃，将犯罪分子制伏。他这一跃，挽救了很多人的生命，挽救了国家很多财产，自己却全身大面积烧伤，面容几乎被毁。他，不就是守夜者吗？

扫雷英雄杜富国，他和战友一起去扫雷的时候，发现一个危险性极高的手榴弹。杜富国主动上前按照作业规程，小心地清除手榴弹时，意外还是发生了。弹体发生爆炸的一瞬间，杜富国下意识地扑向战友，为他抵挡，可惜自己却失去了双眼和双手。当他举起残缺的手臂向总书记敬礼的那一刻，很多人潸然泪下。他，不就是守夜者吗？

广西边防民警骆春伟，在码头一条渔船着火、无数船舶即将被焚毁的危险之际，在消防水枪无法触及失火渔船的情况下，他二话不说，拿着一根绳索第一个跳入了水中。在他的带领下，陆续有其他人员跳入海中帮忙，将绳索成功拴在了失火船舶上，船也被拉到消防水枪能触碰到的位置，最终大火得以熄灭。但是围观的群众再也没有看见第一个跳入海中的骆春伟的身影。他，不就是守夜者吗？

他们都是平凡的人，但他们都在用心中的阳光，抵挡着黑暗。你们，也同样可以做到。

当然，《守夜者 4：天演》最大的任务，还是要将前三季挖的坑都填上，这对于我来说，同样是一件非常困难的事情。不过，我一定不负众望，给大家呈现出好的故事。

虽然《守夜者 4：天演》是守夜者系列主体故事的完结篇，但是大家也不要失落。我相信，只要大家喜欢，守夜者的世界一定还会有新的篇章。“聚是一团火，散是满天星。”如果守夜者里的主角们，有了属于他们自己的新故事，你们会期待吗？

守夜者组织的原型，是我们公安部刑侦局成立的诸多专家工作室。但是守夜者系列的故事，却是完完全全虚构的。如有雷同，纯属巧合。

受到守夜者系列故事的鼓舞，在接下来的时间里，我会创作更多的系列故事。感谢大家对我的鼓励、包容。

有你们真好。

2019 年 9 月 1 日

前情提要

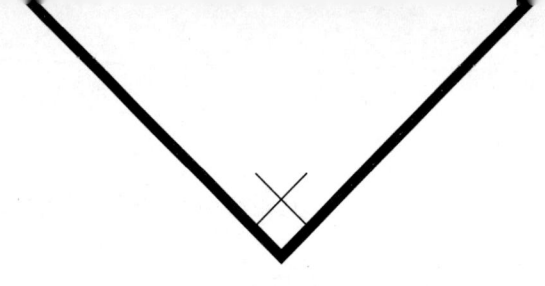

一桩离奇越狱案，22 个逃犯流入街头，成为南安市居民的噩梦。重重压力之下，尘封已久的神秘组织守夜者获得重启。机敏顽劣的萧朗、冷峻寡言的凌漠和其他同伴一起，成了新一代守夜者的年轻主力。

几经波折，萧朗和凌漠终于联手生擒了专门捕杀越狱犯的幽灵骑士，然而就在把守严密的医院里，幽灵骑士遭到了暗杀。历经严峻的考验，他们抓到了凶手山魈，发现山魈背后居然存在一个同样也叫“守夜者”的黑暗组织。这个组织的成员，大部分是在这些年里失踪、被盗的婴儿，他们在成长的过程中被某种因素所刺激，产生了异于常人的演化能力，也被称为“演化者”。演化者和传统罪犯的犯罪方式不同，也更难以被抓获。

为了找到黑暗守夜者的更多线索，擅长读心的守夜者导师唐骏，对山魈进行了审讯。但就在审讯结束的那个晚上，唐骏便被神秘人邀约到一片空旷工地，并葬身在起重机之下。

唐骏死前留下的线索，引向了多年前的一桩旧案。

当年，守夜者组织的成员董连和负责侦破一起因家暴引起的凶杀案，最终死者的妻子被判死刑，只留下年幼的独子杜舍。老董同情杜舍的境遇，将他送入福利院后，仍时常去探望。没想到，杜舍始终对母亲的死耿耿于怀，对老董暗怀杀机。

老董某日探望杜舍之后便人间蒸发，直到从水中打捞出老董的残肢，杜舍的罪行才被发现。杜舍处心积虑，靠一纸精神病证明逃过死刑，老董的儿子董乐想在押解杜舍的途中复仇，却失手杀死了飞机上无辜的孕妇。董乐被判死刑，杜舍却在金宁监狱之中安然无恙地度日。

黑暗守夜者之前一一杀死的对象，都是帮助过杜舍的人，看上去他们像是在践行董乐未完成的使命——为董连和复仇。但开棺验尸，重新检验老董的残肢遗骸后，守夜者组织却有了意外发现，失去四肢的老董，还有存活的可能。那么，黑暗守夜者的首领，会是“死亡”多年的老董吗？

经过层层排查，他们发现老董当年和妻子还有过一个女儿，而这个女孩化名崔振，这些年里一直待在唐骏的身边。抓住崔振，是否就可以解答这一切？

守夜者组织的猎网越收越紧。眼看就要生擒崔振，却没想到以“医生”为首的一部分演化者忽然倒戈，反要将崔振置于死地。恶斗中，崔振脱逃，“医生”丧命，只留下一个没来得及销毁的 U 盘和一封尚未寄到的奇怪邮件。U 盘里隐藏着标有“一号任务”和“二号任务”的两个文件夹；邮件则指向了文疆市。邮件里有一张密文纸，还有一支装有董连和 DNA 的离心管。破译之后，他们确认老董尚在人间，甚至还成了黑暗守夜者中的“蚁王”，如果他们赶得上转移“蚁王”的行动，就能将黑暗守夜者一网打尽。

沿着宝贵的线索，他们终于找到了黑暗守夜者组织的基地——一家隐匿在矿山中的福利院。可是，这座孤零零的建筑，早已人去楼空。

福利院外，荒坟遍野，白骨森森。

这场景，让追踪到此的凌漠产生一种莫名的眩晕感。

他一头栽倒在地。

目 录

Contents

引　子　/001

第一章　驼山小学　/013

深山之中，传来琅琅的读书声。隔着一个操场，那幢废楼的窗户却被人有意涂黑了。

第二章　杀人广告牌　/047

这段夜间摄像头拍到的视频，迅速在网上流传开来。但他们清楚，这并不是特效。

第三章　“丧尸”　/079

这个失踪了一天一夜的女孩，此时正扑在母亲的肩膀上，撕咬着什么。

第四章　失　控　/113

轨道上，巨大的过山车正在向他们高速冲来，叫停设备已经来不及了。

第五章　人形麻袋 /149

熙熙攘攘的街道上，一辆面包车忽然停住，抛下了一个形状奇怪的大麻袋。

第六章　天　灯 /181

倒吊着的男人，就是这场祭祀的主角。

第七章　死　猫 /213

管道里惨叫的流浪猫，就是这些被困在地底的矿工即将迎来的命运吗？

第八章　两具白骨 /247

那个从未被找到踪迹的男人，原来早就沉睡于此。另一具白骨又会是谁呢？

第九章　替　身　/277

孩子们逃进了树林，也看到了那片埋葬着同伴的坟地。他们出不去了。

第十章　天　演　/311

齿轮已经转动，该来的总会来，没有人能改写死亡的终局。

尾　声　/343

致　谢　/355

G u a r d i a n   o f   L i g h t

引子

我是谁？

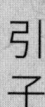

这个问题，就算是生命到了尽头，也不一定会有答案。

——唐骏

1

黑暗之中，凌漠挣扎着支撑起上半身，用衣袖狠狠地擦拭了一把眼睛。

强光过后，他几乎睁不开双眼，眯缝着的眼睛视物模糊，只能看到远处的轮廓。不仅仅是视觉失效，他的双耳鼓膜像针扎一般地疼痛，伴随着强烈的耳鸣，远处的叫喊声、呼救声、呻吟声变得模糊不清。此时的凌漠，听得最清楚的，是自己的喘息和心跳。

在那一刻发生前十几秒，凌漠就预感到自己又犯病了。

那种汹涌而来的翻天覆地的感觉，是他最近心头的噩梦，偏偏在这种关键的时刻，再次发作。如果不是又犯病了，他会义无反顾地冲上去，即便不能阻止这场危难的发生。

可是，犯病的凌漠，几乎迈不动自己的腿，更不用说要冲到几十米开外了。

那一刻发生时，他只能感觉到，有人猛然将他推开，然后像风一般席卷而去。

再然后，就是那声巨响，以及那束强光，还有将他掀翻到几米开外的热浪。

现在，他的眼前只有黑黝黝的一片。

凌漠不知道发生了什么，他不敢想象，发生了什么。

凌漠挣扎着想站起来，可是他脑中的出血直接影响着他的前庭功能，他感觉，地面是在不断摇晃着的，所以他根本就站不起来。他努力了数次，跌跌撞撞，最后都以重新跌进泥里为结局。

可是，这一次，他必须自己站起来。

“啊！”

凌漠摸到了手边有半块砖头，他怒吼一声，将砖头向自己的脑侧拍了过去。

啪的一声，砖头碎了，一阵剧痛袭来，却让凌漠清醒了一些。强烈的眩晕感，在一些黏稠的血液滴落的同时，缓解了一些。

凌漠喘着粗气，四肢并用，向前方爬了一段距离。

眼前黑黝黝的景象，似乎可以看清楚一些了。

有人躺在地上，或许是一个他熟悉的人。这样的距离，根本无法看清楚细节，但那人胸腹部豁开的黑色大洞，却在月色的映射下格外显眼。鲜血就像泉水一样，从大洞里汩汩而出。

即便是刚才那块砖头的猛击，也比不上眼前这个景象给凌漠带来的震惊来得猛烈。就像是被雷击一样，凌漠再次匍匐到了地上。地面上的泥巴狠狠地嵌进了凌漠的口鼻。

耳鸣，似乎停止了，但是凌漠依旧听不见周围的声音，除了流血的声音。

呼呼的流血声，格外刺耳。那个人，显然不可能再生还。

凌漠将自己的脸庞重新从泥巴里拔了出来，他再次用衣袖狠狠地抹去脸上的泥水，又狠狠地将齿间的沙石吐了出去。可是，他感觉自己的脸庞仍是湿润的。那不是泥水，而是泪水。

凌漠的后磨牙被自己咬得咯咯作响，似乎下一刻就会被咬碎。

终于，凌漠知道了那一种感觉叫撕心裂肺。虽然他知道他不应该有这种感受，但是这种感受还是随着之前那些若有若无、似真亦假的记忆涌上了心头。现在的凌漠，就是撕心裂肺，撕得他感受不到身体的疼痛，裂得他忘记了眩晕的感觉。

他想呼喊，可是嗓子眼不知道是不是被泥水堵住了，怎么也叫不出声音。他只能拿出腰间的警用强光手电[1]，向那一具黑黝黝的身躯照去。

熟悉而苍白的脸庞，在强光手电的照射下，阴森恐怖。更加恐怖的，是身躯胸腹的巨大裂口。大量血液从裂口处涌出，腹部甚至可以看到膨出的肠子。可能，这只是凌漠的幻觉，因为他知道自己根本就看不清几十米外的景象。受到强光的刺激，就算是近在咫尺的灌木，他也无法看清楚。

不过，随着强光手电光束的移动，凌漠看见，身躯旁那双四十几码的耐克鞋已经被染成鲜红的颜色，在光束照射下看得清清楚楚。

一切都清晰了。

凌漠知道，这或许是他和这个人最后一次说话的机会了。

他有那么多话想问对方，但……他们没有时间了。

那个人似乎也感觉到了凌漠的靠近，用尽这垂死之躯的力气，伸出右手的一根手指，指向了东方。

东边，是一片三米高的铁丝网。

铁丝网的下方，被剪开了一个裂口。

凌漠重重地连喘了好几口气，才站了起来。

他摇摇晃晃地向铁丝网的裂口走去，脑海里莫名浮现出第一天来到守夜者组织时的情景，那时候，大家都那么天真无畏，从未想过这一趟征程的终点竟是九死一生。他似乎还听到了背后传来唐铛铛的声音，不知道是在呼救，还是在哭喊，浑浑噩噩，听不真切。凌漠也顾不上这么多了，现在他必须冲出去，必须。

铁丝网的后面，是片片农田，而且是丘陵地带的农田，高低起伏。如果不是凌漠及时冲了出来，即使援兵赶到，警车也根本无法进入这片区域，直升机的探照灯也根本照不透这幽深的山野，对方肯定已经不知道跑到哪

1 警用强光手电，指的是一种单警装备，它前端带有攻击性棘槽，可起到攻击致痛歹徒的作用；爆闪功能也可让歹徒暂时失明眩晕，起到一定的防身作用。

里去了。

冲出了铁丝网，凌漠自觉清醒了一些。地面上有一串凹陷进泥地的足迹，向远处延伸。

凌漠蹲在地上，观察着地面上的成趟足迹。幸亏有这一阵一阵的雷雨，和这松软的泥土地，对手根本无法隐藏自己的痕迹。

但时间是最大的敌人。泥水会慢慢地回位，让足迹逐渐消失。也就是说，如果不抓紧时间，仅有的线索也会在他眼皮底下消失。

凌漠捶了捶自己的脑袋，让自己更清醒一些，把那些不良的情绪暂时抛诸脑后，然后重新站起身，在强光手电的照射下，沿着足迹向前方追去。

追出了两三公里路，眼前豁然是一人多高的芦苇荡。而芦苇荡的背后，是一条不宽的小渠。重新恢复理智的凌漠，敏锐地发现了足迹的变化。

在芦苇荡外围，这一趟成趟的足迹突然加深。凌漠回头又看了看自己的足迹，并没有显著的深浅变化。这种加深，证明了对手的心理痕迹。

凌漠不着急，蹲在地上，用手电观察四周。这一趟足迹直接插入了深深的芦苇荡，然后消失得无影无踪。看起来，对手是跨过芦苇荡，然后渡河离开了。

同时，这趟加深的足迹旁，有大量自然倒伏的芦苇，沿着小渠向两旁延伸覆盖。有芦苇覆盖的泥土地，是不可能留下足迹的。

“心理痕迹，刻意加深，就是伪装。”凌漠低声自言自语道。

也就是说，这种突然加深的足迹，是对手故意做给凌漠看的。怕他看不真切，才会故意加重。既然对手伪装成渡河，说明对手并没有渡河，而是隐藏在附近。如果对手用故意加深的足迹走到小渠的岸边，然后踩踏着倒伏的芦苇向一侧隐藏，确实只会留下通向渠岸的足迹，造成渡河的假象。

凌漠看透了这种心理痕迹，微微一笑，脸上的伤疤微微颤抖着。

凌漠左右看了看，自然倒伏的芦苇向东侧延伸的那一边，有一个陡然下降的山坡。如果有人藏在坡底，从凌漠这个视角确实是看不见的。

那么，九成的可能，对手就藏在那里。

凌漠从腰间拔出了手枪，上膛，一只手持枪，另一只手拿手电，然后蹑手蹑脚地用韦佛式持枪姿势[1]踩着芦苇，向陡坡走去。对手一个人，没有武器，是无法与他抗衡的。

离坡底越来越近，凌漠似乎已经能够听见对手移动的沙沙声，于是他大喝一声：“警察！蹲下！”

几乎是在他喊出声的同时，一个黑影在坡底突然站起，离凌漠大约十米的距离。这一刹那，凌漠放下心来。一是他根据心理痕迹的推断是完全正确的；二是对方距离自己较远，且没有武器。凌漠此时已经铁了心，对方若老实最好，如果不老实，他就开枪击毙。毕竟，对方真的该死。

这种庆幸，维持了不到三秒，凌漠就知道自己轻敌了。

黑影明明依旧距离自己十米，是安全距离，可是凌漠没有想到，会有其他人存在。另一个黑影从凌漠身旁的灌木丛中突然蹿了出来，凌漠根本来不及转过枪口，手腕就被黑影牢牢地抓住。黑影娴熟的一招过肩摔，把凌漠重重地摔在地上，同时，缴获了凌漠手中的手枪。

突如其来的变故，让凌漠绝望。根据他跟过来的足迹，明明只有一个人，可是，这里为什么还有其他人？显然，对手在来之前，就已经做好了各种预案，在这里早早地就安排了一个接应的人，在这种危急时刻，就达到了出其不意的效果。

效果很明显，凌漠被制伏了。

“哈哈哈哈。”坡底的人三步并作两步，走了上来，那张脸狰狞可怖，“你以为我真的怕你吗？要怕，也只是怕这把手枪。”

对手从那个训练有素的手下手里接过凌漠的92式手枪，说：“老虎没有了牙齿，还怎么发威呢？现在我有牙齿了，我该怎么办呢？”

“你用你唯一的‘牙齿’，杀了我吧。”凌漠缓了半天劲儿，才用手臂支撑起上半身，他举起手中的弹夹，说，“枪膛里只有一发子弹，你可以用它

1　韦佛式持枪姿势，指的是现代常用的手枪射姿之一，这种射姿兼具了有效控制后坐力和能快速攫取目标的双重优点。

杀了我，然后把这块废铁扔了。”

原来，凌漠在被夺枪的一刹那，将手枪的弹夹卸了下来。毕竟，一把有12发子弹的手枪落在对手的手里，势必造成警方或民众更大的损失。凌漠说完，右手用力，将手中的弹夹向小渠扔去。随着啪的一声，弹夹落水。这一招，显然是司徒霸教的。

“我从来就不是个魔头，我的目的也不是杀人。”对手不以为意，从地上捡起凌漠的手电，照射着他的脸庞，“你们这些凡人，压根儿就不懂。”

“啊！”凌漠突然一声暴喝，从地上弹射了起来，向对手扑去。在他刚刚接触到对手的同时，小腹就遭到了对手下属的一脚，然后他狠狠地向后跌去，痛苦万分。

“我不和你废话了，我的计划会继续进行，你在天上看着吧。”对手举起了手枪。

凌漠疼得满头大汗，但依旧倔强地抬起了头颅，恶狠狠地看着眼前那黑洞洞的枪口。

这一瞬间，凌漠的脑海里出现了困扰他很多年的梦境，那说不出是什么感受的噩梦。

乓。

2

梦境。

凌漠很清楚这是一场梦境，因为最近这么多天以来，他几乎天天深陷梦境中无法自拔。他不知道是不是受到了自己脑袋里的血块的影响，也不知道这梦境究竟是纯属虚构，还是真实记忆的折射。

天很蓝，有几朵白云懒散地飘浮着。这和地面上紧张到令人窒息的气氛格格不入。凌漠感觉到自己的腰被一条手臂环抱着，一条并不粗壮但十分有力的手臂。因为这条手臂把自己的肋骨勒得生疼。

凌漠下意识地推了推环抱着他的手臂，想挣脱一些，缓解缓解肋骨的疼痛，他的手臂却被另一条手臂按住了。与此同时，凌漠能感受到紧贴着他头部的胸脯正在剧烈地起伏着。

凌漠有些难受，低头看了看，看见自己的双脚是悬空的。而且，那是一双婴儿的脚。

“退后，都给我退后！”一个男子歇斯底里地大叫，着实把凌漠吓了一跳。

凌漠费劲地让上半身的约束松了一些，然后竭力抬起下巴，向头顶上方看去。他看见了一张年轻女性的脸，下巴的下方，白皙的脖颈上，架着一把匕首。

凌漠努力地仰着头，想看清楚女人的脸。可是，无论如何也看不到。

看不见女人的脸，却能看见女人头部的一侧，有半张男人的脸。之所以知道是一个男人的脸，是因为他胡子拉碴的，看不清面目。刚才的大叫声，就是从这个男子的喉咙里发出来的。因为离凌漠的耳朵非常近，所以声音异常大。

“这就是我的妈妈吗？”凌漠在蒙眬之间，这样想着。

这么多年来，凌漠一直揪心于自己的身世，因为这件事就连收养他的养父养母也支支吾吾说不清楚。最奇怪的是，无论凌漠怎么回忆，都无法回忆出九岁之前的任何事情。

这个梦境，就是记忆的碎片吗？这个女人，就是存在脑海最深处妈妈的样子吗？可是，妈妈又是什么样子呢？

当初在守夜者组织接受查缉战术培训的时候，凌漠看到了类似的一幕。[1]那个时候，凌漠还没有做过最近的这种梦，但当时他觉得自己的大脑就像是有千万根钢针插进去一样，疼痛得几乎无法睁开眼睛。难道这是因为，自己小时候真的有过类似的遭遇吗？

凌漠不能确定。

1　见《守夜者：罪案终结者的觉醒》“致命偏差”一章。

迷迷糊糊之间，凌漠重新回到了梦境当中。他抬眼向对面看去，果然，对面有几名持枪的警察，将自己包围在了中间。看警察穿着的制服，估计是在 20 世纪 90 年代初。

“放下人质，你有什么诉求，直接说。”警察高声叫道。

要是妈妈和警察之间有守夜者组织的暗号就好了，就可以利用短暂的躲避，来给警察制造击毙歹徒的机会。可是，梦里只是婴儿的自己，似乎什么也做不了。

“你后面就是防洪坝，你已经无路可逃了，缴械投降，放开人质，有什么事情我们都可以商量。”警察说。

“我不需要和你们商量什么。”男人说，“我知道我逃不开了，我知道现在有很多枪正在对着我，可是我不在乎，我不怕死。”

估计是女人脖子上的刀更加贴近了她的皮肤，女人胸口的起伏变得更加剧烈。环抱着凌漠的手，开始微微颤抖。

同时，一只手正在抠凌漠的右手前臂，越抠越用力。

凌漠动弹不得，只能低头看看那只女人的手正在做什么。原来，凌漠的右侧前臂中段，有一个像甲壳虫一般的暗红色胎记。女人似乎是习惯性的，又或是因为紧张，正在不断地用食指抠着那块胎记。

凌漠能感受到女人的动作，但是似乎没有痛觉。

这么熟悉他的这块胎记，那一定就是妈妈了，绝不会错。

“那你总要说一说你的诉求吧？”警察说。

“没有诉求，我就是要杀人，哈哈哈哈。”男人似乎更加歇斯底里了。

警察很无奈，凌漠确实觉得莫名其妙，要是能多梦一些前情就好了，因为他根本不知道为什么会处于现在的这种境地，也不知道那个年代的警察有没有狙击手。

“把孩子扔过去。”男人突然低声对女人说道。

“不！不！不！”女人大声喊叫着。

“那就别怪我了！”男人咬牙切齿地喊了一句。

这句话刚落音，几大滴黏稠的鲜血滴到了凌漠的脸上，伴随着这种感受，凌漠听见了一声惊呼，然后那双紧紧环抱着他的手臂，骤然松开。

凌漠来不及抬头去看发生了什么，甚至来不及掉落到地上，他就感觉到背心被一只大手抓住，然后他的整个身体被狠狠地抛了出去。

像是飞的感觉，凌漠看见下方有一条长长的防洪坝，伴随着数声枪响，一个人形霍然倒地。

飞了一会儿，凌漠开始下坠，看着越来越近的水面，他绝望地闭上了眼睛。

啪！

凌漠感觉自己已经落水了，并且向水深处下沉。就像是，沉入了一个万丈深渊。

严重的失重感，引发了强烈的眩晕感，迫使凌漠摆脱了梦境，猛然醒了过来。

他猛地坐起身，发现自己好好地躺在守夜者组织宿舍里，并没有穿越回去成为一个溺水的婴儿。他大口喘着气，想让自己从噩梦中尽快解脱出来。在眩晕中，凌漠努力回忆梦中母亲的样子。

在梦中，凌漠似乎看见了母亲的样子，她亲切、温暖、真实。可是，当他醒了过来，才发现，那种半梦半醒的“清晰”根本就是不存在的。他完全想不起梦中母亲的容貌。要是能想起来该多好啊，至少能在找卷宗的时候，有一些依据可言。

慢慢地，凌漠的眩晕缓解了。他抬起了自己的右臂，慢慢地将睡衣衣袖捋了起来。借着从窗外投射进来的月光，他仔细地看着。

其实，这是他自己的手臂，又何必去看呢？

手臂上，皮肤很正常，没有胎记，没有疤痕，甚至连一颗痣都没有。手臂上只有一小片红斑，不知道是床上有什么东西硌的，还是自己挠的。

凌漠用掌根[1]拍了拍太阳穴，似乎想让自己清醒一点。可是最近的连续

1 掌根，指的是手腕远端的掌部。

工作，让他感到精疲力竭，他实在是清醒不过来。

困意就像是滔滔江水，席卷着他的心神。

不知过了多久，凌漠似乎突然想起了什么，他重新在黑暗中跌跌撞撞地起了床。萧朗不知道是去执行任务了，还是去做什么了，宿舍里只有凌漠一人。凌漠在宿舍里翻找，找来找去，也找不到一面镜子。他明明记得自己的衣柜门内侧有面穿衣镜，可是也不知道去了哪里。

没有办法，他只好在黑暗中摸索着，打开了宿舍的大门，在月光的照射下，向楼梯转角处的警容镜走去。

凌漠记得，那面大镜子，一直在那里。就像任何军营、警营一样，都会有一面那样的大镜子。这面镜子让人觉得安心。

很快，凌漠来到了警容镜前面，可是，镜子里黑乎乎的，什么也看不见。他使劲儿揉了揉眼睛，镜子里依旧是黑乎乎的一片。

凌漠有些着急了，他揪起自己的衣袖又使劲儿地擦拭着镜面，期待着镜子能照出他自己的样子。

渐渐地，镜子里出现了一个人的轮廓。

渐渐地，那人的衣着变得隐约可见。

渐渐地，那人的体态和容貌也越来越清晰。

凌漠眨了眨眼，定睛一看，猛地向后一屁股坐了下去。这一下，真是把他吓得不轻。

镜子里，不是脸上有疤痕的清瘦年轻人，而是一个八九岁的男孩。男孩的脸上没有刀疤，头发稀疏，塌鼻梁、小眼睛，向前豁出的门牙因为男孩咧嘴的笑容而异常显眼。这个孩子的容貌和凌漠幼时迥异，凌漠根本不豁牙啊。

更可怕的是，当凌漠向后跌倒的时候，男孩依旧站在那里笑着，笑着。

不，那不是我。凌漠吓得浑身发抖，脑子里非常凌乱。可是，镜子对面的，不是他，又能是谁呢？

哐当一声门响。

凌漠一口气缓了过来。

原来，又是一场梦。

萧朗在卫生间里洗漱的声音随即传了出来。

凌漠慢慢地坐起身来，天气阴沉沉的，但是可以看出已经天亮了，新的一天又开始了，今天会有新的任务，要去查毒贩的线索。凌漠斜靠在床背上，继续用掌根拍打着太阳穴。最近这些频繁的、莫名其妙的梦境，让凌漠陷入了痛苦中。不过，在痛苦中，凌漠似乎还能看见一些期待。他说不好这种期待是什么，可能和他遗失的记忆有关。

凌漠打开台灯，从枕头下拿出一个笔记本，翻开，把刚才的梦境记录了下来。他相信，把这些似有若无的梦境记录下来，一定会找寻到更多的记忆碎片。

他一定要搞清楚，他，是谁。

第一章 驼山小学

喂，老萧！

以前你不是老想让我当警察吗？

我真豁出命冲上去的时候，你，你可别哭啊。

——萧朗

1

天气阴沉沉的，乌云密布，这个潮湿闷热的清晨，眼看就要下起大雨来。

守夜者组织成员带着一小队特警，匍匐在灌木当中。萧朗手持着一个军用望远镜，向半山腰处望去。

这里崇山峻岭，一座山峰连着一座，山峦之间夹杂着一些单车道的村村通公路。

眼前的这两座山峰被合称为驼山，顾名思义，两座半椭圆形的山峰连在一起，就像骆驼的驼峰一般。这只巨大的“骆驼”背上植被茂密，是文疆市山区最高的山峰。

“我还真不知道咱们省有这么大的一片山区。”萧朗用望远镜观察着，低声说道。

一整夜未合眼，聂之轩此时困意上涌，强忍着呼之欲出的哈欠。他看了看依旧精神抖擞的萧望、萧朗两兄弟，感叹真是岁月不饶人啊。

两座“驼峰”之间的山腰处，有一座斑驳的建筑物。从建筑物内远远传来难以辨清的琅琅读书声。不错，这里就是文疆市山区的山村小学——驼山小学。

“为什么小学要建在这个地方？”萧望转头问身后的镇政府官员。

官员也一样匍匐在灌木之中，不知是过于紧张，还是被蚊虫叮咬，抑或是其他什么原因，他的脸涨得通红，突然听见萧望问话，还吓了一跳。

“啊？哦！这小学兴建的时候，我还没工作呢。但我听说过，这是一个影视明星捐赠的小学，当时因为选址问题还闹过不少不愉快。我们这个镇子都是山区，二十几个村落彼此都离得很远，最远的两个村落之间横跨了十几公里。每个村子都希望小学能离自己近一些。”官员说，“后来，镇政府为了照顾到每个村子里的孩子，就决定把各个村子连线，然后找了正中间的位置。”

小学设立的位置号称是在山区各个村落集中点的正中间，可是这个“正中间”恰恰是非常偏远、人迹罕至的地方。小学背后的大山，仍是没有开发的大山。

“所以，正中间，就是这鸟不拉屎的地方？”萧朗笑着问道。

“没办法，一碗水要端平。”官员说。

“嗯，一碗水端平，这句话说起来容易，做起来可真不容易。”聂之轩说。

“好歹视线好，空气好，环境好。”唐铛铛也手持着一个望远镜，说道，“三好小学。”

“学校还有多少学生？”萧望顿了顿，听了听学校里传出的读书声，问道。

“这个，得问问赵主任，我也不清楚。”官员转头看了看自己身后的一个农民打扮的老人家。

“七八十个孩子。”赵主任操着一口浓重的乡音，说道，“山里的人都去市里打工了，留在山里的不多。混得好的，就在城里买了房子，把孩子的户籍、学籍转走了。剩下的，大多是一些留守儿童。”

赵主任是附近年龄最大、最有资历的老村主任，于是官员来配合警方的时候，把他也叫了过来。

“七八十个孩子，用得着两栋楼？住校吗？另一侧的，是宿舍楼？”萧望追问道。

远处的学校，由高高的围墙圈出一块区域。围墙内的情况，因为角度问题，守夜者们无法看到。但是从面积来看，应该有一个四百米的标准操场。操场的两侧，又被围墙隔出了两个教学区域。每个教学区域由一座三层小楼组成，小楼每层有三四个房间。这样算起来，即便是每个年级各有一个十来个人的班，加上教师办公室、活动区间，也只需要占用一座小楼的两层房间。另一座小楼，就有些多余了。

“以前咱这学校孩子多，不过从四五年前起，就只用一座楼了。”赵主任说，“后面的那座楼，一直都是被围墙封住的，也没人进去过。嗯，就是废弃了。住校那是不可能的，本来离各个村子也不算特别远，哪个家长愿意花那么多钱让孩子住校啊！”

“废弃的楼，最近有什么变化没？”萧望问道。

“这个不知道。”赵主任说，“一般没人关注，就算有人关注，也得去问问学校里的老师们。不过，两座楼位于操场两端，距离挺远，废弃楼又有围墙阻隔。如果不是刻意进去看，肯定啥也不知道。”

“我过去看看就是。”萧朗说完，准备起身，被萧望一把按住。

萧望说：“我们的地势低，没有什么遮挡物。学校的地势高，如果有人站在废弃楼的顶楼，看我们这里一览无余。如果嫌疑人真的在那里面，你只要一起身，立即就会被发现。”

“早知道我穿吉利服[1]来。”萧朗笑哈哈地重新趴好。

“我认识一个老师，要不，我打电话问问？”赵主任从口袋里掏出一部廉价的智能手机，问道。

萧望摇摇头，说：“老师也不代表就没有嫌疑，我们不能打草惊蛇。”

“有什么不能打草惊蛇的？”萧朗有些不耐烦，说，“我们这么多人，这么多支枪，冲进去干就是。他们想跑还来不及呢。”

“不行。”萧望瞪了弟弟一眼，说，“如果只是个废弃的学校，随便怎么行动都行。但现在还有孩子在里面上学，我们要保证孩子们的安全。”

“啊？山村学校的孩子中午不回家，”镇政府官员掏出手机看了一眼时间，说，“现在才早上九点多，要到下午四点才放学。我们就一直……一直趴在这里？”

1　吉利服，指的是猎人或士兵在野外环境埋伏时，用来伪装，使自己不被发现的服装。后来因为经常在某些热门游戏中被提及，也成了一个常见的游戏用语。

萧望还没来得及回答，就听见身后的草丛发出唰唰的声音，他知道凌漠和程子墨回来了。

“怎么样？”萧望问凌漠。

凌漠和程子墨按照萧望的要求，绕到学校的侧面，暗中观察那一座疑似废弃的小楼。此时既然他们已经观察结束回来了，说明他们获取了有用的信息。

“借你的电脑一用。”凌漠匍匐在灌木中，顺手拿过了唐铛铛那台装饰得粉嫩可爱的笔记本电脑。

凌漠把一张相机卡插入电脑，打开里面的照片，说：“这一张，是我刚才用变焦相机拍的，还算清楚吧。”

照片是仰拍的，受到角度的影响，看不到围墙内的情况。但是可以看到，废弃小楼所有的窗户，都是黑乎乎的。显然，是被人贴上了窗纸。

“废弃楼，为什么要贴窗纸？”萧望问赵主任。

赵主任被这么一问，显得格外紧张，他又从口袋里掏出手机，说：“这我也不知道，不行，我还是问问吧，毕竟那里面有好几十个孩子呢，我孙子也在里面。”

萧望摆手制止，又安慰似的拍了拍老村主任的肩膀，转头对凌漠说：“除了窗纸，还有没有什么别的发现？”

凌漠点了点头，将电脑中的图片放大，指着围墙的顶端，说：“你看，这是什么？”

“课桌。”萧朗抢答。

“对，废弃教学楼里的课桌应该都被搬了出来，架在一起。”凌漠说，“高度都超过两米多高的围墙了。”

“这个不能说明啥吧，也许当年废弃的时候就搬出来了呢？”萧朗说。

“不，你看，这张课桌上确实有不少灰尘。”凌漠说，“但是课桌的铁质框架却没有一点生锈的痕迹。如果放在露天的地方日晒雨淋好几年，铁质框架势必生锈。”

“你的意思是说，这些课桌是刚刚被搬出来的？”萧朗立即意识到了凌漠的推论。

凌漠点了点头。

“这么说，咱们分析的地点，可能性有九成了。”萧望说，“可是，为了孩子的安全，我们最好还是等放学后再动手。”

还没等镇政府的官员提出抗议，萧朗在一旁叫了起来，说：“你们看，那边是什么？”

远处，一个蓝点正沿着村村通公路向驼山小学慢慢靠近。要不是萧朗的视力超群，还真没人注意得到。

萧望举起望远镜，看了看，说：“是一辆警用电动两轮车，上面坐着两个民警。”

“我们没有要求文疆警方再增派人员啊。”凌漠看了看身边的特警队长。

队长耸了耸肩膀，说：“这种警用电动两轮车，应该是派出所配发的，他们肯定是派出所的治安警，我们不是一个部门，我也不知道什么情况。”

“你认识吗？”萧望灵机一动，把望远镜递给赵主任。

赵主任对着镜筒看了半天，说：“哦，是我们派出所的户籍警，还有个辅警。我估计，他们是来做访问的，现在不是‘一村一警’嘛，他们经常下乡来做访问。”

“能不能联系上他们，让他们马上离开？”萧望说，“这样骑车过去，肯定会打草惊蛇的。”

赵主任再次从口袋里掏出手机，拨了半天，说：“好像……没信号？”

凌漠看了看赵主任，掏出了自己的手机，发现也没有信号。

“联系不上，怎么办？”萧朗急得跳脚，“啥时候不选，非要选这时候来！”

“没有什么好的办法，只有搏一搏了。”萧望沉吟了一下，说，“对方不知道有多少人，但我分析应该没有什么武器。我们这几个人有可能以少胜多吗？”

“你说呢？”萧朗从腰间拔出手枪，上膛，又拿了一把微型冲锋枪。

“因为文疆最近发生的由医闹引起的群体性事件，他们无法给我们更多的警力支持。”萧望回头看了看身后的特警，说，“你们有一个小队，十个人，负责对教学楼附近进行警戒，不需要参与我们的行动。你们的任务就是保证每个孩子的安全。”

“是。”特警队长领令。

不能参与核心行动，特警们心有不甘，但他们知道这也是萧望的无奈之举。任何行动都要把人民群众的生命安全放在第一位，这是人民警察的宗旨，更何况眼前有几十个孩子。

只是，对方究竟有多少人，还没有侦查清楚，在这种情况下守夜者被迫提前行动，而且少了特警的辅助，相当于自断臂膀。行动的成功率能有几成，谁也说不清楚。

迫不得已，他们也只能开始了。

在特警队长的指挥下，十名特警以最快的速度向小学冲刺，并立即以六名特警的警力把守住教学楼的三个门。另外四名特警则上楼，在每层楼的走廊两侧警戒。很快，这座小教学楼就被保护了起来，万无一失。

紧随其后的守夜者成员，看见教学楼已经被保护，则立即向操场的另一端挺进。

“里面果真是有人的！我听见动静了！”萧朗跑在队伍之首，边跑边说道，“小样儿，想跑，那是不可能的！”

说完，萧朗加快了速度，立即将身后的队员们甩开了一截。

“我们人少，不能完成包围，进去后直接攻击中心点！”萧望赶不上弟弟的速度，于是喊道。

萧朗此时已经跑到了废弃小院的大门前，他二话不说，飞踹过去。能感觉到门后的铁链在受到了巨大的暴力后瞬间断裂，嘣地飞了出去，大铁门也随即打开。

一进到院内，萧朗立即就笑了。一方面是开心自己和凌漠的分析是正确的，这里就是黑暗守夜者的临时巢穴所在；另一方面是觉得对面两个家伙实在很搞笑。

废弃的小院里，杂草丛生，但是大部分杂草倒伏，可以看出最近一段时间这个院落里还是有很频繁的行走行为的。小院里主要是以那一座三层小楼为主，左、右各有一间四五十平方米大小的平房，可能是废弃之前的食堂或卫生间。

两名穿着黑衣的人，正把守在进门东侧的平房门口。看起来，平房的铁门已经上了锁，还用木条将门洞钉了起来。黑衣人一人拿着一把铁锹，站在门口。

“喂，兄弟，铁锹顶什么事儿？”萧朗笑着把手枪收了起来。

两名黑衣人“啊”的一声，举起手中的铁锹，就向萧朗冲了过来。看这个架势，显然是没有经受过任何训练的人。萧朗微微一笑，飞起一脚，就将一名黑衣人踹倒，同时一个低身，躲过扫过来的一锹，一个扫堂腿，又将另一名黑衣人放倒，并且直接骑了上去。

一招，解决了两个人。那个经受萧朗第一脚的黑衣人，不知道断了几根肋骨，趴在地上根本就起不了身。

当萧望带着其他人赶过来的时候，萧朗已经给两名黑衣人戴上了手铐。

“凌漠，你看着人，我来破拆。”萧朗拿起黑衣人的铁锹，朝东侧的房屋大门走去，“刚才这俩草包就在看守这间屋子，线索肯定在这里。”

凌漠和程子墨上前一步，分别用膝盖顶住匍匐在地上的两个黑衣人，萧望则持枪观察四周。

凌漠低头看着两个黑衣人，这两人几乎动作统一地侧头，盯着正在用铁锹破拆封门木条的萧朗，眼神里有说不清的意味。

凌漠低下头去，看了一眼两名黑衣人的眼神，心里一惊，大声喊道：“萧朗，别进去，情况不对！”

萧朗此时似乎也发现了什么，他吸了吸鼻子，突然转头对正准备持枪进入主楼搜索的萧望喊道：“快！不好！这里有汽油！”

话音刚落，砰的一声爆燃声响起，一楼有一间房屋突然起火，里面传来了尖锐的喊叫声。

虽然窗户上贴了黑色的窗纸，但是在屋内火焰的照射下，似乎可以看到一个比成人瘦弱矮小很多的身影正在火焰里挣扎。

“怎么会有孩子在里面？”萧望来不及缓解因为爆燃刺激而产生的眼睛的疼痛，连忙大喊，“快救孩子！快救孩子！”

唐铛铛驾驶着皮卡丘[1]刚好来到了小院的门口，萧朗一个箭步蹿到车边，从后备厢里拿出两个灭火器。

萧望、萧朗两兄弟拿着灭火器向起火的屋内进发，浓烟滚滚，熏得二人几乎睁不开眼。可是，因为尖锐的喊叫声此时已经消失，两兄弟心里着急到了极点，他们最害怕的不是火烧掉了重要资料，而是大火过后，这里会留下一具孩子的尸体。

因为动作迅速，大火很快被两人扑灭了，但是浓烟还是一直在往屋外翻滚。萧望也顾不上什么浓烟熏眼、一氧化碳中毒了，他从聂之轩口袋里掏出一个无纺布口罩，沾水戴上，就冲了进去。萧朗一见哥哥冲了进去，自己也冲了进去。

过了大约十分钟，两兄弟灰头土脸地从房屋里钻了出来。

萧朗挠着头说：“真是奇了怪了，居然没有人。”

“是好事。”萧望也是一脸不解，但好歹这个结果还是令人安慰的。

“不对！问题应该在西边的房子里！”凌漠略一思忖，用手指向了西边的平房，那同样是用黑色窗纸贴得严严实实的一间房屋。这间房屋的背后是一面围墙，围墙后方就是大山了。

萧朗反应最快，立即重新进入战斗状态，冲到西边的房屋，一脚踢开了大门。

大门的后面是一个空洞洞的房间，背侧的墙壁已经被打通，露出一个一人高、一米宽的洞，后面的围墙也同样被开了洞，直接通向山里。山里绿油油的颜色透过墙洞映入了大家的眼帘。

“糟糕，跑了。”萧朗三步并作两步冲了进去。

“子墨和铛铛，你们看住这两个人，其他人，我们走。”萧望命令道，“子墨你打电话通知特警派人过来帮你。”

1　皮卡丘，指的是专门为守夜者组织的天眼小组配备的特种车辆。

"不是没信号吗？"程子墨掏出手机，说，"咦，有信号？有信号了！好了，你们赶紧过去吧！"

"逃进山里的话，这可怎么找？"萧朗看着眼前一片绿色，说道。

"不可能逃进山里的！"凌漠说，"如果董老师也藏在这里，他是需要医学仪器维持生命的；如果逃进山里，缺乏生存条件就是死路一条。"

通过之前的检验和分析，他们知道，此时的董连和已经四肢全无，必须靠着医学仪器才能活下来，而医学仪器要用电。山里没有电，他们怎么会把董连和带进山里送死呢？

凌漠说完，向远处看去。确实，看起来院子后面是没有路的，但是对地形敏锐的凌漠，一眼就看出密集的植被之间，有一米宽的空隙，弯弯曲曲的，似乎是一条小径。他蹲在地上，用手按了按地面，然后将地面上的枯枝落叶用手掌扫开，居然露出了一片水泥。

"看见没，这里有被伪装的水泥路。"凌漠说，"有一米宽，至少可以通行一辆三轮车。"

"走，沿着小路追！"萧朗边说，边用脚掌探了探地面，"沿着这水泥路，就一定能找到踪迹——哥你看，我的鞋子刚才踹门都踹坏了！"

"放心，回去我给你买。"萧望苦笑道，"买你最喜欢的那种款式。"

"这可是你说的啊！你记住了，45码的，耐克的那种。"萧朗笑着一边沿着小路往前追，一边转头问，"对了，凌漠，你怎么会知道东边那间不起眼的小平房里有问题？"

"我在控制那两个黑衣人的时候，看到他们俩看你拆门的眼神，充满了期待。"凌漠一边努力跟上萧朗的步伐，一边说，"这是期盼心理折射出来的眼神，说明他们的任务就是让咱们进东边的房子。计划落空以后，主楼立即就有异样。而灭火之后又没有人或尸体。显然，这两个行为的目的，其实都是吸引我们的注意力。吸引注意力就可以拖延时间，让他们获取足够的撤离时间。既然需要把我们的注意力引去主楼和东侧房，那问题肯定就是在西侧房了。这是最简单的心理推论。"

"嗯，有道理。"萧朗点头说。

"你们看，这里的树枝有新鲜的断裂痕迹。"聂之轩指着小路一旁断裂的树枝说。

"是新鲜的？"凌漠问道。

聂之轩点了点头。

凌漠陷入了沉思。

"铛铛把卫星图传过来了。"萧朗拿出手机，展示一张照片，说，"按照我们现在的行走方向，最大的可能就是，小路通往这一条村村通公路。"

"他们的准备时间不长，为了节约时间和成本，他们一定会选择直接通往公路的路线。"凌漠说，"让特警直接去这条公路找我们吧。"

又奔走了十多分钟，萧望一行人突然觉得豁然开朗，他们从山中的植被里钻了出来，眼前出现了一条可以供两辆汽车交错行走的村村通水泥公路。

"往南走还是往北走？"萧朗看了看横在面前的公路，问道。

"看看这条村村通公路的两头。"萧望拿出手机，看着唐铛铛传过来的卫星图。

"看不出什么。"萧朗说，"路两边到大路的距离都不近，离村庄的距离也都差不多。"

一只流浪狗在路口北侧汪汪汪地叫了起来，引起了凌漠的注意。

凌漠走到离流浪狗不远的地方，蹲在地上盯了它半天，说："不出意外的话，他们应该是向北侧逃离的。"

"你可别逗了。"萧朗哈哈大笑，说，"你是读心者[1]不错，那也不能读狗的心啊。"

"这个你还真别笑话。"凌漠严肃地说，"只要是动物，就有心理，只是我们缺乏这方面的研究罢了。唐老师在世的时候，曾经有过想法去研究动物的心理，还做过一个月的动物实验。只不过守夜者组织的重启，把他的这个想法给终止了。"

1　读心者，指的是守夜者组织里负责心理分析、行为分析和审讯谈判的人。

“你认为对手过去多久了？”萧望问道。

“从狗的吠声和眼神里能看出，这只狗刚刚有过惊厥，所谓的惊厥，就类似于人被吓坏了之后，那种余惧未消的感觉。这就说明，对方刚过去不久。”凌漠指了指北侧，说道，“狗看到陌生人或车，就会去追，既然它刚刚追过人，那肯定是往北去，因为狗在路口的北侧。”

“对方肯定不是徒步！”萧朗说，“如果徒步可以实现逃离，他们就不会费尽心思用水泥砌一条小路通向学校了。”

萧望赞许地点了点头。

“也不会是汽车，因为一米宽的路，汽车也进不去。”凌漠说，“现场条件所限，他们不能把路砌宽，就只能选择用摩托车或者三轮车了。”

随着一声雷响，天空下起雨来。

“如果是摩托车，路就没必要一米宽了。”萧朗用手遮住眼睛，肯定地说道，“来了一辆自行车，我过去。”

果真，从路南边骑行过来一辆自行车。萧朗跑到农民的身边，出示了自己的证件，看来是打算把人家的自行车给征用了。

虽然农民有诸多不愿和担忧，但不一会儿，萧朗还是骑着车过来了，说：“后面只能坐一个人，咋办？”

“望哥说我不能和你分开，我和你一起。”凌漠二话不说，跳上了自行车后架。

萧望看着农民站在原地淋雨，心有不忍，说道：“你们把手机定位打开，我和聂哥在这里等到特警车过来，就去和你们会合。”

说完，萧望跑到农民身边，从裤子口袋里掏出钱包，塞了几百块钱给农民。

萧朗可不管那么多，他直接把自行车蹬得飞了起来，吓得凌漠赶紧让他减速。萧朗根本不听，他认为假如对方是个电动三轮，如果没有这样的速度，根本就追不上。

“这个肯定不是，你看他腿上都是泥巴，刚刚下地插秧的。”

“这个也不是，表情悠闲，毫无压力。”

“这个不是，看我们的眼神里面都是好奇的心理痕迹。”

……

骑了大约五公里，两人也超越了不少骑摩托车、三轮车或是行走的人，但是凌漠一看就知道不是他们要找的人，于是萧朗没有丝毫减速。直到远处出现了一辆行驶速度不是很快的电动三轮车，凌漠才让萧朗减速，注意观察。

这辆三轮车是一个穿着黄色 T 恤的男人骑着，速度不快，看起来不像是逃命的。但是，他的三轮车车斗内，拉着一台大冰柜，上面还写着“冷饮批发”。

“对方选择三轮车进出学校，一定有着特殊的意义。”凌漠说，“一定是因为有无法用摩托车或者其他车辆运输的东西。如果是这一台冰柜，三轮车是再好不过的选择了。”

“三轮车拉着冰柜批发冷饮的，我还真是见过。”萧朗说，“只是现在还不到喝冷饮的季节吧？”

“而且这种冷饮车不能跑太远，里面的冰块会化掉的。”凌漠说，“这里的村落之间的距离都很远，在这里贩卖冷饮，工作效率太低下了。”

“微表情呢？能看出什么不？”

“警戒表情，他要加速了。”

“好嘞，知道了。”萧朗噌噌噌几下，自行车的速度又起来了，向冷饮车直冲过去。

黄 T 恤男人转头看了他们一眼，也加大了电门，提起速来。

一辆三轮车和一辆自行车在村村通公路上飙起车来，像是低配版的《生死时速》[1]。绕过了好几个行人，超越了好几辆摩托车，萧朗脚蹬的自行车虽然还是很难超越电动三轮车，但两车之间的距离已经在慢慢缩短。

三轮车一看情形不妙，一个急转弯，转进了一条通往村庄的小路。萧

1 《生死时速》，指的是一部美国动作电影。

朗也是一个急转弯，差点儿把凌漠甩下车去。两车一前一后来到了村庄里，凌漠左右一看，立即明白了小路的走向，说："这是绕村的小路，你在这里放我下来，然后去追他，最终他还是要回到这里，我们前后夹击。"

说完，凌漠跳下车去，持枪在路中央守候。

萧朗的车子突然减重，速度也提升了不少，他看着自己与电动三轮车的距离越来越近，心想不需要凌漠帮忙了，自己就可以轻松搞定。于是萧朗猛地一转方向，将电动三轮车的车头别出了小路路面。小路外都是十分泥泞的土壤，三轮车颠簸了几下，黄 T 恤男子从三轮车上跌落，车子也停了下来。萧朗刹住车，从车上跳下，拔出了手枪。

黄 T 恤男人此时趴在三轮车旁的地面上，几乎一动不动，不知道是摔伤了还是其他的什么原因。

萧朗不敢大意，他持枪慢慢靠近，高声喊道："不许动，警察，双手举起来趴在地上！"

男人似乎挣扎了一下，将双手举过了头顶，可是依旧俯卧在地面上。

萧朗放心了一些，慢慢靠近。等走到男人的身边，萧朗蹲在地上，一把按住男人的手腕，然后从腰间掏出手铐。

就在此时，男人臀部的裤子突然像是被鼓风机吹着一般，隆了起来，紧随其后的，是一股恶臭的气味。

"哎呀我去，这是臭鼬吗？"萧朗大叫道。

可萧朗话音未落，他立即感觉到一阵猛烈的头晕。

他忘记了，自己面对的，可能是有各种演化能力的演化者。不过就算萧朗没忘记，他也完全想象不到，演化能力还有"放毒屁"这一招。

男人趁此机会，一跃而起，一脚踢开萧朗手中的手枪，试图将三轮车车头重新扶回公路上。

萧朗此时已经站立不稳，但是他似乎听见了远处传来的警笛声。他知道，自己的听力好，虽然听得见警笛声，但警察离他至少也有一公里的距离，这个时候如果让男人扶正了车辆逃跑，他完全是有可能再次逃脱的。

所以萧朗不顾自己有多眩晕，攒足了力气，猛地向三轮车车头扑去。

中毒的萧朗，已经没有了多大的力气，很快，扑在三轮车车头的萧朗就被男人一把掀翻。可是，这时候男人也知道自己无法将三轮车骑走。因为萧朗也意识到自己的一扑根本无法阻止男人，于是他直接拔走了三轮车的钥匙，紧紧地攥在了手里。

男人急得大叫了一声，想去争抢钥匙，可是此时他显然也听见了越来越近的警笛声，于是狠狠地踩了萧朗一脚，向村庄后面的山林里跑去。

萧朗艰难地翻身，把攥着车钥匙的手压在自己的身下，面带微笑地昏睡了过去。昏睡之前，他似乎听见凌漠正在呼喊着他的名字。

2

驼山小学突袭行动一天前。

清晨，南安市市立医院神经外科普通病房。

凌漠渐渐苏醒，看了看趴在病床一旁酣睡的程子墨，又看了看自己手腕上系着的住院牌。

“啊！你醒啦？”程子墨擦了擦口角，又整理了一下头发。

“海绵状血管瘤。”凌漠起身下床，拿起床头的病床牌，读道。

“啊，没事的，医生说这个血管瘤不是肿瘤，正常情况下是不会危及生命的。”程子墨赶忙解释道，“就是偶尔会有少量的出血，你才会晕倒。但这种出血都是可以被自己吸收的。”

“是演化者的副作用吧。”凌漠默默地说。

“这，啊？你都知道啊？”程子墨吃了一惊，来不及反应，直接答道。

“我果真是演化者。”凌漠的脸上看不出表情。

“啊？你不知道啊？”程子墨瞬间自责起来。按照萧望的指示，“凌漠是演化者”的推测是要对凌漠保密的，结果凌漠一醒来就直接识破了。

在上一次行动中，凌漠和程子墨最先发现了黑暗守夜者的大本营——那座看似废弃的福利院。可是在进入大本营之前，凌漠不知道怎的就晕倒了。后来经过医生的诊断，凌漠的脑部有一处病变，虽然不会立即夺取他的性命，但也是个定时炸弹。这种疾病，一般人不容易得，所以大家分析，这是演化者的副作用。

“福利院里有收获吗？”凌漠问道。

“人都撤没了，只有一些散落的资料，大概能明白他们是在用人体进行基因实验。”程子墨说，“对方应该有不少具备演化能力的人。崔振在黑暗守夜者里的代号，叫涡虫，她的上级，我们暂时叫他老八。”

“老八是谁？对了……蚁王又是谁？”凌漠拍了拍还有些疼痛的脑袋，问道，“谁是董连和？”

“你连董老师都忘了？”程子墨惊讶道。

“哦，不，我想起来了。”凌漠说，“脑袋有点痛，正在慢慢恢复。”

“其他人嘛，我们还真不知道。”程子墨说，“傅阿姨那边的 DNA 检验发现，在福利院找到了和‘医生’邮件里一模一样的 DNA 样本，都和董老师的骨头 DNA 对上了。”

“福利院还得好好勘查一下吧。”凌漠一边解开病号服的扣子，一边说。

“这个，聂哥昨晚就连夜组织在做，你就不用操心了，安心养病。”程子墨说。

“养什么病，既然是副作用，养也没有用。”凌漠冷笑了一下，说，“麻烦你回避一下，我要脱衣服了。”

程子墨顿时有些尴尬，他刚醒，让他回去办案当然不行，但凌漠要是真的就这么当着自己的面换起了衣服，自己总不能上去硬生生使一套擒拿按住他吧？就在这个时候，萧望走进了病房：“脱什么脱？换衣服去哪儿？”

程子墨像是看见了救星一样，她双手合十，深深一揖，拜了拜萧望，离开了病房。

“望哥，我要去福利院现场看看，聂哥少了我和子墨不行。”凌漠诚恳地说道。

“不行，你现在颅内还有出血，是需要时间来吸收的，不然会频发头痛、头晕，甚至还会昏迷。”萧望说，“这是医生说的，你需要休息。”

“无论于公于私，我都不能休息。”凌漠像是自言自语般地说道。

“身体是革命的本钱。”萧望拍了拍凌漠的肩膀，说，“把身体养好，才能更好地做后面的工作，咱们的工作还很复杂，还需要很长时间，肯定有你贡献力量的时候。”

“不需要！”凌漠的情绪有一些激动，“老师的事情还没有结束，老师的仇还没有报，你让我躺在这里？如果你考虑我的身体，我可以告诉你，我没有任何问题。但如果你因我是演化者而怀疑我，我可以放弃重新归队的申请！”

“演化者”三个字从凌漠口中说了出来，萧望顿时一惊。他知道子墨不会这么随随便便地告诉凌漠，一定是凌漠自己猜到的。事已至此，萧望也不可能再去驳回凌漠归队的申请。

“不，不管你是不是演化者，我们都信任你。”萧望诚恳地盯着凌漠的眼睛，说，“如果我们这支队伍，连自己的战友都不信任，那还如何保持战斗力？”

凌漠的喉结动了动，但是没有说出话来。

“那好吧，如果队员中有人愿意和你时刻在一起行动，保证不分开的话，我就同意你的归队申请。”萧望说，“医生说你随时有可能昏厥，我需要有人时刻在你身边，保证你的安全。”

这种有条件的同意，总比不同意强。凌漠低头思考片刻，毅然决然地换掉了病号服，说：“好的，我这就去找他们。”

萧望驾车带着凌漠，刚回到守夜者基地，就看见万斤顶[1]正准备开出去。凌漠从萧望的车上跳了下来，拦在了万斤顶的前面。

“咦？凌漠？”萧朗从车的驾驶座上跳了下来，重重地拍了两下凌漠的肩膀，说，“你这就好了？归队了？”

凌漠吃痛，揉了揉肩膀，说：“还不行，没有好全，所以只能当马仔。”

“马仔？”萧朗惊讶道，“什么意思啊？”

---

1 万斤顶，指的是刑侦局为守夜者组织专门配备的特种用车之一。

“望哥说了，为了我的安全着想，我可以参与行动，但是必须和我们队中一人时刻在一起。”凌漠耸了耸肩膀，装作满不在乎地说道，“换句话说，我只能作为某人的助手，时刻听从某人的号令。”

说完，凌漠用眼角瞥了一下萧朗。

萧朗面部的肌肉骤然紧张了起来，他在强行抑制着无法压抑的内心情感，凌漠一眼就识破了。

“其实吧，我也只是迫切地想参加行动。”凌漠说，“不然，我是谁也不服，我凭什么给人家当马仔？非要找一个让我觉得不错的‘领导’的话，我觉得也就是你了。”

“对啊，大局为重啊。”萧朗几乎要跳起来，说，“行，你就跟着我呗，我罩着你！”

凌漠内心一乐，转身回到车边的萧望面前，说：“望哥，君子一言，驷马难追。”

萧望摇了摇头，心想你这小子真是把我弟弟的性子摸得透透的，比我这当哥哥的还要了解他。无奈，萧望只能朝凌漠点了点头，说：“严守纪律，否则就按组织规定处罚。”

凌漠朝程子墨招招手，坐上了万斤顶，对萧望说：“望哥，我知道你还要去看傅组长，我和我的‘领导’先去福利院了。”

萧朗心里像开了花似的，对萧望说：“哥，代我向姥爷问好，我们这次肯定找得到线索。”

“聂哥那边有什么进展吗？”萧朗一边开车，一边问程子墨。

程子墨昨夜在照顾凌漠，也不在现场，但是她和聂之轩一组，所以一直和聂之轩保持通信。

那个一直给崔振派黑守成员造成困扰的、似乎有唐氏综合征的“医生”，因为关心他的爱人——盲女，而陷入了守夜者组织的重围。可是，螳螂捕蝉，黄雀在后，崔振这边设了陷阱，“医生”因此身亡。“医生”在崔振的藏身处偷走的装有黑暗守夜者资料的 U 盘，也就落入了守夜者组织的手中。

“聂哥说，现场收集了很多资料，但都只是图形，没有什么文字类的东西。”程子墨说，“他判断，对方就是在偷孩子进行基因实验，之前望哥发现的那么多丢失婴儿，也只是他们‘实验品’中的一部分，还有其他‘实验品’，是我们还没有掌握情况的。现在聂哥准备根据现场搜集到的资料，建一个数据库，和傅阿姨那边被盗婴儿 DNA 的数据库结合一下。”

“为什么会有我们没掌握的情况？”萧朗问道。

“望哥之前收集的，应该都是崔振盗窃的婴儿，因为都是同一个农历日期六月初八被盗的嘛。”程子墨说，“但可能还有其他人盗窃婴儿，或者找那些弃婴、孤儿什么的。”

“那估计，现在活着的‘实验品’有多少人？”萧朗背后一凉。

“倒也不是很多，但有三四十个吧。”程子墨说。

“铛铛这边对‘医生’的 U 盘进行了破解。”萧朗说，“这些都是崔振的数据，还没有被‘医生’打开过。”

“破解出来了？”凌漠问道。

“只是一号任务、二号任务的文件夹被铛铛破了。”萧朗说，“里面都是一些黑话，看不太明白，老萧找了密码专家破译，大概知道一号任务就是爆破心矫托[1]，二号任务是在八号寝室对接小艾，明确新地址，待小艾释放信号，开始营救。”

“小艾？”凌漠沉吟道。

“我们也分析了这段话的意思，估计崔振在现在的黑守老八派里有卧底。”萧朗说，“崔振也不知道现在黑守大本营的地址在哪儿，所以需要卧底给她提供线索。然后她应该是要去营救某个人，很显然，这个某人一定就是崔振行为动机的核心——董连和董老师。”

“对，董老师没死。”凌漠记得之前程子墨和他说的内容。

“可惜，我们不知道他们的对接方式，也就跟踪不到。”萧朗握着方向

1　见《守夜者 3：生死盲点》“骨与尘的倒计时”一章。

盘，耸了耸肩膀。

说话间，他们已经驾车来到了福利院的门口，在门口遇见了一脸疲惫的聂之轩。

“怎么样，聂哥，有什么发现吗？”萧朗问道。

聂之轩想了想，说：“我和市局的十几个技术员一起干了一宿，要说发现也是有的，无数的足迹、指纹、DNA，哪些有价值，哪些没价值，这个我也说不清。反正我们回去要对所有物证和资料进行梳理，然后建一个数据库，看以后能不能用上吧。”

“我是说，有没有什么线索能够推测，他们转移去了哪里？”萧朗问。

聂之轩摇了摇头，说：“这个我们是真没找到。毕竟是有计划的转移，肯定不会给我们留下那么多线索。”

“这个需要我来解决吧。”萧朗故意一脸神秘地说，“八号寝室，你们仔细勘查了吗？”

“八号寝室？”聂之轩摇摇头，说，“你们搞错了吧？这里一共七间寝室，都有编号，并没有什么八号寝室。”

“啊？”萧朗大吃一惊，“那怎么可能！难道是密码专家破译错了？明明说是在八号寝室对接什么的。”

“‘寝’有很多意思。”凌漠略加思考，随即说，“我记得，这附近是不是有个墓地？”

“啊，对。”程子墨说，“你说‘医生’就是从那里偷出尸骨的。[1]”

“你是说，活人住一到七号寝室，死人住八号寝室？”聂之轩说。

“九成可能。”凌漠一马当先，向墓地走去。

其实凌漠也知道此举对自己是一个挑战，因为上一次他突然昏厥，就是从墓地开始有强烈不适的。他也不知道自己这个演化者和这块墓地有什么关系，为什么会有这么强烈的反应，他只知道现在无论如何，必须找出黑暗守夜者内部的互动线索。

---

1 见《守夜者 3：生死盲点》“亡灵教室”一章。

等抓住了黑暗守夜者的首领，他那遗失的记忆、他那神秘的身世，也许就会水落石出了。

墓地已经被警方用警戒带隔离，墓地内被挖了很多个坑。可想而知，警方从这里获取了多少具孩童的尸骨。

凌漠又有一些头晕，但是当他看见墓地里凌乱的足迹和已经被挖掘过的土壤，失望的情绪瞬间就掩盖了身体的不适。现场已经被破坏，即便是想去找些什么线索，也非常困难了。

可惜，没有人可以预知未来，谁也不会在挖掘坟墓的时候，想到这个地方会是接头地点。

凌漠走到墓地里，在坑的中间穿行。他看见有一块木板倒伏在地上，看起来，应该是在挖掘墓地的时候，警方将这个类似于无字碑的东西拔出了土壤。

凌漠蹲了下来，戴上手套，拿起木板左右端详，突然，他发现木板的中央有一个裂缝，而裂缝里，夹着一小片碎纸屑。凌漠小心翼翼地将碎纸屑从裂缝中抠了出来，放在手掌上观察。

此时萧朗也来到了凌漠的身边，说："马仔，你在看什么？"

凌漠做了个噤声的手势，怕萧朗一口气就把碎纸屑给吹跑了。

萧朗蹲到凌漠身边，看了看他的手掌心，说："这……是报纸的一角啊。"

"而且，时间不久。"凌漠说，"不然这小纸片很快就会被浸湿，然后消失殆尽。"

"你说这帮糊涂蛋，现场勘查的时候怎么就没发现？"萧朗说。

"如果不是仔细去看，不太可能发现这么微小的东西。而且，当时也并不觉得这里会是卧底和崔振的沟通地。"凌漠说，"新鲜的报纸，会不会就是他们传递信息的方式？在我们警方勘查之前，报纸已经被取走了。"

"那怎么办？"萧朗问道。

"走，我们在附近找找。"凌漠说完，转头对聂之轩说，"聂哥，麻烦你再仔细看看墓地里的足迹，看看有没有什么可疑之处。"

聂之轩点头，和程子墨一起蹲在地上用放大镜寻找起来。凌漠也知道他们现在做的是一项很难的工作，毕竟这里已经被破坏。

凌漠和萧朗在墓地的周围搜索起来，因为目标明确，所以他们的搜索速度也很快。搜索了半个多小时，凌漠突然在一处松软的土壤上，发现了一个凹坑。以他在守夜者组织里学到的知识，他知道这个凹坑，很有可能是一枚足迹。

在这荒山野岭，突然出现一枚人的足迹，意义重大。

凌漠小心地用相机拍照，然后绕过足迹，来到了松软土壤后侧的草丛里。扒开草丛，里面果真有一沓完全湿透了的报纸。

“萧朗！”凌漠很是兴奋，他小心翼翼地将报纸捧了出来，放在可以晒到阳光的石头上晾晒。

“怎么着啊？这是八戒在晒经呢？”萧朗赶了过来。

凌漠没空理会他，认真地看着报纸的内容，说：“这是前天的《文疆日报》，既然是报纸，我们就得看看有什么线索。”

“还能是什么意思？《文疆日报》啊，‘医生’寄去的邮件也是到文疆的，说明董老师和其他黑守成员藏在文疆呗。”萧朗满不在乎地说，“这有啥用，文疆几百万人口，一万平方公里，怎么找？”

“只是给崔振透露所在城市吗？”凌漠不认同萧朗的观点，摇了摇头，说，“如果崔振那边拿到了小艾给的线索，应该带走才是，为什么要扔在这里？”

“木板里夹杂着碎报纸屑，这个鸟不拉屎的地方又有这么一沓报纸，这沓报纸肯定是有信息的。不过，我们得看看，报纸上会有什么情报呢？”萧朗问。

“你看，这一沓报纸，看起来应该有4张，但这里只有3张。”凌漠整理着报纸，说，“第1、2、7、8版是一张，第3、4、5、6版是一张，然后第9、10、15、16版是一张，唯独少了第11、12、13、14版的那一张。”

“哦，我知道了。”萧朗说，“你的意思是说，丢在这里的报纸，并不是崔振应该拿走的报纸。小艾买了一沓报纸，把其中一张塞到了木板里，其他没有用的就直接扔这儿了。”

凌漠赞许地点点头。

“那你怎么知道小艾没有在那一张上面写字？”萧朗说。

“如果写字，直接塞字条就好了，就不用买报纸那么麻烦了，而且还专门挑一张中间的报纸。”凌漠说，“正是因为这一张中间的报纸可以传递信息，就不用写字了，因为写字容易暴露，一张报纸则有较强的隐蔽性。这是正常的心理痕迹。”

“也就是说，我们要找一下丢失的报纸上是什么内容。”萧朗一边说着，一边打开手机，找《文疆日报》的电子版本。

《持续数日，文疆市第一人民医院被患者封堵》

“啊？你说会不会是这个？”萧朗把手机给凌漠看。

“医闹？”凌漠沉吟道，“这一版中，除了文学作品，就是广告了，只有这一则是新闻。如果要传递具有时效性的信息，一定是用这一则新闻的内容。”

“逾百名患者家属连续数日封堵医院大门？”萧朗说，“这能说明什么问题？藏在医院里？”

“如果医闹是别有用心的人所为，那起的作用是吸引警方的警力，所以医院一定不会是藏身地。”凌漠说，“而且黑守这个规模庞大的组织，藏在一个医院里也藏不下啊。”

“医闹是别有用心的人所为。”萧朗重复着。

“医闹如果是别有用心，就一定是有人组织策划。”凌漠说，“这个人一定是黑守成员。假如崔振获取了这个信息，就会赶去文疆市第一人民医院。只有一百个所谓的‘患者家属’，里面藏了一个黑守成员，崔振肯定是认得出来的，毕竟他们之前都是一伙的。”

“跟踪这个黑守成员，就可以找到藏身之地了！”萧朗恍然大悟。

“如果这样说，是不是就可以解释了？”凌漠问道。

“完美。”萧朗说。

恰在此时，聂之轩和程子墨赶了过来。

聂之轩说："我们有发现。在墓地里繁杂的足迹当中，我们找到了一枚类似赤足迹的痕迹。从目前来看，进入墓地的只有警方，而咱们警方也不太可能光着脚进去，所以……"

"那你看看这个。"凌漠指着凹坑说。

聂之轩低头一看，然后就像突然发现了什么宝贝一样，赶紧趴在了地上，拿起放大镜观察。

"别看了，一模一样。"程子墨嚼着口香糖胸有成竹道。

"是，这种足迹，在福利院、墓地和这里都可以看到，意义重大。"聂之轩说，"在福利院我们就看到了这种赤足迹，但毕竟福利院也是住人的地方嘛，有赤足迹并不能说明什么。而且赤足迹上是看不到任何脚底皮肤纹线的，没有鉴定的价值。在墓地里，我们也看到了一模一样的赤足迹，同样没有任何脚底皮肤纹线，这就值得我们怀疑了。你发现的这枚赤足迹则更加清晰，让我确信了一点。"

"确信什么？"凌漠问。

"确信足迹的主人常年不穿鞋袜，赤足行走。"聂之轩说，"为什么没有皮肤纹线？因为这个人的足底生成了厚厚的一层老茧。为什么会有厚厚的一层老茧？是由于常年摩擦损伤、皮肤修复所致。"

"赤足者，会不会就是小艾？"凌漠把发现报纸的经过和聂之轩又说了一遍。

"从福利院到墓地，然后把剩余的报纸扔在这里，不出意外，这人就是小艾！"聂之轩说，"事不宜迟，我们要赶紧赶去文疆了。"

"我打电话让老萧联系当地警方配合。"萧朗说，"我们马上出发！"

3

文疆市公安局党委会议室。

副市长、公安局局长杨强是萧闻天的老朋友了，此时亲自接见了萧望等一行人。守夜者组织几个人中午饭都没来得及吃，赶了三百公里的路，此时杨局长热情地端着几份盒饭到了会议室里，让大家边吃边说。

“从上次接到通知配合你们盯住那个邮箱，我就知道很有可能是犯罪团伙转移来我们文疆了。”杨局长说，“所以，最近我也在安排全市各个派出所重点清查外来人口、暂住人口。包括农村，我们的‘一村一警’制度也深入落实，要确保每一家、每一个地点都能访问到。这么做，也是看能不能帮助你们找到一些线索。只是很可惜，时间上还是紧张了一些，工作还没有做完。”

“感谢杨局长！”萧望感激地说道，“毕竟这也是一个大工程，文疆这么大，辖区里又有这么大一片山区，难度很大。”

“那盯邮件的，总有发现吧？既然他们寄了邮件过来，肯定是有人按时来取的呀。”萧朗说。

“是啊，而且邮件里有类似血液的人体组织液体。”聂之轩补充道，“这个放置时间长了，就会腐败，腐败了就没有任何检测价值了，就没用了。”

“所以，这几天一定有人去过邮箱那里。”凌漠说。

杨局长看大家你一言我一语的，有些歉意地说：“不过，盯梢的民警，确实没有发现异常。”

“会不会是他们暴露了？”萧朗是直肠子，直接问道。

杨局长摇摇头，说：“这几个人都是刑警支队的资深刑警了，按理说，不应该连盯梢这种小活儿都干不好。”

萧朗又想问些什么，被萧望伸手制止。萧望说：“杨局长，不知道几位民警盯梢的地方有监控吗？”

“没有。”杨局长说，“那个地方没有监控，但是我当时安排两名民警带了执法记录仪，全程拍摄了。换班的时候也不间断拍摄，所以是全部的影像。记录仪的画面，我们的系统服务器里都有保存，我现在就可以放给你们看。”

“嗯，好的。”凌漠说，“反正也没几天的时间，全部快进播放，很快就能看完的。”

杨局长打了个电话，办公室主任来到党委会议室里一番操作，几个人面前分别升起一个电脑显示屏，开始从头播放监控画面。

“几天的监控，有上百个小时的影像，我们还是需要拷贝回去看的。”萧望说。

“这两人是藏车里的？”萧朗看了看画面，问道。

“是，刑警支队的侦查车。”杨局长说，“那个地方没有什么好的隐蔽点，藏车里是唯一的办法。”

“恕我直言啊，”萧朗说，“一辆车停那儿几天不动，里面还有人，这谁都知道是警察蹲点好不好？”

“可是，没有别的办法。”杨局长的脸色有点难看，“我倒不认为对方拿个邮件都能有那么强的反侦查意识。”

“大哥……”萧朗说。

“叫局长！”萧望打断了他。

“局长！咱们的对手都是从小被崔振一手训练出来的。”萧朗说，“崔振是唐骏唐老师的学生！你说这帮人什么基本警务技能不掌握？说不定他们比咱们的民警掌握得还熟练些。”

“是啊，别有用心的人，确实很容易识破咱们的盯梢点。”凌漠摊了摊手，“不过不要紧，我们仔细看看视频，看看能不能看出一些端倪来。”

说话间，凌漠已经开始用八倍速度快进播放眼前的视频了。

“这个，没事，我们先看看视频。”萧望为弟弟的唐突感到有些抱歉，说道，“我们这次来，是掌握了一条信息，犯罪团伙可能和最近你们文疆市第一人民医院的医闹有关。”

“啊？”杨局长从尴尬的情绪中解脱出来，说，“这个，不太可能吧？我们对医闹的参与人员都进行了分析，除了医疗纠纷中的死者家属，还有一个职业医闹团伙。领头的是一个叫李孟尧的家伙，是个职业医闹，我们盯他很久了，苦于只能将他治安拘留，不能进一步惩罚。剩下的，都是这个李孟尧花钱雇的马仔。”

萧朗看了凌漠一眼。

“哦？你们还做了这么多功课呢？”萧望说。

“实在是没办法。”杨局长说，“第一人民医院是我们这里的第一大医院，每天的病患流量是非常大的，这帮人阻碍了医疗工作，牵扯了我们大量警力。毕竟有一百多号人，辖区派出所根本就管不过来，所以我们的特警可以调配的机动力量全部压上去了，还抽调了剩余的可以调配的交警力量。”

“牵扯警力，就是为了让他们的转移工作更顺当。”凌漠说。

“那你怎么知道这个李孟尧和犯罪团伙没有关系？”萧朗问。

“这个我是有信心的。”杨局长说，“毕竟我们已经把这个李孟尧的老底都查得清清楚楚了，就连今年他嫖娼的记录我们都掌握，也依法处理了。要说他和什么犯罪团伙有关联，顶多是收钱帮人家办事。办的也顶多就是医闹，像你们说的那样，牵扯警力。所以，即便是把他抓回来，也问不出什么。而且，这个李孟尧已经不知道被拘留过多少次了，老油条了，很难对付。”

凌漠低头不语，小艾留下的信息，就指向这个医闹团伙，那么通过这个医闹团伙，一定是可以找出他们的藏身之地的。

“文明执法了，就是对老油条的纵容，就是对合法公民的不公。”萧朗说。

“那也得文明执法。”萧望瞪了萧朗一眼，又转向杨局长说，“对于医闹，现在中央都是严打严控的，为什么对他不好处理，还牵扯了那么多警力？”

“这些职业医闹，对相关法律学习得比我们还透。”杨局长无奈地说，“他们是专钻法律的空子，打擦边球。拘他是可以的，但是拘留完了，放回去，他还是继续闹。甚至，他还会去上级公安机关投诉我们，又或是发起行政诉讼。所以，我们也很慎重。”

“可是，现在关于医闹的相关法律法规也逐渐在完善啊。”萧望说，“我记得，中央四部委联合下文了，要求严厉打击伤医闹医的违法行为。”

“确实，现在对于医闹，我们有法可依。”杨局长说，“不过这帮医闹一不动手，二不摆设灵堂。虽然是职业医闹，但也是打着家中有人被治死的幌子。在中国，‘人死为大’的惯性思维根深蒂固，虽然很不好，但大多数人信奉。主要原因是他们毕竟没有过激行为，我们只能维持现场秩序，无法强行带离。”

“这个理解，公安机关处理违法行为，是需要依法的。”萧望说，“有些人钻法律空子，我们还真是不好办。”

“可是很多医生不能理解我们。其实我们打击违法、维护秩序的心比医生们更迫切。”杨局长无奈地摇头，手中也不闲着，他打开了一张照片，继续说道，“喏，这就是现场拍摄的职业医闹李孟尧的照片。”

众人伸过头来看，照片中一个面容猥琐的瘦小男人，穿着一件黑黄相间的宽大外套，正在现场指挥，给医闹们面授机宜。

“这人在监控视频里出现过！”凌漠突然说道，“这衣服辨识度很高！”

“真的假的？”萧朗探头过去看凌漠的屏幕，屏幕上正在快速播放着。

“不会错的。”凌漠低头想了想，自言自语道，“我来想想具体时间。”

“真的假的？”萧朗重复了一遍，但意思不同，他说，“放这么快，你都能记住时间？”

“八九不离十吧。”凌漠一边说着，一边拖动着视频的进度条。

“你别过度透支你的记忆力，伤神。”萧朗关心地说道，“毕竟你现在是我的马仔，我要对你负责。”

凌漠没理萧朗，他拖动了几次进度条，然后如释重负般说道：“找到了。”

“厉害，厉害，佩服，佩服。”萧朗看了一眼凌漠的屏幕，由衷地说道。

每个人面前的屏幕都切换成和凌漠的屏幕同步播放，屏幕中，李孟尧依旧是穿着这一件黑黄相间的衣服，在视频的一角出现，他似乎是拉住了一个人，正在和这个人说着什么。

“你们看和李孟尧交流的这个男人。”凌漠指着视频说，“大概能看清他的眉目，他好几次向汽车这边瞟，说明他很关注这边的动静。”

“事情没有那么巧！”萧朗说，“李孟尧和黑守有关系，这个男人就是黑守的人！而且，他果真是发现了盯梢的民警！”

杨局长再次尴尬。

“杨局长。”萧望轻咳了两声，说，“你看，能不能找个理由，把这个李孟尧拘几天？”

“那肯定没问题，毕竟他一直在做违法的事情。”杨局长说，“可是这个人是老油条啊，拘了，他也什么都不会说。”

“有我在，他什么都会说。”萧朗跳了起来，说道。

文疆市城东区派出所的办案区里，李孟尧坐在询问室的椅子上，跷着二郎腿，叼着一根烟，抖着腿斜眼看着凌漠。

“你这是什么态度？”凌漠看上去有些恼火。

“你这是什么态度？”李孟尧冷笑着反击道，“我是纳税人，是你们这些公务员的衣食父母，你对父母什么态度？”

“你是违法嫌疑人。”凌漠说。

“笑话！违法？我违什么法了？”李孟尧随意掸掉烟灰，说，“我二叔被无良医生弄死了，给了红包还给弄死了，你们不去抓无良医生，来抓我们这些受害者！你们还有良心吗？”

“对医院诊疗行为有异议，可以申请医疗事故鉴定。”凌漠说，“有正规的法律程序你不去维权，却纠集一大堆人堵医院门，就是违法。”

“你是警察不？你是警察怎么素质这么差？”李孟尧说，“你们警察说话要有依据，我什么时候纠集人了？你有证据吗？我什么时候堵门了？我的其他亲戚情绪激动堵门，我还上去劝呢。你们这是在颠倒黑白！”

果真是老油条，上来几句话就让凌漠无话可说。

突然，楼道里传来一阵嘈杂的声音。在嘈杂的声音中，似乎可以听见“医院”“死人”什么的词语。可能是因为和自己的“业务”有关，李孟尧下意识地侧耳倾听着。

过了一会儿，李孟尧试探地问道：“看来你们这是真的执法犯法啊，不仅违法抓了我，还抓了我的其他亲戚？”

“哦，那倒不是。”凌漠满不在乎地说道，“这人也是二叔死了。”

“啊？哦！和我一样啊，可惜可惜，我就说这个医院的无良医生多嘛。”

李孟尧哈哈笑着说，“你看别人这不是和我有一样的遭遇？你们赶紧把我给放了。”

“这人也不是我们请回来的。”凌漠说，“这人的二叔因为救护车被堵，没来得及抢救，不然也死不了。后来他听说是你组织的堵路，所以来我们派出所寻仇来了。”

李孟尧面部的肌肉猛烈地抽搐了几下。

“所以，我们拘留你，也就等于是在保护你。”凌漠依旧是一脸满不在乎的表情，说，“拘留你三天，这是拘留证，你签字就好了。”

李孟尧有一些犹豫。

突然，办案区询问室的大门猛地被拉开，隔着铝合金栏杆内门，露出了萧朗狰狞的脸。

萧朗双眼通红，龇着牙，恶狠狠地盯着李孟尧，双手握住了铝合金内门，一用力，整个门就被拆了下来。

萧朗将铁门扔到一旁，发出了一声低吼，向李孟尧扑了过来。

这一下，着实把李孟尧给吓破了胆，他砰的一声就从椅子上跌落到地上，连滚带爬地躲到了对面办公桌边凌漠的身后，一边躲还一边叫喊着：“警察保护我！保护我！保护不到我，我就告你们不作为！”

在萧朗还差一尺的距离就抓到李孟尧的时候，三名膀大腰圆的警察才从后面摁住了萧朗。还没等李孟尧喘口气，萧朗居然一下就将三名警察掀翻，再次扑向李孟尧。

瘦弱的李孟尧算是亲眼见识了眼前这个大个子的战斗力，自己恐怕连他的一根小手指头都扳不过。

一见这个情形，李孟尧手脚并用，钻过了凌漠的裤裆，爬到了办公桌的底下，一边瑟瑟发抖，一边还在大叫着：“警察保护我！保护我！”

凌漠强忍住笑意，喊道：“摁住他！摁住他！”

又有两名警察扑了上来，才把萧朗摁住，在萧朗奋力的挣扎声中，将萧朗拖出了询问室。

李孟尧在桌子底下观察了一分钟，确认了安全，这才爬了出来。

“这还不错，要是连一个小子都控制不住，你们警察怎么保护人民？”李孟尧恢复了那种颐指气使的口气。

“那你签字还是不签字？”凌漠拿着拘留证问道。

“签，当然签。”李孟尧第一次这么配合地说道，“作为一名守法公民，我是非常配合你们警方的。”

凌漠暗暗笑了一下，拿回拘留证，又看看外面即将降临的夜色，说：“现在有规定，你是不能在派出所过夜的。所以，我们马上要送你去拘留所。”

“拘留所好啊！”李孟尧说，“吃得好，睡得好，还有全程监控，安全，安全。”

一名民警带着李孟尧离开派出所，坐上了警车。然后警车拉着一路吹着口哨的李孟尧，来到了拘留所。进行了必要的体检之后，办理了相关手续，拘留所的民警带着李孟尧来到了一间监室，将他送了进去，反手锁好了大门。

李孟尧伸了伸懒腰，此时已经快晚上九点了，到了他平时睡觉的点儿，可是今晚没喝上两杯，李孟尧觉得实在有些不太尽兴。

同一个监室的，是一个高大的男人，正背对着李孟尧，坐在桌前。

“哥们儿，啥事儿进来的啊？”李孟尧走了过去，重重拍了拍男人的肩膀，搭话道。

男人慢慢站起了身，同时回过了头。

这个比李孟尧高出两个头的男人，他的面容再熟悉不过了。熟悉，是因为足够狰狞。

“是你！是你！”李孟尧连续后退几步，一屁股坐在了门边，对着萧朗喊道，“怎么会是你？警察！警察呢！警察来救我！不然我投诉你们！”

无人回应。

李孟尧又哭喊了几声，声音从愤懑到期盼，然后到绝望。

“嘿，你看那个闪着的红灯，是监控！监控你知道吗？你不能伤害我！”李孟尧瘦小的身躯被萧朗的身影完全遮盖。

“监控怎么了？”萧朗用较为嘶哑的声音低声说道，“有监控正好，监控已经拍下了你刚才挑衅我的镜头。现在我要故意伤害你，打残废，我判七年；打死，我判无期。我倒是要看看谁划算。”

李孟尧的脸上一阵青一阵红的，全身都在不自觉地颤抖着。

“大哥，大哥，你别冲动。”李孟尧咽了一口唾沫，说，“我听说你二叔也是不幸去世，我二叔也死了，同是天涯沦落人，同是。”

“你这是在套近乎，还是在火上浇油？”萧朗强忍着笑意，继续用一张凶神恶煞的脸凑近了李孟尧。

“不是，不是，我的意思是说，我是无辜的呀，我的二叔被那些医生害死了！”李孟尧半倒在地上，用胳膊支撑着，看着萧朗越来越近的身体，尽可能地让萧朗那张狰狞的脸距离自己远一点，无力地说道。

“我的二叔被你害死了。”萧朗咬着牙说道。

“大哥，你别急，你听我说，冤有头，债有主……”

“对，就是冤有头，债有主，我现在来寻头找主。”

“不是不是，我说大哥，你别离我这么近。”李孟尧说，“我也是受人之托，真的是受人之托。”

“受人之托？”萧朗把自己的脸撤回来一些，说，“我现在给你一个申辩的机会。”

说完，萧朗拿过监室里一个不锈钢茶杯，用力一捏，杯口变形了。

这一下把李孟尧吓得不轻，他连忙说道：“是一个我不认识的人，算是雇主吧。”

“你二叔的什么亲戚？”

“不不不，那个死的不是我二叔，是我忽悠那帮警察的。”李孟尧说，“我的雇主也不是什么亲戚，他们就是让我帮这个死者家里闹一闹，我就有钱拿。”

“多少钱？”

“五、五千。”李孟尧说。

萧朗眼睛一瞪，李孟尧马上改口说：“五、五万。但我分给我那帮手下不少。”

“这个雇主为什么要干这事？”

“这、这我就真不知道了。可能、可能是替天行道吧？至于我，有钱赚，我还问那么多做什么？”

“是这个人吗？”萧朗从口袋里掏出手机，播放了那段李孟尧和一个瘦高个儿男人在邮箱附近说话的视频。

其实这是一个破绽，毕竟手机是不可以被带进监室的。只是李孟尧此时已经被吓傻了，没有发现这个破绽。

“不，这人是雇主的马仔。”李孟尧说，“雇主一看就是个大款。”

“你和这个人在说什么？”

“我想想啊。”李孟尧翻着白眼，说道。

萧朗又用力捏了捏杯子，杯子咔嚓一声响，吓得李孟尧一哆嗦，连忙说：“事情是这样的，他们让我去医闹的同时，问我能不能做中介，说是要租一个离第一人民医院远一点、大一点的场地，他们要开办厂房。”

“接着说。”

“我想来想去，我老家那边有个小学，荒废了一大半。”李孟尧说，“然后我就让他们去那里，直接进去用就行。如果有人问的话，我和镇长关系也很熟，付钱就是了。”

“你老家是哪儿的？”萧朗问，“小学名字叫什么？”

“驼山小学。”李孟尧立即回答道，“不过后来他们不愿意付我中介费了，我那天就是在路上碰见了这个马仔，所以问他什么时候付中介费。”

“确定他们是用了这个小学的场地？”

“这个我不知道。”李孟尧说，“我是准备抽空回去看看，如果他们真在用的话，我就去派出所举报的。不过这不是没时间吗？我老家在山区，离这里三四个小时的盘山道呢。”

萧朗看了看表，又算了算时间，即便是现在赶回去，说明情况，再赶去现场，也得是明天清晨了。所以，时间一刻也不能耽误。

“行了，先饶过你。”萧朗直起了身子，从裤子口袋里掏出钥匙打开监室的大门，昂首走了出去。

留下李孟尧呆呆地坐在监室的地板上，目送萧朗离开，一脸的问号。

拘留所的门口，万斤顶里，萧望看着弟弟自信的表情，问道："靠谱吗？"

"靠不靠谱，去看看不就知道了？"萧朗说，"反正这家伙要被关在这里三天，没法离开，也不会走漏消息。走吧！"

第二章 杀人广告牌

再奇诡恐怖的事，对法医来说，也只是日常罢了。

但那时候，我并不知道，我也会有心乱如麻的时候。

——聂之轩

1

驼山小学突袭行动结束后。

文疆市第一人民医院门诊留置观察室。

萧朗猛地惊醒，一个鲤鱼打挺猛地跳了起来，却发现自己站在一张病床上。他站在床上，尴尬地发现，两边病床上的病人正像看怪兽一般看着他，他讪讪地下了病床，发现病床一侧的床头柜上，放着一沓图纸。

萧朗拿起放在最上面的一张图纸，发现上面标着各种圆圈、箭头和坐标，旁边还有各种注释，看起来是凌漠的字迹。这似乎是一沓看起来非常复杂的手绘山地图。

“东偏南十五度，暗哨两人，伏地。北偏西十五度，暗哨一人，树梢？这啥意思？”萧朗从站姿变成了坐姿，仔细看了看山地图，有些丈二和尚摸不着头脑。他左看右看，发现了病床边的指示牌，忍不住挠了挠脑袋。“这不就是李孟尧他们堵的那个医院吗？看来他们‘群龙无首’就退散了？可是，我为什么会被留置观察？”

萧朗脑海里都是问号，他拿起山地图，不顾四周好奇的目光，起身就向门口跑去。刚到门口，就和凌漠撞了个满怀，凌漠手上端着的一杯凉白开全部洒在了萧朗的前襟。此时正值春天，气温不高，这一杯水浇得萧朗龇牙咧嘴。

“你不长眼睛啊？”萧朗冻得直嚷嚷。

“这怎么能怪我？”凌漠拿着杯子说，“你冒冒失失地往外冲，把门都堵上了，谁避得开？”

“怎么说话呢？你是马仔！”萧朗自知理亏，转移了话题，“我为什么会在这里？你又为什么会在这里？”

“你是中毒昏迷了，我在这里照顾你。”凌漠如实回答。

“我不需要你照顾。”

“这是望哥招呼的，他说我们刚才分开行动，违背了我们之前说好的规则。”凌漠耸了耸肩膀，说，“所以，我已经被批评了，一会儿你也会被批评。”

萧朗站在原地翻着白眼想了会儿，可算是把暂时遗失的记忆都找了回来，自己刚经历了一场低配版《生死时速》的战斗，于是说：“我怎么记得我把电动三轮车车钥匙攥手里了呢？没钥匙车能开走吗？”

“你确实攥手里了。”凌漠说，“而且车和冰柜都被缴获了，冰柜里的董老师也正在被抢救。”

“董老师居然在冰柜里啊！”萧朗打了个哆嗦，心想在这个季节里自己被一杯凉水泼湿了都很难受，更不用说董老师在冰柜里待那么久了。

“那我们明明就是成功了，我哥为什么要批评我？”萧朗说，“他们在哪里？”

“在 ICU（重症监护室）。”凌漠说。

“啊，对了，这是什么？”萧朗把手中的一沓山地图递给了凌漠。

“哦，你晕过去之后，被送到这里来抢救，我们就在驼山附近进行了勘查。”凌漠说，“我们大致看了一眼，他们撤离得蛮彻底的。看起来，他们在驻扎进去的时候，就已经想好了撤离的方案，并且进行了多次的演练。因为‘一村一警’的民警惊动了他们，所以他们用空置的房屋吸引我们的注意力，在我们攻进去之前，从事先准备好的屋后通道撤离了。”

“这我也能猜到。”萧朗说。

“不过，我就在想，两个民警还没靠近呢，他们为什么能立即发现并完成撤离？”凌漠说，“他们肯定有能够瞭望远方的暗哨。所以，在对废弃教学楼进行警戒封锁之后，我和子墨就对小学附近的山地进行了勘查，找到了很多痕迹。比如有聚集的烟头，有反复踩踏导致的植被缺损，有攀登树梢导致的树皮脱落等。相关的痕迹物证已经提取进行检验了，但是我总觉得这个暗哨布置的手法，很眼熟。”

“暗哨布置还有学问？”萧朗问。

凌漠点点头，说：“现在已经是信息化时代了，这门学问已经过时了。可是，对于藏身于暗处的黑暗守夜者来说，还是用得上的。我刚才根据记忆，把我们勘查发现的暗哨位置，都在方位图上标记了一下，更加清晰明了，看上去，特别眼熟。我觉得，是我曾经在守夜者资料库里看过的模式。比如，你看。”

“不看了，不看了，人都抓了。”萧朗挥了挥手，说，“我们还是去 ICU 看看咱们救下来的董老师吧。”

凌漠收起山地图，点了点头，和萧朗一起按照医院的指示牌向位于三楼的 ICU 特护病房走去。

这是一间只有一张病床的病房，病床的一侧放着很多台不知名的医学仪器。病床正对着的那面墙是一面玻璃，玻璃墙后是一个小房间。因为住到这间病房的病人通常需要无菌环境，所以这个小房间是供家属探视和医生观察使用的。

病床上没有人，但是小房间里挤满了人。

“哟，你们都在这儿呢？”萧朗进门就大大咧咧地说道，“你们这是在看啥呢？”

“董老师还在楼上手术台上，如果下得了手术台，就会来到这间病房，所以我们在等。”萧望的面色有点难看，并不是对弟弟责怪的神情，而是源于一种说不清、道不明的心理感受。

“那我也等着。”萧朗说，“哎，对了，聂哥，我为什么会躺在一楼？”

“你中毒了，短暂昏迷而已，醒了就没事了。”聂之轩笑着回答道。

“什么中毒？”

“硫化氢，一种神经系统抑制剂。”聂之轩说，“短时间内吸入高浓度的硫化氢，会让人立即中毒昏迷。不过，因为是在一个开放环境，所以硫化氢浓度迅速降低，也没有对你造成什么神经损害，放心吧。”

“可是我怎么记得……”萧朗欲言又止。

“对，你没记错。”聂之轩笑着说，“就是屁。”

“真的是只臭鼬啊！”萧朗皱着眉头厌恶地说道。

“我让你们俩在行动中不准分开，你们却当成耳旁风。”萧望有些责备地说道。

“我们行动都成功了，分不分开的有什么关系？”萧朗说。

“如果你们当时没有分开，按照查缉战术，一人持枪保持距离戒备，一人上去上铐，即便他能释放毒气，也不可能把你们两个人都放倒。”萧望说，“只要能控制到我们赶到，‘臭鼬’也被捕了。当然，我不是在责备你们，如果你骑车追不上，一人在路口设卡会增加抓捕的成功概率。我只是希望你们在行动中不要分开，要说到做到。”

“哎呀，哥你越来越像姥姥了。”萧朗学着姥姥的声音，说，“你们哥儿俩上学路上不要分开，过马路要牵着手过，记住没有？”

“我不是在鸡蛋里面挑骨头，我是在为你们的安全考虑。”萧望严肃地说。

“我不是在鸡蛋里面挑骨头。”萧朗继续用姥姥的声音模仿着萧望。

萧望显然没有嬉笑的心情，他转头看了看门口，发现几名护士推着一张病床，从无菌通道走进了 ICU 病房。

看到了眼前的一幕，萧朗也无法再嬉笑下去，他被眼前的景象惊呆了。

从判断董连和没有死亡的那一刻开始，大家就在猜想着“人彘”究竟是什么模样。虽然小时候好像在某部宫斗剧中看到过所谓的“人彘”，但毕竟都是被后期特效做出来的，真实程度不够。所以当守夜者成员们真正地面对一个“人彘”的时候，更多的感受是震撼和恻隐。

无菌 ICU 病房内的病床上，躺着一个只有躯体和头颅的人。他的四肢都是被连根截断的，出于种种原因，截断的断面不能进行包扎。裸露出来的皮下组织也并不像是新鲜创口的模样，而是黄中发绿的颜色，肌肉组织还随着“人彘”的呼吸而轻微收缩着。创面似乎有粘连[1]的迹象，但并不是

1　粘连，指的是身体内的黏膜或浆膜，由于炎症病变而粘在一起。

在愈合，创面不断有透明清亮的组织液体滴落下来，将下方的床单浸湿。

董连和仰卧在床上，似乎完全没有意识。但即便是没有意识，他的呼吸也并不平稳。他似乎是经受着阵发性的剧烈刺激痛，每呼吸几次，就会猛然吸一口气，把插在他鼻孔的胃管吸得翘起来一些。

因为没有了手脚，静脉输液只能寻找头皮上的静脉来打开通道。就像是新生儿吊水一样，黄色的液体顺着透明软管从董连和的头皮上进入他的体内。

董连和四肢残端的皮肤变成了淡黄色，看起来很坚硬，但是随着他猛烈地吸气，残端的皮肤会向内翻卷，看起来就像是被切断了触角的八爪鱼一样。

“这也太残忍了。”萧朗低声道，“而且还被放在冰柜里。”

这时候一名五十多岁的医生从病室外走了进来，说：“你们，谁是萧望？”

“我是。”萧望应声道。

“我和你爸很熟悉。”医生笑了笑，说，“刚和你爸通了电话，把情况介绍了一下。”

“叔叔好。”萧朗插嘴道，“那董老师能活不？”

“你们送过来的时候，病人已经奄奄一息了，濒临呼吸衰竭[1]。”医生说，“我们也是费尽心思，总算让他肺部的感染情况稳定了下来。目前他的生命体征还算平稳，但是意识还没有恢复。”

“感染？用抗生素可以吗？”聂之轩问道，“是和他四肢断端皮肤不能愈合有关吗？”

医生点了点头，说：“是啊，可能是损伤之初有人为干预，导致了病人的四肢断端长年不能愈合。创面较大，不断地感染。但是，我们发现病人体内会滋生一种特殊的抗体，拮抗[2]病菌的作用。”

1　呼吸衰竭，指的是各种原因引起的肺通气和（或）换气功能严重障碍，以致不能进行有效的气体交换，导致缺氧伴（或不伴）二氧化碳潴留，从而引起一系列生理功能和代谢紊乱的临床综合征。

2　拮抗，指的是抑制或杀死病菌的意思。

“那就是能活了？”萧朗急着问道。

医生摇了摇头，说：“虽然他体内生成的抗体可以防止他因为感染性休克而死亡，但是这种特殊的抗体会对他的肝、肾功能产生巨大的危害。按照现在这种不断感染、不断生成抗体的情况继续下去，不出一个月，他一定会因为肝肾衰竭而死亡。”

“一个月？”萧朗跳了起来，说，“可是他在这种情况下已经活了二十多年！”

“我刚才也是听他爸这么说了。”医生指了指萧望。

萧朗急了，声音也高了八度，说：“那有没有别的办法？”

萧望瞪了萧朗一眼。

医生不以为意，说：“我们文疆的医疗条件有限，不过我将病人的具体资料发给了南安、上海以及北京的专家，他们的观点和我一样，病人熬不过一个月。”

“可是他既然能活二十多年，那一定是你们没有找到办法！”萧朗说。

“你说得不错，是我们都没有找到办法。”医生点了点头，认真地说，“刚才萧局长已经跟我说了，他马上出发去北京，寻访在这方面有成就的专家，希望能在一个月的时间内，找到可以继续维持病人生命的办法。”

“找不到的话，就看着他死？”萧朗又侧脸看了看床上的董连和，心有不忍，“你们这不是无菌病房吗？为什么还会感染？”

“所谓的无菌病房就和手术室一样，只是相对无菌，而不是绝对无菌。”医生说，“相对无菌的病房，可以让他感染情况减轻，滋生抗体减少，生命会延长一点而已。南安市立医院有全省最好的无菌病房，所以萧局长刚才嘱咐了，会请卫生部门派出专门的救护车来把病人拉去南安，尽可能让他延长生命。”

“回南安也好。”萧望点了点头。

“那我们回不回去？”萧朗转头问哥哥。

萧望还没来得及回答，程子墨冲进了病房的观察间，说：“不好了，驼山小学的那座教学楼，自己烧起来了。”

当大家赶到驼山小学的时候，大火已经被扑灭了。几名民警和几名联防队员站在一辆小型灭火车的旁边，不知所措。

“奇怪了，不知道为什么自己就烧起来了。”一名民警说道。

“确定没有人靠近这里吗？”萧望看了看还在翻滚着浓烟的小楼，有些惋惜地说道。按照他们的安排，他们准备在确定董连和幸存之后，对这座小楼进行全面的勘查。虽然黑暗守夜者组织只在这里逗留了几天，但一定会留下很多有用的信息。

只可惜，一场大火，就毁了一切。

“之前我们确定了这里是没有人的，然后就派出了这么多人手把守小楼四周。”民警说，“这里前后院都很敞亮，也没什么藏人的地方，有人进出，要么走院门，要么翻围墙，我们都是可以看到的。”

“那……起火之后呢？”萧朗突然问道。

“起、起火之后？”民警想了想，说，“起火之后，我们就招呼大家端水来灭火，这里消防车是进不来的，好在我们所里有小型灭火车，我打电话让所里来人支援的。”

“我是说，起火之后，这里会不会有人出去？”萧朗指了指楼后面的围墙，问道。

“这、这我就不确定了。”民警比画着说，“不过，我觉得是不可能有人的。你不知道，那大火是爆燃的，同一时间，所有房间都爆燃了，有人的话，根本就无处藏身，肯定会葬身火海。”

萧朗没有说话，招呼聂之轩一起走进了小楼。不一会儿，又走了出来。

萧朗看着萧望询问的眼神，说道：“和我料想的一样，每个房间都和之前吸引我们注意的那个房间一样，墙壁上装了汽油桶，通过机关可以引爆。”

“这手法，和曹允死亡的现场[1]很是相似啊。”程子墨沉吟道。

“是的，通过机关引爆汽油，只是少了重力感应机关。”萧朗说。

1　见《守夜者 2：黑暗潜能》“迷宫的死角”一章。

“不，不少。”凌漠从院落一侧的小房间里走了出来，说，“这个房间的地板上就有铁板，和曹允死亡的现场一模一样，一定也是重力感应机关。”

“这个房间，是之前那两个黑衣人把守的房间。”萧朗说。

“是的，之前我赶来的时候，你正准备进去，我就发现那两个黑衣人的眼神里充满了期待。”凌漠说，“这是他们的一个陷阱。”

“所以呢，这是遥控爆破的？”萧望问聂之轩。

“还真不是遥控。”聂之轩说，“这些汽油桶都是安装在床边的，遥控这种方式太危险了，我认为是手动控制的。因为每个汽油桶的起爆装置都有明线连接在一起。”

“可是并没有人进出。”萧望说。

“起火前没有人进出，不代表起火后也没有人进出，毕竟起火后大家忙乱成一团，不一定会注意有没有人从屋后翻墙逃离。”萧朗说，“哥，你还记得吗，之前那个起火吸引我们注意的房间里，似乎有个小孩，但是灭火后，我们进去并没有找到任何尸骸。”

萧望若有所悟。

“如果这个人一直潜藏在屋内，先是引爆了一个房间，打算吸引我们的注意力后逃离，但他的企图失败了，之后，他藏匿了起来，躲过了我们民警的检查。毕竟，现场要保护，民警也不能进屋仔细检查。”萧朗说，“所以在我们离开之后，这个人等到一个合适的机会，手动引爆了汽油桶。趁乱，他逃离了。他的目的，就是毁灭痕迹物证。”

“不可能，不可能。”民警说，“突然起来那么大的火，只要在房子里，肯定没有生还的机会。”

“正常人是这样。”萧朗说，“可是我们面对的，不是正常人。”

“耐火者。”萧望低声说道。

“现场有各种高低床的残骸，还有小孩子睡的小床。”聂之轩说，“说明这里住了不少大人和小孩。能看出来的，只有这么多了，其他什么痕迹物证都没了。”

“有大人，有小孩。”萧望沉吟道。

“现在现场已经毁了，不如就让我去审问一下那两个黑衣人吧。”萧朗看了眼凌漠说，“我就想知道，这俩家伙为什么那么想我死。”

“不要冲动。”萧望嘱咐了一句，说，“萧朗和凌漠，你们去审讯黑衣人，聂之轩、程子墨，你们对外围进行进一步勘查。我和铛铛护送董老师回南安，回头我们再联系。”

萧朗一路领头，气鼓鼓地来到了驼山镇卫生院。两名被萧朗打骨折的黑衣人正是在这里进行住院治疗。派出所派出了四名民警和四名辅警对两名黑衣人进行看守。

当萧朗看到这两名黑衣人的时候，真是气不打一处来。两个人正躺在一间病室里，谈笑风生。

萧朗猛地推开病房大门，把两个黑衣人吓了一跳。再定睛一看，居然是这尊阎罗王！两个黑衣人差点儿就被吓尿了。他们也不管胳膊上、腿上的石膏和已经被铐在床栏上的手，连滚带爬地跌落在地上，对着萧朗磕头。

“你们黑暗守夜者，都是这么软骨头的吗？”萧朗被两个人的滑稽动作给逗乐了。

两人你看我一眼，我看你一眼，似乎不知道萧朗在说什么。

“我就想知道，你俩为什么那么想我死？”萧朗坐在病床上，跷着二郎腿问道。

“爷爷啊！你搞错啦！我们怎么会想你死？我们想你长命百岁啊！”其中一人连忙说道。

“少给我来这一套。你知道他是谁吗？”萧朗指了指靠在门边的凌漠，说，“他是读心专家，他知道你俩想让我进那个小房子！”

两个黑衣人互相看了一眼，说：“这确实是啊，有个老板让我们守在那里，说有强盗会来抢房间里面的东西，让我们尽全力拦住，给我们一人五百块钱。但如果拦不住，强盗还是进门了，给我们一人一千块。”

“胡扯什么？！那傻子都知道干脆不拦。”萧朗吼道。

“我也觉得这不合理啊，但老板确实是这样说的。”黑衣人吓得一哆嗦，说，“所以你也看出来了，我俩也没怎么尽力拦你啊。”

“你拦得住吗？”萧朗眼睛一瞪，说，“少给我贫，给我说实话！”

凌漠走了进来，拦住萧朗，问道：“你说的老板，长什么样子？”

“是个二十岁左右的年轻人，不认识，也没什么特征，你让我怎么给你描述呢？哎，一米七五左右，瘦瘦的，说话还结巴。”黑衣人说道。

“你扯什么？”萧朗说道。

凌漠拉起萧朗就走，萧朗喊着：“你干吗你？你是我马仔，你拉我干什么？”

走出了病房，凌漠说：“这两个人说的是实话。”

“微表情吗？”萧朗说，“说不定他们会伪装呢？”

“再会伪装也逃不脱心理分析。”凌漠叫来一个民警，问，“这两个人的身份查清楚了吗？”

“查清楚了，就是驼山镇的村民。”民警说，“没什么劣迹。”

“你看，他们只是受人指使，什么都不知道，问也问不出来。”凌漠说，“而且这个所谓的老板，是年轻人，肯定不是真正的幕后老板。即便他们能描绘出样貌，作用也不大。”

“你是说……”萧朗猜测道。

“对。”凌漠打断萧朗，说，“他们知道信息暴露，所以已经做好了撤退的计划。他们安排了村民守卫重力炸弹，就是在设定陷阱。我们识破陷阱后，他们引爆的那个房间，也是利用我们必须先救人的心态在拖延我们的时间，为的就是给运输董老师的人充分的时间逃离。其他人、其他资料容易撤离，但是董老师很难，所以他们来不及。”

“最后再来个自毁装置，彻底让我们查无所查。”萧朗恍然大悟，“确实，既然已经有了这么完善的撤离计划，自然不会留下两个人让我们抓住。”

“所以，我们还是要指望聂哥和子墨能发现点什么。”凌漠说。

“可是现场都被大火给毁了。”萧朗有些垂头丧气。

“去看看吧。”凌漠说，“既然黑暗守夜者要再次转移，那么小艾一定会想办法把这个消息透露给崔振，对不对？”

萧朗眼前一亮，说："对！那个赤足者！"

车开在路上，凌漠就接到了聂之轩的电话。聂之轩和程子墨虽然在现场没有发现没被烧毁的资料，但是在对外围进行搜索的时候，他们发现了端倪。

萧朗加足油门，直接开到了驼山小学的门口。

"我们在小学远处观察了那么长时间都没有注意到。"聂之轩带着萧朗和凌漠走到了小学背后山上的一棵大树的旁边，指着树顶，说，"之前我们对周围分布的暗哨留下的痕迹进行了勘查，却没有注意到更外围的情况。你们看看，这棵树有什么奇怪的？"

这是一棵高大的白杨树，站在树下，透过树叶，能看见树顶有一根正在随风摇曳的拇指粗的竹枝。

显然，白杨树上不会长竹子，这是有人刻意放上去的。萧朗二话不说，脱了他那双刚买的45码白色球鞋，三下五除二就爬到了树顶，将竹枝取了下来。

"果然是个信号！"萧朗拿着长长的竹枝，说，"这是用竹子编了一个六角形！"

"六角形，不正是守夜者的标志吗？"凌漠说。

聂之轩点了点头，指了指地面上用粉笔画的一个白圈，说："你们看，这是赤足印！我正是跟踪这一串赤足印，走到了这棵树边，才发现树顶的信号的。在暗哨包围圈里，赤足印几乎找不到，可能是为了绕过暗哨。一出了暗哨包围圈，他似乎就肆无忌惮了。"

"哎，我的注意力都被学校的建筑吸引了，根本没注意后面的大树。"萧朗拍了拍脑袋，说，"其实站在远处，用望远镜还是很容易发现这个标志的。"

"大树树干被刀削开了一个小口，应该是用来夹住传递的信息的地方。"聂之轩指了指树干上一个刀口，说，"刀口还在流着树汁，很新鲜，而且也很明显。这和赤足者谨慎的性格不符，应该是仓促之间留下的。不过，里面的信息应该是被拿走了。”

“竹枝的设置很烦琐，说明是之前有充分时间准备而留下的信号。”萧朗说，“可是撤离很仓促，于是只能到绑信号的树下面仓促留下信息。”

“这个足迹，新鲜吗？”凌漠问聂之轩。

聂之轩点点头，说：“很新鲜，估计是在二十四小时之内留的。不过，有很多燃烧的灰烬覆盖在足迹上，说明是在起火之前留下的。”

“赤足者在他们撤离的时候，仓促留下了信息。只可惜这个信息我们掌握不了，崔振那边先我们一步拿到了。”凌漠惋惜地说道。

“看起来，崔振他们确实到过这里了。”聂之轩说，“可是，李孟尧似乎并没有把驼山小学这个信息透露给别人啊。”

“这个不好说。”凌漠说，“崔振那边说不定有办法在不惊动李孟尧的情况下，得知驼山小学这一信息。只要到了这一片，一定可以看到树顶的六角形。”

“那他们是来救董老师的吗？可是并没有救走啊！”萧朗说。

“肯定是来救了，只是营救行动失败了。”凌漠肯定地说，“我们没有打草惊蛇，而黑暗守夜者显然之前就开始了撤离行动。既然赤足者没有被老八发现，那么黑暗守夜者为什么费尽心思把这个小楼打造成基地后，没几天就要撤离？而且你还记得吗，当时我们行动的时候，这里没有手机信号。你想想，如果山里总是没有手机信号的话，老村主任为什么还会习惯性地使用手机呢？”

“干扰器[1]来了！”萧朗说。

“而且我们在沿途追赶的时候，发现小路的一侧有新鲜的树枝断裂的痕迹。”聂之轩说，“双方应该是在小路附近进行了打斗，但是老八这一边获胜了。”

“也就是说，崔振是在我们之前动手的，但是失败了。同时，老八也被惊动，于是开始实施之前就制订好的撤离计划。”萧朗恍然大悟，“可能

1　干扰器，是黑暗守夜者崔振派的成员，他的演化能力是能将所有的手机信号都屏蔽。

我们在观察的时候，崔振他们还不死心，还在附近。但是我们动手的时候，崔振也彻底放弃了她的计划。所以我们进入现场院落的时候，手机信号又恢复了。”

“这根竹枝，不仅给崔振指了路，还给他们留下了下一个转移地点的信息，只是我们却什么都不知道了。”凌漠耸了耸肩膀。

“不要灰心，马仔！”萧朗拍了拍凌漠的肩膀，说，“董老师现在在我们手里。既然老八这么困难也要转移董老师，崔振无论如何也要营救董老师，那就说明董老师很重要。这么重要的人现在在我们这里，怕什么？”

“怕崔振就此逃离。”凌漠说，“因为董老师在警方手里，是最安全的。她没有了顾虑，可能我们就抓不住她了。”

“不，一定可以！有我们绝代双探在，怕啥？”萧朗又重重地拍了拍凌漠的肩膀，安慰似的说道。

萧朗的手机响了一下，他拿起看了一眼，露出了无比惊讶的表情。

“怎么了？”凌漠注意到了萧朗的神色变化。

“我哥到南安了。”萧朗说，“不过杜舍也回南安了。”

2

“杜舍会在哪里呢？”萧朗坐在守夜者组织的会议室里，抱着脑袋，愁眉苦脸的。

两天来，萧闻天为了让董连和苏醒，一直在各地寻访名医，但收效不大，董连和仍昏睡不醒；守夜者的其他成员当然也没闲着，一直在南安寻找杜舍，可也迟迟没有结果。

一点好消息都没有。

“现在各个辖区派出所的排查还没结束。”程子墨说。

“等排查结束，估计杜舍的小命也就结束了。”萧朗说，“这监狱也真是会添乱！”

“不是监狱的问题。”萧望说，“老爸这么忙，还抽出时间去找监狱长了，估计很快就会发现更多的线索。”

“来了。”凌漠打开了守夜者内部的 OA（办公自动化）系统，看到刚刚收到的来自萧闻天的电子邮件。

“法律援助律师——陈方园。”萧朗读了一遍，说，“没啦？就这么一句啊，这老萧也太草率了吧！”

“这信息足够了。”凌漠说，“萧局长的意思，是让我们去找他。”

“陈方园，是我们南安，乃至全省最出名的刑辩律师。”唐铛铛已经打开了资料库，说，“当之无愧的南安首席大律师了。”

“大律师怎么能干这种事？走！会会他。”萧朗拽了拽凌漠的衣服，说道。

“我也去？”凌漠征询似的看着萧望。

萧望点点头，用期许的目光盯着凌漠，说：“对，你们俩行动的时候不能分开。”

凌漠自然也读得懂萧望目光中的意思，这位律师自然不会那么容易就交了底，所以需要凌漠这个读心者来解读谈话，找到杜舍，或者找到他帮助杜舍的原因。

萧朗开着万斤顶，带着凌漠来到了南安市中心区一处湖景写字楼。写字楼的楼顶矗立着几个大字——“方园律师事务所”。不用去翻阅这位律师的简历，看这排场，就知道他还真不是一般人。

事务所在写字楼的顶楼，萧朗二人坐在会客室里等了四十多分钟，一名西装笔挺、相貌堂堂的中年人才神色匆匆地出现在会客室。

“两位警官好，抱歉让你们久等了。毕竟，吃律师这碗饭也不容易，要养活这么大的家业，我们都是按小时收费的。”陈方园礼貌地和二人握手，言语之间却不那么友好。

看着萧朗疑惑的眼神，陈方园笑了笑，说：“当然，对二位警官，我们的咨询服务是免费的。”

听着这开场白，萧朗有些生气，说：“那你要是被拘留了，在拘留所的时间收不收费？”

凌漠见萧朗有点控制不住自己的情绪，连忙踩了他的脚，让他打住。

陈方园似乎并不生气，哈哈一笑，说：“我是守法公民，社会主义的法治制度就是保护我们这些人的利益的。”

“要是按小时收费，那你把杜舍搞出来，收了多少钱？”萧朗不依不饶。

“抱歉，我的当事人太多了，你说的是谁，我不太清楚。”陈方园开始对萧朗有点不耐烦，露出一脸抗拒的表情。

凌漠当然知道陈方园是一种什么心理，也知道不能让萧朗就这样把谈话搞砸了，于是和颜悦色地对陈方园说：“陈律，抱歉，这个是我们队里的刺儿头，他有什么得罪的地方，您请见谅。”

萧朗刚要辩驳，凌漠猛一抬肘，撞在萧朗的肋部，阻止了他继续说话。

凌漠接着说：“我们最近在办理的案件，和金宁监狱的一个精神病罪犯有关，他叫杜舍。我听闻您前几天去金宁监狱，专门为他办理了减刑出狱的相关法律流程，所以想来向您请教一些问题。”

话说伸手不打笑脸人，虽然这个家伙脸上有刀疤，但说起话来还是让人很舒服的。陈方园心里大概是这么想的，于是打了个哈哈，说：“啊，你这么一说，我还真是想起来了。一个没有亲人、没有朋友的可怜家伙。”

“那是谁委托的你？”萧朗问。

陈方园跷起二郎腿，饶有兴趣地盯着萧朗，但就是不回答。

僵持了一会儿，依旧是凌漠打破僵局，说：“我们是想请教您，他当年被判决的时候，是限制减刑，为什么还能减刑出狱？”

“我觉得，你们公安机关的民警，应该多学学法律，这对于你们日后的依法办案是有好处的。”陈方园嘲讽似的微笑了一下，说，“首先你得知道什么叫作‘限制减刑’。《中华人民共和国刑法修正案（八）》及最高人民法院《关于死刑缓期执行限制减刑案件审理程序若干问题的规定》中规定：对被判处死刑缓期执行的累犯以及因故意杀人、强奸、抢劫、绑架、放火、爆炸、投放危险物质或者有组织的暴力性犯罪被判处死刑缓期执行的犯罪分子，人民法院根据犯罪情节、人身危险性等情况，可以在作出裁判的同时决定对其限制减刑。根据《刑法修正案（八）》对被限制减刑的死缓犯罪分子实际执行的刑期的规定：最低服刑时间，如缓期执行期满后被依法减为无期徒刑的，将不能少于二十五年；如缓期执行期满后被依法减为二十五年有期徒刑的，将不能少于二十年。也就是说，无论如何被限制减刑的死缓犯罪分子都要服满至少二十年的徒刑。看到条件了吧？不是什么犯罪、什么刑罚都可以加一句'限制减刑'的。"

陈方园口若悬河地说下来，口齿伶俐，没有一个停顿。

"这个我们当然知道，但是这个《刑法修正案（八）》是 2011 年 5 月 1 日开始实施的。"凌漠的记忆力当然对这些概念性的问题也不含糊，说，"可是杜舍被判决的时间是 1994 年 8 月。"

"所以，这个判决是有问题的，那个时候的《刑法》并没有所谓的限制减刑的规定。"陈方园耸了耸肩膀，说，"我们法律的精神，有一个叫作'从旧兼从轻'的原则，你听说过没？"

萧朗一脸茫然，但凌漠点了点头。

"那就是陈年旧案，法律程序没有走完的，新的法律判决较轻的，就适用新的法律。"陈方园依旧是语速极快，"比如 2014 年，法医的伤情鉴定标准发生变更，那么还没有审判的案件，就会重新进行鉴定。假如老标准中，伤者鉴定为重伤，而到了新标准，是轻伤了，就要依据新标准来进行鉴定。由此可以看出，既然当时没有规定，而现在有明确规定，那么这个被判处了无期徒刑的犯人，适用'限制减刑'，从法律条文上来说，是明显错误的，应该予以更正。当然，我们不能说法官不懂法，我认为当时法官的这条'限制减刑'是针对其精神病来说的。简单地说，还有精神病，就要强制治疗，精神病好了，就可以按照法律规定予以减刑。"

凌漠知道陈方园的这段话是有道理的，所以也没有辩驳，默默地听着。

"根据我的调查材料，杜舍在狱中表现良好，没有任何不良行为。按照监狱管理的相关法律，他早已多次减刑。"陈方园说，"他已经坐了超过二十年的牢，理应释放。"

"那您刚才说了一个前提。"凌漠提示道。

陈方园骄傲地抬了抬下巴，说："我请了全国最知名的精神病鉴定专家，确定杜舍目前精神状态良好。专家对他的危险程度评级，是0级。"

凌漠低下头来，有些沮丧。他非常清楚，自己和杜舍的一次对话[1]，虽然套出了很多有用的信息，但是对于杜舍的触动也肯定是存在的。任何人都渴望自由，杜舍也一定不例外。恰恰在这个时候，有个大律师来对他进行"法律援助"，他当然会抓住这根救命的稻草，可能不是稻草，而是一棵大树。他本来就是伪装的精神病，现在来做精神病危险程度评级，他自然会被鉴定成是无危险的人。

凌漠的内心非常确定，这是一次刺杀行动的引子。

对方一定是进行了精心的研究，分析出守夜者一定和杜舍进行过谈话，一定会对杜舍有所触动，触动的是杜舍那颗逃避法律制裁的心。而在幕后帮助杜舍的人非常了解守夜者的行动模式，更了解杜舍的内心，所以，才会在这个节骨眼儿上，有了这样的行动。这个多年潜心研究守夜者和杜舍的人，不会是别人，一定是崔振。

"你知道吗，你把他弄出来，无异于害死了他。"萧朗的一句话打断了凌漠的思索。

陈方园先是一愣，然后哈哈大笑，说："我有这么多委托人，难道我帮他们打官司之后，还要照顾他们的生老病死吗？哈哈哈！这真是好笑！"

看着陈方园讥讽的表情，萧朗把拳头握得更紧。凌漠安抚似的悄悄拍了拍他，对陈方园说："陈律说得对，您给他提供完援助之后，和他一起回来的吗？"

"是啊，我给他买的机票。"陈方园说。

"看来你还真是收了不少钱啊，服务这么到位。"萧朗说。

"一定要收钱吗？"陈方园瞥了萧朗一眼，说，"我看他可怜，不仅送他回南安，还准备租房子让他开始新生活呢。我有钱，我帮助弱者，不可以？"

"所以，衣食住行您都给他安排好了？"凌漠问道。

1　见《守夜者3：生死盲点》"精神病人"一章。

"我当然可以给他安排，但是他没有让我安排。"陈方园笑了笑说，"我想，他一定是有他自己的谋生之道吧。"

"您都说了，他没有亲戚朋友，怎么生活呢？"凌漠问。

陈方园又笑了笑，说："坐了二十多年牢，表现良好，那一定有不少积蓄，你说呢？当然，这都是我的猜测，也许这个抠门的人并不会舍得花他的辛苦钱。抱歉，两位警官，我已经耽误了半个多小时了，如果还有什么问题，你们可以让前台转达给我，我抽空用电子邮件回复你们吧。"

说完陈方园站起身来，稍一颔首，转身离开了会客间。

"哎，哎，哎！这什么态度啊这是？！"萧朗急了，说道。

"没办法，找不到他有哪里做得不对。"凌漠笑着耸了耸肩膀，靠在沙发上思考了一会儿，掰着手指头说，"这个律师虽然傲慢，但是从微表情来看，他没有说过一句假话。我现在至少能得出几个推论：一是根据他听到你那一句'无异于害死了他'时的惊愕反应，说明他并不知道雇主让他捞出杜舍的真实目的，所以他不是黑暗守夜者成员，或者说不是崔振的人。二是他努力回避雇主，而强调'法律援助'，说明雇主有明确的指示要保密身份。所以，无论我们用什么手段，律师都不会透露雇主的。当然，以我们的角度来看，很容易判断雇主就是崔振。三是他一直对于'收钱'这个词有所回避，可以推出是崔振给了他一大笔钱来捞人。既然我们知道崔振的终极目标就是复仇，那么她一定会不遗余力地展开这个举动。四是陈律师透露出杜舍'抠门'的时候，微表情是轻蔑，这显然就是实话。杜舍不舍得花自己的辛苦钱，那么自然不会租房子或者开宾馆住。所以，派出所的排查是无效的。"

"厉害啊！"萧朗瞪着眼睛，说，"能捋出这么多线索，不愧是我的马仔！"

凌漠哭笑不得，说："是啊老板，你冒失的问题和话语引出他的微表情，才是关键之所在。"

凌漠一句话让萧朗转忧为喜，他吹着口哨开着万斤顶回到了组织基地。

"对，凌漠分析得有道理。"萧望听完二人的汇报，说道，"杜舍应该是自寻住处。一来可以省钱，二来也可以躲避崔振。”

“有人去找他寻仇，这是我在狱里就和他说过的。从杜舍的人格分析来看，他对于这种事情一定是宁可信其有，不可信其无的，所以他一定会找个隐蔽的地方藏身。”凌漠说。

“南安这么大。”程子墨有些垂头丧气。

“没关系，我可以试试。”唐铛铛说，“既然他们是坐飞机回来的，咱们又能查到机票信息，我可以试试从机场开始进行视频追踪。”

“需要我姐来帮忙吗？”程子墨突然想起了自己家里有个图侦技术专家——程子砚[1]。

唐铛铛微笑着摇摇头，说：“子砚姐姐教会了我很多东西，我可以自己试试看。”

“那这件事就交给铛铛了。”萧望鼓励似的朝唐铛铛微笑了一下，又正色道，“最近微博上传着一个热门视频，舆情监察的同事转给了我爸，他又转给了我们，我觉得大家有必要分析一下，视频发生地是不是在南安，和黑暗守夜者有没有关系。”

视频是夜间拍摄的，但是没有拍摄摄像头的识别号，也没有具体日期。画面的左上角有个“星座云”的字样，右下角是发生的时间，凌晨一点半左右。

画面显示的区域，是一个十字路口，路边是整齐的绿化带和人行道，画面的一角还能看到灰色的墙砖。看上去，应该是某个商场或者写字楼的楼外摄像头照射的区域。红外监控摄像头照射下的画面非常昏暗，呈现出轻微荧光的颜色。

半夜三更的路口，连一辆车都没有，更别提行人了。几棵法国梧桐在路灯的照射下，在路面上投射出诡异的影子。

不一会儿，一个男人摇摇晃晃地向摄像头所在的位置走了过来，不正

1　程子砚，是龙番市的图侦技术专家，也是法医秦明系列小说中的勘查小组成员之一。

常的步态，像是喝醉了一样。男人是个瘦高个儿，看不清眉目，穿着黑色的衣裤，戴着一顶棒球帽，双手插在裤子口袋中。他穿过马路，扶着路边的梧桐树休息了一会儿，又继续用那蹒跚的步履往前走。越来越接近摄像头的时候，他像是突然听见了什么声音，猛地向自己的头顶上方看去。很快，一块巨大的广告牌从天而降，将他瞬间覆盖。大体积的坠落物落地的时候，激起了地面大量的灰尘，在这不清楚的监控画面中都能看到，让人能感受到那股巨大的冲击力。

正常情况下，被这种高空坠物砸到，肯定是没有生还的希望了。不过，在广告牌坠落一分钟后，它开始微微颤抖，然后猛然被掀开。当然，这个广告牌显然不是什么人工智能或者精怪，它是被压在下方的瘦高个儿男人猛然推开的。即便无法感受这块巨大广告牌究竟有多重，但男人不仅奇迹般生还，还能一把将广告牌推开，实在是让人咋舌。

男人坐在广告牌的旁边，似乎是受伤了，休息了一会儿，然后猛然站起，小跑到了摄像头的一侧。出于角度的原因，看不清这个男人是在爬墙，还是攀登排水管什么的，只能看到男人的衣角噌噌噌地上升，然后消失在监控之外。

“壁虎？”萧朗第一反应就是那个爬炸药库的壁虎[1]，他说，“可壁虎不是死了吗？[2]”

“是死了，我还尸检了，尸体都火化了。”聂之轩说。

“这段视频最近在网络上到处传播，很多人都说这是个超级英雄什么的。”萧望说，“也有一半的网友认为这是做的特效，吸引人眼球的造谣视频。”

“因为视频没有来源、没有日期，所以感觉还真挺像制作的特效。”唐铛铛说，“不过，以我的经验来看，这个视频没有一丝特效的痕迹。”

“是啊，很多专家看过，都认为这不是后期特效的结果。”萧望说，“毕

1 壁虎，是黑暗守夜者成员之一，演化能力是攀爬，因为手脚有像壁虎一样的肉垫。

2 见《守夜者 3：生死盲点》一书。

竟引起了舆情，很多人也在寻找这个视频的发生地，有一点可以肯定，这是写字楼或者商场自己装的监控。这个‘星座云’就是星座智能公司推出的家庭监控系统，任何人都可以买到。”

“肯定是因为广告牌跌落，怕受惩罚，所以这幢写字楼或商场刻意要隐瞒此事，没有报警，所以警方不掌握情况。”程子墨说，“可能是事发单位的视频管理者为了吸引眼球、博取关注，偷偷把这诡异的视频给放出来，却隐瞒了上传信息。这种事在网上比比皆是。”

“那个什么‘星座云’的公司，找不到来源吗？”萧朗问。

“因为视频量太大，所以即便能找到，也是需要时间的。”萧望说。

“是不是南安呢？”萧朗说，“看这法国梧桐树，倒有点像，我们南安到处都是梧桐树。”

“很多城市到处都是梧桐树。”萧望笑着说，“只可惜这种十字路口实在是毫无辨识度，无法直接判断是不是我们南安。我在想，这个男人掀起广告牌从下面钻出来的时候，广告牌的正面露出了一点。不知道铛铛能不能把图像处理清楚一点，看广告牌的正面大概是个什么模样，从而能不能推理出是什么广告。然后，我们再找广告商，看他们在哪里投放广告……”

程子墨突然打断了萧望，说：“凌漠，你这脸色白得吓人，你是不是又要晕？”

凌漠眉头紧锁，一脸痛苦地盯着电脑显示屏，挥手打断了程子墨的话，过了一会儿，说：“不用望哥说的那么麻烦了，这确实是我们南安，广告牌是国际大厦顶部的招牌。”

萧朗愣了一下，说：“别开玩笑了，你记忆力就算是再好，也不至于把南安整个市区的十字路口都记住吧？还有，别过度用脑啊马仔，不要透支身体，后面还有你发挥作用的时候。”

“没你说的那么夸张。”凌漠看了眼萧朗，差点被他那种故作老成的样子逗乐，说，“你们还记得‘高速鬼影’[1]的案子吧？当时那辆中巴车开到了

1 见《守夜者2：黑暗潜能》“高速鬼影”一章。

南安国际大酒店，并且在酒店大院等候那一车人。”

“记得。”萧朗抢先说道。

“当时我们反复观看了汽车里的监控，对吧？”凌漠说，“我记得很清楚，当时的车头就是面向国际大厦的。虽然看不到国际大厦楼顶的招牌是什么样的，但是我非常清楚这几棵法国梧桐的位置，还有红绿灯的样式，还有这灰色的墙砖。最有辨识度的，是这种小方块似的地砖，还缺了几块，这几个月过去了也没修。不会错的，这栋大楼就是国际大厦！”

萧朗听得瞠目结舌。

萧望想了想，说：“我相信凌漠的记忆力，你们现在就去那里勘查！我和铛铛留下，希望可以尽快研判出杜舍的住处。”

3

南安国际大酒店和国际大厦同属一家公司，两座建筑呈现出双子楼的姿态矗立在南安市区。因为修建的年代久远，所以双子楼也不算太高，每幢十五层。

国际大厦的门前，马路上车水马龙，人行道上熙熙攘攘。一块巨大的薄铁广告牌竖立在屋顶边缘，上面有四个大字——“国际大厦”。一切看起来，都是那么平静祥和，完全不像是刚刚发生过意外事件的地点。

但是那灰色的墙砖、翠绿的法国梧桐、小方块形的地砖和特殊形状的红绿灯，分明就是视频中的地方。

萧朗横屏拿着手机，站在国际大厦的楼边，看看手机，再看看眼前的景象，说：“嗯，确实是这里，没错了，我的马仔就是牛。”

“到底是马还是牛？”聂之轩笑着指了指萧朗头顶的摄像头，说，“就是这个摄像头拍的了。”

说完，聂之轩也伸头看了看萧朗的手机，数了数人行道上的地砖，蹲到视频中相应的地点，看了看，说：“子墨你看，这里的地砖果真有金属物体刮擦的痕迹，这里应该就是事故现场了。”

聂之轩和程子墨蹲在地上勘查了半个小时，时不时地拿出勘查箱里的棉签提取一些物证。站在一旁的萧朗百无聊赖，突然拿起手机看了看，兴奋地说：“凌漠，你们在这里继续勘查，我有事先走，回头我们组织里见。”

说完，他直接开着万斤顶离开了，留下了凌漠等三人面面相觑。

“这家伙，不知道什么时候才能改一改急躁的性子。”聂之轩哭笑不得，指着一块地砖上的痕迹，对凌漠说，“你看看，这是什么颜色的斑迹？”

“血？”正在大楼一侧观察楼体外侧排水管的凌漠转头问道。

“是的，四甲基联苯胺[1]反应是阳性，肯定是血。”聂之轩说，“虽然大马路上的血迹证明效力不是很强，但毕竟是在特殊的地点，还有不少血迹，我认为这就是视频里的人在被广告牌砸到后，受伤流的血。”

“看颜色不像血啊。”凌漠蹲到聂之轩身边，仔细观察了一番，说。

“血流出体外后，会变色呢。”

“你是说，时间长了？”

聂之轩点了点头，说：“血液流出后，血液内的亚铁离子氧化成正铁离子，颜色就会加深。你看这一小摊血泊，边缘现在已经不清楚了，而且呈现出深褐色，说明有两三天的时间了。”

“那还能提取到有用的物证吗？”凌漠沉吟道，“这个受伤的人本来就没有可以作为视频追踪甄别依据的特征，现在看，时间都已经这么久了，肯定也无法进行追踪了，不知道有没有其他办法。”

“既然是血痕，做出DNA肯定是没问题的，傅大姐那边可以比对一下是不是失踪婴儿。”聂之轩说，“至于指纹嘛，我估计你刚去看的水管上是很难找到了。”

“可是，他为什么要爬水管呢？”凌漠说，“十五层楼，从这里爬上去还真不是一般人能做到的事情。费这么大劲，要上楼做什么？”

“楼上有人把广告牌弄下来砸他，”聂之轩问道，“他被砸了以后，上去

1　四甲基联苯胺，指的是一种化学品，用于血痕检测时效果极佳。

复仇？”

“这个我觉得是不可能的。”凌漠说，“那么大的广告牌，空气阻力大，在空中会翻转飘浮，用这个来砸人，准确度实在是难以保证。你们过来看看水管，这是鞋印吗？”

程子墨凑近管子一看，说：“是的，应该是鞋底沾有墨绿色的污渍，所以还能看到一点花纹，只是没有什么鉴定价值。”

“至少能说明一点。”凌漠说，“他和壁虎不一样。壁虎之所以能攀高，是因为手足都有吸盘肉垫，所以爬高的时候必须脱鞋、脱袜。他既然不用脱鞋子，自然原理也不一样。”

“壁虎那个难度高。”聂之轩说，“实际办案中，有很多入室盗窃的小偷都具备爬排水管的能力，只是因为身体灵巧罢了。”

“走，我们都去楼顶看看。”凌漠一挥手，和聂之轩、程子墨走进了国际大厦。

坐电梯上到十五楼，然后从楼梯走到了楼顶，聂之轩俯身看了看地面，说：“这里的新鲜足迹太多了，但是看不到墨绿色的痕迹。”

“正常，显然这个广告牌是重新装上去的，重装广告牌，肯定会上来不少人。”程子墨走到了广告牌旁边，看着两侧立柱上新鲜的螺丝钉，说道。

“这里又有墨绿色的污渍了。”聂之轩蹲在广告牌固定柱的旁边，用自己的机械手指刮擦着那锈迹斑斑的立柱，说，“还不少呢！”

“脚底的污渍会留在立柱上？怎么回事？”凌漠说，“是打斗痕迹吗？”

“打斗痕迹一般会在地面表现得比较明显，表现为明显的鞋底拖擦痕等。”聂之轩说，“现在看来，没有发现鞋底拖擦痕。而且，人足底的污渍必须是施加一定的刮擦力，才能在载体上留下的。如果是打斗痕迹的话，可能会在地面凸起的部位留下。可是，并没有。而且，顺着排水管攀登，也不可能爬到这个固定柱上。那么，在立柱上留下污渍唯一可能的原因，就是他不断地踢立柱。”

“因为广告牌坠落，所以踢立柱？”程子墨嚼着口香糖说，“这个思维逻辑倒是新奇得很。”

“脑子不清醒？”聂之轩问，“结合他的步态，是不是酒喝多了呀？”

“不。”凌漠说，“这个人的步态和行为，反映出的是不正常的行为心理，尤其是报复柱子这种事情，肯定是意识错乱。喝完酒，确实容易大脑皮层兴奋，但是意识错乱的发生率还是不高的。我觉得，是精神病人或吸毒者的可能性会更大。”

“所以，究竟是不是演化者呢？”聂之轩敲了敲广告牌铁皮，道，“正常人被这么硬的高空坠物砸中，活不了吧？”

“是不是演化者，谁也不敢确定。毕竟，除了被盗的婴儿，还是有我这种潜在的演化者的存在。”凌漠站到楼顶边缘，眺望着没有被遮挡的十字路口，说道。

“我提取了这些墨绿色的污渍，回去进行微量物证检验，看看是什么成分。”聂之轩怕凌漠想得太多，于是岔开话题说道。

萧朗开着车，思考着。

刚才他在守夜者成员们的微信群里，一直在看唐铛铛发的视频追踪信息。杜舍和陈方园从机场就分手了，陈方园有律所派的车来接，而杜舍则自己一路步行。因为机场位置较为偏僻，杜舍又不会沿着高速行进，所以杜舍多次在视频线路中消失。好在唐铛铛已经掌握了程子砚之前教她的多种视频侦查方法，几次都重新找到了杜舍的身影。可是，杜舍越走越偏僻，可用的摄像头也越来越少，最终她还是丢失了杜舍的行踪。

当唐铛铛在微信群里表达出沮丧情绪的同时，萧朗倒是注意到了一个问题。

对地形天生敏感的捕风者[1]程子墨和绝顶聪明的读心者凌漠，此时还没来得及通过杜舍的行动轨迹来分析他可能去的目的地。这就给了萧朗发挥自己能力的机会。不用描画轨迹、分析心理，萧朗通过杜舍的消失地点，就可以猜到杜舍去哪里了。

1　捕风者，指的是守夜者组织里负责前期调查、收集线索和潜伏任务的人。

杜舍最后的影像，是南安市殡仪馆门口的监控头拍到的。

殡仪馆，杜舍的父亲杜强被杀案[1]，不正是在这个历史悠久的殡仪馆里发案的吗？杜舍的家，不正是离殡仪馆不远吗？

当时董连和分析杀人焚尸地点时，就是在以殡仪馆为中心十公里的范围之内去寻找的。而董连和通过乔装寻访，最后发现作案地点就是位于西门村的杜舍的家。难道，杜舍的藏身地点就是他以前的家？崔振他们既然翻阅过此案的卷宗，自然知道西门村这个地方，难道杜舍重新回家，就不怕崔振他们猜到吗？在掌握不了城市监控的情况下，崔振想要寻找杜舍也不是一件容易事，杜舍躲在哪里都比躲在自己家里安全吧。

难道，杜舍会觉得“灯下黑[2]”吗？

或者，有其他的原因？

萧朗此时已经驾车来到了殡仪馆附近，之所以没有直接导航去西门村，是因为萧朗换了几个导航软件，都没有找到名字叫西门村的地方。

毕竟杜强被杀案是在三十多年前，近三十年来南安市发展变化天翻地覆，西门村这个地方就此消失了也说不定。可能正是因为杜舍在坐牢期间获取了这样的信息，才大胆地回到家里。因为即便崔振知道西门村，也找不到了。可是，杜舍回到这个已经消失了的村子里，又能住在哪里呢？

找到西门村的原址看起来也是非常困难的事情，殡仪馆方圆十公里，这个区域还真不小。萧朗曾经是学考古的，学过什么区域系统调查法。但是一来这个方法很复杂，二来萧朗也没有好好学习。不过尽管系统调查法较为复杂，但是萧朗记得里面的一些精髓，还是可以用来借鉴的。

萧朗把车停了下来，坐在车里摆弄着手机。他想，在网络上找到一张过去的南安地图，再和现在的地图进行比对，就能圈定出大概的位置了。可是找来找去，地图倒是找得到，可是都是图纸翻拍的，上传到网络的图根本看不清上面的文字。

1　见《守夜者 2：黑暗潜能》“血色骨灰”一章。

2　灯下黑，指的是照明时由于被灯具自身遮挡，在灯下产生阴暗区域。本文此处引申为，杜舍觉得越是危险的地方反而越安全。

“西门村，西门村，肯定就在西边啦。”萧朗把地图放大，拉到了殡仪馆的西边区域，然后聚精会神地想去看懂地图上像素极低的文字。

萧朗一会儿翻白眼，一会儿斗鸡眼，一会儿眯缝着眼，把手机换了无数个角度，终于指着上面的一个黑点，自言自语道：“就是这儿了，相信我，没错的。”

有了大概的方位，萧朗又重新打开地图软件，对比现在的南安地图，说：“盛世华庭，我的天哪，还有这么土豪的小区名？”

萧朗判断的区域，现在是一个小区。萧朗相信自己的判断，而且一个人行动又不需要面对别人的质疑，便驾车直奔盛世华庭而去。

即便已经划到了市区之内，还起了个高大上的名字，但实际上这里依旧是经济发展较为落后的地段。八栋高层楼房组成的小区，在这个落后的区域里显得很突兀。虽然手机App显示这个小区的建设年代是七年前，但是站在小区外看着这几栋外墙斑驳的楼房，倒像是上世纪末建造的一样。

“要是盛世华庭是这个模样，那我还是不要华庭了。”萧朗暗笑着，开着车在小区周围兜了一圈。

小区的周围，三面都是厂房，每个工厂都有高高的围墙。萧朗在手机上找了找这个小区的资料，网上说，这一片在九十年代被一个地产商建造了很多工厂，准备建设成南安市的一个工业区域。后来发现很多所谓的工厂都不过是利用政策来圈地的。随着南安市区的扩大，这块区域也被归入了市区，市里的政策也变化了多次，最后决定将这一片的工厂搬迁到附近的县里，这一片地被规划成了居住区域。

盛世华庭就是第一个建起来的小区，可是由于房屋质量的问题，刚刚建成，就因为业主维权，地产商直接赔折了本。小区另一面原本也是这个地产商买下来的地，他们却没有实力去开发。二期工程一搁就是七年。这一块区域因为这一次影响很大的业主维权活动，而暂缓了开发计划。于是盛世华庭成了“鹤立鸡群”的奇特住宅区。

如果杜舍真的很关注自己的老家，很有可能在七年前就知道有这一次维权，因为监狱里可以看电视，而这件事当时闹得很大，电视节目报道过很多次。盛世华庭的业主因为生活起居极为不便，最近也在寻找媒体进行曝光。所以杜舍很有可能知道这个地块一直没有继续再开发。萧朗这样想着，把注意力集中在那一片没有被开发的地块上。

“肯定不会偷住厂房。既然杜舍到了这附近，一定是对家有着一份执念，虽然我并不知道这份执念是什么。既然他能从电视上关注报道，一定是确信自己的家还没被拆，那就一定会住回家里。”萧朗坚定自己的信念，想着，“看，我和凌漠待的时间长了，他的本事我也能学会。”

盛世华庭小区南边的地块大约有二十万平方米，里面因为有过挖掘活动，所以高低不平。四处长满了一人多高的杂草。杂草的中间，还有一小片破旧不堪的房屋夹在其中。

萧朗挥了挥拳头，确定杜舍一定就在其中。

小区和荒地之间，有一条小路，路边停满了业主的车辆，听说这个小区的地下停车位经常进水，所以没有业主愿意把车停在地下，干脆停在路边，没有交警贴条，也不用交停车费。萧朗找了个空，刚刚将车侧方位停进去，就看见一个扫地的老大爷沿着围墙走了过来。

“大爷好！请问这里是以前的西门村吗？”萧朗下车后，热情地上前打招呼。

老大爷听见这个熟悉的名字，显得很激动，下巴上的胡须都在微微颤抖，说：“你咋知道的，孩子？这个名字好久没人提过了。”

“您就是老西门村的人啊？”萧朗有些喜出望外，自己的运气似乎也太好了一些。

“是啊，是啊。”老大爷说，“西门村 1993 年就拆迁了，二十几年前就没有西门村了。”

“那是不是老西门村的人，您都认识呢？”萧朗没心情听西门村的历史，开门见山地问道。

“差不多都认识吧。”老人说，“不过，因为拆迁，他们都搬到全市各地去了，只有我留在这里做清洁工。”

“那……杜强，您认识吗？”萧朗眼珠一转，拐了个弯。

“那人谁不认识啊，多讨厌的家伙，不过，死了三十多年了。”老人家显然是没有什么心理戒备。

“他家原来在哪儿呢？”

老人想都没想，指着围墙内，说：“这一片没拆的地方，中间那几栋房子，有一栋房子是塌了一半的，那就是他家。”

萧朗心中暗喜。

“你找他家做什么？他家的人都没了。”老人旋即问道。

萧朗担心老人会产生怀疑，说：“哦，没事，我是个写小说的，准备写一写他家的案子。”

“那你可别问我。”老人家似乎有些害羞，“我不太了解他家的案子。”

“没事，没事，我就想去当年的现场看看。”萧朗连忙给老人减负。

老人说：“当年拆迁的时候，他的隔壁几家当了钉子户，所以建设工厂的时候，这一块地就一直没有拆。后来开发商进来了，那时候这些房子都已经不住人了，但鬼使神差的也没能拆成。可能是杜家人在天之灵不愿意自己的房子被毁吧。可毕竟是好几十年的老房子了，几年前就塌了。”

萧朗已经按捺不住内心的喜悦了，他不再听老人唠叨，匆匆谢过老人，打了招呼后便离去。他走到空地围墙的一角，一翻身就跃进了围墙，踩在那高低不平的黄土地上。

天色也在这个时候逐渐暗了下来。萧朗趁着夜色，慢慢地向房子靠近。几栋房子并排藏在杂草之中，但是房子的前面是毫无遮挡的空地。如果有人向房屋靠近，房子里有人的话，一定是可以发现的。

为了不打草惊蛇，萧朗快速移动了几步，躲在房前空地的一个小土坡后面，隐藏在杂草之中。他没有带望远镜，不过这么近的距离，也不需要望远镜。萧朗凭借着自己的视力，很快就发现那一幢塌了一半的房屋前面，有倒伏的杂草。

有人反复出入这个房子，不会是别人，一定是杜舍！

萧朗想了想，跑回了围墙墙角，拨通了哥哥的电话：“哥，我找到杜舍了！”

“真的假的？你不要轻举妄动！杜舍现在是合法公民，你接触他不仅不能把他怎么样，反而会让他对警方有逆反心理，从而再次逃离我们的视线。”电话那头的萧望连忙说道。

“这个我当然知道！”萧朗说，“这里太空旷了，要是有民警来保护，杜舍是肯定会发现的。你让程子墨带着她的无人机和基地里的热像仪过来，我马上把定位发给她。”

“你想怎么做？”萧望问道。

“你别问啦，我再说话，杜舍就听见了。”萧朗说，“你要相信你弟弟搞得定。”

挂了电话，萧朗蹲在围墙的一角，等了好一会儿，才看见程子墨的小脑袋从围墙上方出现：“萧朗，你拉我一把。”

“你真够磨叽的。”萧朗帮程子墨翻进了围墙。

“你这地方这么难找，怎么能怪我？”程子墨解下自己的背包，从包里拿出自己的无人机和一个热像仪，说，“你说，怎么弄？”

“你看啊。”萧朗指着远处的房屋，说，“目标应该就在那栋塌了一半的房屋当中，但是房子前面的空地太多了，很容易暴露。前面都是杂草，如果露天在这里过夜，肯定要被虫子咬，车又开不进围墙里来。所以，我认为要想保护杜舍，就只有一种办法。”

“什么办法？”程子墨问。

“我们俩在围墙外面的万斤顶里值守，然后把热像仪丢到目标房屋外面。”萧朗说，“无论是杜舍离开，还是有人靠近，我们都可以从接收装置上看到热反应，就可以及时救助了。”

“好办法！”

“现在考验你的时候到了。”萧朗说，“用无人机携带热像仪，并准确投放，尽量不要有声音。”

“这个太简单了。”程子墨动作麻利地安装好热像仪，然后遥控无人机升空，说，“你看，在这个高度，地面就基本听不见无人机发动机的声音了，不过热像仪从这么高的地方坠落，不会摔坏吧？”

“你扔在草上。”萧朗看着程子墨手中遥控器上的显示屏，说道。

程子墨反复调整位置，一咬牙，按了按钮，无人机上的热像仪应声落下。很快，热像仪传感器屏幕上，出现了屋内一个坐着的人形。

这个人似乎听见了声音，站起身来走动了一会儿，又重新回到原来的位置坐下。

“成功了，走，撤。”萧朗兴奋不已。

完成了设备安装，接下来就是长时间的“盯防[1]”了。两人重新回到车里，一边吃着外卖，一边盯着热像仪呈现出来的人形信号。

杜舍似乎很安静，在自己曾经的家里一直坐到了晚上十点，才慢慢躺下，似乎进入了梦乡。

此时，萧朗才发现自己和程子墨大半夜单独坐在一辆车里，有些尴尬，于是问：“你说，这家伙吃啥？”

“估计是买了食物带进去的。”程子墨说。

“对了，你们白天的现场勘查，有结果吗？”萧朗继续找话题。

“有啊，那个被广告牌砸到的人的DNA找到了，不过傅大姐经过比对，确定这人不是被盗婴儿。”程子墨机械地回答。

“叫阿姨！”萧朗纠正道，“比对不上也正常，凌漠的DNA不也没比对上被盗婴儿吗？除了我们掌握的被盗婴儿资料，肯定还有其他人也是演化者。”

“是啊，可是这就无法追查了。”程子墨说，“而且凌漠说了，这人估计是精神病人。”

“除了DNA，就没其他线索了？”萧朗问道。

程子墨摇摇头，说：“还找到一处特征性污渍，不过微量物证的检验是需要一段时间才能出结果的。但我觉得出了结果也没用，指向性不强。”

“那凌漠……”

“行了行了，你话怎么这么多？”程子墨打断了萧朗的问题，说，“我困了，我先睡，后半夜你叫我起来换你。”

---

1 盯防，指的是紧跟着不放松地防守。

第三章 『丧尸』

时代变了。
我认识的人都已经老了，没了。
我活着，却像是行尸走肉。
——董连和

1

清晨的一缕阳光从窗户透射进来，照射在董连和微微颤抖的睫毛之上。董连和的意识慢慢恢复，却似乎无力睁开眼。

二十多年来，他似乎从来没有睡过这么舒服的一觉。每天晚上，他都会因为创口感染产生的刺痛而惊醒，他似乎已经完全习惯了那经久不息的疼痛感。可是今天，这种疼痛似乎消失了。

难道，我上了天堂？

强烈的好奇，支撑着董连和勉强睁开了双眼，窗外的阳光强烈但并不刺眼。他转头看看周围的环境，和前几天的破落环境不同，现在自己所在的房间窗明几净，设施先进，怎么看都像是在医院里。

我睡了多久？发生了什么？

董连和晃了晃脑袋，感受了一下自己的四肢。

原来，我并没有上天堂，不然上帝一定会重新赐给我手足吧。

董连和腹部用力，让自己的头可以抬高一些。他的身上没有再插着那么多根软管，只有鼻子里的胃管似乎和以前一样，还在。董连和回忆了一下，他记得在来到新的地点之后，又发生了一次变故。几个人七手八脚地拆卸他身上的软管，然后把他放到一个狭小的空间里。那个空间里非常冷，周围都是冰，冰刺激着他四肢的断面，让他死去活来，可是他的挣扎无法改变什么。剧烈的疼痛很快就让他失去了意识，直到现在。

董连和的头侧，放着一个圆柱形的东西，他侧头看了看上面的文字，自言自语道："镇痛泵？现在还有这种东西？看来二十多年了，世界不一样了。怪不得，不疼了。"

董连和重新躺好，看着雪白的天花板，和以前暗黄色的天花板或者几根木头搭成的房梁，是完全不同的。此时的董连和，全身舒坦，和以前痛苦万分的感受也是完全不同的。

“哎！您醒啦？”一名穿着无菌隔离衣的医生走到病床边，翻看董连和的眼睑。

董连和对白大褂是极为厌恶的，虽然这个白大褂不太像以前接触的白大褂，白大褂的主人也并不是自己熟悉的面孔。但是多年来对白大褂的抗拒已经根深蒂固。没有了手脚，董连和无法反抗，只能尽力摇晃着脑袋抗拒着。

医生有些吃惊，轻声问道：“您这是哪里不舒服吗？要和我说哦。”

董连和用力闭着眼睛拒绝配合。

医生又连问了几句，可是董连和依旧不言不语。医生看了看监护的仪器，一切正常。虽然生命指征是正常的，但是意识清醒不清醒只有董连和自己知道。医生明明看到他已经清醒，而现在似乎再次陷入昏迷，于是转身离开了病室，来到护士站打电话。

萧局长在离开医院之前特意嘱咐，一旦董连和清醒，请立即通知萧望。

二十分钟后，萧望和唐铛铛一起搀扶着傅元曼，行走在医院的走廊中，凌漠低头跟在后面。

住在楼上神经外科病区的傅元曼已经恢复得差不多了。虽然行走还有些困难，言语也有些模糊，口角还有些歪斜，但是意识早就清醒了。得知董连和被守夜者的年轻孩子们营救归来，他百感交集。因为更换无菌服对于一个脑出血刚刚康复的人来说是一件很不容易的事情，所以在萧望的劝说下，傅元曼答应等到董连和意识清醒后再来探望。住在同一栋大楼里，却不能见面，傅元曼这两天真是心如刀割。

这一次听说董连和终于醒来，傅元曼似乎觉得自己已经好得差不多了，就从病床上下来了。

“凌漠，你不能纵容萧朗这种喜欢单独行动的性子。”萧望搀扶着傅元曼，还在和身后的凌漠说，“而且我说过，你归队的条件就是不能和萧朗分开，可是你们再次分开行动了。”

凌漠低着头默默走路，说：“我在研究老八的……阵法。”

“阵法？”

“是啊，就是排兵布阵的习惯和方法。”凌漠说，“结合我们自己的资料可以看出，排布岗哨是一门学问。”

“那你也要盯着萧朗啊。每次说到这事儿，萧朗总是一副不以为意的样子。”萧望无奈地说，“你也要和他说说。”

“好。”凌漠漫不经心地回答。

几个人都换好了无菌隔离服，走进了ICU无菌病房。

为了防止接触性感染，董连和身上没有被子遮盖，四肢断端的断面暴露在外。傅元曼刚刚走进病室，就一个踉跄，险些跌倒，幸亏萧望牢牢扶住了他。

即便是身经百战的老警察，傅元曼依旧无法接受眼前的景象，他的脸涨得通红，双眼饱含泪水，颤颤巍巍地向病床挪了过去。

萧望担心姥爷会旧疾复发，一直轻声安慰。

董连和似乎不关心外界究竟发生了什么，他依旧紧闭着双眼，纹丝不动。但是从他颤抖的花白睫毛上可以看出，他的意识是清醒的。

“盒、盒子……”傅元曼努力不让自己的情绪灌入声音，喊道。

这可能是老一辈守夜者私底下的绰号吧。

听见这许多年没有再听见过的称呼，董连和怔了一下，猛地睁开双眼。两个人二十多年不见，容颜早已不同从前。四只眼睛对视了良久，董连和沙哑的声音似乎从嗓子眼儿里挤了出来：“鳗、鳗鱼？”

两个名字一出口，时间线似乎被拉回了几十年前。

“‘鳗鱼’？这都是什么代号？”年轻的傅元曼，身材高挑，一脸英气，浓浓的眉毛在眉心处打了个结。

“我觉得比我的‘盒子’好！‘盒子’听起来就像个愣头青，‘鳗鱼’至少还很灵活呢！”董连和坐在床边，反复举起手中的哑铃，说，“怎么样，鳗鱼，你看看我这胳膊肌肉，是不是练得比你的粗了？”

现在，物是人非。两个双鬓斑白的老人，都在彼此沧桑的脸上寻找着熟悉感。

一时间，百感交集，董连和全身都在颤抖，泪水汹涌而出，却又无法擦拭。即便受了二十多年的罪，董连和都没有流下这么多泪水。

傅元曼挣脱了萧望和唐铛铛的搀扶，想去拥抱董连和，可是，对方没有双臂，双肩还流着脓，连拥抱这个动作都无法完成。傅元曼奋力挪到了床边，想要接近病床，却扑通一声跪倒在地，他挣扎着起来，用双手捧住了董连和的面颊。

“盒子，你受苦了。”傅元曼泣不成声。

萧望从来都没有见过姥爷这副模样，鼻子一酸，强忍着泪水。唐铛铛也蹲下身去，搀扶着傅元曼的胳膊，生怕他又有什么闪失。

“我家乐乐……”董连和情绪稍稳，缓缓环视了一圈傅元曼身边的人，见到的都是陌生的年轻脸庞。这些人里，并没有他二十年来时时挂念的董乐。董乐知不知道他的父亲变成了这般模样？董连和面露苦涩，几乎有些心怀侥幸地问道：“乐乐他……进组织了吗？”

傅元曼一惊，不知道该如何回答。老董现在的状态，如果再接受一次打击，肯定难以招架。

气氛僵硬了起来，董连和敏感地察觉到了他最不愿意面对的结果。他的眼角瞬间湿了一片，语气反倒平静了下来，缓缓问道：“是……殉职吗？”

傅元曼更是吃惊，原来董连和对儿子已经离世是有心理预期的。虽然董乐是被执行的死刑，但在这个时候，傅元曼知道自己是绝对不能说实话的。于是，傅元曼悲伤地点了点头。

“死得其所。”董连和像是长吁了一口气，说，“我和小君交谈过多次，她每次都支支吾吾的，我就猜到这个结果了。”

听到“小君”这两个字，在场众人的眼里都是一亮。他们追逐多时的崔振，原名董君，也就是董连和口中的“小君”。既然老董和崔振有过多次交谈，那他们离揭开黑暗守夜者的真实面目也就不远了。

“是谁把你变成这个样子的？”傅元曼情绪也逐渐稳定下来，在萧望的搀扶下，坐在了病床边，问道。

“唉，杜舍那孩子，是被仇恨蒙蔽了双眼。”董连和叹了一口气，回忆这段久远的往事，让他的眼神都变得缥缈起来，“后来是一个教授救了我，给我做了截肢手术，救下一条命，但是我认为他不是好人。”

“你知道他是什么人吗？”

董连和思忖了半晌，说：“我说不好，但我觉得他在做不法的勾当。他和其他人交流时会刻意避开我，我也几乎听不到什么有用的信息。”

“你没问小君吗？”傅元曼试探道。

“小君每次见我，都是在教授的监督下。”董连和说，“但是她说了很多意味深长的话，我后来回忆回忆，觉得她是故意在接近教授。”

“卧底？”萧望问道。

董连和看了看萧望，有些谨慎，又看了看自己的老战友傅元曼，回答道：“我觉得，差不多是这个意思吧。”

萧望有些难以置信，看了看傅元曼。

傅元曼不动声色，说：“盒子，这么多年，你身处何地，他们为什么不送你去医院，为什么不报警，他们有多少人，动机是什么，你有过猜测没？”

这一连串提问，让董连和似乎有些疲惫。他重新闭上了眼睛，少顷，缓缓睁开，说：“我真的，什么都不知道。”

“没关系，你再想想，也许任何你认为没用的消息，对我们都会有用。”傅元曼安慰道。

“和我接触最多的，就是这个教授。他岁数比我们小一些吧，现在看起来也五十多了。”董连和说，“没有什么个体特征，普通得不能再普通了。经常见到的还有一男一女，也五十岁左右吧。他俩对我态度挺好的，但似乎也什么都不知道。他们似乎也不允许和我多说话，我问他们的所有问题，他们都不知道。根据我的判断，他们是真不知道。”

“他们在做什么？”萧望问。

董连和摇摇头，不太肯定地说："类似于化学实验吧。"

"这一男一女具体在做什么？"萧望追问道。

"我问过，可是他们说了一大堆专业术语，我也听不懂。"董连和说。

"你们没说过其他的吗？"萧望问。

"其他的，也没说过什么吧。"董连和似乎思考了一下，说，"他们好像是夫妻，好像和我一样，有一儿一女。当然，他们没和我说，这也是我推断的。"

说完，董连和的情绪瞬间低落，眼神也暗淡下去。

"那……他们和教授有过什么交流吗？"萧望继续问道。

萧望这种连珠炮似的询问，让董连和有些不快，但他还是认真地说道："有交流，但大多是我听不懂的术语。根据我的推断，他们应该是在做有关人体实验的事情，而从我身上，似乎可以找到一种他们需要的东西。最近，我经常偷听到他们聊到'戒指'这个词。他们似乎很困难地在找一枚戒指，但我也不知道他们找的是什么戒指。"

"戒指？"萧望陷入了思考。从目前守夜者掌握的情况来看，完全没有出现什么所谓的戒指，或是和戒指相关的物品。

"你为什么会觉得，小君是卧底？"傅元曼一直在思索这个问题。

"她告诉过我，她当了唐骏的学生，现在还和唐骏保持联系。"董连和像是想起了什么，又扫视了一遍众人，"对了，怎么没有看到唐骏？"

傅元曼低下头去，悲伤地说："他……殉职了。"

董连和的监护仪器突然嘀嘀嘀地叫了起来。短短几分钟里，这个与世隔绝的老人需要消化的信息实在太多了。他的心跳迅速加快，意识也开始逐渐模糊，两行老泪再次溢出了眼眶。

"你们出去吧，病人需要休息。"两名医生跑了进来，观察董连和的监护仪器和生命体征，说，"体征还能控制，但意识又丧失了。"

傅元曼感到胸口一阵绞痛。他害怕自己的唐突，会给董连和造成危害。

"姥爷，医生说了没有生命危险，你放心吧。"萧望安慰道，"今天有太多的坏消息，董爷爷承受不了。董乐的死，他早有心理准备，可唐骏的死，他是毫无心理准备的。”

“他受了太多的苦，希望闻天可以找到救活他的办法。”傅元曼痛不欲生。

“姥爷，董爷爷在黑暗守夜者组织里待了二十多年，可是对他们一无所知，你觉得正常吗？”萧望问道。

傅元曼没有回答。

“可是他清醒后，最关注的是董乐是否殉职。”凌漠说，“从心理学上来说，他没有变节。”

“可是他对黑暗守夜者一无所知，这也太匪夷所思了。”萧望也承认凌漠说得有道理。

此时傅元曼已经回到了病房，他疲惫地躺在床上，连眼睛都不想睁开，只是轻声说了一句：“不用争论，看看事情的发展，就知道了。”

确实，老董缺席后，如果发现黑暗守夜者依旧有自主应变的行动，他的嫌疑自然会洗清。

斜躺在万斤顶座位上的萧朗被程子墨拍醒，他擦了擦口角的口水，睡眼蒙眬地说：“你以后叫人起床，能不能别那么用劲儿？能不能别拍脑袋？”

“你以后睡觉能不能不说梦话？”程子墨一脸鄙夷地说，“我要是铛铛，得尴尬死。”

“啊？”萧朗不好意思地说，“我叫铛铛名字了？那是因为我梦见她发现了案件线索好不好？”

“那你梦里还嚷嚷了凌漠的名字，也是因为发现案件线索了？”程子墨没等萧朗反应，紧接着说道，“望哥喊我们赶紧回去，说刚才发现了一个不太正常的事件。”

“可是这儿不能没人盯着啊。”萧朗挠挠头，说道。

程子墨指了指万斤顶前面的一辆小面包车，说：“南安特警派人来了，热像仪接收器我都交给他们了。”

“我就小眯了一会儿，你居然做了这么多事。”萧朗坐直了身子，发动汽车。

“小眯了一会儿？”程子墨嗤之以鼻，“你睡了四个小时好不好？”

按照萧望给的定位，萧朗直接将车开到了南安市东市区一处面积不大的市民广场边。萧望正和几个成员站在皮卡丘的一边，研究着什么，四周站了不少荷枪实弹的警察。

“怎么了这是？”萧朗跳到萧望身边，问道。

萧望抬眼看了看弟弟，说：“以后不要单独行动了！我都说了凌漠之所以可以归队，是因为必须有人跟随。”

“他啥事儿也没有，大惊小怪啥？”萧朗嬉皮笑脸地拍了拍凌漠的肩膀。

萧望叹了口气，说：“你这种思想很危险，回头再和你说这事儿，先把眼前的问题给解决了。”

“啥事儿？”萧朗问道。

南安市一名十六岁的女高中生，叫赖晓霜，父母离异，随着母亲生活。昨天下午，赖晓霜和母亲吵了一架后，离家出走。原本就处于叛逆期，偶尔任性一次也属于正常。但是到晚上十点多，赖晓霜仍未回家，母亲就心急如焚了。

这时候母亲才知道，父母和孩子的“战争”，父母永远是失败者。

母亲找来了十几个亲戚，在南安市各区不断寻找。可是南安市太大，寻找覆盖面实在局限得很。

今天早晨，筋疲力尽的母亲来到了赖晓霜幼时最喜欢来的市民广场，在无意中，看到了蜷缩在广场角落里的赖晓霜。

转忧为喜的母亲疯了一般地向赖晓霜跑去，可是在接近赖晓霜的时候，不知道怎么了，赖晓霜突然出现在她的身边，瞬间将她扑倒，并且在她肩膀上奋力撕咬。不一会儿，母亲的肩膀就鲜血淋漓。滚烫的鲜血沾染在赖晓霜的脸上，可是她全然不知，依旧在撕咬。而母亲居然没有任何反抗，一直安静地躺在地上。

其他的亲属顿时就吓蒙了，连忙拨打了110报警。

正在市民广场附近巡逻的一个特警小队，在接到指挥中心指令后，立即赶到了事发现场。因为不清楚情况，特警不敢贸然使用武器，为了及时抢救出似乎已经昏迷的母亲，四名特警持盾牌组成盾牌阵，从四个方向包夹，准备将赖晓霜压在盾牌阵里进行控制约束。

就在盾牌阵即将完成合围的一瞬间，赖晓霜突然抬头，一双毫无神色的眼睛在血染的长发中露了出来，像极了恐怖片里的女鬼。在特警一愣神的当口，赖晓霜不知怎的就蹿到了盾牌阵的后面，对着其中一名特警的项部就是一口。

被咬一口，应该不会受太重的伤，但是几秒钟之后，特警居然直接倒地，人事不知。

看到这一幕，周围大量的围观群众中，不知道是谁喊了一句："丧尸！丧尸来了！"

顿时，群众一哄而散，周末上午热闹的市民广场顿时变得杂乱不堪。哭喊声、呼救声、逃跑声、小贩的推车被打翻的嘈杂声、抱着婴儿的母亲被撞倒的惊叫声、维修警示牌被踢飞的闷响声、一连串共享单车翻倒的哗啦声……市民广场一连串的混响，将现场恐怖的气氛推向了高潮。

看到战友突然倒地，剩下的三名特警一边追赶正在逃跑的赖晓霜，一边呼叫支援。三分钟之内，十辆特警巡逻车陆续赶到现场，对整个市民广场周边进行了封锁。

此时在市民广场中间的赖晓霜已经如同困兽，但是她并没有放弃抵抗。特警将赖晓霜逼到广场一角，但是不敢上前制伏。不知道赖晓霜为什么突然变成了"丧尸"，但是特警们相信，丧尸毕竟只是影视片中的虚构产物，不可能在现实中出现。赖晓霜只是一个普通的高中生，虽然她刚才袭警了，但特警们相信她是个受害者，所以，也不可能对她使用枪械。别说是真枪了，无论是橡皮子弹，还是泰瑟枪[1]，特警们都不愿意对她使用，因为那会对一个瘦小的高中生造成不可预估的后果。

1　泰瑟枪，也叫"电休克枪"。泰瑟枪没有子弹，它是靠发射带电"飞镖"来制伏目标的。

不敢靠近，不能使用武器，而赖晓霜似乎还没有恢复意识，也拒绝投降，现场成了僵局。

被抬上120救护车的特警虽然意识全无，可他的生命体征是正常的。唯一诡异的是，可以看到他皮肤颜色发生了明显的变化，从正常肤色慢慢变成了褐色，仿佛被什么东西感染了。

接到情况汇报的指挥中心，立即意识到了事情的严重性，及时向正在北京寻访医师的萧闻天进行了汇报。而萧闻天则立即意识到了这是个极其反常的事件，很可能和黑暗守夜者有一定的关系。

于是萧望接到了父亲的指令，带领守夜者成员们赶到了市民广场。

萧望看到受伤警员时，就确定接手此事件了。因为他看出了这名受伤警员的皮肤正在皮革样化，就和当初的皮革人[1]一样。

萧望带着几个人来到了特警的包围圈后面，试图和赖晓霜有所交流。可正在此时，赖晓霜发现自己身边有一个窨井没有盖子，一块维修警示牌被踢倒在一边。这是一个正在维修的窨井，工人着急逃离，没有将窨井进行封口。

赖晓霜似乎是一个瞬移，直接来到了窨井的旁边，然后跳了下去。

如果让赖晓霜逃跑，后果将是不堪设想的。

窨井较为窄小，下面则是仅供一人爬行的下水管道。赖晓霜身材娇小，在管道内的活动空间就会相对较大。但任何一个特警钻入窨井，都会行动不便。这样双方实力就会出现差距，很容易受伤。所以这时候派人钻入窨井进行追捕是很不明智的选择，好在萧望很快下了命令：“所有特警立即四散，发现窨井盖后立即打开并插入障碍物。木板、警示牌，哪怕是你们手上的盾牌，能塞进去就行！”

特警们立即行动，萧望则继续指挥：“立即找人调阅市政工程下水管道图的电子版！铛铛去皮卡丘上拿热像仪，寻找赖晓霜在地面下的位置。”

1　皮革人，是黑暗守夜者成员之一，他的皮肤组织演化成皮革样，变硬变厚，导致连手枪子弹都无法穿透皮肤。

确实，在窨井里爬行肯定比在地面上行动要慢，特警能赶在赖晓霜之前抵达附近的窨井口。窨井内空间狭小，特警在周围管道塞入障碍物后，只要赖晓霜不具备“医生”那样的缩骨能力，就无法通行。这样，赖晓霜在地面下，便如同困兽。

这是一次成功的指挥。

很快，周围的窨井口都被特警们用各种各样的物品堵塞住，根据市政工程的管道图，唐铛铛也很快就找到了赖晓霜在地面下的位置。虽然赖晓霜在地面下来回移动，但是始终无法逃离特警们布下的“天罗地网”。

可是，堵截成功了，不代表抓捕就能成功。如何在避免特警受伤的情况下将这个毫无理智、行动诡异、凶猛无比的赖晓霜制伏，还不能让她受到过度的伤害，就成了一个难题。

看着已经昏迷不醒但是似乎没有发生体貌变化的赖晓霜母亲，看着赖晓霜其他亲戚焦急的眼神，萧望心急如焚。

现场情况再次陷入了僵局。

2

“你先看一下特警的执法记录仪，再一起想办法解决。”萧望对抵达现场的弟弟说。

萧朗和程子墨走到了皮卡丘里，唐铛铛打开执法记录仪的视频片段给他们看。视频中，一个穿着白衬衫和红蓝格子超短裙的长发少女，正趴在一动不动的中年妇女身上撕咬着。当警察靠近的时候，少女猛然抬头，那无神的双瞳和满是鲜血的下巴，加上眼影掺杂着汗水一起流淌在面颊，活脱儿就是一个“贞子”。看到这一幕，连程子墨都不禁叫了一声“我去”，唐铛铛更是忍不住遮住了眼睛。萧朗倒是看得津津有味。

视频中的少女，就这么一眨眼的工夫，居然在四块盾牌之间消失了。

“啊？人呢？倒回去，倒回去。”萧朗叫道。

唐铛铛重播了一遍，萧朗依旧没有看清盾牌阵之间的少女是如何消失的。在少女消失后不足五秒，特警就"哎呀"一声喊叫，然后回头，此时少女已经身处一丈之外。而特警的项部已经遭到了袭击。

"什么玩意儿？"萧朗挠了挠脑袋。

"我感觉是瞬移。"程子墨瞪大了眼睛，说道。

"瞬移？还闪现呢！玩'王者'呢？"萧朗哈哈大笑，"几分钟 CD[1] 啊？"

"不是瞬移。"唐铛铛认真地对程子墨说，"视频是由一帧一帧的画面组成……"

"这个我们都知道啦，大小姐。"萧朗说，"速度够快，感觉是瞬移，对不对？"

唐铛铛点了点头，一帧一帧地播放着视频。这一次，似乎可以看到那红蓝超短裙的影子一闪，从两个盾牌之间穿了出去。

"在特警的抓捕过程中，这个小女孩的行为出现了好几次类似于'瞬移'的现象。"唐铛铛说，"就在我和望哥赶到的时候，还亲眼看见她一个'瞬移'就钻进了窨井。"

"所以，这是一个演化者。"萧朗也严肃了起来。

"是的，我们分析这所谓的'瞬移'就是演化能力。"唐铛铛说，"可是，这个小女孩和之前的被盗婴儿不同，她有着正常的身份，在此事件之前，有着正常的生活。我们问了她的亲属，她以前从来没有出现过这样的现象，甚至连兆头都没有。"

"演化能力的出现，已经不仅限于婴儿了？在未成年人甚至是成年人身上也可以出现了？"萧朗皱起了眉头，说，"那个变成皮革人的特警，虽然还没醒，但显然就是出现演化能力了啊！"

"和丧尸一样。"程子墨说道。

"哪有什么丧尸，肯定是有科学道理的。"萧朗说。

---

1 CD，这里指《王者荣耀》这款游戏里角色的技能冷却时间，当冷却时间结束后角色才能再次释放技能。

“是啊，伤者都送去医院了，萧叔叔请了几个北京的专家，正在往南安赶。”唐铛铛说，“要是能研究出原理，说不定还能救伤者。”

“所以，你有办法把这女孩子弄出来吗？”程子墨问。

萧朗想了想，走出皮卡丘，走到萧望身边，问道：“哥，这不简单得很，往管道里灌烟，或者灌水，不就给她逼到这个出口来了吗？然后在出口布置个网，直接就抓了。”

“胡闹。”萧望瞪了弟弟一眼，说，“她可能是个受害者，我们不能伤害到她。”

“怎么会伤害？”萧朗不解道，“她受不了烟或水，自己不就上来了？”

“她现在处于一种非理智的状态，没有正常人的意识，所以不能保证她一定会上来。”萧望忧心地说，“万一造成了窒息，救都来不及。”

这句话说完，引来一阵应和声。萧朗这才发现自己身后，有十几个赖晓霜的家属，此时正在恶狠狠地瞪着他。

萧朗想想，也是这个道理，他眼珠一转，说：“那我下去抓好了，反正也没有别的办法。”

“不行。”萧望说，“下面很狭窄，你这么大块头，钻进去就活动困难了，怎么抓人？”

“差不多吧。”萧朗顺手拎起一个窨井盖，比画了一下大小。

“不行。”萧望继续看下水管道的图纸，思考着。

“保证不伤害她，我不带枪。”说完，萧朗把腰间的手枪交给萧望，说，“不仅不带枪，什么也不带。”

他故意说得很大声，像是说给家属听。

“不行，这个行动太冒险了。”萧望有些急切，压低声音，看着自己的弟弟，“我不能让你受到不必要的伤害，我们家人，都要好好的！”

萧朗扑哧一声笑了，说：“什么和什么啊！这个世界上能伤害到咱们的人，还没出生呢。”

“那我和你一起下去。”凌漠说。

“你可拉倒吧，我还得花心思保护你。”萧朗说道。

萧望还没反应过来，萧朗已经一个箭步跑到了唯一没有被堵塞的窨井口，二话不说就钻了进去。整个过程一刹那就完成了，凌漠连阻拦的动作都还没来得及做。

“哥，你快叫他回来啊！他怎么越来越虎了？！”唐铛铛急得直跺脚。

萧望几步跑到窨井口，对着里面呼唤萧朗：“你赶紧给我上来！这是命令！”

“我都看到热像仪的定位了，没问题的，放心吧，哥。”萧朗的声音在管道中回响。

等候的这五分钟，用忐忑不安已经不能形容萧望的心情了。他不停地在路面上转悠，又俯身在窨井口探听，终于，他再次听见了弟弟的声音，面部因为紧张而僵硬的肌肉才松弛下来。

“放根消防绳下来，先把孩子弄上来。”萧朗在窨井里喊道。

萧望心中一喜，看来萧朗的任务还真是圆满完成了，自己真是低估了弟弟的能力。特警将消防绳扔了下去，不一会儿，在萧朗的吆喝下，几名特警合力将赖晓霜从井底拉了上来。

从井底上来的赖晓霜，娇小的身躯被萧朗宽大的外套包裹着。露在外套之外的面容依旧有些恐怖，眼神依旧毫无生气。但至少，她被消防绳绑住，想“瞬移”都没有了机会，目前已经是安全的了。经历了这场风波，赖晓霜的小嘴微张着，下颌还在瑟瑟发抖。

赖晓霜的家属正准备冲上前来，被几名特警拦住。看到赖晓霜奇怪的表情，家属们顿时呼天抢地。

一上到地面，几名特警就将她铐住，完全不敢撒手。程子墨上前对赖晓霜进行搜身，一方面防止她身上藏有危险物品，另一方面想要寻找一些线索。

“她应该没有生命危险。她的裙子被剐烂了，我就用我的外套给她裹上了。这样裹着，她的手臂在衣服里面，活动不便，也安全一点。”萧朗一边念叨着，一边从窨井爬了上来。

赖晓霜的家属听见萧朗这么一说，情绪稳定了一些。

“小子，可以啊。”萧望很是欣慰，说，“她为什么不咬你？”

“她倒是挺想咬我的，但我也不能给她机会啊。”萧朗笑着说，“我把她颗巴给卸了。”

“什么颗巴？”一旁的聂之轩哈哈大笑，说，“那叫颞下颌关节。”

“意思差不多吧。”萧朗说，“司徒老大给我开小灶的时候教我的。”

萧望见赖晓霜的家属眼神里又有了不善的情绪，连忙打住了话题。他想，萧朗这小子还真是不简单，有勇有谋。既不能伤害女孩，又要防止被她咬到，最好的办法、最小的伤害，就是让她的下巴颏脱位。脱位是很容易用复位术修复的，也不会有多严重的后遗症，顶多疼上几天。最关键的是，下巴颏脱位了，就无法咬合了，自然也就安全了。

“去公安医院，在确保安全的情况下，给她复位。”萧望看了看女孩的家属，对特警轻声吩咐道。

“你搜到什么东西了吗？”凌漠走到程子墨身边，问道。

“除了这个打火机，什么都没有，连手机都不在身上。”程子墨说，“这个打火机是在她短裙小口袋里发现的。”

一个未成年女孩子带着一个打火机，自然不是什么正常的事情，这个打火机，很有可能和案件有着直接的关系。

“写着什么呢？”凌漠戴上手套，接过打火机，翻转着看了看。

这是一个红色的、做工精致的一次性火机。打火机的一面上，写着“39度”的字样，还有一串手机号码。

“39度？发烧啊？”萧朗凑近看了一眼，说，“要不要打这个电话试一试？”

萧望点头认可，说：“子墨，你来打，伪装成中国电信的客服。”

程子墨拿出手机，拨通了电话，可是响了很多声，都没有人接听。程子墨对萧望摇了摇头，挂断了电话。

“要不要去电信局查一查机主的姓名？”聂之轩说道。

“查到机主，也找不到具体地址啊。”萧朗说，“定位就太费时间了。”

“应该是个黑酒吧。”凌漠说。

"咦？有道理啊！发烧友，音乐发烧友什么的。"萧朗说道。

"你们看，这个打火机的防风帽前面粘着一点东西。"凌漠把打火机举了起来，说，"如果我没看错，这应该是洋酒酒瓶的封口塑料纸。受热熔化后，黏附在防风帽上。"

"一个叛逆期的小女孩，和家人吵架后，被人骗去酒吧，以前也发生过。"萧望说，"不过，为什么是黑酒吧？"

"因为这附近有个 1980 街区，里面有很多酒吧。"凌漠拿出手机，说，"但是没有一家叫'39 度'这个名字的酒吧。既然是昨晚的事情，这个女孩也不可能离出事现场太远，很有可能就是在这个街区里的民房，改造成了酒吧，没有正式的营业执照的黑酒吧。"

"开酒吧不需要多麻烦的行政审批手续吧？"萧望说，"为什么要开个黑酒吧？"

"当然是进行非法的活动。"凌漠说。

对于凌漠的判断，大家没有什么质疑，毕竟凌漠很小的时候就在街上混了，他对于这个社会极少数阴暗面的认知，是其他人不能了解的。

"所以，前往街区进行侦查，寻找'39 度'的招牌，才是最快的方法。"凌漠说。

几名守夜者成员躲在一栋居民楼的楼道内，用目光迎接程子墨的归来。

"探明了，就是那座违章建筑。"程子墨指了指远处的一间平房，说，"只有一个小窗户，位置还很高，没办法看到屋内的情况。"

这是一个破败的老小区，一共十来栋五层高的居民楼。但是因为这个小区位于灯红酒绿的街区之侧，所以传闻房价很高。

其中两栋居民楼间距很近，两栋楼的一楼都被店主买下，然后在中间搭了一间平房，将两栋楼的一楼连接了起来。平时白天看起来，这就是一个普通的违章建筑，并不起眼。但此时，违章建筑上悬挂了一个"39 度"的霓虹灯，还在闪烁。虽然在阳光下不是十分明亮，却很显眼。

"白天摘下招牌，派出所就没法管了。"萧望说，"毕竟派出所不管违章建筑。”

“具备了黑酒吧的所有要素。”凌漠说。

“走，冲进去抓人！”萧朗说道。

“不行。”萧望拦住弟弟，说，“这个点儿很快就会有居民下班回家午休了，这个时候采取抓捕行动，万一有人溜出来，会对群众的生命安全造成威胁。”

“是啊，要是这里面的人都是‘丧尸’状，见人就咬，那可就麻烦了。”聂之轩赞同萧望的观点。

“那怎么办？”萧朗问。

“既然我们无法确定这个黑酒吧里的人员情况，那我们分组把守住小区的前后两个出口。”萧望说，“请特警派人来将小区内的闲杂人等疏散，之后我们再行动。”

“那行吧。”萧朗起身说，“马仔，走，我俩去后门。”

萧望让跟随他们来的特警和聂之轩、程子墨在小区大门两侧把守，防止小区外的人进入小区，也防止酒吧里的人出去。同时，他也和萧朗、凌漠反复嘱咐，让他们守好后门。而自己，则出了小区，请求更多的特警支援。

萧朗和凌漠在后门把守了半个多小时，除了能看见身着便服的特警把居民往小区外面送，就看不到任何异常了。萧朗在后门口踱着步，心情越来越焦急。

“能有多恐怖？我哥是不是小题大做了？”萧朗问凌漠。

凌漠则是以沉默回应。

“我进去看看好不好？你在这儿守着。”萧朗对凌漠说。

“不行，望哥禁止你一个人行动。”凌漠冷淡地回答道。

“怎么就不行了？”萧朗自豪地说，“杜舍不是我一人行动找到的？赖晓霜不是我一人行动抓回来的？”

凌漠看了萧朗一眼，欲言又止。

萧朗又踱了两圈，实在是耐不住他的急性子，说：“我进去探一探，至少得知道酒吧里面是什么情况对不对？你就在这儿等着。别说不行，你是我的马仔，要听指挥！”

凌漠知道自己也拦不住他，于是没再说话。

萧朗隐藏好手枪，兴奋地快步向小区内跑去。很快，他来到了黑酒吧的外面。远处楼道的那个临时指挥点里也没有人，萧望应该是协调特警的工作去了。萧朗心里一喜，自己侦查一番再回到后门，不会出事，哥哥也不会发现，至少不会絮絮叨叨、没完没了。

两栋楼房的一楼民房的大门都已经被砖块封了起来，两套房子的入口统一集中在自建的平房一面。这一面除了一扇大卷闸门，还有一个位置较高的小窗户。平房的墙面上被喷涂得乱七八糟，看起来很潮的样子。

窗户的位置高，程子墨无法侦查，但是萧朗一米八五的身高，踮起脚尖就可以看到里面。只不过这个小窗户里面挂着深色的窗帘，萧朗也无法看到屋内的情况。

也就是说，不进入现场，就无法得知现场的具体情况。

要么拉开卷闸门大摇大摆地进去，要么还是回去和凌漠一起把守住后门。萧朗此时面临这两个选择。不过，以萧朗的性格，什么都没有发现就回去，那是绝对不可以接受的。

不就是几个人吗？顶多变成“丧尸”状了，我一个个打掉他们的下巴，他们哪里还有什么战斗力？而且我还有枪。虽然萧望说不到万不得已不可以用武器，因为这些人很有可能也是受害者。但是枪支还是有威慑力的嘛，看到枪，对方也就不太会反抗了嘛。再说了，周围这么多特警正在疏散群众，即便有个万一，我一个人搞不定了，我拿出对讲机喊上一句，支援在十五秒之内就能到。

所以，这有什么好怕的呢？为什么不能进去一探究竟呢？

萧朗紧了紧裤腰带，把警用作训裤[1]的裤腿绑紧，活动好手腕脚踝，深吸了一口气，猛然拉开了卷闸大门。

出于紧张、期待、好奇等诸多因素的影响，萧朗这个爆发式的用力，

---

1 作训裤，不同于警服的西裤样式，它有多个口袋，裤脚有纽扣，可以将裤脚绑紧。

非同小可。拉开大门的同时，萧朗就感觉这扇卷闸门和其他卷闸门不太一样，打开的阻力要大很多。等拉开的时候才发现，原来固定在地面上的卷闸门锁，居然被自己这一下子从地面拔了出来，晃悠悠地挂在门的下缘。原来，这个卷闸门之前是被人从里面锁住的。

来不及思考这是黑酒吧的营业方式，还是在出事后，责任人故意锁住大门，防止事态扩大，萧朗直接就被眼前的景象震撼了。

这间小小的平房连接着两侧的居民房，整体面积大约有两百平方米。房子内被改造成酒吧的模样，有吧台，甚至还有表演的小舞台，四周的墙壁都明显是用隔音材料处理过的。房子内现在还在闪着不同颜色的灯光，但是音乐已经停止了。在旋转灯光的循环照射下，地面上横七竖八躺着二三十具“尸体”，足以震撼任何人。

这二三十个人，基本上都是二十岁左右的年轻人，穿着时尚且暴露，化着浓浓的妆容。能够想象出昨天晚上这个狭小的酒吧里“群魔乱舞”的景象。

然而，此时的景象就完全不同了，地面上全是躺着的年轻人，几个人一堆躺在一起，也不知道是死是活。打碎的酒瓶、翻倒的茶几、白花花的大腿、妆容花了之后的恐怖面容，把这里活生生变成了一个恐怖的魔窟。

要是唐铛铛进来，肯定会被吓得够呛。但是萧朗毕竟是萧朗，从小就被誉为“萧大胆”的他，可没有丝毫惧意。

萧朗几步并作一步，来到了一堆“尸体”的旁边，分别摸了摸几个人的颈动脉。这样，他才放下心来，因为这些人虽然看起来意识全无，但是都还活着。看来，只是昏迷，而不是群体性死亡的事件。那就没有那么严重了。

萧朗放松了警惕，收回手枪，跨过那一堆堆的人，把酒吧内的各个角落都探查了一遍。很明显，这里没有意识清醒的人了。

酒吧除了那扇用于进出的卷闸门和旁边装了防盗窗的小窗户，还有几扇居民房的窗户，也都安装了防盗窗。萧朗估计是一方面用于防盗，另一方面防止有警察突袭临检。不过，两间居民房的厕所窗户，都没有安装防盗窗。可惜，这两扇窗户非常狭小，别说萧朗了，就算是一般的成年男性，都是不可能穿过窗户逃离现场的。

但不表示这里就出不去人。因为萧朗一抬眼，就看见了其中一扇厕所窗户的窗栏上，挂着一条红蓝相间的格子布片。那是从赖晓霜的超短裙上剐下来的。

“好了，她果真是从这里逃出去的。”萧朗觉得事情很快就会明朗了。虽然还不知道这些人为什么都会昏迷，但是这种事情对于饱读法医学的聂之轩来说，肯定很快就会搞清楚原委，这件事情很快就能解决。

萧朗又巡视了房间一遍，看到门口房顶上安装了一个监控。既然有监控，他就要保障自己行动的合法性，于是他拿出守夜者警徽，别在胸前。

“警察，临检！”萧朗程序性地喊了一句。

可是并没有人搭理他，他们都静静地躺在地板上。

萧朗顺着监控线路找到了在一间居民房里摆放着的电脑。看起来，这个监控摄像头采集的数据全在这台电脑里。好了，这里面发生的事情，也不需要猜了，直接看监控就一目了然了。

萧朗心中暗喜，自己发起突击行动的决定，再一次被事实证明是成功的。最近他似乎是福神附体，不断立功。

监控电脑的旁边，躺着四五个人，他们身边，有散落的彩色小药丸。萧朗蹲在地上，捡起一颗药丸看了看，知道这就是传说中的冰毒了。

原来这里真的是藏污纳垢的地方，这些人哪是什么受害者，都是瘾君子啊！凌漠那小子说得还真是对。毒品害死人啊！这些年轻人怎么就这么不拿自己的生命当回事呢？他们难道不知道毒品只要沾上一点，就直接毁了一生？萧朗这样想着，惋惜地摇摇头，看了看地面上躺着的一个女孩的面孔，说：“还这么年轻，真是可惜啊，可惜。”

萧朗重新站起来，掏出腰间的对讲机，正准备按住通话键向萧望进行汇报，让特警和 120 尽快进来清场救人的时候，不知道从哪里飞过来一张扑克牌，直直地插在了萧朗的右手臂上。

一阵钻心的剧痛从手臂处传来，萧朗手中的对讲机直接就掉落在地上摔碎了。

突如其来且无声无息的袭击，让感官超灵敏的萧朗都防不胜防。他有些意外地看着那一张插在自己手臂上的红桃A，不敢相信自己的眼睛。萧朗穿的是守夜者专用的警用作训服，制作材料是厚实的类帆布。可以说，作训服的坚硬程度堪比防刺手套，用一般的水果刀都很难将衣服刺破，更不用说一张纸做的扑克牌了。可是，这张红桃A实实在在地穿透了作训服，并且扎在了他的手臂上。

萧朗忍痛将扑克牌拔了出来，鲜血瞬间浸湿了衣服。最关键的是，剧烈的疼痛让他感觉自己的整条右臂都麻木了，根本使不上力气。

萧朗向前望去，原来在距离自己十米之外的平房地面上，有一个年轻男人，他染着一头黄毛，此时正坐在地上，手里拿着一副扑克牌。很显然，对于投掷扑克牌的结果，黄毛自己都非常惊讶。他瞪着眼睛看着远处的萧朗，又低头看看自己手中的扑克牌，一脸不可置信的样子。

面对这突如其来的变故，萧朗除了意外，更多的是担心。萧朗知道自己剧痛的右手此时是无法持枪的，而且即便持枪，也顶多起个震慑作用，又不能真打。所以他索性不去拿枪，拔腿就向黄毛奔去，想迅速拉近距离，一招制敌。

可是，这次的"拔腿"还真成了拔腿，因为萧朗发现自己的右腿被什么东西绊住了，根本就拔不动。他低头一看，原来刚才那个年轻的女孩此时抱住了他的脚踝，丝毫没有松手的意思。

"刚才不都睡得好好的吗？被我喊醒的？"萧朗低声说了一句，猛然抬腿。

这一下力道可不小，女孩的上半身被萧朗这一抬腿直接给带离了地面，然后身体又随着萧朗落腿而重重地摔在地面上。可即便是吃痛，女孩依旧没有放手，牢牢地将萧朗的右腿抱在怀里。

这一瞬间，第二张扑克牌飞了过来。因为有了心理准备，萧朗在那一瞬间听见了扑克牌的声音，下意识的一个躲闪，扑克牌在萧朗的面颊上留下了一条血印子，插到了房间的沙发上。

这真是个危险人物。

萧朗拼尽全力，一边拖着脚下的女孩向黄毛移动，一边又想尽快挣脱女孩的束缚，毕竟她也有可能咬人。可是怕什么来什么，萧朗在提防黄毛的时候，他感觉到脚踝处一阵剧痛。他低头一看，原来女孩已经一口咬在了他的脚踝上。

完了，刚才的特警被咬，直接就昏厥了。萧朗心情一阵紧张，但是很快就发现自己并没有任何要昏厥的征兆。再低头看自己的脚踝，原来刚才在进来之前，他为了防止遭暗算，绑紧了自己的裤腿，女孩这一咬，并没有咬破作训裤，所以也自然没咬破萧朗的皮肤。

“原来和狂犬病一样啊，不破皮就没事儿！”萧朗心中想着，说道，“看我多有先见之明！会咬人了不起啊？”

萧朗一掌向女孩的下巴打去，准备如法炮制，卸了她的颞下颌关节。可是这一掌过去，就像是打在一块橡皮泥上，软绵绵的，根本使不上力气。

“好吧，你狠。”萧朗赶紧藏起双手，防止被咬伤。

萧朗知道不脱离这个女孩的纠缠，是根本无法去制伏远处的黄毛的，于是他低身抓住女孩的双臂，准备用司徒霸教授的擒拿术将女孩制伏。可没想到，这个女孩全身就像是没长骨头一样，反身像蛇一样纠缠了上来，不仅控制住了萧朗的双腿，还控制住了萧朗的双臂。

“怎么没骨头了？八爪鱼吗？”萧朗心中一惊，发现自己受伤的右臂此时暴露在女孩的面前，要是她对着伤口来一口可就麻烦了。

萧朗一使劲儿，将右臂挣脱了出来，可是自己剩下的三肢还是被这条美女蛇紧紧纠缠住，根本动弹不得。

萧朗跟着司徒霸不仅仅学会了散打和擒拿，各种武术、柔道、空手道什么的也都有涉猎。可是此时面对这无骨一般的柔道高手，萧朗一时不知道该怎么挣脱。他搜肠刮肚地想出了各种挣脱控制的手法动作，可是这条美女蛇总是能有应对的方法。翻来滚去好几个回合，萧朗终于解脱了自己的双手，可是双腿依旧被紧紧束缚。

黄毛似乎没有了继续进攻的意图，他看了看被萧朗拉开的卷闸门，摇摇晃晃地站起身来，向大门口走去。

一个危险人物马上就要走出现场，走到群众之中，威胁群众安全，而自己什么也做不到，这是萧朗始料未及的。

不管怎么样，不能让他袭击无辜的人。

萧朗做了大胆的决定，他俯身，掏出腰间的手枪，尽可能无视美女蛇的纠缠，尽可能稳定枪口，对准黄毛的右手，就是一枪。

十米开外的高精度射击本就困难，更不用说萧朗还在和另一人搏斗。所以，这是一个非常冒险的决定。没有打中，可能会激怒黄毛；打偏了一点，就可能要了黄毛的小命。不过，一旦打中了，就会打掉黄毛手中的扑克牌，让他失去武器，同时也是鸣枪报警，引来其他的同事。

这一次，萧朗赌赢了。

受伤的黄毛丢弃了扑克牌，加速向屋子外面逃窜。

萧朗知道自己必须出去追赶，毕竟小区内有其他群众，特警们听到枪声赶过来，也未必会知道黄毛是谁。可是，这条美女蛇就是不依不饶，缠绕着萧朗的身体不松手，让萧朗根本无法离开现场。

突然，萧朗看见了电脑旁边的电源插座，他灵机一动，猛地拔下电源线的电脑端，然后用力将线头扯断，暴露出铜线。

“阿弥陀佛，但愿我的作训服是绝缘的。”萧朗默念了一句，将铜线向美女蛇身上捅了过去。

美女蛇猛然间不再柔软，整个身体强直了起来，束缚萧朗的四肢也随即放开。

“果然是绝缘的！小样儿，我还治不了你吗？”萧朗一跃而起，说道，“这么一下，也电不死你，你等着被抓吧！”

3

守在后门的凌漠，正聚精会神地盯着。毕竟现在两双眼睛变成了一双眼睛，需要两倍的精神才能避免一切意外的发生。

不一会儿，一个母亲推着一辆婴儿车向小区走来。

凌漠知道，这时候他的职责是走上前去，出示警察证，告知其小区内目前警方在行动。为了她和孩子的安全，希望她可以在小区外等候至行动结束。

可是，凌漠居然移动不了步子。

那一瞬间，他的脑子里就像是被千万根钢针刺入，头痛得睁不开眼睛，胃里也开始翻江倒海了起来。无数回忆碎片再次涌入了凌漠的脑海中，梦境中的场景、记忆中的场景交叉在一起，毫无逻辑顺序可言。凌漠逐渐模糊的视线中，那辆小小的婴儿车开始慢慢地变形，越变越大，甚至可以把凌漠笼罩在里面。凌漠踉踉跄跄，终于站不住脚步，倒在了地上，痛苦地扭曲着身体。倒下来的那一刻，那辆在他眼里变大了的婴儿车像是一张血盆大口，把他吞噬了进去。凌漠感觉自己仰卧在婴儿车内，透过纱制的车顶，看见了母亲模糊的面孔。和梦里一样，除了白皙的脖颈和尖尖的下巴，他根本看不清母亲的样子。他张开自己的双手，那双手居然变成了婴儿的小手，他努力地想让母亲把他抱起。可是，母亲却越来越远，越来越远。这种无助和渴望，让他一阵眩晕。刺眼的阳光，让他根本看不清眼前的景象。

乓的一声，让把守在小区前门口的萧望心中一惊。作为刑警学院的毕业生，他对这声音是再熟悉不过了。

那是枪声。

萧望二话没说，嘱咐聂之轩等人继续把守好大门，自己则迅速向枪声响起的方向奔去。不错，和他想象的一样，枪声是从黑酒吧里发出来的。

萧望心中一沉，立即通过对讲机指挥周围特警向黑酒吧挺进。其实在枪声响起的一瞬间，最近的特警都已经在向黑酒吧靠近了，当萧望赶到的时候，黑酒吧附近已经被围了起来。

可是，毕竟是有个时间差的。

可能是当局者迷，现场最近的几名特警并没有注意到在阴暗的角落里，有一个黄头发的人正在匆匆离开。当包围圈形成的时候，这个人其实已经在包围圈之外了。

不过旁观者清，远处的萧望一眼就看见了衣服上黏附着鲜血、捂着一只手匆匆行走的黄毛。

“黄头发那个，站住，警察！”萧望高声喊道。

黄毛一惊，准备拔腿就跑，却发现他的逃跑路线的远处，有两个便衣警察因为听见了萧望的喊声而做好了持枪准备。

逃无可逃，黄毛紧张地寻找着生机。他一扭头，看见小区的后门，那里走来一个推着婴儿车的女人。女人一边扭头看着突然昏厥躺倒在地的凌漠，一边小心地绕开凌漠，向小区内走来。

就在黄毛注意到这一对母子的同时，萧望也注意到了他们。

“凌漠！凌漠！”萧望急了，大声呼喊着凌漠，可是凌漠哪里能够听见。

萧望、黄毛和那对母子，这三方僵持住了，谁也不敢轻举妄动，他们的位置呈现出一个等边三角形。短暂的僵持后，几乎是同时，萧望和黄毛同时向母子二人的方向跑去。女人也注意到了这一变故，愣在原地不知如何是好。

毕竟是经过严苛训练的守夜者成员，萧望即便面对亡命之徒也毫不示弱。萧望这时顾不上昏厥的凌漠，赶在黄毛之前，挡在了那对母子的面前。

“赶快离开这里！”萧望沉声对身后的母子喊道。

黄毛知道，想要逃离这重重包围，唯一的办法就是劫持人质。所以即便萧望已经先一步赶到，黄毛依旧穷凶极恶地向萧望扑了过去。

萧望也迎上两步，尽可能让黄毛距离母子二人远一些。

两人打在了一起，没有两个回合，右手受伤的黄毛明显处于下风。萧望瞅准机会，一个抱膝压伏，将黄毛扑倒在地上。萧望正准备用手臂对其进行锁喉控制，黄毛看自己马上要失去抵抗能力，张大嘴对准萧望的胳膊就咬了下去。对于这一招，萧望早有防备，他左手早已攥着一团纸巾，见黄毛张口，直接塞进了他的嘴里。

可是，就是这一个动作，让黄毛的左手摆脱了控制。他的手伸进裤袋，居然掏出了一根吸毒用的注射器，狠狠地扎在了萧望的大腿上。

电光石火之间，萧望顿时觉得自己呼吸困难，脑子里像灌了铅一样。他骑在黄毛的腰上，摇摇欲坠。在失去意识之前，萧望喘着粗气，靠着自己坚强的意志，从腰间掏出了手铐，把黄毛和自己铐在了一起。然后，他眼前一黑，晕了过去。

此时特警已经赶到，对黄毛进行了进一步的束缚。守夜者成员们，也都闻讯赶来，在远处目睹了萧望和黄毛搏斗到萧望昏厥的全部过程。

唐铛铛惊呼着跑到了萧望身边，不断摇晃着萧望，可是萧望毫无知觉。程子墨也奔了过来，触摸了一下凌漠的鼻息，发现他呼吸均匀，看来无生命危险，估计又是脑袋里的海绵状血管瘤作妖了。然后，程子墨又跑到萧望身边，翻着眼睑看他的角膜对光反射。

萧朗站在远处，同样目睹了全部的过程。倒在地上的萧望和凌漠一动不动，这让萧朗脑子嗡嗡作响，脑袋像挨了一记闷棍。他咬了咬牙，重新跑回了黑酒吧内。不一会儿，他扛着一台电脑跑了出来，高声叫道："特警和 120 进现场，把所有人拉走治疗，每个人要有两名特警看守，到公安医院申请特种隔离病房。唐铛铛，你跟我来！"

唐铛铛没有注意到萧朗对她称呼的变化，只是对他喊道："你别和我说话！每次都是你出风头才会惹祸！"

"唐铛铛！你跟我来！"萧朗的双眼通红，像是要溢出血来，他咬着牙沉声叫道。

"去吧，铛铛！"程子墨对唐铛铛既是提醒，也是安慰，"望哥生命体征还在，应该没事的，现在消除危险才是第一要务。"

唐铛铛咬了咬嘴唇，跟着萧朗奔跑到了皮卡丘旁边。

"这台电脑里，有昨天晚上黑酒吧的监控。我现在去给每个人的面部拍照，照片通过内网传输给你，你要把监控里所有人的面部影像还原出来。"萧朗命令似的一口气说道，"那些人闭着眼，无法进行人像识别，需要你人工识别。我们要确保昨晚在黑酒吧的所有人，现在都已经被警方控制，防止危险进一步扩散，毕竟他们是有传染可能性的。"

一边说着，萧朗一边拿出警务通，给唐铛铛看，说："你看，比如这个人，闭着眼，并处于昏迷状态，人像系统比对不了，你就只能从他的衣着、脸型、发色、发长等特征来判断。"

唐铛铛不理睬萧朗，但还是接过了电脑，将电脑连接在自己的电脑上。

萧朗黑着脸，重新回到事发地，让聂之轩和程子墨帮忙给每一个吸毒人员的面部拍照，然后通过手机的内部网络传输给唐铛铛。

紧张的工作持续了将近一个小时，唐铛铛的声音终于在程子墨的对讲机里响了起来："除了黄毛和赖晓霜，其他吸毒人员共计二十五名，全都在警方的控制范围之内了。"

"危险消除。"萧朗说了一句，可是语气里没有丝毫轻松之意。

南安市公安医院。

萧朗坐在急救室外面的联排椅上，头发凌乱，双眼布满了血丝，两腮也都凹陷了下去。他十指紧扣放在膝上，像尊石像一样，一动不动。凌漠坐在萧朗的身边，抱着双臂，低着头像是在思考着什么。

"你们俩，还是去休息一下吧，在这里熬着，没有丝毫意义。"程子墨从医院大门进来，拎着保温桶，说，"先吃点东西，都是傅大姐做的，让你们务必吃一点。尤其是凌漠，昏厥了一个小时，身体都虚了吧？这是傅大姐说的。"

萧朗和凌漠依旧坐在那里，纹丝不动。

"你们别这样了！都二十四个小时了，你们就这样坐在这儿不动？又帮不上医生什么忙！"程子墨有些急了，说，"你们要振作起来！傅大姐比你们更心焦吧？但是她依旧在工作岗位上！依旧记得要给你们做饭吃！你们两个大男人能不能不要这么废柴？"

"叫阿姨。"萧朗沙哑地说道。

一天一夜滴水未进，又没说出一句话，所以此时萧朗的喉咙里都是黏稠的，说出这三个字都很费劲。

萧朗说完，打开保温桶，拿出一个塑料碗递给凌漠，又给自己拿了一个，机械地往嘴里扒拉着米饭。

“桶里还有菜。”程子墨坐在他俩的身边，神色焦虑，“人是都控制住了，舆情却控制不住，赖晓霜那段瞬移咬人的视频，现在在到处传播。”

萧朗闷头吃饭，没有回答。

“现在到处传言是丧尸围城，整个南安市人心惶惶。”程子墨接着说，“关于这件事情的谣言也很多。对于谣言，真是百禁不止，不知道为什么会有那么多好事之人。”

萧朗嘴里塞满了东西，含混不清地说：“铛铛怎么样？”

“还行吧。”程子墨说，“把自己关起来了，在研究监控视频。”

正吃着，啪啦一声，急救室的大门打开了，十多个穿着白大褂的人从急救室内往外走，边走边讨论着什么。

事发后，萧闻天花了不少心思，请来了国内最知名的传染病学、遗传学、法医学、病理学等领域的尖端学者和专家，共同对这些伤者以及死者进行分析研判。他们一天一夜不眠不休，估计是商讨出了结果。

萧朗扔了手中的塑料碗，直接冲到了人群一角的聂之轩身边，低声问道：“怎么样？我哥怎么样？”

聂之轩看了一眼萧朗，看不出喜忧之色，指了指会诊室，说：“别急，这事儿要慢慢说。”

十多个专家学者来到了会诊室，坐成了一排，对面则坐着萧闻天、司徒霸等导师，以及守夜者的成员们。

“经过我们的联合诊断，判断这种集中暴发并且有强烈传染性的状况，是由一种真菌引起的。”一名戴着眼镜、头发花白的老专家显然是最有学术地位的，他总结道，“我们在现场提取的冰毒以及海洛因中，发现了这种真菌的孢子。经过临床实验，这种孢子平时处于休眠状态，一旦进入人体消化系统或者循环系统，就会立即分裂繁殖。”

“真菌？”萧朗显然对医学不是很了解。

“是的，正常情况下，我们认为除了极少数真菌对人体有害，其他约 10 万种真菌对人体是无害的。目前已知的有害真菌，大约有 200 种。”老专家说，“可是，我们现在发现的这种孢子分裂出来的真菌，是以前所有文献都没有提及过的真菌，是一种新型的真菌形态，甚至连现有的真菌分类都无法将其归类。而且这种真菌对人体的危害非常大，一旦进入人体，就会对呼吸系统、神经系统造成真菌感染。其传播力和繁殖能力，堪比厉害的病毒。我们尝试使用现有的抗真菌药物，都无法将其杀死，或者抑制其繁殖。”

“那、那怎么办？”萧朗的眼珠都要瞪出来了。

“被这种真菌感染的人，各种体液中都可以检出这种真菌的孢子，也就是说这种真菌可以通过体液传播。”老专家似乎没有听见萧朗的问题，说，“一旦感染，真菌会立即侵蚀患者的神经系统，造成患者昏迷，似乎所有人的症状都是一模一样的。但是，在感染之后，恢复的情况，可就完全不一样了。这个，需要聂法医介绍一下免疫组化[1]的结果。”

“我们法医组和病理组、遗传学组重点研究了真菌所携带的蛋白形态。”聂之轩说，“我们之前查获了一家疫苗公司，在疫苗内发现了可以作为基因突变诱导剂的两种异体蛋白，这个我相信大家都还记得吧？同样，这次的真菌感染事件中，真菌也携带了这两种异体蛋白。换句话说，这次的事件，我们有理由相信，是由黑暗守夜者组织策划实施的。这是针对吸毒人员的一次人体实验。”

“这个什么蛋白也会传染？”萧朗急着问道。

“蛋白本身没有生命，不会发生传染。”另一名老专家说，“但是真菌能携带蛋白进入人体发生传染，由蛋白刺激机体演化。”

“那我哥呢？”萧朗越听越急。

“现在经过研究，我们发现患者被感染后，会出现三种情况。”之前戴眼镜的老专家说，“第一种，真菌感染后，发生昏迷，然后出于自身抵抗力的原因，抑制了真菌的繁殖，只要给予辅助抗真菌、提升免疫力的对症治

1　免疫组化，指的是应用免疫学基本原理——抗原抗体反应，即抗原与抗体特异性结合的原理，通过化学反应使标记抗体的显色剂显色来确定组织细胞内抗原，对其进行定位、定性及相对定量的研究。

疗，醒来后安然无恙，不发生任何变化。第二种，在感染昏迷后，机体针对真菌产生抗体，这种抗体反而会增强异体蛋白的基因演化诱导能力。同时抗体杀灭真菌，因此，等患者醒来，就会发生基因突变，呃……也就是你们说的，变成演化者。最后一种，患者立即出现昏迷，但是因为患者自身抵抗力差，无法克制自身体内的肺部和颅内感染情况，所以一直昏迷，即便给予辅助治疗，但有的还是会死亡，剩下的一直昏迷，也不知道能不能苏醒。”

“那我哥呢？”萧朗又问了一句。

“萧望，是最后一种。”聂之轩叹了口气，说道。

“那他现在——”萧朗全身都在颤抖。

“现在生命体征平稳，暂时还没有生命危险。”聂之轩连忙安慰道。

“萧朗，这不是你哥哥一个人的事情。”萧闻天低声训斥道，然后说，“目前我们对涉事的二十多人的身份都进行了调查，并没有黑暗守夜者的成员。他们都是有着正常身份的人，不是被盗婴儿。另外，对黑酒吧内的二十七个人进行了检验，在头发和尿液里都查出不同的毒品代谢成分，其中十一个人都被公安机关打击处理过，也就是说，这二十七个人全都是吸毒人员。涉事黑酒吧，是潜在的吸毒窝点。本次事件里，包括特警，共有二十九人受害，目前有五个人处于昏迷状态，四个人发生了基因突变，另外两人死亡。”

“黑暗守夜者对这些吸毒人员投放了蛋白，他们的目标已经不再是婴儿了，而是成人。”聂之轩说，“这是一个非常危险的信号。虽然多数人对这种真菌和蛋白是没有反应的，但毕竟还是有近四成的人会因此发生机体改变或者昏迷，甚至死亡。”

“一旦他们使用更广泛的传播手段，后果不堪设想。我们必须加紧行动了，尽快剿灭黑暗守夜者，才能防止他们使用其他手段投毒。”萧闻天说道。

“我想问一下，那四个基因突变的人的情况。”凌漠淡淡地说道。

“这种基因突变，是我们遗传学上不太能解释的情况。”遗传学的教授说道，“一般基因突变会导致局部组织的结构变化，但是造成一个系统的整体变化，这个我们还真是没有见过。我相信，全世界还没有研究出，也不允许研究出此类的技术。依靠基因突变诱导剂，导致某个人的某个系统整体发生变化，产生所谓的演化能力，这种实验，是不被允许的。”

“那这四个人具体是什么情况？”凌漠追问道。

教授回答道：“根据我们的检查和观察，其中一个女性是运动系统发生变化，关节活动度大幅增加，整个人就可以极其柔软。”

“就是缠住你的那个女的，和当初的‘医生’类似。”程子墨低声对萧朗说。可是萧朗不知道在想什么，呆呆地坐在椅子上。

“第二个，是特警，目前他的皮肤出现皮革样化。我们使用了各种抗真菌的药物，情况暂时有所改善，但还是有往全身发展的趋势。不过他的生命指征是正常的，不会有性命之忧。”教授说道，“第三个，是你们抓到的黄毛，他的运动系统和神经系统都有所改变。据说他以前就喜欢投掷扑克牌，他自己也没想到现在投掷扑克牌的力度和精准度都获得了几十倍的提升。最后一个，就是那个十六岁女孩赖晓霜了。她同样是运动系统和神经系统发生了变化，可以短暂蓄力并有超出人类正常移动能力的爆发。”

“您说的都是他们的能力增长，可是他们为什么都会咬人？”凌漠说，“我记得，就算是狂犬病患者，也不会咬人。”

“这个……是的，患有狂犬病的狗会咬人，但是患了狂犬病的人倒是不会咬人，只是会怕水，所以狂犬病又叫‘恐水症’。”传染病学的教授说道，“狂犬病患者之所以会怕水，是因为狂犬病毒是嗜神经病毒，病毒感染后，会损害患者神经，造成神经兴奋，饮水动作会导致患者喉痉挛，产生强烈痛苦。我们现在面对的这种新形态真菌也有类似的作用，它侵蚀人体神经，在人过度紧张的时候，会促使神经兴奋。当然，咬人不是特异性的症状，可能是因为患者没有武器，只能用咬人这种方式来表达神经兴奋。”

“在心理情绪比较极端的情况下，又没有反抗能力，咬人可能是一种别无选择的办法。比如当年拳王泰森就咬过霍利菲尔德的耳朵。”领头的老专家说，“不过，我说过，患者的体液里，都有真菌的孢子，所以可以通过咬人来传播真菌。”

“那赖晓霜的‘类丧尸’行为怎么解释呢？她似乎没有意识。”凌漠问道。

“是的，除了昏迷的人，其他中毒者其实都是意识正常的，只有赖晓霜处于无意识状态。”一名神经外科的教授说道，“不过她现在已经恢复了意识，甚至回忆起前天晚上路遇一个初中同学，带着她去黑酒吧吸毒的全部过程。所以我们认为当时赖晓霜的状态，应该是首次吸毒后出现的谵妄[1]状态，和毒品有关，和真菌、蛋白无关。”

“我哥能治好吗？”萧朗还在纠结这个问题。

“因为个体差异，萧望对这种真菌的免疫能力低下。专家们正在用药，控制萧望的感染。目前能做的只有这么多，能不能控制住感染，还要看萧望自己的意志力。”聂之轩说，“当然，如果我们能找到控制这种真菌的特效药，那就可以马上治愈。”

“黑暗守夜者，会有这种特效药吗？”萧朗问道。

“既然能够培育出这种新类型的真菌，一定会有抑制它们的办法。”传染病学的教授说道。

“好的，我知道了。”萧朗转身离开了会诊室。

1 谵妄，此处指赖晓霜由于吸毒而引起的意识模糊、短时间内精神错乱的症状。

第四章 失控

有时候，看着生龙活虎的弟弟，我会有一种羡慕的感觉。

但我知道，能够站在这里，就已经是上天对我最好的安排。

我不能倒下。

为了所有人，我都不能。

——萧望

1

静谧的月光洒在守夜者组织的操场上，安安静静的。

萧朗坐在警犬训练场最高的障碍平台上，将一摞材料拥在怀中。他直视着面前的训练场地，纹丝不动，月光洒在他的肩上，像是给他披了一件白银铠甲。

窸窸窣窣的，由远而近。这个脚步声对于萧朗来说，再熟悉不过了。

要在以往，萧朗一定会像弹簧一般蹦起来。不过今天，他依旧纹丝不动地坐在障碍平台上，即便思绪已经被这脚步声打断。

月光把来人婀娜的身影投射在操场上，似乎可以看出身影有些迟疑，却下定决心似的继续向萧朗走去。

她婀娜却不笨拙，几个动作就攀登到了障碍平台的顶部，坐在了萧朗的身边。

一阵清香扑鼻而来，但萧朗依旧岿然不动。

“萧朗，对不起，昨天我不该那样吼你。”唐铛铛抱歉地说道。

“没事儿，我又不是小心眼儿。”萧朗坦然，心里暖乎乎地说道，“再说了，你说得也对，这事儿都是因我而起。”

“不，聂哥说得对，这事儿是意外事件，而且我们都有责任。”唐铛铛低着头、红着脸，说道。

“你们哪有责任？凌漠那小子是我的马仔，也应该由我来负领导责任。”萧朗连忙说道。

“你做的未必是错的，而且事发后，我们都蒙了，只有你还在继续指挥，才保证了危险消除。”唐铛铛说。

“嘿，我说大小姐，你今天怎么像变了个人啊？”萧朗哈哈一笑，说，“从小到大都没见过你主动来和我道歉啊，也没见过你这样夸我啊。”

“你今天跑了，我们都担心得要死，我真怕你也出什么事儿。”唐铛铛的眼眶微微泛红。

“我保证，从此以后，我不会再是那个冲动的毛头小伙儿了。”萧朗仍眉头紧锁，但语气里充满了安慰，“这一天一夜，唉，我哥的话就一直在我耳边萦绕。在事发之前，他跟我说‘我们家人，都要好好的’，当时我还觉得他太过紧张，甚至有点迂腐，现在想起来，真的是心如刀割。他说得真对，家人都好好的，才是这个世界上最幸福的事情。铛铛，你也是我们的家人，你也要好好的。”

唐铛铛咬了咬嘴唇，使劲儿点了点头。

“当然，最幸福的事情，未必是最重要的事情。”萧朗接着说道，“我现在越来越懂得‘守夜者’这几个字的分量了，夜晚很美好，但如果少了守夜的人，万家灯火平安夜就只是一个美好的幻想。所以，我们选择了这条路，很多时候，在家人的安全和更多人的安全之间，就必须做出艰难的选择。两者兼顾，自然最好，如果不能两全……唉，我真希望自己替我哥挨那一下。”

“能不能，你们俩都别挨那一下？”唐铛铛看了他一眼，语气里有些心疼。

“你知道我不是那意思。”萧朗做了几次深呼吸，微笑重新回到了他的脸庞，“我这体格，我这胆魄，谁也伤不了，对不对？我找算命先生算过，我能活到一百岁呢。”

唐铛铛也勉强笑了笑，说：“不知道望哥怎么样，医生说要全靠他自己的意志力。”

“我哥啊，虽然体格不咋样，但意志力那一定是惊人的。”萧朗攥了攥拳头，说，“他一定可以坚持到我们找到解药！”

“嗯！”唐铛铛使劲点了点头。

“你刚才是不是想哭？”萧朗说道，“一会儿哭，一会儿笑，两只眼睛放大炮！”

“还以为你成熟了呢。前一句话老气横秋的，后一句就那么幼稚。”唐铛铛白了萧朗一眼。

“你还记得不，我们小时候的事情？”萧朗仰望着星空，说道，“小时候我们两家去农村度假，我带着你去水塘抓龙虾。”

“结果我掉水里去了。”唐铛铛点着头说道。

“于是我就跳进水里救你，结果发现那水塘其实还不到一米深。”萧朗哈哈大笑，说道，“你落水的时候一个劲儿地哭啊，我下水让你别挣扎，站直了，你这么一站直，发现水还没到你脖子，你就扑哧一下笑了。”

“确实很搞笑嘛。”

“后来我哥来找我们，发现我俩在偷偷烤火烘干衣服，就把我给狠狠骂了一顿。”萧朗的眼眶内似乎闪着泪花，说，“然后他自己跳到水里去，回家说是他贪玩落水了，我俩是为了救他，所以衣服没有他的衣服湿。然后，他就被老萧狠狠打了一顿。”

“从小到大，也不知道望哥给我们扛了多少事儿。”唐铛铛有些伤感。

“现在是时候让我们为他扛事儿了！”萧朗对着星空说道，像是在起誓，“时间过得真快，我们都成人了。哎，对了，你还记得我们坐的这个地方吗？”

“什么？”

“当时我们刚到守夜者组织，我忽悠你在这个警犬赛道跑了一圈。[1]”萧朗回味着往事，说道。

“哼，你就知道欺负我。”唐铛铛忍俊不禁，“等这案子结了，我要养只警犬。”

“你想想，天气这就转暖了，转眼就快一年了。”萧朗说，“你说这时间该有多快啊。一年了，这案子也该有个结果了。对了，在案发之前，你是认识崔振的，你觉得，她是个什么样的人啊？”

半晌，唐铛铛没有答话。

萧朗疑惑地转头看她，发现她秀眉紧锁，咬着嘴唇，一副恨恨的表情。

1　见《守夜者：罪案终结者的觉醒》一书。

大小姐连生气的表情都这么好看，萧朗不禁有些走神。

“以前对我很好吧，我以为她是个好人，结果只是在利用我们。”唐铛铛摇摇头，说，“我不想再提那个人了。”

“不提，不提。”萧朗连忙说道。

“嗯，你这一下午，跑哪儿去了？大家都很着急。”唐铛铛岔开了话题。

“还能去哪儿？查案呗。和凌漠一起。”萧朗说，“当时我就想啊，究竟从哪里才能揪住崔振或者黑暗守夜者的小辫子。崔振吧，现在到处藏匿，在任何一个地方都有可能，不好找。老八那边的黑暗守夜者，应该还挟持着一些孩子，必须有一个大本营。可是他们转移时的线索，被崔振那边的人拿走了，我们是什么也没有。对驼山小学的现场勘查，也没有找到任何线索。所以吧，这条线算是断了。现在，唯一的线索，就是黑酒吧的这条线了。既然是黑暗守夜者的人在投毒，那应该会留下他们的线索。如果我们能抓住这条线索，顺藤摸瓜，应该可以找到黑暗守夜者的下落。”

“所以呢？”

“所以，我们就跑到现场去了。”萧朗说，“可是老萧在那儿，正在组织人员对现场进行无害化处理。毕竟毒品里有真菌的孢子，说白了就是真菌的卵，要是这些东西进入人体，还会导致中毒发病。所以，老萧找了卫生检疫的专业人员，对现场进行处理。”

“你没进去啊？”

“没进得去，所以我就去了南安市局的刑警支队，他们正在对现场所有人员进行调查嘛。”萧朗说，“我就想从这些调查结果中，找出一些问题来。”

“找到了吗？”

萧朗迟疑了一下，点了点头，说：“我和凌漠还在想一些问题，一直没想明白。”

“那你说说呗，我帮你想想。”唐铛铛屈起双腿，把膝盖抱在怀里。

“你看，首先啊，我对这二十多个人的身份，一个一个地分析了一遍。”萧朗说，“这些人中间，有些是学生，有些是公司职员，还有些虽然无业，但是也没有其他黑历史，身份信息、生活信息都清清楚楚的。总的来说，他们都不可能是黑暗守夜者的成员，也不可能为黑暗守夜者的人工作。警方对那些已经清醒过来的人进行了询问，目前这些人大多数对自己吸毒的违法事实是供认不讳的。但是，没有人承认是自己带着毒品进来的。几乎所有承认了吸毒的人，都称毒品是黑酒吧老板颜雪提供的。哦，颜雪就是黑酒吧老板的绰号。”

“那就审讯这个颜雪呗，他不承认啊？”

“他倒是想承认。”萧朗说，“所以说吧，无巧不成书啊，这个颜雪，就是那两个死者之一。”

“死啦？”唐铛铛眼珠一转，说，“那会不会是黑暗守夜者的人灭口啊？”

“这种可能我也考虑过。”萧朗说，“所以，我就去了市局的刑事技术部门，调阅了尸检的情况。根据法医尸检的情况来判断，这两名死者，和其他的伤者一样，都是因为受到真菌感染，自身抵抗力有限，最终导致肺部、颅内重度感染而死亡的。”

“想一想这种传染病源真可怕。”唐铛铛打了个寒战，说，“法医也不容易，对待这种烈性传染病的尸体，万一没做好防护，自己就染上了。”

“是啊，法医不容易。”萧朗暗叹了一声，说道，“这个颜雪吧，也是个吸毒人员，曾经被公安机关打击处理过。但是打击处理的，都是他吸毒的违法行为，而不是贩毒。也就是说，并没有依据能证实他有贩毒的犯罪行为。”

“黑酒吧里的人，都被警方控制了，或伤，或死。但是每个人都不承认带毒品进来，一致反映是颜雪提供的毒品。”唐铛铛说，“如果没有对口供，没有形成攻守同盟的话，这么多一致的证词，应该还是比较真实的。”

“是啊。”萧朗说，“颜雪这个人，没有正经的工作，没有亲人，没有朋友，他的这一家黑酒吧，通过我们的调查，确定是每周只有周五、周六、周日的晚间开放。而且，都是做一些熟人的生意。所谓的熟人，就是那些经常会来的瘾君子嘛。开放的时候，卷闸门都是从里面锁着的。熟人给了暗号，里面的人才会开门迎客。他行事谨慎，所以才一直没有被警方发现。对颜雪这个人的活动轨迹进行分析，可以确定他没有主动购买毒品的行为。”

“对了，他还在酒吧里装了监控，监控里看不出是谁提供的毒品吗？”唐铛铛问道。

“你还挺聪明嘛。”萧朗拍了拍唐铛铛的脑瓜，说道，“我后来就看视频，结果发现啊，这个颜雪平时是不打开监控的，只有在营业的时间里，才会打开监控。这样的话，监控作用就大幅减小了。而且从监控里来看，几乎看不出有人在吸毒，但是可以看到事发的全过程——有一桌人突然发病，然后造成酒吧里的混乱，似乎有撕扯、撕咬的过程，但不是很严重。因为很快所有人都昏迷、昏厥了。既然都看不出吸毒的动作，更别说看到毒品的来源了。不过有一点是可以肯定的，事发当晚，所有进了黑酒吧的人，都在我们的控制当中。”

“也就是说，视频监控和调查结果，都不能确定是谁提供的毒品。”唐铛铛说。

“是的。”萧朗说，“颜雪自己也是吸毒人员，不营业的时候，他也是需要‘过瘾’的。既然确定他没有出门购买毒品的行为，那么，我觉得应该是有人在非营业时间，来他的店里兜售毒品。因为不是营业时间，所以没有被监控录制。还有，最近来他店里的人，一定就是提供毒品的人。”

“那就找附近的监控？”

“我也试了，不行。”萧朗摇摇头，说，“附近所有路口的监控，都不能锁死进出黑酒吧的通道。也就是说，没有哪一个监控摄像头可以确定拍到的人一定是进入黑酒吧的。这可就麻烦了，毕竟这附近是繁华的商业区啊。就事发当天下午，半天的时间，经过监控的人至少上万，总不能挨个儿排查吧？”

“那就……通话记录？”

“我也调取了颜雪的手机、固话的通话记录。”萧朗说，“最近一个月，他都没打过什么电话。可想而知，这个人是该有多宅啊！后来我也想明白了，既然是有人来他店里兜售毒品，也没必要电话联系。电话联系也是给别人留把柄不是？”

“我知道了！买毒品，会不会是网上交易啊？或者是手机支付？”唐铛铛拍了一下大腿，问道。

“那就更不可能了。”萧朗说，“当然，这一点我也想到了，所以也专门请网监的同事查了他电脑上所有的网购交易记录，现场提取的颜雪的手机，也交给技术部门进行了检测。你猜怎么着？”

唐铛铛摇了摇头。

萧朗接着说：“这家伙的电脑除了打网络游戏，完全没有网络交易记录，手机也是。这人除了打网游花两个钱，基本不在电脑上、手机上买任何东西。当然，这可能和他作为吸毒人员的习惯有关。毕竟，他干吸毒这种挨千刀的事情，害怕被查出互相的关系，所以我猜啊，现场肯定有很多现金，这些瘾君子都是现金支付的，颜雪买毒品也是现金支付的。”

“这也不行，那也不行，难道就只有去现场勘查了？”唐铛铛问道。

萧朗耸了耸肩膀，说道：“现场勘查就更不切合实际了。毕竟那是个营业场所，进出的人太多了。人一多，寻找足迹、指纹、DNA 就变成不可能完成的任务了。你想想啊，足迹被踩来踩去、指纹被摸来擦去、DNA 被不断污染，哪里还能找到什么痕迹物证？”

“照这样说，根本就没办法判断是谁在事发日期附近、又在非营业时间来到这黑酒吧里了？”唐铛铛问道。

“这就是我想不明白的地方了。”萧朗说，“除非是对周边居民进行彻底调查，不然恐怕是找不到任何线索了。我还专门把他电脑里面的资料翻了一遍，根本就找不出任何可能提示出售毒品的人的信息。”

“那调查，能有希望吗？”

“没希望。”萧朗说，“警方一下午都在调查关于这个黑酒吧的事儿。住得近的人，应该是收了颜雪的好处，所以也不举报，其他的居民，甚至都不知道这里有黑酒吧。不管怎么样，所有人要么就是不知情，要么就是多一事不如少一事，也没关注过，反正都无法给警方提供有用的线索。既然现在是这样，再过几天，还会是这样，调查这条路，也没什么希望。”

“那怎么办？”

“真想去殡仪馆，把颜雪叫起来问问。”萧朗幽幽地说道。

唐铛铛一激灵，反应过来后气得捶了萧朗一下："又吓唬我！"

"后来吧，我就想了一招。"萧朗说，"让民警对在周边曾有过贩毒活动的人进行调查，逐一排查，看能不能有什么结果。"

"似乎，这是唯一的办法了。"唐铛铛说道。

"感觉也是希望渺茫。"萧朗说，"贩毒的犯罪分子，本身就抵制警察，更不用说出了这么大的事儿，还能往枪口上撞了。所以吧，我还是想去现场，看看能不能找到什么灵感。"

"你不用睡觉的吗？"唐铛铛看了看表，此时已经九点多了。

"不困。"萧朗站起身来，说，"趁着年轻，多干点事情。什么时候闭眼了，有的是时间睡觉。"

"呸呸呸，乌鸦嘴！"唐铛铛连忙皱着眉头说道。

"开玩笑的，我都说了我能活到一百岁！"萧朗看上去像是满血复活了一般，说，"我这就去看看。"

"好啊，我陪你去。"唐铛铛站起身来，拍了拍裤子上的灰。

"等等，我得去把凌漠那家伙叫上。"萧朗眼神里闪过一丝忧伤之色，说道，"我哥一直强调，让我不要和凌漠分开。我一直都认为他实在是太迂腐、太古板。现在想起来，他真是有先见之明的。他让我俩不要分开，是为了我和凌漠两个人的安全。如果不是我和凌漠擅自分开，也不会有昨天的事儿。"

"你不要想那么多了。"唐铛铛安慰道。

"不过，在叫上凌漠之前，大小姐你要帮我做一件事情。"萧朗像是突然想起了什么，说道。

还没等唐铛铛询问是什么事情，她就被萧朗风风火火地拉到了守夜者组织的实验室里。萧朗指着物证保管柜里的手环、皮带扣等物证，说道："我之前还抱希望，崔振或者黑暗守夜者会继续使用这些通信设备，但是经过检测发现，他们已经弃用了这些卫星通信装备，或者说，他们更换了通信装备，反正我们是追踪不到了。"

"他们具备这些技术，更换设备是很简单的事情，所以除非咱们能再次获取他们的设备，不然肯定是无法追踪的。”唐铛铛说，“你就别打这些设备的主意了。”

“必须得打这些设备的主意。”萧朗说道，“这些手环，是可以监测一个人的生命体征的，对不对？”

“是啊，运动手环能监测很多生命体征，甚至可以监测人的睡眠状况。”唐铛铛说。

“而且这些手环可以无视信号屏蔽，通过卫星信号来定位、联络，对不对？”萧朗问道。

唐铛铛不解地点了点头。

“所以，能不能以这个手环为参考，你也做一个这样的通信设备？”萧朗试探道。

“可是，我们守夜者是有内部通信设备的呀。”唐铛铛说，“而且，经过几次被干扰器屏蔽之后，我们也改进了设备，不需要重新做吧？”

“我的意思是专门给凌漠做一个。”萧朗说，“就是那种可以监测他的意识状态，又可以随时和他联系，可以定他位置，还可以让他一键报警的那种。”

“你是怕他再次昏厥？”唐铛铛说，“可是凌漠那性子，能配合你吗？”

“这你不用管，就问你技术上能不能实现。”萧朗问道。

“其他的，倒是不难。”唐铛铛说，“可是监测他的意识状态这个，我又不是学医的，也不懂啊。”

“这么晚了，你打我电话什么事儿？”聂之轩的声音在门口响起。

“怎么样，能不能在天亮之前，给我弄出来？”萧朗微笑着看向唐铛铛。

“有了聂哥的帮助，我觉得没问题！”唐铛铛会心一笑。

2

“这是什么？”凌漠坐在万斤顶的副驾驶上，摆弄着手中的卡通手表，问道。

“这是铛铛和聂哥的心血。”萧朗嘿嘿一笑，说道。

“我问你这是什么东西？”凌漠问道。

“这是新型的联络器，你知道的，对手有干扰器，我们的通信能力就会下降。所以，给你配了一个更加抗干扰的联络器。”萧朗故作不以为意地说道。

“Hello Kitty?”凌漠说，“你把我当什么了？”

“这、这没办法。”萧朗瞪了一眼坐在后排憋笑的唐铛铛说，“时间紧、任务重，实在是找不到其他的手表外壳了。你看，我的不也是这么卡通吗？”

萧朗伸出胳膊，手腕上一块外壳是蜡笔小新的卡通手表从袖子里钻了出来。卡通的手表和他粗壮、黝黑的手腕十分不搭。

“你的呢？”凌漠转头问唐铛铛。

“他们不需要，现在咱们守夜者主要是我俩打前锋，所以我俩有这个就行了。”萧朗连忙打断了问话，岔开话题道，“反正现在还没到穿短袖的季节，藏在袖子里也看不见。等把案子结了，我们再好好琢磨琢磨怎么改进、美化这个联络器。”

“怕是没有那么简单吧。”凌漠说，“你是不信任我，要监测我？”

“没有，没有，你这是说哪里的话。”萧朗连忙说道，“就是个通信器而已，没别的意思。”

凌漠没再搭话，把手表放到作训服外面的口袋里。

“哎，你放那儿没用啊！”萧朗急道，“后面的金属片得接触皮肤，不然没用。”

“没用？没什么用？”凌漠斜着眼看萧朗，逼问道。

萧朗知道自己说漏嘴了，连忙解释道：“这个、这个……心心相印你懂不懂？你戴上这个，咱们就心心相印了。”

“你可别恶心我了。”凌漠“嘁”了一声，扭过头去，问道，“去现场，是找贩毒人的线索吗？”

“那块手表，你得按一下按钮才能打开，而且要贴皮肤……”萧朗一边开车，一边还是想劝凌漠戴上手表。

“知道了，怎么那么婆婆妈妈的？”凌漠说，“我看了你昨天发给我的信息，去现场能有用吗？”

萧朗知道如果自己再坚持的话，就显得太不信任凌漠了，于是没有再纠结手表的事情，说道：“现场刚刚做完无害化处理，还没进行勘查。所以，我想去试试，看能不能找到一些指向毒贩身份的信息。即便找不到，激发一下灵感看看。毕竟，这是我们寻找黑暗守夜者的唯一线索了。”

凌漠点了点头，认可了萧朗的意见。

万斤顶再次开到了事发小区的门口，三个人出示了警察证，进入了围着警戒带的黑酒吧。

黑酒吧里，除了伤者、死者被移走，其他都还一如既往，凌乱不堪。

萧朗他们穿好了勘查装备，进入现场。

“除了东边房间内的保险柜，其他地方警方都没有动。”萧朗一边随手翻着警方提供的现场勘查笔录的复印件，一边说道。

“现场的物品都是正常经营场所应该具备的物件。”凌漠说，“这些能提取 DNA 的东西，也都没意义了对吧？毕竟有那么多人进来，还有监控。”

“那就看看保险柜。”萧朗来到了东边房间，蹲在保险柜一边，说，“警方高度怀疑保险柜里有剩余毒品，于是找技术人员把保险柜给开了。果然，里面有三十克海洛因、七十克冰毒，还有二十万现金。这些毒品里面都是有危险孢子的。”

“这么多毒品，肯定不会是存货。”凌漠说，“以我的经验来看，这种个体毒贩子是不会存这么多毒品的，风险太大了。”

“你以前干这事儿？”萧朗问道。

凌漠白了萧朗一眼，说：“没吃过猪肉，还没见过猪跑？”

“你的意思是说，他刚刚进的毒品？”萧朗眼睛一亮，但随即又失望了，“可是，监控里看不到什么可疑的人，就没用。还是要找来兜售毒品的毒贩子的线索。”

“别急，慢慢找。”凌漠说，“我搜东边的房间，唐铛铛看中间的平房，萧朗你去西边的房间看看。”

“嘿！请尊重你的领导的指挥权！”萧朗挥着拳头说道。

“好好好，你指挥。”凌漠摊了摊双手，说道。

“凌漠搜东边的房间，唐铛铛看中间的平房，我去西边的房间看看。”萧朗说完，转身就走，还在嘀咕着，“西边房间好像就是监控房——我受伤的地方。”

“你们俩说的有什么区别吗？”唐铛铛莫名其妙地问道。

三个人在各自管辖的区域里进行着勘查，不过这个黑酒吧本身卫生条件就不好，加上发生了事件，更加显得乱七八糟。看来看去，除了那些打碎的玻璃杯、酒瓶、香烟盒、打火机，也没有什么其他的物品，更不用说可以提示不同人员身份的物品了。

萧朗在西边的房间里查了一圈，同样没有发现什么有价值的线索，于是他走到了电脑桌的旁边，坐了下来。

电脑的显示器孤零零地放在桌子上，电脑主机已经被警方抱走。显示器的旁边，还有被萧朗扯断的电源线，以及一个路由器。

萧朗想着当时自己灵机一动，用电击的方式挣脱了美女蛇的纠缠，自信满满。他拿起路由器左右看看，突然脑瓜里灵光一闪。

“大小姐！快来！快来！”萧朗大声叫道。

唐铛铛应声赶了过来，问道：“怎么了这是？”

“我在想，路由器里的数据，有可能恢复出来吗？”萧朗问道，“假如毒贩子和颜雪是老熟人，经常来这里，那么为了上网，就有可能会连接他家里的路由器。只要连接过一次，以后每次来不都会自动连接吗？对不对？那么最近登录这个路由器的手机，排除掉来他店里消费的瘾君子，其他人不就可疑了吗？毕竟这个颜雪没什么亲戚朋友。”

唐铛铛见路由器的电源灯还在闪烁，而萧朗正准备拔了电源，将路由器递给她，于是连忙说道：“别动！不能断电！”

萧朗连忙停下了手中的动作，一动不动的，像是捧着佛像一般地捧着路由器说："怎么了啊，大小姐？"

唐铛铛被萧朗的动作逗乐了，说："没事，别断电就行。路由器如果不断电的话，里面的日志都可以拷贝出来，但是一旦断电，这种家用路由器就会自动清空日志了。"

说完，唐铛铛从车里取来了自己的电脑，连接上了路由器，不一会儿，路由器里面的登录日志逐条拷贝到了唐铛铛的电脑上。

唐铛铛看了看电脑屏幕，说："嗯，不错，现场勘查的时候，没有把路由器断电。这个路由器至少有十天没有断电了，所以有十天的日志。"

"是吗？"萧朗心中一喜，说道，"那……能不能看出来啥？"

"这些数据，我需要分析一下。"唐铛铛一进入工作状态，就心无旁骛了，说，"你们在现场继续搜，我一会儿给你回复。"

萧朗和凌漠显然都没有心思再去仔细搜查现场了，于是在现场百无聊赖地走来走去，东看看、西看看，酒吧里所有的物件似乎都被他们看了一遍，才听见唐铛铛在门口叫他们。

"怎么样，怎么样？"萧朗率先跑出了现场。

"有发现了。"唐铛铛一脸严肃地说道，"在日志中，我发现事发当天下午三点，有一个号码自动登录了路由器。然后用这个号码检索，居然发现在一周前的下午三点，它同样自动登录了路由器。"

"每个周五的下午三点，都有人来这里兜售毒品？"萧朗问道。

唐铛铛点了点头，说："根据对路由器里面数据的分析，其他号码的可疑程度都不如这个号码。所以，我就把这个号码传给了萧局长，希望他可以通过市公安局的资料库进行调查。刚刚返回调查结果，这个号码的机主叫作沈伊宁，男，二十七岁，绰号'猴子'，曾经因为贩毒被判过刑，两年前刑满释放，现在无业。"

"那还说啥，肯定是他！找他呗！"萧朗兴奋得几乎都要跳起来了。

万斤顶引着皮卡丘和两辆特警巡逻车，风驰电掣一般地开到了南安市环城河公园的一个停车场。南安市的环城河相传是从三国时代就保留下来的，是连通南北两条大河的活水，只是地势高低不明显，所以水流也不明显。沿着环城河修建的环城路，也算是南安市的“一环”。整条环城河都是开放的，称之为“环城河公园”。即便位于城市的中心，但是河、路两侧树叶茂密，也是曲径通幽。

根据唐铛铛协调相关部门对猴子的手机号码的定位，确定猴子的手机关机点就在环城河公园附近，关机时间是周五的晚上十一点十七分。

猴子在兜售完毒品之后，就驾车来到了这里，随即关机。

“在路上的时候，我们要求市局给我们提供周边监控的情况。”唐铛铛跳下了皮卡丘，对站在环城河岸边大石头上眺望的萧朗说道，“我们能看到猴子名下的车辆‘南A74474’从附近大路开上了环城路，但是一直没有找到他的车离开的影像。这里树叶太繁茂了，缺乏修剪，很多摄像头被遮挡，我也不确定这辆车会不会恰巧避过了摄像头离开。”

凌漠蹲在萧朗的身边，在面前的石头上铺开了一张南安市的交通图，用红笔在交通图上点点画画，说：“如果说一个人避过这附近的摄像头，是有可能的。但是一辆车很难，毕竟车是要在路上开的。”

“可是这里一览无余，没有车。”萧朗说道。

“你们来看看，这是什么？”正蹲在河岸边勘查的聂之轩叫道。

几个人围了过去，见聂之轩正用镊子夹起一根折断的枯黄的草，说：“河岸边发现了大量折断的草。只是现在是春天，草的生长速度快，所以新草冒出来，折断的草倒是不那么显眼了。”

“河岸边折断的草。”程子墨沉吟道，“你是说……车子冲到河里了？”

大家面面相觑，心里都有一丝不祥之兆。

“萧朗，你人缘好，路子宽，能不能去市局申请蛙人协助？”聂之轩问道。

在“毒丧尸”事件发生时，指挥员萧望被感染昏迷后，现场状况险些失控。幸亏有了萧朗的冷静判断和决策，才防止了危机进一步扩散。在大家的心里，都已经默默认同了萧朗的领导才能。所以，聂之轩不自觉地征求萧朗的意见。

萧朗咬着嘴唇想了想，说：“不用。”

他弯腰捡起几块石头，向环城河里抛去。几块石头划出不同的曲线，随着啪啪啪的落水声，落在了距离折断小草不远处的河里。

“叫打捞车来吧，车在水里。”萧朗的眼神里尽是担忧，“现在就希望车在水里，但人不在。”

“你咋知道车在水里？”程子墨好奇地问道。

“环城河水不深，石头落水未来得及缓冲就坠落到车上。”萧朗说，“我听见了金属回音。”

“真的假的？你的耳朵真的比猫还灵啊？”程子墨难以置信。

“最好也请救援队的人来，防止车里的人爬到了车外，死在水里。”萧朗坐在河边的斜坡上，低着头说道。

不一会儿，两辆打捞车、两辆冲锋艇和数十个打捞救援人员赶到了现场。一直安静的环城河边，突然变得热闹了起来。

萧朗一直坐在斜坡上，低着头等待着。直到一个多小时之后，随着打捞车长臂的上摆，一辆黑色的吉利小轿车破水而出。

萧朗抬头看了看远处半空中的小轿车，说：“车里没人，但是玻璃全碎了，还得继续在河里捞人。”

打捞出来后，小轿车被平放在了河边的草地上。聂之轩、凌漠和几名痕迹检验员、汽车维修专业人员围着小轿车进行了勘查。

“车子是没问题，没被人破坏。”聂之轩走到萧朗的旁边，说，“应该是直接开进水里的，是驾驶事故。”

“驾驶事故？”萧朗问道。

“嗯！”聂之轩点点头，说，“是人为的，我分析啊，毒驾嘛，这种事故很容易发生。”

萧朗还想问点什么，只见河岸边几名蛙人出水了。

“周围都看了，三具尸体，都在水底。”蛙人队长一边指挥着岸边人员拉牵引绳，把尸体拉出水面，一边对走过来的萧朗说道。

“确定只有三个人？”萧朗问道。

队长点了点头，说：“环城河平时有人维护，所以水下条件很好。事发时间不长，尸体没腐败，都沉在水底。这里的水流速度还不至于将尸体移动到太远的位置。我们已经保守地对周边都进行了勘查，确定只有这三具尸体。”

“辛苦了。”萧朗和队长握了握手，对聂之轩说，“聂哥，死因很关键，就看你的了。”

三具尸体被打捞到岸边，并排躺在草地上。警方用打捞出的汽车和警戒带作为遮挡，给聂之轩围出了一块适合进行尸检的场地。三名死者都是男性，衣着完整，身上看不到明显的损伤，尸僵似乎已经开始缓解，三人的口鼻处都被蕈状泡沫[1]覆盖着。

聂之轩围着三具尸体走了一圈，对萧朗说：“确定了，这个，就是猴子。”

萧朗顺着聂之轩的手指，仔细看了看尸体的面貌，确实，和户籍资料上的照片一模一样。他沮丧地走开，回到了河边斜坡上坐下，低头思考着。好不容易发现的线索，再一次断掉。这究竟是阴谋还是巧合？黑暗守夜者的尾巴，明明已经被自己攥在了手里，现在又落空了。

自己还有能力再抓住那条尾巴吗？他没有把握。

太阳慢慢地爬到了头顶，即便是春天，也依旧那么刺眼。

时近中午，聂之轩终于完成了自己的工作。他脱掉了解剖服，仍戴着一副乳胶手套，走到萧朗身边，说：“尸表检验完成了。”

“怎么样？”萧朗抬起头来，似乎刚刚打了个盹儿。

“根据三个人口鼻部的蕈状泡沫、咽喉内的泥沙、手指间的水草，可以判断，他们三个的死因，都是溺死。”聂之轩说，“之所以逃离车辆但没能上岸，可能和吸过毒有关。吸毒后，行动能力下降，意识模糊，所以潜意识支配他们逃离车辆，但是他们没能力游到岸边。”

“溺死？”

1　蕈状泡沫，指的是在尸体口鼻腔周围溢出的白色泡沫。蕈是一种菌类，这种泡沫因为貌似这种菌类而得名。蕈状泡沫的形成机制是，空气和气管内的黏液发生搅拌而产生大量的泡沫，泡沫会溢出口鼻，即便擦拭去除，一会儿也会再次形成。蕈状泡沫一般是在溺死案件中出现，也可能会在机械性窒息和电击死中出现。

“这个可以确定。”聂之轩说，“溺死的征象非常明显，三个人身上除交通事故损伤外，没有约束伤、抵抗伤和威逼伤。应该是自然状态下入水的。”

“那……性质呢？”

“教材上都说了，溺死多见于自杀和意外，罕见于他杀。”聂之轩说，“而且他们身上都没有伤。”

“也就是说，一场意外交通事故，把我们的线索又给断掉了？”萧朗十分沮丧。他非常相信聂之轩的专业能力，既然聂之轩给了这样的结论，肯定是不会错的。

“只是还有一个疑点没能够解释。”聂之轩接着说，“如果这个疑点解释不了，那么罕见于他杀不代表不可能他杀。”

萧朗猛地从地面上弹了起来，问道：“什么疑点？”

聂之轩被吓了一跳，他无奈地微笑，然后朝萧朗招招手，示意他跟自己来。

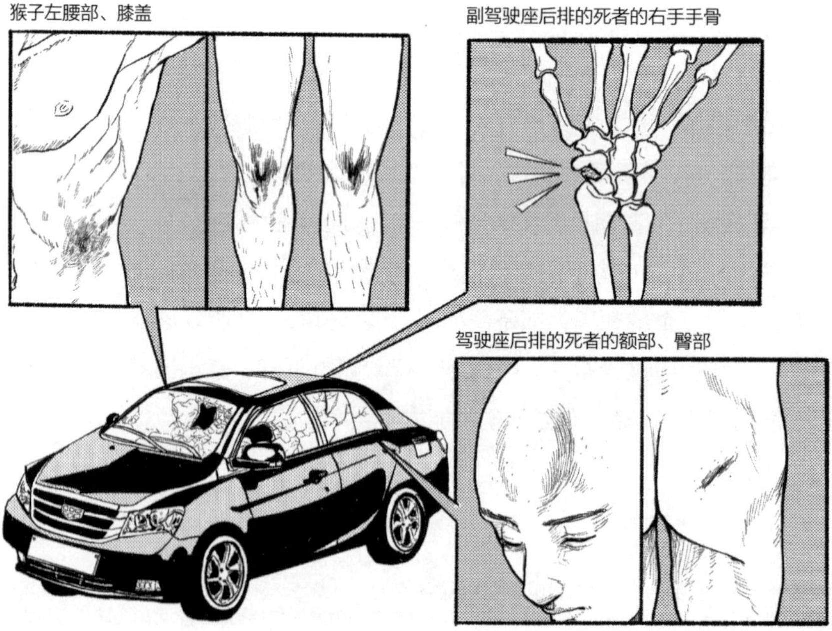

车祸中的死者受伤情况示意图

三具尸体此时已经被除去了衣服。聂之轩引着萧朗走到了猴子的尸体旁，指着猴子左腰部的圆形皮下出血和两个膝盖的皮下出血，问道："交通事故损伤，是形态复杂的损伤。但是对于法医来说，研究交通事故损伤还是很有意思的。比如说猴子的尸体，你能看出什么吗？"

萧朗机械地摇摇头。

聂之轩说："左侧腰部有圆形的皮下出血，提示是圆形横截面的物体撞击留下的。你说，车上什么东西的横截面是圆形的？"

萧朗想了想，马上说："挡位操纵杆的头。"

聂之轩点了点头，然后意味深长地看着萧朗。

萧朗看着聂之轩的眼神，先是不解，然后恍然大悟地说道："我明白了！如果是猴子自己开着车，那么发生撞击之后，操纵杆的损伤应该在他的右侧腰部。既然这个损伤在左侧腰部，那么说明他是坐在副驾驶上的！"

聂之轩赞许地给萧朗竖了一个大拇指，说道："另外能证实这个观点的，是他膝盖部位的皮下出血。这说明汽车碰撞的时候，他的双膝碰撞到了硬物。如果是坐在后排，前面的座椅后背是软的。所以只有坐在副驾驶，才能让膝盖和前储物盒撞击，形成这样的损伤。"

"那这两具尸体呢？"萧朗似乎燃起了一丝希望，他连忙问道。

"这一具尸体的主要损伤，是腕骨。"聂之轩拿起尸体的右手，掰动了两下，说，"可以感受到明显的骨擦音[1]，而且能感受到手骨的脱位。腕骨是指骨、掌骨下方的骨骼，由八块小骨骼组成。这个位置的撕脱性脱位骨折，一般的打击是形成不了的。"

"那是怎么形成的？"萧朗急着问道。

"必须是一个迅速、强烈的拉扯力量形成的。"聂之轩说。

"明白了，他是坐在副驾驶座后排的。"萧朗眼珠一转，说，"出事的时候，他的右手正拽着车顶拉环。"

1　骨擦音，指的是法医按动尸体可能存在骨折的部位时，感受到内部有骨质断段相互摩擦产生的声音和感觉，称之为骨擦音（骨擦感），是初步诊断死者是否存在骨折的一个方法。

"聪明！"聂之轩又赞了一句，说，"驾驶员，是不可能用右手拉拉环，左手开车的。"

"是啊，他的右手边应该是挡位操纵杆啊。"萧朗说道。

"另一具尸体，损伤就比较有意思了。"聂之轩接着说道。

说完，聂之轩从现场勘查箱内拿出一把手术刀，轻轻地将死者额部正中的皮肤切开。随着刀锋的行走，一团乌黑的血块从皮肤中鼓了出来。

"表面上看，他是没有伤的，但是其实在皮下有着一个大血肿。"聂之轩说，"皮肤没伤，皮下血肿，这说明他的额部撞上了一个表面光滑、质地柔软的东西。"

"那会不会他就是驾驶员？"萧朗心中一沉，说道，"他撞上了前挡风玻璃？"

聂之轩微笑着摇了摇头，说："不，玻璃的质地可不柔软。这是其一。其二是，既然车玻璃已经全碎了，那么肯定是在入水之前撞击树木、石头的时候震碎的，这时候车玻璃要是再接触死者头部，就会割裂出头皮裂创了。其三，最关键的是，如果额部都撞上了前挡风玻璃，那么即便没有系安全带，他的胸部怎么可能不和方向盘接触？"

聂之轩指了指尸体的前胸部，说："死者的前胸部别说皮下出血了，就连一点点擦伤都没有，这可能吗？"

"所以，他的额部头皮血肿，是和驾驶座椅背部相撞而形成的。"萧朗沉吟道。

"同样能证明这一点的，是他臀部的一个条形擦伤。"聂之轩说，"后排座椅的安全带卡扣就在坐垫和靠背之间，可以形成这样的损伤。而如果他是驾驶员，则不可能形成这样的损伤。"

"那就是说，这辆车出事的时候，并不是猴子在亲自驾车。"萧朗说，"当时驾驶这辆车的驾驶员，并不在这三人之中。"

聂之轩点了点头，说："蛙人说水下不可能有其他人，这就是一个巨大的疑点。"

"给车上的人吸毒，在他们吸毒后，驾驶员开车冲入河里，然后自己上岸逃跑了。”萧朗一拳重重地捶在了地上，随即又喊道，“大小姐！大小姐你在哪里？”

唐铛铛闻声抱着自己的笔记本电脑跑了过来，说：“咋了？大呼小叫的。”

“之前，我记得你说从监控里能看到事发车辆从大路开上了环城路，对吧？”萧朗问道。

唐铛铛点了点头。

萧朗接着问：“那监控的截图，你有吗？”

“没有，但是我可以给你截。”唐铛铛蹲在地上，把电脑放在自己的膝盖上，一边操作，一边说，“不过这个监控年代久远了，啥也看不清啊。”

说完，唐铛铛把一张十分模糊的截图给萧朗看。电脑屏幕上，看得出是一辆黑色的小轿车，能模模糊糊地看到车牌照，但是车内的情况什么也看不出来。

“既然知道时间点，那你能不能找一张在此之前的别的监控的清晰截图给我？”萧朗一口气说了很多定语，让唐铛铛有些蒙。

“就是顺着它的路径倒推，找清楚的截图。”萧朗又补充解释了一下。

“可以倒是可以。但是，这是南安的老城区，监控都是年久失修的。”唐铛铛一边嘟囔着，一边开始操作。

过了十几分钟，唐铛铛再次转过电脑屏幕，说：“这一张呢？这一张算是最清楚的了。”

萧朗眯着眼睛对着屏幕看了良久，说：“你再给处理清楚些。”

“这本身条件有限，我就是本事再大，也改变不了它像素极低的本质啊。”唐铛铛又嘟囔着操作了十几分钟，说，“喏，这次呢？”

“这个好，这个好，大小姐真厉害。”萧朗的脸凑得离屏幕很近，说，“你们看，开车的这个人，是不是戴着一顶蓝色的棒球帽？”

图片中，铛铛已经将车辆的前挡风玻璃部位放到了最大，玻璃后侧的两个人影模糊不清。尤其是在夜间路灯的照射下，更加无法判断形状和颜色。

“肯定是戴了帽子的。”唐铛铛看了看屏幕说，“这个以我看监控的经验来判断，是可以确定的。不过是不是蓝色可不好说，因为晚上的监控画面会有色差。”

“反正不会是绿色的，对吧？”萧朗继续盯着画面，说道，“衣服好像也是那种制式的衣服，感觉和帽子很搭。”

“你的意思是说，这人的衣着应该和他的职业有关？”程子墨在一边插话道。

“衣服上似乎还有什么字儿。”萧朗继续眯着眼睛看了一会儿，说，“第三个字是‘谷’，对不对？前两个实在看不清。”

“五谷丰登？哦，不对，那是四个字儿了。”聂之轩扶着脑袋说道。

“你们不觉得，这顶棒球帽很熟悉吗？”一直在一边没有说话的凌漠突然发声了。

“别卖关子了，你在哪里见过？”萧朗急忙问道。

凌漠拿出手机，找出一段影像，展示给大家看。

画面里，一个戴着棒球帽的人，摇摇晃晃地走到了一栋大楼的下方，突然，一块巨大的广告牌坠落，将他覆盖在了广告牌下。

“啊！是他！”萧朗叫了起来。

“都是晚上的监控，色差也应该差不多。”凌漠说，“反正我是觉得，一模一样。”

聂之轩思考了一下，连忙又从勘查箱里拿出了一副白纱手套戴上，然后钻进了事发小轿车的驾驶室里。

不一会儿，聂之轩举起假肢上戴着的白纱手套，说：“你们看，这是什么痕迹？”

白纱手套上，有墨绿色的划痕。

“和天台上的一样！应该是这个人脚底黏附的痕迹！”程子墨抢先说道。

“这个污渍是我在刹车踏板上发现的。我一会儿再提取方向盘上的DNA，回头看傅姐能不能做出来，比对一下就行了。”聂之轩说。

“叫阿姨！”萧朗说，“对了，之前微量物证的鉴定结果，也不知道出来没有。我差点儿把那事儿给忘了。”

“我问问。”聂之轩拿出了手机。

“现在只需要寻找这个人平时出没较多的地区，有没有和‘谷’有关的地方。”凌漠重新摊开南安市的市政交通图，一边用手比画着，一边说，“他既然出现在国际大厦附近，那么这个区域就是我们掌握的、他会出没的地区。嗯，这附近，还真有个‘谷’。”

“什么？”萧朗凑过来看。

“欢乐谷。”凌漠用手指重重地点了两下地图。

“我知道，我知道，我高中的时候经常去的地方。”萧朗抑制不住心中的喜悦。

“问到了。”聂之轩说，“DNA 之前做出来了，确定这个人不是被盗婴儿，在 DNA 库里也找不到这个人的身份信息。不过这个墨绿色的污渍，倒是检验出了成分，是一种不太常用的机油，一般用于大型机械或车辆，比如火车。”

“比如，过山车！”凌漠的眼睛一亮。

3

“过山车？”一名胖乎乎的经理坐在欢乐谷的办公室里，说道，“我们这里有三辆过山车，还有几台大型机械，很多工作人员是什么活儿都干的，干活儿的时候也都用这种机油——所以你光告诉我这种机油，我可没法告诉你是哪一个人。”

“也就是说，并不是只有一两个人专门负责维修，才能接触到机油？”凌漠问道，“肯定是经常接触机油的人，鞋底才黏附了很多。”

“我们的欢乐谷是非常专业的，每个设备都有人维修的。”胖经理说，“不过，我们不可能让维修工只干维修、检修的工作，那样是劳动力浪费，对吧？所以，他们也会负责检票、清洁、维持秩序之类的工作。”

“广告牌现场，有血。”聂之轩低声提醒着萧朗。

“那也不能一个个做 DNA 啊。”萧朗的脑袋没转过来弯。

“最近这几天里，有没有职工因为受伤而请假？或者有没有谁身上有明显的损伤？”凌漠倒是先想到了。

“我查查。”胖经理拿出一个考勤本，看了看，说，“没有，最近没人缺勤。我们欢乐谷考勤严格得很，要是请假，扣的工资多。嗯，受伤嘛，也是没有的，我每天早晨都是要训话的，所以要是有明显的外伤，我肯定看得到。”

“现场那么多血，聂哥你觉得会是什么情况？”萧朗低声问聂之轩。

“不是锐器切割伤，而是钝器的拍打伤。”聂之轩沉吟道，“身体非裸露部位的挫裂创，可能性也是不大的。当时我觉得最大的可能是头皮损伤，他又戴着帽子，所以视频里看不出来罢了。现在看起来，最大的可能，应该就是鼻骨骨折，导致大量流鼻血的情况。”

“哎，流鼻血这个，要是止住了也就看不出来了吧？”萧朗有些沮丧。

还没等聂之轩纠正，胖经理就连忙说：“你要说流鼻血，那我还真是有印象。我们这里的一个职工，叫白羽，他就是在工作的时候流鼻血，然后被同事们耻笑，说是看到美女起了色心呢。”

“看到美女流鼻血有科学道理吗？”萧朗一跳而起，哈哈笑道，“告诉我，这个人在哪儿？”

“也不是说完全没有科学道理。”聂之轩按住萧朗，说，“现在只是怀疑这个白羽，如果等不及 DNA，就需要其他办法来验证他的嫌疑。”

“有数的。”萧朗对聂之轩眨了眨眼。

“他今天是车班，嗯，就是今天他负责开厂车[1]。”胖经理说，“需要我帮你们把他给叫来吗？”

“不需要，您忙您的，这事儿您就当没发生过。”萧朗给聂之轩使了个眼色，示意他要盯着经理，防止泄密，然后拉起凌漠离开了会议室。

“这人既然给了猴子毒品，肯定就不是第一次。而且，他也有可能是吸了感染真菌的毒品，才会有演化能力的。”萧朗说，“我来用毒品的话头刺

1 厂车，指的是旅游景区里的车，挂厂车的牌照，只能在景区内行驶。

激一下他，你看他的反应，不就知道了吗？”

“我以为你胸有成竹呢，弄了半天还是得靠我。”凌漠笑了笑，显然是认可了萧朗的计划。

“你是马仔，我这是在给你表现的机会！”萧朗一马当先，向胖经理给他们指出的厂车站点走去，寻找第23号游览车。

今天是星期一，所以欢乐谷的游客并不多，但也有大型设备正在轰隆隆地运行，欢乐谷里的工作人员都穿着有“欢乐谷”字样的工作服，戴着棒球帽，懒散地在欢乐谷各个区域等候着游客，在人群中比较显眼。

厂车站的23号游览车的驾驶座上，坐着一个三十多岁的男人，身材瘦小，和当时被广告牌砸中的身影极为相似。他的塌鼻梁上，似乎还有一些青紫，这和聂之轩分析的情况非常吻合。不过，为了慎重起见，不打草惊蛇，萧朗和凌漠还是决定不贸然行动，按照既定计划，先行试探。两个人径直走到游览车旁，萧朗对男人说：“走，去激流勇坠。”

萧朗事先看了各个游乐项目的名称，此时随便说了一个。

男人头也不抬，指了指前面的22号游览车，说：“那一辆。”

“那一辆有人。”萧朗说道。

“对啊，人坐满了走啊。”男人莫名其妙地抬头看了看萧朗。

“我俩有事要说，你的车我包了。”萧朗说完，数了数游览车有13个座位，拿出130块钱递给男人。

男人犹豫了一下，左右看看，发现站点的工作人员并没有注意到他，于是接过钱，放进了口袋。

“我知道了，你们俩是那种关系。”男人坏笑着坐直了身子，发动游览车。

萧朗莫名其妙地坐到游览车的第二排，等车子开出去一小会儿后，对凌漠说：“我说的那批货，是蓝色的，纯度极高。”

开车的那男人似乎哆嗦了一下，挪动了几下肩膀。

“而且价格便宜。”萧朗一边说，一边盯着前排男人的后脑勺，“如果我们能进一批，转手至少是三倍的收益。”

男人的头皮似乎动了动，像是在竖起耳朵偷听，同时他的肩部微微一抖，扶着方向盘的左手还在不自觉地轻轻抖动。还没等萧朗给凌漠递过去询问的眼神，凌漠就认真地点了点头。他确定这个司机和毒品有关，这个男人应该就是那个被广告牌砸到的演化者。

萧朗俯过身去，用两只铁钳一般的手抓住了男人的肩部，说："靠边停车。"

没想到男人猛地一脚油门，游览车嗖的一声就蹿了出去。同时，男人一抖肩膀，挣脱了萧朗的束缚，萧朗也因为惯性的作用，向座位后仰倒了过去。萧朗完全没有想到，一辆游览车，也能有这么大的加速度。

男人将油门踩到了底，在萧朗和凌漠试图重新站起身来的时候，猛打了一把方向盘，差点儿将凌漠从敞篷的游览车上甩出去，幸亏萧朗手疾眼快，一把将凌漠抓了回来。

男人就这样一会儿向左，一会儿向右猛打着方向盘，后排的两人想要抓稳扶牢都困难，更不用说去控制男人了。路上的游客都惊叫着向两边躲避，但游览车的遮阳棚还是剐倒了一名游客。

看着在地上翻滚的游客，萧朗知道不能任由他这样继续发疯了似的开下去。可是，在这种人员密集的地方根本不能拔枪，自己怎么也克服不了惯性和重力的作用，只能拼命维持自己不被甩下游览车。

好在，他们开出了欢乐谷的主路，此时路边已经没有游客了。又持续开了五百米的距离，男人不再打方向盘了，因为在他们的前方，就是一大块广告牌。眼看着游览车和广告牌越来越近，就要撞上了，男人也丝毫没有减速的意思。显然，这个男人知道自己防撞能力超强，所以想用这种方式让后排的二人受伤，自己可以借机逃脱。

这种游览车上连安全带都没有，如果就这样一头撞上广告牌，两人肯定得从后排飞出去。于是萧朗尽力调整好自己的姿势，瞅准了机会，在撞击发生前五秒，抱着凌漠就从游览车的侧边跳了下去，然后顺势在地上滚了十几圈。利用滚来缓冲，这也是司徒霸教会他的。

等到冲击力被缓冲殆尽，萧朗和凌漠一骨碌爬了起来，见互相都没有受伤，就向那一大块被厂车冲倒的广告牌冲了过去。

厂车被压在广告牌下面，而白羽早已不知所终。

“在那里！”凌漠左右观察了地形，周围很空旷，在这么短的时间里就消失，他一定是钻进了前面的人造山洞。

进了山洞，眼前陡然一黑，但是可以看清楚前面有十几个人排成的队伍，可能是在排队等候进行娱乐项目。年轻的男女靠在栏杆上，一边等候，一边说笑着。

“明明跑进来了，怎么看不见了？”萧朗四顾，眯着眼睛寻找着。

“在那儿！”凌漠一边小声说着，一边指了指前方。

人群当中，有一个穿着破旧白色背心的瘦弱男人。虽然凌漠对视频研究过很多次，也有过目不忘的本领，但是还不至于从一个背影就能认出一个人。但是萧朗很快就明白了凌漠的意思，有谁会穿个破旧的背心来欢乐谷游玩呢？这明明就是一件贴身衣物。很显然，白羽此时已经脱掉了工作服，扔了棒球帽，想通过衣装的改变，来骗过他们的眼睛。

萧朗观察了一下，发现白羽手中没有武器，自认他没有机会空手挟持人质，于是站在人群后面高呼一声：“警察，都蹲下！”

然而，在这种其乐融融的环境之中，谁会关注到警察呢？排队的人们转头看了看萧朗，连一个惊愕的表情都没有，就开始继续聊天了。

尴尬的萧朗，只能看着白羽向人群中挤了过去，不得已和凌漠二人黑着脸，在众人的指责中，也跟着挤了过去。

白羽也知道他们追了过来，于是他一个跨栏动作，跳过了栏杆，从山洞洞壁侧面的一个小洞钻了进去。

萧朗和凌漠两人二话不说，飞奔到洞口，也钻了进去。

山洞之内，是一截向上的水泥楼梯，这应该是检修工人的通道，不知道通向哪里。二人一口气爬了两百多阶楼梯，再钻出洞口，只见前面是一条小河。

这就是游览点“激流勇坠”了，是游客乘船从高处冲下，激起几米高的水浪的一种娱乐设备。

白羽此时已经在小河的里面，向坠落点旁边的小屋艰难地行走。

一艘船已经从瀑布上坠了下去，伴随着游客的惊呼声和巨大的水花。

“站住！再走我就要开枪了！”萧朗高声喊着。当然也只能这样喊喊，他并不会拔枪，谁知道会不会误伤游客。

一前一后追逐了一会儿，刚才已经完成了旅程的小船，此时已经换上了一船新的游客，被机械铰链拉上了顶点，距离萧朗和凌漠不远。这里只有一条水路，要是被那艘满员的重船撞上，恐怕真的要粉身碎骨了。

白羽从小屋里拉出了一条船，回头朝萧朗和凌漠二人冷笑了一下后，跳进了船里。

“他要冲下去！”萧朗一边说着，一边寻找其他的小船，可是这个项目的两艘船，分别在他们的一前一后。前面的，追不上了，后面的，速度越来越快，等到他们身边，估计还没来得及跳上去就会被撞飞。萧朗左看右看，发现小屋的门口，摆放着两个大洗澡盆，他急中生智拿起洗澡盆，自己拿一个，另一个递给了凌漠。

随着轰鸣声，白羽的船冲了下去，激起了巨大的水花。

萧朗回头一看，满载游客的小船速度已经起来了，距离他们还有百米，不一会儿就会抵达身边。他知道自己的洗澡盆还存在一个初始加速度的问题，于是大喝一声：“凌漠快跑！”

两个人猛跑几步，把盆推到瀑布边，然后跳了上去。

坐盆当然比坐船要困难多了，在下坠的那几秒钟，萧朗努力保持着平衡，让盆的前沿略微翘起，还要把这个维持平衡的技巧高声喊给身后的凌漠听。

随着白羽的小船激起数米高的水浪，萧朗的盆因为速度更快，紧接着就坠入了水里，他也最终没能维持住平衡，扑进了小河。

当萧朗重新从小河里站直了身子，找到摔得眼角青紫的凌漠的时候，水浪已经平息，而白羽再次消失在水浪之中。

“快看看，去哪儿了？”萧朗抹了一把脸上的水珠，也顾不上春风吹拂他湿透的衣服而带来的寒意。

“这里地形就复杂了。”凌漠也是摔得有些蒙，在努力恢复着状态。

“在那儿！”萧朗向远处指了指，说道。

远处，是名为“龙翔九天”的设备，就是这个欢乐谷里最大的过山车了。在过山车轨道的一根支柱上，一个人影正在向上爬行。

过山车的轨道上，还有一辆二十几米长的巨大龙形过山车正在飞速行驶着。

“擅长攀登，就是他了。”萧朗从小河中脱身，向过山车跑去，“这疯子不要命了吗？”

“你爬不上去！”凌漠追在萧朗的身后，提醒道，“就算爬上去了，也太危险了！过山车的轨道蜿蜒崎岖，视觉死角太多了！就算真的站到轨道上，当你看到车的时候，就没有时间躲避了！”

过山车的支撑柱有三层楼高，萧朗一边跑，一边想着，以自己的能力，确实是很难顺着这根光滑的柱子爬上去。

“你快看看，这过山车轨道的走向。”萧朗说。

“他应该是想上轨道，然后到前面的假山顶，从假山跑到欢乐谷围墙上，跳出去后就可以逃跑。”凌漠说道，“围墙太高，我们翻不过去。”

“那能不能坐过山车和他相遇？”萧朗说完，转念一想，又说，“不行，已经有一辆过山车在运行了，虽然有两辆，但是同时运行，还要中途停车，太危险了，会撞车的！”

“对，不能拿游客的生命冒险。”凌漠气喘吁吁。

“那边的网状墙可以帮忙！”萧朗转换了奔跑的方向，一边看着正在攀爬的白羽，一边向假山和白羽攀爬点之间的一个紧挨着支撑点的网状墙跑去。

所谓的网状墙，其实就是一张巨大的网，然后网上可以点缀各种假花假草，作为装饰。这一面高大的网状墙，不仅仅有装饰的作用，还有固定射箭馆的背景幕布的作用。

射箭馆位于过山车轨道下方，设置这个幕布，是为了阻挡来箭。幕布紧贴着网状墙，在网状墙上进行固定。整个射箭馆的四周都被幕布遮挡，

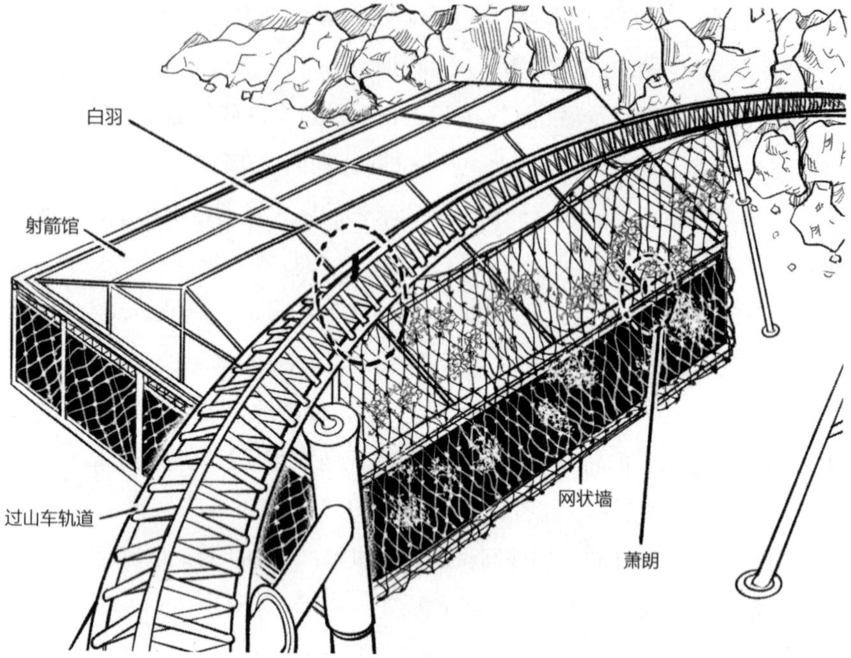

萧朗、白羽追逐位置示意图

幕布的外面是用来固定的网状墙，网状墙的上缘就固定在过山车轨道的下方。萧朗要攀爬的位置，是射箭馆外面，也就是幕布的背面。射箭馆里的人，并不会知道幕布后面有人在攀爬。

在守夜者组织里，爬网状墙是必训的项目，可是训练的网状墙都是双头固定的，不会特别摇晃，而且在训练的时候，也没有人向你射箭。

“不行！太危险了！”凌漠想拉住萧朗，但是速度有限，只能眼睁睁地看着萧朗一个跳跃，跳上了网状墙，拼命向墙顶爬去。网状墙根本不能受力，萧朗一爬上去，就开始剧烈摇晃了起来。萧朗一时无法继续攀登，只能紧抓住网眼，防止自己掉下来。

啪！一支箭射了过来，重重地击打在网状墙上，幕布瞬间凸起了一块，就在萧朗的头边。

“小心点！”凌漠连忙全身趴到幕布上，想用自己的重量尽可能固定住网状墙的下缘，让萧朗更方便攀爬。

啪。又是一声。一支箭射在了凌漠趴着的位置，虽然尖锐的箭头不能穿透幕布，但是沉重的力量就像是一柄重锤击打在凌漠的胸口，让他一阵咳嗽。他咬着牙，继续压着网状墙。

“嘿！里面的人！射箭往靶子上射！”萧朗一边爬，一边喊道，“别往幕布上射啊！箭法那么臭，来射什么箭！”

“即便他们能听到，你也应该喊让他们别射了啊，笨蛋。”凌漠胸口剧痛，哑着声音说道。

“你再坚持一下，我马上到顶了。”萧朗说。

啪。又是一声，凌漠又开始剧烈咳嗽起来。

“你确定你爬上去有用吗？万一他从中途跳下去，你也没法追啊！”凌漠喊道。

“不会，这人虽然是演化者，但是他不敢从高处往下跳。”萧朗斩钉截铁地说道，“如果敢跳，刚才就不用坐船下来了。”

啪！又是一声，这一下正好击中了凌漠的额头，他一个后仰，摔倒在地，萧朗立即感觉到他的蜡笔小新手表振动了起来。此时萧朗已经爬到了十几米的高空，好在固定点在上方，越往上爬，网状墙摇晃程度越小。他也不管那么多了，三步并作两步，爬到网状墙的顶端，双手搭住过山车的轨道，一个翻身，跃上了过山车轨道。

这一上来，恰好遇见了沿着轨道向假山奔袭的白羽。白羽万万没想到萧朗可以从中途更高的支撑杆爬上来，半路杀出个程咬金，着实把白羽吓了一跳。

他左看右看，发现自己在半空当中，没有支撑杆可以下去，跳下去也必然是死路一条。没有别的办法，只能大眼瞪小眼，相距几十米，两人互相僵持着。

“没必要这么卖命吧？”白羽气喘吁吁地说道。

“你别跑不就行了？”萧朗得意扬扬。

突然，萧朗感觉到了轨道的颤动，并且听到了过山车的轰鸣。他回头一看，龙形过山车伴随着游客的尖叫，正从更高的位置疾驰而下。萧朗一惊，按这个速度，三五秒钟的时间，自己就会被过山车撞飞。他连忙一个俯身，看准了轨道下方的栏杆，猛地跳了下去，双手牢牢抓住了栏杆，吊在半空。过山车疾驰而下，擦着萧朗跳出的身体而过。

"完了，白羽真的要飞了。"萧朗心想。

他稳定住身体，朝白羽的方向看去，没想到这家伙身手也很矫健，居然学着自己的样子，吊在几十米开外。两人又对视了一眼，几乎一模一样的动作，一个翻身回到了轨道之上。

白羽转过身，向距离他最近的支撑杆跑去，然后顺着支撑杆出溜下去了。

"你会爬树，我不如你，你会出溜，我还能不会吗？"萧朗一边念叨着，一边也从身边的支撑杆滑了下去。两人一前一后转瞬便到了地面，继续追逐起来。

远处，是一个名为"心惊胆战"的娱乐设施，萧朗知道，这就是南安市曾经的网红景点——鬼屋。据说这里的道具制作得非常精细，毫无瑕疵，看上去就像真的一样，加上声光效果好，所以是一个比较受大众欢迎的找刺激的场所。

当然，萧朗并不怕这些，拔出手枪，毫不犹豫地跟了进去。

鬼屋里似乎有女孩的尖叫声，萧朗没买票，但闸口的工作人员也不可能阻拦一个持枪的人。萧朗双手撑住闸门，轻松一跳就进了鬼屋，向黑暗的深处走去。

"警察办案！游客都蹲下！"萧朗在黑暗中喊着。当然，他觉得游客可能并不会听他的，说不定还以为是鬼屋设计的剧情呢。

没走几步，听觉灵敏的萧朗就听见不远处似乎有风声。刚刚进来的时候，萧朗就看了一眼鬼屋的游览图，知道这个鬼屋是一个循环通道，入口处也是出口处，并没有其他入口。一个不通风的建筑，也没有打开风声效果，那从哪里来的风声呢？

循着风声，萧朗走到了鬼屋的中间一段，原来是一扇通气的窗户被打开了。一男一女两名游客此时依偎在墙角，脸色发白。萧朗看了看他们，知道也来不及问出些什么了。他知道鬼屋这种环境，此时开窗通风肯定不正常，而且窗户外面的防盗窗被暴力撞开，这就是很大的疑点了。显然，白羽撞开防盗窗逃离了。

萧朗二话不说，跃上了窗台，正准备跳出屋外进行追捕的时候，他似乎觉得不太对劲。就在那一刹那，萧望的声音在他的耳边响起："凡事不要冲动，先动脑子再动身子。"

蹲在窗台上的萧朗控制着自己体内正急剧分泌的激素，调匀了自己的呼吸，瞬间感觉自己的眼睛似乎更加明亮了。他观察四周，发现这扇窗户的后面，是用铁丝网围起来的护栏，防止有人逃票进入园区。从这种细密结构的铁丝网上攀登出去是一件非常困难的事情，即便白羽是个演化者也一样。即便他能够攀登，也不可能在这么短的时间内攀登出去，且消失于视野。最重要的是，窗户的下面，是松软的土地，而土地上，并没有凹陷进去的足迹。

"他还在里面。"萧朗坚信自己的判断，重新回到了鬼屋内。

那对年轻男女见这个人举着手枪，跳上窗台又跳了回来，不知道自己究竟在鬼屋还是在剧组，更是惶恐到不知所措。

"没人出去对不对？"萧朗问他们。

男女二人一脸蒙，不知道该怎么回答。

萧朗跺了跺脚，继续往前冲。很快，面前出现了大量的僵尸。这些做工细致的妖魔鬼怪，要么立于通道一侧，要么悬于房梁之上，要么躺在通道当中。在昏暗的环境里，根本就看不清僵尸们的表情神态。别说是逼真的僵尸模型了，就算是做工简陋的人体模特放在这个环境里，也无法分辨哪些是假人、哪些是真人。

"如果我是白羽，也会在这堆僵尸中一躺，这简直就是天赐的藏身之地啊。"萧朗在僵尸堆几米外停下脚步，默默地将手枪重新插回腰间。他知道，作为一名警察，总不能对着每个僵尸开枪，来逼白羽现形。

萧朗就站在那里，纹丝不动，屏住呼吸想判断出哪个僵尸才是白羽。

可是对方显然也是有所准备，并不会发出任何声音来让萧朗发现。

僵持了一会儿，萧朗向前走了几步，悄悄地从身边的一个布景下方的花坛里抓出了一把沙子，慢慢地靠近僵尸堆，猛地将沙子向僵尸堆里投掷了过去。这种细密的击打感，并不会对人体造成任何危害，但是人就是这么奇怪的生物，任何人对于突如其来的感觉，都会有下意识的反应，尤其是那些精神高度集中的人。

藏匿在僵尸堆中的白羽也不例外，他下意识地躲避了一下，虽然很快就恢复了平静，但就是这么个微小的变化，被萧朗一眼看到，他猛地向白羽扑去。

白羽也是反应够快，他一个低身的同时，将地上的一具僵尸向萧朗投掷了过去。这具僵尸不轻，正好和萧朗撞了个满怀，萧朗一个趔趄，坐在地上。

刚才那一对小情侣正好走到这里，没看见有人投掷，只看见一具僵尸把萧朗扑倒，于是吓得哇哇直叫地掉头就跑。

白羽瞅准了机会，从萧朗身边掠过，向出口处逃去。萧朗推开僵尸，对白羽紧追不舍。一路上，白羽不断地将通道边的装饰物、幕布、灯架推倒，这才和萧朗稍微拉开了一点距离。

萧朗刚刚出了鬼屋，就看见园区大路上，有几个女中学生正嘻嘻哈哈地向这边走来。萧朗不再喊什么“我是警察”了，因为游客们根本就不觉得这里会是个抓捕现场。萧朗掏出手枪，对着天空就是两枪。

几名女生听见响声，吓得尖叫了起来，也互相缩着身子向一旁躲避。

“躲起来，别出来！”萧朗喊着，见白羽和自己的距离越来越远，奔跑的方向也终于是个无人区了，于是果断瞄准，对准白羽的大腿开了一枪。

萧朗很确定自己打中了他，可是，白羽并没有停下自己的脚步。

萧朗先是一愣，但很快知道了原因。这个白羽是个演化者，他的演化能力应该就是骨骼硬化加上失去痛觉。不过，这个人对自己的演化能力似乎不怎么熟悉，不仅不怎么熟悉，而且有些意外和恐惧。萧朗准备利用这个特征。

“嘿，你跑什么！你都流血了！”萧朗一边奔跑，一边叫喊着。

这一招似乎很灵验，白羽低头看了一眼自己被血浸湿的裤子，轰然倒在了“大摆锤”的下面。

萧朗这次学精了，他抬头看看“大摆锤”，发现里面并没有游客，机器也没有运行，这才跑几步追了上去，先给白羽反身上铐，然后又对他大腿受伤部位进行包扎，说：“你真不知道疼啊？”

白羽瑟瑟发抖，摇了摇头。

“没事，这点血，没伤到大血管，估计是打骨头上了，没穿透。”萧朗说道。

说得通透，让白羽的颤抖更加剧烈了。

“我在‘大摆锤’，你们先去看看凌漠怎么样。”萧朗对着对讲机说道。

话音刚落，萧朗突然闻见一股恶臭，是一股熟悉的恶臭。这一瞬间，他的脑海里只有两个字——“臭鼬”。

萧朗连忙脱下依旧湿漉漉的衬衫，绑缚在脸上，遮住口鼻。还没来得及给白羽做防护，听觉灵敏的萧朗突然听见了一阵异响。他没多想，直接抱住白羽连续打了几个滚，离开了原来的位置。

随着轰隆一声巨响，“大摆锤”从天而降，狠狠地砸在了他们刚才的位置。

萧朗一个鲤鱼打挺站了起来，来不及平复死里逃生的情绪，赶紧向身边“大摆锤”的控制室冲了过去。

又是一阵轰鸣，一辆藏在控制室后侧死角内的摩托车猛然冲出，掠过萧朗，向园区大门径直驶去。驾车的黑衣人穿着黑色皮衣，戴着头盔，看不到眉目，头也不回地冲出大门，瞬间就消失得无影无踪。

萧朗回头看了看在地面上挣扎的白羽，又看了看已经消失在大门外的摩托，擦了擦口角的泥土，狠狠地吐了口唾沫，重新回到了白羽身边，说：“看到了吧，有人要灭你的口。要想活命，配合点，跟我走。”

白羽被送往公安医院进行治疗，守夜者成员们回到组织休息。毕竟他们已经好几天没有好好睡上一觉了。

星光点点的操场上，萧朗的身影显得很孤独。

这几天他真是一个小时也没闭过眼，而且一直在进行着高强度的体力活动。他此时也是非常困倦，只是他知道暂时还不能睡觉。

刚才，他的蜡笔小新手表再次报警，提示凌漠的生命体征有所变化。只是，这一次的变化是红灯缓慢闪烁，并不是预示着凌漠要晕倒的信号。按聂之轩的说法，这种常规的报警，不需要过多关注。不过，这一次，萧朗必须关注。

因为，凌漠的定位并不是在宿舍区，而是在档案室。

萧朗越过了操场，来到了守夜者组织的档案室门口。和之前那次一样，档案室的门锁被打开了，可见，凌漠真的在里面。

萧朗蹑手蹑脚地走到了亮着灯光的档案室窗口，从窗口向内看去。

凌漠正坐在借阅桌的前面，背对着窗口，似乎正在认真阅读着什么。凌漠的手旁，放着两张照片，一张正是已经死亡了的犯罪嫌疑人“医生”的照片，而另一张，则是一个孩童的照片。虽然孩童并不像“医生”那样呈现出典型的唐氏综合征面容，但是他的眉目，总感觉和“医生”有些相似。

萧朗的心中很是笃定，那应该是“医生”小时候还没有被盗走时的照片。

萧朗屏住呼吸，静静地站在窗口，默默地看着凌漠。就这样过去了一个多小时，凌漠终于挪动了自己的身子。他站了起来，平举着“医生”小时候的照片，静静地看着。

看了好一会儿，凌漠揉了揉眼睛，将桌上的档案整理好，放进了档案柜第三排第二列的中央，然后回到座位，整理着自己的笔记。

“这小子不是记性好吗？还要用笔记本？看来信息量是不小啊！”萧朗暗暗记住了档案柜的位置，先行一步。

即便萧朗依旧是蹑手蹑脚，但从精神高度集中的状态里走出来的凌漠，似乎还是听见了脚步声。他下意识地停止了自己的动作，听了听，又想了想，继续收拾起他的笔记。

操场的虫鸣声越发响了起来，让这个春天的夜晚似乎有些躁动。

第五章　人形麻袋

我还记得，闯进那个即将爆炸的房间时，那女孩的表情。

那时候她想让我死。但现在，我真希望她还活着。

——程子墨

1

萧朗和凌漠在公安医院的急诊室门口焦急地等待着。

不一会儿，大门推开，医生和聂之轩一起走了出来。

“怎么样？”萧朗上前几步问道，转而又自己笑了，说，“怎么最近每次，我的角色搞得都像是在产房门口等消息的爸爸？”

“没事，轻微硫化氢中毒。”医生说，“昨晚病人的意识不清，我们一直认为是中毒的原因，其实啊，是毒瘾犯了。”

“他果真是吸毒者。”凌漠沉吟道。

“是啊，尿液和头发检测都提示他是一个长期吸食毒品的人。”医生说，“我们也请了戒毒所的医生过来，对他用了替代药物，估计很快就能恢复意识，接受审讯了。”

“那，这个人的身体全面检查了吗？”萧朗用征询的目光看着聂之轩。

聂之轩点了点头，说：“骨密度测定，这个人的骨量Z值超过了10，也就是说，这人的骨骼硬度，是正常人的十倍。他全身唯一可见的骨折，就是鼻骨骨折，因为鼻骨是我们人体最薄的骨骼之一。即便他的鼻骨也很硬，但因为巨大的冲击力，还是骨折了。”

“所以他没有被铁质的广告牌砸死。”萧朗若有所悟。

“至于攀爬能力，主要是和他的工作有关，我认为不一定是演化能力。”聂之轩说，“主要依据是，演化者一般都有一种演化能力，同时附带一种副作用。这是我们之前总结出来的规律。这个人经过检查，发现他不仅骨量激增，多个器官也都有纤维化的征象，这是他的副作用。既然只有一种副作用，那么他应该就只拥有一种演化能力。当然，器官的纤维化，也是他这次遭遇广告牌砸击后，却没有发生破裂出血的原因。”

“纤维化？严重吗？”凌漠问道。

“严重。”聂之轩盯着凌漠，说，“至少，比你的要严重多了。器官纤维化，器官功能就会退化，虽然医院现在在给他用药，但是顶多保他几年的生命。”

“这个人的背景资料，我们也都查了。”凌漠说，“白羽是有正常身份的，从小到大，都没有过什么神奇的经历，也没有秘密消失过，所以他肯定不是黑暗守夜者的成员。”

“由此可以看出，”聂之轩说，“黑暗守夜者的成员，都是从小开始用基因催化药物进行基因突变，虽然历时长，但是副作用倒不至于立即致命。而这种携带于真菌孢子里的催化剂，虽然可以很快造成人体的基因突变，但是带来的副作用也是直接危及生命的。”

“那我哥……”萧朗眼眶泛红。

“萧望的情况不能一概而论。”聂之轩说，“只要处于颅内感染的昏迷期，说明主要是真菌在起作用，而不是催化剂。事实也证明，很多昏迷后醒来的人，并没有发生基因突变。只要不变成演化者，就不会有副作用。所以我们现在寄希望于萧望并没有被催化。”

“药力加强，对生命的摧残也就加强。”凌漠在一边沉吟道。

“既然白羽不是黑暗守夜者成员，那么他和其他无辜的演化者一样，可能什么都不知道。”聂之轩说。

“不，他是汽车的驾驶员，现场只有他逃离了。”萧朗沉吟着，“而且这一次，他也差点被灭口。既然有人要灭他口，他必然知道点什么。”

“说到灭口，被广告牌砸，会不会也是灭口的行动？”聂之轩问道。

凌漠摇摇头，说：“从时间轴来看，被广告牌砸，应该是之前的事情，是在猴子卖毒品之前几天的事情。即便猴子的毒品是从白羽这里来的，但那个时候，也不应该要灭白羽的口。而且聂哥你勘查了楼顶，只有白羽的痕迹，没有其他人的吧？”

“这个可不好说。”聂之轩说，“当时楼顶的广告牌被重新安装了，上面有很多不是白羽的新鲜足迹。但是没有意义，因为你也不知道哪些是安装广告牌的工人的足迹，哪些不是。”

“这个还是要搞清楚的。”萧朗说，“聂哥，你再去楼顶看看，能不能发现点什么。也许当时勘查的时候，没有任何信息，所以有遗漏。”

“好的。”聂之轩脱下白大褂，径直走出了门。

“白羽醒了，但是不建议你们带回去审讯。”刚刚折返进急诊室的医生，又走了出来，对萧朗说，“他最好能留在这里观察几天，你们就在这里问吧。”

萧朗看着凌漠，凌漠点了点头，领头走进了病房。

白羽躺在洁白的病床上，已经换上了病号服，不至于像刚刚被送进来那样落魄。他的一个手腕被手铐铐在病床栏杆上，活动不得。他就静静地躺在那里，睫毛在微微颤抖，显然并没有睡着，只是不想睁眼而已。

“啧啧啧，这罪名可还真不少。”萧朗一进门，就翻着手上的笔记本，说，“贩毒，故意杀人，投放危险物质。我的天哪，哪一个罪名都是死刑。”

白羽的双肩剧烈抖动了一下，被铐住的手腕也不自觉地开始颤抖，带动着手铐不断碰撞着床栏，发出咯噔咯噔的声音，更加加剧了他的恐惧情绪。

“不过你也不用着急，等证据确凿，审判完毕，真正执行，还需要一年的时间。”萧朗继续用那种轻慢的口气说道，“比起昨天你差点被‘大摆锤’给砸死，你算是捡了一年的活命时间。我不用你感谢我，只是你的运气不错，碰见我了。”

白羽的睫毛又剧烈地抖动了几下，不知道是欣慰还是恐惧。

萧朗接着说：“当然，从我们现在掌握的证据来看，我觉得证据链已经完善了。你开猴子的车，在他的车上留下了你的痕迹物证，这是最关键的一个证据了。加上猴子之前所有的毒品源都没有异常，偏偏是和你接触之后，就变成了直接致命的毒品，那不是你做的，还能是谁做的？哦，当然，这不仅仅是推理。我们从你换下来的衣服口袋里，也找到了致命毒品的颗粒。你说，这个证据全不全？”

“那你们不查查，我为什么会有这毒品吗？”白羽终于绷不住了，从嗓子眼儿里挤出了这句话。不过他依旧没有把眼睛睁开。

萧朗看了一眼凌漠，会心一笑。他的这一番台词，都是凌漠给他准备的，没想到还没说完，就奏效了。

“嘿，真有意思。”萧朗继续说道，“你又不告诉我，我干吗要费那么大力气去查？只要能确定你是罪魁祸首，我这不也好交差了吗？”

“你们就是这样办案的吗？”白羽愤怒了。

“对一个瘾君子，我觉得我无须抱以任何同情之心。”萧朗轻蔑地说。

“我吸毒，我后悔，但你们也不能栽赃吧？”白羽的睫毛上，居然挂上了泪珠。他全身都在瑟瑟发抖。

“栽赃？笑话！”萧朗说，“我们提取物证、检验鉴定工作都是按照法律规范来的，都有全程的录音录像！我怎么栽赃你了？”

“可我不是罪魁祸首！”白羽辩解道。

“那你就睁开眼睛说话！”萧朗突然收起了轻蔑的语气，硬声吼道。

这把白羽吓了一跳，他服从地睁开了眼睛，怯生生地看着萧朗。

“我就想看看你是怎么狡辩的，所以，现在给你半个小时的时间，若有一句假话，我转身就走。”萧朗指了指病房大门，说道。

“如果我真的不是罪魁祸首，我能不被枪毙吗？”白羽问道。

“哦，这你放心，现在死刑都是注射。”萧朗说道。

“不不不，我的意思是，如果我不是罪魁祸首，我能不死吗？”白羽有些急了。

“如果你在不知情的情况下，被人利用，我会详细调查清楚，并将证据递交法庭。”萧朗说，“如果你真的什么都不知道，没有主观意识去贩毒、去杀人、去投放危险物质，你就不会死了。”

“好，好，那我说。”白羽说，“其实事情都源于我一次毒瘾发作。前几天，具体是哪一天我不记得了，我感觉自己毒瘾就要发作了，于是去经常贩卖毒品的猴子那里买毒品。那是一个地下通道，平时很少有人去。可是那一次，他居然不在那里。我实在是忍受不了了，就瘫倒在了通道里，难受得很。突然就有一个穿着黑皮衣、戴着黑头盔、身后背着一个盒子的人走到我面前，问我是不是找猴子，我说是，他就问猴子在哪儿，我当时连说话的力气都没了，哪有什么心情搭理他！结果他打开随身背着的盒子，从里面拿了好多卷粉末给我，说要是我能把这五十卷粉末交给猴子，那么剩下的两卷就送给我了。”

“是毒品吗？一卷有多少？”萧朗问道。

“是毒品。”白羽说，“一卷大概三克吧。”

“你就接下了？”

“那我当然要接。”白羽说，“一方面我急需毒品，另一方面，我一直在猴子那里买毒品，如果不卖这个人情给他，以后他不给我毒品了，我去哪里买？”

“你接着说。”

“我当时想都没想，就同意了。然后我就在当场吸了半卷。”白羽说，“说老实话，这人给的毒品劲儿很大，我当时就晕了。也不知道晕了多久，就爬起来回家了。第二天，哦，不是第二天，我也不知道过了三天还是四天。那段时间我挺忙的，忙完了，我又去那里找了猴子，把毒品给他。就这样，所以我没有贩毒，更没有像你说的那样投放什么危险物质。”

“猴子就接了？”萧朗懒得和他争辩，直接问道。

“我给他的时候，他愣了一下，也问我给我毒品的是什么人。”白羽说，“可是，那人戴着头盔，穿着皮衣，你让我怎么形容呢？我也不知道是什么人啊。后来猴子就说，反正欠他货的人很多，估计是有人来还货了。既然有人来还了就拿着，正好有需要，而最近货源又非常紧张。”

“我还以为你会贪污了呢。”萧朗说。

“别开玩笑了！”白羽瞪大了眼睛，说，“这些人是什么人，我要是敢贪了，估计早就没命了。”

“说开车的事情。”萧朗说。

“开车？哦。”白羽咽了口口水，说道，“我给了他毒品，他就直接开车带我去了一个黑酒吧，说是卖掉毒品的话，晚上请几个哥们儿耍。”

“黑酒吧，是叫 39 度吗？”凌漠插嘴问道。

白羽点点头，说：“差不多叫这个名儿吧，我也不是很清楚。反正猴子顺利卖掉了毒品，回到车上，让我开车去接他的两个哥们儿。接到以后，我就听猴子说，那个酒吧老板看了一眼货，就说这货是极品，破天荒地全要了，价格给得也高。于是，猴子就留了两卷，让大家来试一试。”

“也就是说，猴子给了酒吧老板四十八卷，共一百四十四克。”凌漠沉吟道，“那些毒品，是什么毒品？”

“有白粉，有冰毒。”白羽说。

“除去那天晚上他们吸食掉的，现场还剩下两种毒品，加起来一百克左右，数量确实差不多。”凌漠说。

“他们就在车上吸了？”萧朗问道。

白羽点点头，说：“吸完了以后，他们就昏睡在那里。还剩一卷半毒品，就放在副驾驶储物盒里。我当时还在想，走到哪里停一下，我也想吸一点。可是，就在这个当口，我开着车，突然，车上的收音机就失效了，吱吱呀呀的，听起来很恐怖。我当时吓得毛都竖起来了，还没来得及调台，紧接着我就听见了警笛声。我心想完蛋了，和这些毒枭坐在一车，说自己没贩毒也没人信了。”

“你看到警车了？”萧朗问道。

“那倒没有。”白羽说，“但是当时那条路很黑，路况也复杂，我哪里知道警车藏在哪里？所以我当时彻底慌乱了，就一打方向盘，想开到环城河边上隐藏起来。可没想到那里是个大斜坡，我来不及刹车，车就直接冲到水里去了。警察先生，我真的没有理由杀他们啊！而且他们都是贩毒的坏人！我真是无意识的！这是一场意外！”

“这个先不急着定性[1]。”萧朗说，“入水以后呢？”

“因为当时我是车上唯一清醒的人，所以我就砸窗直接出来了。”白羽说，“我在水下的时候，感觉他们被凉水给激醒了，也在往外爬。不过他们

1　定性，指的是确定错误或罪行的性质。

吸了毒，估计爬出来也肯定游不上岸了。我就没管那么多了，赶紧跑回我的宿舍躲着。直到昨天你们过来。”

萧朗侧头看了看凌漠，意思是征询他对审讯的意见。凌漠微微点了点头，表示从白羽的微表情看，他说的应该是真话。

“现在我还有两个问题。”萧朗把手机放到白羽面前，说，“第一，你看看这段视频，是你吗？”

白羽努力地抬起头，皱着眉头看了看，说：“是我。这就是那个陌生人给我毒品的那天晚上，我吸完毒品以后回宿舍的路上，碰见的事儿。”

“从那么高的地方掉下来的广告牌砸到你，你都没死，你没觉得奇怪吗？”萧朗问。

“我当时刚吸完毒，昏昏沉沉的，各种幻觉，我也不知道那是真的还是假的。”白羽说，“我当时还以为是在我们的欢乐谷里掉下来个东西，旁边还有过山车的支撑柱。我好像看见了上头有人，就很生气，于是我就顺着柱子爬上去了。平时我维修过山车的时候，要系安全绳才敢爬那么高，不过吸过毒的我也不怕了，就直接爬上去了，对着那人踢了几脚。”

“那不是人，是铁柱子。”凌漠说。

“那个时候，我真的不清楚。”白羽说，“第二天早晨起来，才觉得鼻子疼，老出血。想了想，也想不出所以然了。”

“好，第二个问题。”萧朗说，“给你毒品的人，你形容一下他的外貌特征。”

“我刚才不是说了嘛，猴子都问过我了，我也说不清啊。”白羽想了想，说，“昨天那个骑摩托车的人，好像就是他！”

“那我也没看清啊！”萧朗说，“你毕竟和他近距离接触过，那他的身材特点、携带物品、说话声音什么的呢？”

白羽翻着眼睛想了想，说：“就是个中年男人的声音，也听不出啥。随身物品的话，他背着的那个盒子挺奇怪的，是一个木头盒子，里面有几十个圆柱形的空洞。用这种盒子装毒品，我还真是第一次见到。”

“一个盒子，我们去哪里找？”萧朗说，“还有没有其他的？”

白羽想了五分钟，苦着脸说：“真没有了。”

“行了，你好好恢复身体吧，你的合法权益，我们会帮你争取的。”萧朗说完，和凌漠一起在白羽的连声道谢中离开了病房。

回到了守夜者组织，正好聂之轩和程子墨也从国际大厦回来了。几个人坐在会议室里，商量着案情。

“看起来，这小子真的对黑暗守夜者组织一无所知。这个唯一的联系人，也没有任何特征。总不能把所有穿皮衣、戴头盔的摩托车骑手，都查一遍吧？”萧朗有些沮丧。

“视频我也查了，在欢乐谷附近，有很多没有监控的道路，也找不到你说的人。”唐铛铛说，“估计他绕开监控逃走了。”

“现场勘查，倒是有疑点的。”聂之轩说，“我们仔细看了广告牌，这面广告牌以前是焊接在柱子上的，而新的痕迹，是用螺丝钉固定的。既然是一个商家，为什么会找不同安装手法的人来安装广告牌？所以我产生了怀疑，找到了国际大厦负责广告牌管理的部门经理，他对广告牌跌落、重新安装一事表示不知情。”

“很有可能，重新安装广告牌这事不是公司的人做的。”凌漠说，“是黑暗守夜者做的。”

“你是说有人故意灭口？”萧朗说，“不可能，不可能。之前我们就说了，广告牌风阻大，从那么高扔下来砸人的准确性有限。还有，这件事情发生的时候，神秘人刚刚把毒品交给白羽。白羽并没有完成任务，那他为什么还要灭口？在投放成功之前，黑暗守夜者没有灭口的理由。”

“如果是崔振这边的人做的呢？”凌漠抬起头，看着萧朗。

萧朗顿时愣住了，他想了一会儿，恍然大悟道：“是黑暗守夜者要投放毒品，崔振这边获取了信息，想要阻止？”

“对。”凌漠说，“如果崔振这边有相关能力的演化者，可以从高处准确投掷广告牌砸中白羽，这就可以解释了。只是，他们不知道白羽也有了演化能力，所以没有成功。后来白羽驾车入水时，出现了信号干扰、警笛，而我们刚才问了，那天晚上南安警方并没有行动。那就要怀疑，是不是干扰器、声优在作怪了！”

“是啊！”萧朗拍了一下大腿，说，“时间点太怪了，如果是崔振想阻止这次投放，就要除掉白羽和那一车人，因为她不知道他们其实已经把毒品卖掉了。”

“事发后，发现我们出现在欢乐谷，而来灭口的人，才是黑暗守夜者的。”凌漠说，“而之前的行动，没有确定能够事发就灭口，显然不合逻辑。”

“崔振，究竟是坏人还是好人？”萧朗苦笑道。

“她的动机，我们还无法得知。或许她良心发现，要阻止投放。或许她就是想从白羽身上拿到这批毒品，作为要挟黑暗守夜者获取自己利益的筹码。只是，她最终也没能拿到。咱们别忘了，根据白羽的供述，车里应该还有毒品，但是我们连包装袋都没能打捞到。会不会是，崔振这边已经打捞过一次了呢？”凌漠皱着眉头猜测道。

“这个确实。”聂之轩说，“车里勘查了多遍，水里也打捞了多遍，确实没有毒品包装的痕迹。按理说，除了那一卷半毒品，猴子这个贩毒者的身上，也应该有其他毒品。”

凌漠说：“既然分析不清楚，我们也不必勉强。只是我们现在面临的问题是，线索再一次中断了。无论是崔振，还是黑暗守夜者，我们再次失去了追捕的线索。”

大家陷入了沉默。

2

“先不管那么多。”萧朗打破了沉默，说道，“杜舍那边怎么样了？”

“前一段时间，因为‘毒丧尸’的事情，南安警力不够，现在留一个人在盯着。”唐铛铛说，“杜舍有些钱，有的时候会到附近小超市买很多食品和饮品，够他吃上好几天，维持他的生活。他平时也不出去，不知道在做什么。”

“要不，我们再去看看？”萧朗说，“他在那里，随时都是个隐患，崔振一旦发现了他，他就必死了。”

大家点头认可。

一行人开着万斤顶向杜舍的藏身之处驶去。

“你说，杜舍会忏悔吗？”坐在后排的程子墨大概是想到了董连和的惨状，问道。

“我估计他要是被崔振抓了，有可能会忏悔吧。”萧朗开着车，说道。

“他在牢里服刑这么多年，在我们去找他谈话的时候，也丝毫没有看出他有什么悔恨啊。”凌漠摇了摇头，无奈地说道。

“嘘，有古怪。”灵敏的萧朗似乎意识到了什么。

这时，一辆面包车猛地从万斤顶后方蹿了出来。拐到了万斤顶的前面，别进了车道。萧朗猛地一脚刹车，车上所有人都猛地向前扑。

“大家小心！”萧朗拉紧手刹，准备下车一探究竟。

突然，面包车的车门拉开，随即一个大麻袋被推下了车。从麻袋的形状来看，里面分明是两个人！

萧朗被突然发生的这一切给弄蒙了，好在麻袋里的两个人显然还在挣扎，看来并不是尸体。面包车在丢下人后，排气管冒出一股黑烟，猛然加速离开了。

“大小姐，联系南安市局，查车牌！”萧朗一边解开安全带、打开车门，一边说道，“还有，看看能不能调取附近监控追踪这辆车！”

唐铛铛点头，迅速打开了自己的电脑。

萧朗一个箭步冲下车去，做好防备后，第一时间打开了麻袋。

麻袋里装着的，果真是两个人。这是两个两鬓斑白的五十多岁的中年人，一男一女，他们被猛然一摔，摔得有点蒙。两人都一脸莫名其妙地盯着萧朗，想说什么，但是没说。

“你们是谁？”萧朗问道。

两个人只是被麻袋装着，身上并没有其他束缚，萧朗看似无意地搜查了他们的服装，确认他们身上没有任何武器后，帮他们把麻袋彻底褪掉。

而这两人依旧是眼神木然，没有回答萧朗的问题。

“说话啊！你们是谁？刚才车上的是什么人？”萧朗有些着急了。

说话间，两名在附近巡逻的民警闻讯赶了过来，在十几名围观群众中挤了进来，问道：“什么情况？”

这对男女看见两名穿制服的警察，眼神里闪过了一丝恐惧。凌漠看到这一幕，感到有些奇怪。正准备跟萧朗说时，只见萧朗站起身，从口袋里掏出警察证向两位民警出示了一下，说：“刚才我们开车，正好一辆车停在我们前面，丢下了这两个人。”

话还没有说完，这一男一女趁着萧朗和警察说话之时，突然跳了起来，男人拉着女人，冲出了围观群众，向远处跑去。

“站住！快追！”萧朗一声大喊后，和凌漠以及两名警察追了过去。

两人见众人追了过来，直接横穿过马路，从地铁口向地铁站内跑了过去。

“拦住他们！拦住他们！我们是警察！”萧朗一边追，一边呼喊着，希望地铁站的安检人员又或是有群众可以阻拦住那两人。

可是这个地铁站规模很小，空间不大，中年男女在萧朗等人冲下地铁站的时候，已经越过了安检，跳过了闸机，向站台奔去。

看到这一幕，萧朗不禁有些懊恼，看来这几天的连轴转，让自己的精神有点不够集中了。凌漠一定也意识到了这对中年人的问题，但事情发生得太突然，也只怪自己没控制住他们。

不行，不能让事情变得更糟了。

想到此，萧朗加快了脚步，他的速度明显优于警察及那一对中年男女，他见距离在不断缩小，便饿虎扑食般地向前扑去，直接拽住了速度较慢的女人。而男人则撒开手，直接跳下了站台，向轨道深处的隧道奔去。

“控制住她。”萧朗将女人交给随后赶到的警察，对凌漠叫道，“协调轨道交通部门，立即停运！立即停运！”

说完，萧朗也一个翻身，跳下了站台，向漆黑的隧道里奔了过去。

“站住，再跑我要开枪了！”萧朗在隧道内喊道，他的声音够大，在隧道里不断回响。

“不要逼我！不要逼我！”男人苍老的声音从不远处传来。

“站住！我是警察！”萧朗死死盯着不远处的黑影。

“你们不是警察！警察的制服是绿色的！”男人头也不回地跑着。

萧朗一愣，竟然不知道该怎么去解释。毕竟从 1999 年开始，警察的制服就已经变更为蓝色了。这人的说法倒是相当新奇。

“我们是警察！再跑我真开枪了！”萧朗故意使劲儿拉了一下枪栓，金属碰撞声在空旷的隧道内格外清晰。

男人似乎是被这一声枪栓声吓到了，他突然停下了脚步，转头看着萧朗。

男人猛然停下，让萧朗有些始料不及，他来不及刹住脚步，直接冲到了男人的两步开外。萧朗一只手举着枪，另一只手拿着警察证，盯着男人，看他下一步会有什么行动。

而男人只是直愣愣地盯着萧朗，说：“难道你们真是警察？”

南安市公安局刑警支队，守夜者成员们坐在会议桌周围，思考着下一步的策略。

那一对男女被关押在不同的审讯室里，接受审讯。

这两个人已经进行过身体健康检查，并提取耳垂血进行 DNA 鉴定，此时大家都在焦急地等待着傅如熙的 DNA 检验结果。

两人的身体都没有大碍，不过女人的声带粘连，已经无法开口说话了。根据医生的诊断，女人应该是在十几年以前，因为声带受伤，没有接受正规治疗，导致了现在的失声。而男人，虽然可以说话，但是他拒绝配合，对警方提出的问题置若罔闻。

“他在地铁里似乎已经确认了我们真是警察，为啥现在又拒绝配合呢？”萧朗实在感到有些莫名其妙，甚至怀疑自己当时听到的一切，他揉了揉自己的眼睛，振作精神问道，“对了，大小姐，查车查得怎么样了？”

“车辆是套牌。”唐铛铛说，“这个车牌是一辆市政府的公务用车的，应该是个伪造的车牌。这种车型，我也查了，在南安市有一百多辆，目前正在排查，但我猜，肯定也是被盗抢车辆。至于监控，实在是没法追。对方熟知我们警方监控的点，从现场离开一百米后，就直接消失了。”

“我猜也是这个结果。这一系列手法，很像黑暗守夜者的作风。”凌漠沮丧地说道。

萧朗接着问道：“这两个人为什么会被丢在我们的车前面？巧合吗？黑暗守夜者要是处置自己的成员，不应该是杀掉吗？丢给我们，岂不是给自己找麻烦？还有，这两个人一直不说话，凌漠你可有什么办法？”

“女人不说话，是病，我是没办法的。”凌漠耸了耸肩膀，说，“男人嘛，我倒是试过了。我可以读心，但是对坚决不说话的，我是没什么办法。除非我们手里有能刺激到他们的东西。现在对于他们，我们一无所知，无计可施啊！”

“这个男人非常奇怪，他非要说我们警察的制服是绿色的。”萧朗说道。

“1999 年以前，是绿色的。”聂之轩说。

“好像是从过去穿越过来的一样，难道这两人十几年不见天日了？”萧朗转念一想，说，“也不是不可能，1999 年那时候，南安没地铁，所以这人不知道地铁是什么，才会这么不要命地进隧道。”

“随身物品检查了吗？”凌漠问道。

聂之轩点了点头，说：“两人都没有手机，也没有现金。只有一些类似于药物试剂的东西，装在十几个锥形管里，锥形管装在一个塑料盒子里，男人带在自己的身上。”

“送去检验了吗？”萧朗问道。

“目前理化部门做出来的化学成分，是一种我们之前没见过的成分。”聂之轩回答道，又接着说，“我也要求做了免疫组化，并没有发现之前发现的基因催化蛋白。”

“不是基因催化剂，那会是什么？”

说话间，傅如熙推门走了进来，拿着两份报告，说：“DNA 结果做出来了，两人是夫妻关系。”

“我的妈呀，您别逗了，DNA 还能做出是不是夫妻关系？”萧朗搂着傅如熙的肩膀，说道。

“我把这两人的 DNA 送到各个数据库里进行了比对，虽然没有直接比对出结果，但是比对出了两则亲子关系。”傅如熙说，“他们俩，是曹允、曹刚的亲生父母。”

这一句话，把大家都震在了原地。虽然曹允、曹刚的案子是他们亲手办的，但是他们完全没有想过曹允、曹刚失踪多年的父母还在人世。一开始，他们觉得这一对男女一定不是什么好人，可是现在已经开始同情起他们了，毕竟，两个孩子都已经走上了绝路，而这对父母的境况目前看来也好不到哪里去。

“有这么好的线索，一定是对他们最好的刺激。”凌漠说，“我可以试试让男人开口了。”

“哎。”萧朗拉住准备出门的凌漠，说，“要记住，曹允、曹刚，之前应该不姓曹。”

凌漠看了看萧朗，对他的提醒很是认可，说：“这个我知道，以前的卷宗我都看过，曹允、曹刚是因为父母失踪，才被自己的姑父、姑姑收养的。后来他们的姑父、姑姑都莫名其妙地死了。我记得，他们的姑姑姓方，所以这个男人也应该姓方，曹允、曹刚，原来的名字应该是方允、方刚。”

说完，凌漠信心满满地走出了会议室。

南安市公安局刑警支队审讯室里，凌漠抱着两本卷宗走了进去，看了一眼男人。男人依旧是垂着头，什么也不说。

“方先生，你好啊。”凌漠开门见山。

男人猛然抬头，不可置信地盯着凌漠。

“你、你怎么知道我姓方？”男人终于开口，说了进警局后的第一句话。

“我不仅知道你姓方，我还知道方允和方刚。”凌漠说道。

男人就像是被一道闪电击中，他全身剧烈颤抖，不到一秒便老泪纵横：“他们、他们在哪里？他们都长大了吧？我肯定都不认识了。”

一股强烈的恻隐之感涌上了凌漠的心头，如果这个人知道自己的一双儿女双双殒命，不知道会是什么样的反应。难道要瞒着他吗？不，没有任何理由可以或者应该瞒着他。

“非常抱歉，他们姐弟二人，都已经去世了。”凌漠垂下了头。

男人顿时脸色煞白，瘫坐在椅子上，泪水混着鼻涕、口水流到下巴，然后滴落在审讯椅上。凌漠没有再说话，而是静静地坐在男人的对面，等待他情绪平复的那一刻。

过了二十分钟，男人才终于缓了过来，他自言自语道：“我早就猜到，会是这个结果，早就猜到了……好几年没有看到他们的照片了，我早就该猜到了……他们这么多年都在骗我！他们说，只要我听话，姐弟二人就会活得很好……他们怎么敢这么骗我？！”

凌漠说：“你是说，你被某些人威胁了？”

男人的眼神里似乎充斥着两团火焰，他歇斯底里地捶打着审讯椅的桌面，喊道：“他们说让我为他们工作，就会保全允儿、刚儿的性命！他们都是骗子！都是骗子！我为什么会相信他们？我真是被猪油蒙了心！”

凌漠依旧没有阻止男人，而是默默地看着他发泄。

又过了好一阵，男人似乎抱着侥幸心理地看着凌漠，说：“不，不，你们才是骗子，你们是在骗我，对不对？”

凌漠把手上的两本卷宗递了过去，说：“这是方允、方刚死亡案件的调查卷宗。为了不刺激你，尸体照片我去除了。”

这是一份完整的调查笔录，里面记载了方刚是如何犯下滔天大罪，然后如何在幽灵骑士的帮助下越狱，又是如何在建筑园内被幽灵骑士杀死的。另一份卷宗则同样记录了方允被山魈利用，结果在自己的临时居住点被警方击毙的全部过程。另外，对于姐弟二人被收养，小时候的生存环境糟糕，之后又走上了违法道路的全部过程，也都有所记载。

男人细细地看着卷宗的内容，豆大的泪水不断地滴落到卷宗上。

他回想起多年前的那个夜晚，自己被击晕后，在一个伸手不见五指的小房间里醒来，身边的妻子告诉他，自己把孩子们藏在衣柜里了，应该不会被劫持他们的人发现。

但这种侥幸心理很快就被现实浇灭了。那些人告诉夫妻俩，他们知道孩子长什么样，住在哪里，如果夫妻俩不配合，他们就会让“意外”发生在两个可怜的孩子身上。

这些年来，为了让夫妻俩专心工作，那些人偶尔会把偷拍到的孩子们的照片发给他们看。年复一年，照片里的两个孩子渐渐长大，也变得越来越陌生。但对父母来说，知道孩子们还活在这个世界上，即使无法相见，也还有念想，但现在，连最后的希望也被夺走了……

凌漠可以想象到，他的内心就犹如被千根钢针刺伤，再撒上一把盐。

“事情的全部经过，你可以看到吧？”凌漠说道，“罪魁祸首，你心里也有数了吧？”

男人继续盯着卷宗封面，良久，突然抬头对凌漠说：“求求你了，行行好，这个消息能不能不告诉我老婆？十几年前因为和孩子分别，我老婆天天撕心裂肺，嗓子那时候哭坏了，后来就变哑巴了。如果你把这事儿告诉她，她一定活不了了。”

凌漠点点头，说：“我答应你。不过，你也要把你知道的，都告诉我。”

男人连忙点了点头，表示愿意配合。

凌漠接着说：“那就从十几年前，你和孩子分别的时候说起吧。”

男人说：“十几年前吧，我也不记得是哪一年了，那一年应该是刚儿出生后不久。那时候，我和我老婆都在医学科技研究所上班。当时我们两人牵头研究一个课题，就是人体不愈合创伤防止全身感染的基因治疗法。有一天，一个陌生人来找我谈，意思是要挖我们夫妻二人去继续研究这个课题，而且工资翻倍。其实我们做这些课题，是为了造福人类，并不是为了私利。当时我们都是有编制的人，所以我没多想就拒绝了。可没有想到，在几天后的一个晚上，两个穿着蓝色制服的人跑到了我家里，把我打晕了，又把我老婆制伏了，把我们二人都劫持到了一栋破旧的老楼房里。”

“是这里吗？”凌漠拿出一张照片，是矿场福利院的照片。

男人看了一眼，有些犹豫，但最终还是点了点头，说：“我们就和囚犯差不多，工作、研究、生活都不能离开房间。但我觉得，应该就是这里。”

“把你们抓过去，就是让你们继续研究？”

“其实当时我们的研究已经小有成果了。”男人说，“挟持我们的人转达他们首领的意思，让我们给一个被他们称为‘蚁王’的人治疗。那个人的四肢都被截断了，可是不知道为什么，他的四肢创面总是不能愈合。为了防止因全身感染而死亡，就需要我们调制药物来维持他的生命。”

“你们只研究这个？”凌漠有些诧异，说，“比如基因催化、疫苗什么的，你们都不研究？”

男人有些茫然地摇摇头，说：“他们好像有不少研究人员，做着不同的研究。因为我们每次去给药的时候，都能看到其他研究人员在‘蚁王’的身边忙忙碌碌的，像是在提取他体内的什么物质。具体的，我真不知道，他们也不让问。”

“你说的他们是谁？”

“这个神秘的地方，除了有研究人员，还有很多穿着蓝色制服的人，像是军队，或者说是雇佣兵，他们有的人有枪，对我们进行看守和管理。”

“你接着说。”

“一开始，我和我老婆是坚决不配合他们的。”男人说，“可是，那里面的人说我的一对儿女都在他们手上，如果我配合的话，就保我的儿女平安无事。我们一开始不相信，结果他们就拿来了刚儿、允儿的照片，用这个做要挟，实在是太狠了，我们不可能不配合。虽然那时候我老婆已经不能说话了，但是我们还是老老实实地按照他们的要求做了。我们要求他们时不时要拍摄刚儿、允儿的照片给我们看，确保他们还活着。我们就存着侥幸心理，这样一做，就是十几年。你不知道，这十几年我们是怎么度过的！我们天天就在小黑屋里，天天期盼着孩子们能平安！可是、可是……”

说完，男人又痛哭了起来。

凌漠递上一张纸巾，问：“既然只是给药就能维持蚁王的生命，为什么他们不让你传授他们制药方法，或者一次性制造足够的药物？”

“这个技术现在还是有很多缺陷的。”男人说，“制药手法非常讲究，一般人根本无法学会。即使我亲自动手，如果没有我老婆的帮助，也是无法制药的。他们也尝试着让我们传授，但是一方面我们想着不能教会他们，否则我们可能会被灭口；另一方面，他们也真是学不会啊！我们制造的药物，无法保存，无论是冷藏还是冷冻，都会在一个月内失效。而且，制药过程中的一种原料，也非常难找，我们自己不会做。是那里面的人找到其他的研究人员做出来给我们的。”

“你身上带着很多锥形管，是你说的药吗？”

“不，那是原料。”男人说，“昨天，我们按照规定，在指定时间出山洞晒太阳。山洞里又湿又冷，待的时间长了人会生病。所以，那里面的人，要求我们每天出来放风几个小时。我和我老婆出来的时候，会有一个雇佣兵守着。昨天天气特别好，我们就和雇佣兵商量，走远点。雇佣兵也同意了。可是我们走到接近山脚下的时候，突然就有人冲了出来，把雇佣兵打晕了，然后把我们蒙住头带了出来。接着今天就被装在麻袋里扔在路上了。劫持我们出来的人蒙着脸，和我们说，要给我们自由，还给了我们这些原料，说是我们用得着。”

“等等，你说，是山洞？”

“是啊，近几个月，我们搬了两次，哦不，三次，我也不记得几次了。”男人说，“每次都急匆匆的，把我和我老婆蒙着眼睛用车带走。最后带到的地方，是一个很大的山洞。”

“你知道那个组织里，一共有多少人吗？”

“这我还真是不清楚。”男人说，“不过我知道，他们有很多人，有不同的分工。除了和我们接触比较多的雇佣兵，还有一些小孩，不知道是不是从小在培养什么。还有我和我老婆这样的研究人员。那些雇佣兵都很凶，对小孩、对我们这些研究人员都很凶。所以你们在追我的时候，我看见是蓝色制服，以为是他们来了，又来抓我。”

“你知道组织的首领是谁吗？”凌漠皱着眉头问道。

“这个，我不确定。”男人说，“对我们提要求时，要么是雇佣兵转达，要么就是一个跟我们类似的相关学科的专家教授，他懂很多非常专业的问题，有时候和我们直接交流。这个人不被雇佣兵监视，感觉好像和其他人不太一样。”

“那你觉得劫持你们从山洞出来的，是什么人？”

男人摇了摇头，表示自己并不知道。

“你刚才说的那个所谓的专家教授的人，是叫老八吗？”凌漠拿出手机，找到曾经在福利院里，提取到的黑暗守夜者文件上那个看似是个“8”的签名，拿给男人看。

男人盯着手机看了许久，摇摇头，说：“没有什么老八啊。不过，我刚说的那个人，姓吕，我们都叫他吕教授。你看这个字儿，不像是‘8’，更像是个‘吕’啊。”

凌漠倒吸了一口气，他不知道自己为何这么震惊。

“你不是说他们不让你们研究人员互相认识吗？”

“那里有很多研究人员，但是我就认识这个吕教授。”男人说，“和我岁数差不多吧，但我也不知道他的名字和身份。”

“这个吕教授，有什么特征吗？”

“没有，普通得不能再普通了。”

凌漠低头思考了一会儿，问男人：“吕教授最近是不是在和你讨论关于指环的什么问题？”

“指环？”男人一脸疑问。

“对，就是关于什么戒指。”凌漠竖起一根手指，问道。

男人果断地摇摇头，说：“不，没有，肯定没有。我只知道，有个什么天演计划。”

“天演计划？”凌漠开始大感失望，但听到这个名词，又振作了些。

“是啊，具体我也不知道是什么内容。”男人说，“我是在无意中听见吕教授和另一个研究人员说了一句话。他们发现我听见了，还非常紧张，逼问过我。我当然说我什么也没听见。”

“还有什么其他的吗？”凌漠说，“关于真菌，你有研究吗？”

男人摇了摇头。

“真菌孢子，导致颅内感染、昏迷，这个你懂吗？”凌漠追问道。

男人还是茫然地摇摇头，说：“要说一定有其他的，就是吕教授前几天给我看了他腿部的X片。他说，他的腿最近很疼。我看了，膝关节间隙变窄、股骨外侧髁和胫骨平台都有新鲜磨损。说明他最近一直在频繁进行类似于登山的活动。我们的山洞，我走过去感觉不用怎么登山的，但他一直在进行登山活动，这有点奇怪。”

凌漠再感失望，说：“好的，麻烦你了。接下来的日子，还是希望你和你爱人能够继续制造药物，维持那个被截肢的老人的生命。”

“‘蚁王’在你们手上？”男人瞪大了眼睛。

凌漠点点头，说：“是我们营救下来的。你们可以多交流，如果有什么想起来的，关于吕教授和其他人的任何事情，都要及时和我们说。”

“你们真的是警察？”

“是的。”凌漠大义凛然地说，“我们还是背抵黑暗、守护光明的人，希望你可以帮助到我们。”

男人使劲儿点了点头。

凌漠面色凝重地回到了刑警支队会议室，站在会议桌前，说：“现在情况很清楚了，多半是崔振救出了方氏夫妇，丢给我们，就是为了维持董老师的生命。但很可惜，这个男人也不会治疗方法。”

“希望我哥能撑住。”萧朗咬着牙说，“在驼山小学进行抓捕的时候，村主任的手机突然没信号，是因为崔振这边的人在设法营救董老师。后来他们知道我们救下了董老师，就又想办法抓来方氏夫妇，来帮助我们维持董老师的生命。”

凌漠说：“并且搞来了一部分原料。”

“按照老方说的，这些原料只能维持一个月的。”萧朗说，“看来我们真是要抓紧时间破案啊！不仅为了董老师的治病原料，更是为了我哥！”

“是啊，真菌不是他们研究的，我们还得继续努力，为了望哥。”凌漠叹了口气，说道。

“崔振的目标是复仇，那这个天演计划又是个什么东西？”聂之轩问道。

“和演化者有关吧。”凌漠说道，“崔振现在应该比我们更想获得药物原料，维持董老师的生命，可能会比复仇更重要。从这一点上，我们是不是可以找一些什么线索？”

“崔振已经知道了黑暗守夜者现在的老巢，但显然她的实力还无法对抗老八，哦，不是，是吕教授。”萧朗说，“不过，我猜崔振为了原料，还会再去老巢。所以，只要我们抓住崔振的尾巴，就可以找到黑暗守夜者的老巢，就可以营救那些孩子、获取原料，以及找到救我哥的办法。”

“你说得对。”凌漠说，“可是崔振也不是那么好找的。既然我们知道一个姓吕的人，是不是可以花一点工夫呢？”

“南安至少有上万个姓吕的人。年龄符合的，也有好几千。”唐铛铛说，“排查身份信息，也许能获得一些资料，只是不确定这人的真实身份是不是姓吕。”

“老方不是说他最近拍过X片？”萧朗说。

“X片不像CT，一般医院是没有存档的。”聂之轩说，“而且X片只要有台便携式的机器就能拍，不一定要去医院。所以，这一点肯定是没法查的。”

“所以，在寻找崔振的同时，我们还要找那些姓吕的、可能从事医学相关研究的、可能和文疆市有关联的人。”萧朗一边说，一边在笔记本上记着。

“呀！”唐铛铛突然叫了一声，其他几个人纷纷看向她。

“怎么了，大小姐？”萧朗问道。

“南安市局负责盯梢杜舍的同事发来消息说，杜舍已经保持一个姿势一个多小时没有动过了，问我们怎么办。”唐铛铛说道，“他也不敢贸然进去看。”

萧朗不以为意，说：“会不会是在睡觉？”

“不，他说，是一个别扭的姿势。”唐铛铛说道。

萧朗噌的一下站了起来，拍着桌子，说：“不好！崔振行动了！他把方氏夫妇丢给我们，是一石二鸟，一方面为了救董老师，另一方面就是为了吸引我们的注意力和战斗力！别忘了，我们是在去看杜舍的路上发现方氏夫妇的！”

“不是有热反应仪吗？”程子墨说，“有人进入现场，或者杜舍离开现场，都是可以立即发现的呀。而且这个杜舍一般不出来，即便出来，也是在盯梢民警的眼皮子底下出来，去旁边的小超市。”

“不知道，管不了这么多了，我们赶紧过去！”萧朗转头离开了会议室。

3

在拆迁废墟围墙边的侦查车里，萧朗盯着热反应仪的接收屏幕。

那依旧是一个边缘模糊的人的形态，只是这人摆出的姿势，是一个全身蜷缩的状态，而且还并不是垂直于地面，而是有些倾斜。如果有人蜷缩身体，却整体倾斜的话，那这肯定是一个非常费力的姿势。

“他为什么会突然出现这个姿势？”萧朗问道。

民警歪头想了想，说：“这个我也不清楚。”

“我的意思是说，他在出现这个姿势之前，是一个什么状态。”萧朗接着问道。

“好像、好像是突然出现了信号障碍，信号恢复的时候，就成这样了。”民警说。

“坏了！”萧朗脸涨得通红。

“不会啊，信号障碍了三五分钟后就好了，这么短时间内不会有什么问题吧？”民警连忙说道，“而且这个机器之前也出现过几次信号障碍，后来并没有异常啊。在今天障碍发生三个小时前，杜舍还去了一趟超市的。”

“干扰器。”萧朗和凌漠同时说道。

萧朗二话不说，翻过墙头，向杜舍家跑去。

破旧平房的木门，板条已经风化，门板上有多条裂纹。萧朗冲到门口，猛地推了一把门，直接把这扇破旧不堪的木门连同铰链一起推倒在地，暴露出室内的情况。

最先映入眼帘的，是门边的一张破旧的桌子。桌子上，放着一面小圆镜、一把梳子、一件已经残破了的女式绒大衣和一个生了锈的铁质饼干盒，还是打开的。看起来，都是女人的用品，不会是杜舍的用品。这几件物品，整齐地排列在桌面上，桌面散落了不少香灰。看来，杜舍这是在祭奠母亲的衣冠冢。

小小的房间内，臭气熏天，可想而知，这个杜舍就连大小便都没有出过屋子。屋内的一张破旧木床上，铺垫了杜舍从监狱内带出来的棉被。木床的床头放着一架木工梯，算是床头柜。床头柜上摆放着各种食品的包装袋和饮品的塑料瓶，摆放得满满当当的。

整个房间除了木板床和床头柜，就没有其他摆设了。当然，剩下的房屋空间也不允许摆设其他物件。

床上确实蜷缩着一个人形物体，但那也就是个人形物体，而不是个人。

杜舍床上那床脏兮兮、臭烘烘的盖被，被卷成一卷。盖被的外面，用胶布缠绕粘贴了很多太阳能吸收板。这些吸收板被粘贴摆放的形状，恰好是一个有头、有手脚的蜷缩着的人的形状。

小小的房间内，摆放着数面镜子。这些都是普通的、从超市就可以买到的小圆镜。这些镜子很新，有好几面，显然不会是杜舍买来的。

萧朗的脑袋嗡的一声，一片空白。从目前的情况可以看出，崔振的人抓走了杜舍，而且已经过去了一个多小时。现在杜舍生死未卜。

"利用多面镜子反射阳光，阳光被太阳能吸收板吸收，并汇聚热量，让热探测仪探测到这个人形，误导我们的盯梢。"凌漠蹲在地上，审视着几面镜子的摆放情况，说，"考虑到了太阳的西斜，估计再过四五个小时，太阳完全西斜了，才不会有阳光被反射进来。再加上太阳能板逐渐散热，若不是民警发现姿态有异，我们估计要七八个小时之后，才能发现这房间里面的不是杜舍。"

"他们是怎么做到的？"萧朗问道，"不知道杜舍现在还活着不。"

“现场没有打斗痕迹。”聂之轩用他的假肢轻轻碰了一下木工梯，这个临时床头柜立即开始摇晃了起来，上面摆放着的多个空的塑料瓶、塑料杯都摇摇欲坠。

“现场这么狭小，略有打斗，这个床头柜上的东西都会被打翻。”聂之轩说，“这就是我们现场勘查中可以确认的一个结论，狭小空间内物品整齐，即说明没有现场打斗。”

“现场没有打斗，说明他们把杜舍骗了出去。”凌漠开始分析过程，“干扰器先阻断热探测仪的信号，随即可能是声优或者是其他人发出什么声音，将杜舍引了出去。一拨人在外面控制住杜舍，另一拨人则进入现场布置了镜子和太阳能板。因为整个过程只有三五分钟，所以他们布置得也很草率，用胶带把太阳能板裹在被子上呈一个人形，没能考虑到姿态的问题。”

“他们会把杜舍引去哪里呢？”萧朗沉思道。

“这是一个封闭的院落，只要在这个院落里，我们都可以探测到热反应。”程子墨抱着热探测仪进来，说道，“哎呀，这里怎么这么臭！”

“从心理学分析，对方一定要确保有足够的时间控制住杜舍，并且要争取在最短的信号干扰时间内完成。”凌漠说，“那么，就不会在围墙内控制他，风险太大、时间太紧。”

“这个地方，是不是四面围墙？”萧朗说道。

程子墨操纵无人机升空，用摄像头俯拍，她指着屏幕，说：“你们看，这四面的围墙边，都是停着车的，这里的停车位很紧张啊。”

“看看他最有可能被引去哪边的围墙。”凌漠凑过来，看着屏幕。

“我们民警的车是停在东侧围墙的。”萧朗说道。

“对，西侧是隔壁小区的大门，大门口有摄像头，他们应该不会在摄像头下绑人。”凌漠指着画面，说道，“北侧是一条大路，来往车辆不少。那么，他们只有可能在南侧围墙下手，因为这边人迹罕至。”

“而且南边围墙离这破屋子最近。”萧朗打了个响指，说，“只可惜，不知道我们现在行动还来不来得及救他。”

“到南边看看。”凌漠说完，先走出了小屋。

几个人翻过了南边的围墙，发现这边果真是人迹罕至，而且围墙也较矮。围墙边，就和其他几面围墙一样，满满当当、整整齐齐地停了车辆。车辆的外侧，是一条只可供一辆车行驶的单行小路。

“之前就探测过，这里没有摄像头的线路铺设。”唐铛铛左右看看，说。

“我们早该料到，这里确实是绑人的好地方，肯定没人能够看见。”聂之轩说。

凌漠没有说话，他快步走到围墙边的每辆车边，挨个儿摸了摸车辆的引擎盖。在一辆红色宝马旁边，凌漠停了下来，说：“这辆车是刚刚停在这里的，其他车都停了很久。”

“说明什么？”萧朗问道。

“他们先丢下方氏夫妇，吸引我们的注意力，然后就来到这里了，看时间，他们是来到后过了一个多小时才动手。这一个多小时可能都在做准备工作，或者说，他们是尝试了一个多小时才将杜舍引出来。那在这里潜伏一个多小时，如果车不停在车位里，就堵住了唯一的单行通道。”凌漠说，“这里经常有车经过寻找车位，他们很容易被发现。”

“说明，在这辆宝马停在这里之前，是他们的车停在车位里？”萧朗问道。

凌漠点了点头，说：“你看这辆宝马，本身这车就比较长，有五米。可是这辆车前后都很宽敞，各有快一米。说明原来停在这里的车很长，而丢下方氏夫妇的车，是一辆面包车，车身就很长。这一点，也说明在宝马停下来之前，面包车能停在这里。”

“我来看看这车位边上的痕迹。”聂之轩说完，蹲在地上，给地面打了侧光，寻找痕迹。程子墨也围着红色宝马，配合聂之轩开始了现场勘查。

不一会儿，聂之轩指着地面上的一块地砖，说：“你们看，这里果真有蹬踏的痕迹。是鞋跟印记，没有比对价值，但是可以提示线索。”

“能重建当时的情况吗？”凌漠问。

聂之轩点点头，说：“几条较为平行的蹬踏痕迹，都是鞋跟形成的。说明当时杜舍处于仰面的姿态。不过，蹬踏痕迹上端地面上没有灰尘减层痕迹[1]，这说明他没有全身着地。”

“被人从后面勒住脖子拖行，有反抗和挣扎，所以才会有这样的蹬踏痕迹。”这种痕迹的分析，对程子墨来说很简单。

程子墨在车位和围墙的几步距离之间走了两个来回，说：“根据这些蹬踏痕迹反向溯源，可以发现围墙墙根边上的杂草有折断现象，这说明他们就是在这里进行了短暂的打斗，随即杜舍被控制。”

“他们埋伏在墙根，杜舍一跳出来他们就动手了，没有多说话也没有多余的动作。”凌漠说道。

“好事情。”萧朗说，“说明他们是将活着的杜舍拖上了车。所以他们不急于杀死杜舍，这一点大家没有异议吧？”

“没有。”聂之轩说，“上次他们劫狱车，有机会直接进车杀人，但是没有。这一次，既然他们可以干扰热探测仪，也应该有时间直接进屋子杀人。但他们也没有这么做。”

“对！”凌漠说，“民警说探测仪信号曾经故障了好几次，说明对方很有可能过来踩过点[2]。要是动手，早就动手了。他们为什么要先踩点，搞清楚杜舍屋内的情况，甚至搞清楚了我们放置热探测仪的事？他们为什么要大费周章地造一个人形热发射装置？为什么要放置那么多面镜子，从而保证在数个小时之内，都不会被我们发现？这些心理特征，都反映出他们需要一个时间段不被我们发现追踪，而不是简单地直接杀死杜舍。”

“果真是准备充分啊。”萧朗说，“而且是花了一个多小时的时间来慢慢引出杜舍，等杜舍准备离开小屋就立即干扰信号，这说明他们一直监控着杜舍，等他出来。为什么这么有耐心？”

“绝对不是怕我们围捕他们。”聂之轩说，“我们当时的注意力全在方氏夫妇身上。”

“还记得上次劫狱车吧，我们分析过他们的心理特征，抓活的杜舍应该

1　灰尘减层痕迹，指的是将原本覆盖在载体上的灰尘抹去后留下的痕迹。

2　踩点，指的是警方提前熟悉现场环境的做法。

是为了某种仪式！”萧朗说，“他们花了二十多年复仇，绝对不会这么简单地处死杜舍，因为他们觉得那样的话，太便宜他了。”

“仪式……会是祭奠吗？那样的话就应该去崔振她哥哥的墓前。”凌漠说，“这是最正常的一个心理行为了。”

“那就走吧。”聂之轩说，“既然他们在杀死杜舍前，一定会有个过程，那么我们就还来得及。”

“别急，我怎么闻到了汽油味？”萧朗蹲在红色宝马边，用鼻子嗅着。

“这里停了这么多车，有汽油味有什么奇怪？”程子墨说道。

“不，不是尾气的气味，是汽油的气味。”萧朗说，“正常车子旁边是不可能闻见密封油箱里的气味的。”

“面包车的油箱密封不好吧。”聂之轩解释道。

“那款面包车是烧柴油的，我说的是汽油味。”萧朗说。

“你真的是狗鼻子吗？”聂之轩笑道。

“要重视这个现象。”凌漠说，“如果是他们在车内准备了汽油，准备烧死杜舍呢？”

“那也有可能啊。”聂之轩说，“所以我们更要抓紧时间去墓地了。”

“不。”凌漠说，“我们去挖过董老师的‘坟’，董乐的坟就在旁边。你们不记得吗？那是在一座小山的半山腰，植被茂密。我们进去的时候，都挺费劲的。”

“记得啊。那个鸟不拉屎的地方根本就没有人，所以他们怎么折磨杜舍都有可能，而且也有足够的时间啊。”程子墨说，“按照他们的计划，我们发现屋内的不是杜舍，几个小时过去了。他们的祭奠肯定完成了。”

“可是，咱们别忘记了，在那个地方若是用汽油点火烧人，势必引起山火。”凌漠说，“一旦引起了山火，他们这一帮人都别想出来！他们会不考虑这个问题？”

“凌漠说得有道理。”萧朗说，“如果他们准备了汽油，就肯定不是去董乐的墓地实施烧杀。如果是去董乐的墓地杀人，肯定不会选择用烧这种方式。”

“不去墓地，祭奠什么？”聂之轩皱起了眉头。

“假如崔振早已把她哥哥的尸骨挖了出来，带走了呢？”凌漠猜测道。

“可是董老师被截肢的骨骼还在墓里啊。”聂之轩说，“我们挖出来的，DNA 也没问题！”

“董老师没死，崔振是知道的，那她何必带走父亲四肢的骨骼？”凌漠抬头看着聂之轩。

聂之轩无言以对。

“这又是他们的一个套儿。”萧朗说，“正常情况下，我们会赶去郊区的墓地。如果真的那样，路途遥远，我们又耽误了几个小时的时间。”

“可是，如果真是这样，我们该如何找他们呢？”程子墨也开始犯愁了。

“只有试一试了。”凌漠对唐铛铛说，“你用系统查一下这辆红色宝马的车主信息，要电话号码。”

一名打扮时髦的年轻女性站在自己的红色宝马前方，抱着胳膊，显得有些惶恐。

“没关系，你就想一想，把当时的经过说给我们听就好了。”萧朗尽可能把语气放得和缓，其实他的心里早已急得冒火了。

女人不明就里，但态度十分配合。

“当时我开过来的时候，是为了找车位。恰好开到这里，看到一辆面包车在打倒车灯，应该是要开出来。这里的车位不好找，于是我就干脆开到了车位的前方道路上，等候他们开出来。不一会儿，面包车就开出来了。但是，这里是单行道，路太窄了，面包车开出来的时候，是在我车后面，所以，他们开不走。只能等我把车停进车位，才能开走。”

“我注意到，你刚才说的是‘他们’？你怎么知道车里有好几个人？你能看到车内的情况？”凌漠插话道。

“看不到，车窗的膜颜色很深。”女人解释道，“不过，后来他们从车上下来两个人，所以……”

“好，你接着说。”萧朗催促。

“我拿到驾照还没一个月呢，最怕的就是侧方位停车。”女人挠了挠头，有些不好意思地说道，“平时我总是能停进去的，但是后面有人在等，我心态就崩了。所以，我来来回回试了好几次，都没能停进车位里。”

“他们催你了吗？”

“没有，他们素质挺高的，连喇叭都没按。但是我知道后面有车等啊，所以是我自己着急。”

“他们当然不敢按喇叭。”程子墨嚼着口香糖，笑着说道。

“然后呢？”萧朗挥了挥手，禁止大家打断。

女人说：“后来可能是后面的车真的着急了，从驾驶座和副驾驶座上下来两个人。两个帅哥，都挺年轻的，二十多岁吧，嗯，和你们年纪差不多。”

“说重点。”萧朗催促了一声，突然觉得自己的口气不对，于是连忙缓和语气道，“我的意思是说，这两个人、一辆车有没有什么你能记住的特征？”

女人摇摇头，说：“一个人就说，‘要不，我帮你停？’我就同意了。那人上了车，五秒之内就停进去了。嗯，大概我也夸张了吧，反正他开得快、倒得快、停得快。停下来，他们就回到车上，开走了。”

“没了？”

“没了。”

“那你的车上，有行车记录仪吗？”凌漠问道。

“有的。”女人上车，取下行车记录仪的SD卡，递给了凌漠。凌漠顺手就用一个读卡器，把记录卡插在了唐铛铛放在万斤顶引擎盖上的电脑里。

“什么都没有，能看到面包车开走的情况，但是看不到她说的那两个人。”唐铛铛快速浏览着视频，说道。

“这就是拦我们的那辆车。”萧朗俯身看着屏幕说，“既然是盗抢车辆，那就没有什么意义了。”

“哦，对了。”女人接着说道，“那男人下车后，我坐上了车，感觉车里有一股酒味。”

“酒驾？”程子墨说道。

“另一个男人呢？你感觉他们是酒驾吗？”凌漠追问道。

女人摇了摇头，说：“另一个人肯定没喝，因为他们帮我停车的时候，我一直站在另一个人身边的，没有酒味。”

“不，不是酒驾。”凌漠自言自语道，“崔振缜密谨慎，是个行事十分稳妥的人。而且，这次行动，他们来的肯定不止这两人，不然没人在后排控制杜舍。哪怕就是这两人，也不可能找一个喝过酒的人来开车。那明明是在增加被发现的风险，崔振不会不明白这个道理。”

“而且，你见过大清早就喝酒的人吗？”萧朗说。

“对哦，谁会大清早就喝酒啊？”女人笑道。

“行了，谢谢您的配合。”凌漠说，“您行车记录仪里的影像，我们需要拷贝一份，您不介意吧？”

“不介意，不介意。”女人见自己的“任务”完成，轻松地挥了挥手，离开了。

“你这是……心里有数了？”萧朗问凌漠，“不再多问几句？”

“问得再多，不如直接看视频。”凌漠让唐铛铛把面包车的影像截图给放大。面包车的玻璃确实是漆黑一片，根本不可能看到车内的情况。不过凌漠也并没有要求唐铛铛把车窗的位置放大，而是把关注点放在了车轮胎上。

“嗯，不错，这车上的行车记录仪像素真不错。”唐铛铛一边放大图片，一边说道。

“你们看这车轮胎的凹槽里，嵌进去的黄色的东西，是什么？”凌漠皱着眉头，盯着屏幕，说道。

“泥巴呗，总不能是大便啊。”萧朗说道。

“最近没有下雨，这面包车车体都不脏，为什么轮胎这么脏？”凌漠问道。

“开进泥巴地了。”萧朗有些不耐烦，说，“别卖关子了，你看出了啥？”

“你不觉得这些黄色的物质，有颗粒感吗？那就不会是泥巴！”凌漠说，“我们去农村的话，经常看到农民把收回来的麦子铺在马路上晒。如果车开过，就会有麦粒嵌入轮胎缝。”

“这个季节，不收粮食吧？”聂之轩说道，“更不会晒粮食吧？”

“结合酒味，你觉得，他们的藏身之地，会不会是南安市啤酒厂？”凌漠说，“我们南安的啤酒厂规模很小，不可能进成袋的麦芽，极有可能是将收回来的散装麦芽堆放在仓库内。如果他们的车藏在仓库里，轮胎就会嵌入麦芽。如果这个开车的人提前在啤酒厂里准备处死杜舍的地方或设施，就会让自己的身上携带啤酒厂的气味。”

萧朗恍然大悟，他抬腕看了看手表，说：“一系列的分析，用了半个小时。留给我们的时间不多了！管它对不对，出发！”

第六章 天灯

妈……

我还有机会吗？

——杜舍

1

万斤顶风驰电掣般地开到了南安市啤酒厂，然后又悄无声息地开到了啤酒厂侧面的一座小山坡后面。

“如果是崔振的人在附近，很有可能会对信号进行屏蔽。”萧朗看了看自己手腕上的“蜡笔小新”，说，“凌漠你记得打开联络器，我们这个联络器使用卫星信号，可以最大限度避免电磁干扰。”

“你怎么不多做几个？”凌漠问道。

“这种联络器都是单线联系的，无法一对多联系。”唐铛铛说。

“大小姐你就留在车里，信号干扰后我们无法联络，你就在这里作为信息中转站吧，大不了我们跑回来告诉你信息。”萧朗检查完武器，挥了挥手，说，“聂哥你在这里陪着大小姐，子墨你在山顶，必要时操控无人机侦查。”

“我们俩突袭，可以吗？”凌漠把手枪插进枪套。

“按照现在的交通状况推断，特警部门的援兵会在二十分钟内赶到。”萧朗说，“我们只要搞清楚崔振他们在哪里，在援兵抵达前防止他们提前处死杜舍，就算任务完成了。”

凌漠点点头，微微笑了一下。萧朗这个毛头小子，最近确实成长飞速。他将有限的兵力如此配置，算是最安全、最稳妥的了。

萧朗和凌漠翻过了小山，来到了啤酒厂南侧的围墙边。萧朗让凌漠踩着他的肩膀，探出头去观察。

“你小子能不能减减肥？”萧朗龇牙咧嘴地扶着墙，说道。

“我又不胖，是你最近力量训练放下了吧？”凌漠不屑一顾，说，“司徒老师都说了，让你办案不要忘记训练。”

萧朗瞬间无言以对，只能恨恨地说：“你快点儿，看着没有？”

“这个工厂没有废弃啊。”凌漠一边观察，一边在纸上画着，说，“现在是工作时间，里面有人走动。”

“会不会是他们的人？”

“不会，从穿着打扮上看肯定是啤酒厂的工人。”凌漠像是画素描一样，迅速地在纸上记录地形，说，“而且，工厂里面的机器都在运转。”

“是啊，是啊，这么重的酒味。”萧朗说，“不会喝酒的人，估计得被熏醉。”

“所以就很奇怪了。”凌漠完成了绘图，从萧朗的肩膀上跳下来，说，“他们要做这么大一件事，怎么会挑一个熙熙攘攘的工厂？似乎没有回避心理一样。”

说完，凌漠把纸铺在围墙上，指点着说：“我们所在的这一片围墙下面，是一排仓库，院落的中央，是一个大厂房。除此之外，就没有其他建筑物了。”

“然后呢？”

“厂房里面明显是处于生产状态，所以想要藏匿的话，肯定是躲在这一排仓库里。”凌漠说。

“行了，我去看看，你在这里等我。”萧朗说完，一跃攀住墙头，几个蹬踩就翻过了围墙，跳到了仓库的房顶。

“你小心点。”凌漠低声提醒道。

萧朗从房顶轻盈跃下，来到仓库后面，从腰间拔出手枪，躬身在仓库后侧的窗户下行走，每到一个窗户，他都会猛然起身，举枪瞄准。可是，这些仓库里要么堆着麦芽，要么堆着啤酒花[1]，并没有一个人影。直到最后一个仓库，萧朗发现仓库里停着一辆面包车。

面包车的窗户上都贴着深色的车膜，隔着两层窗户，萧朗根本看不到

1　啤酒花，指的是使啤酒具有独特的苦味和香气的原料，该原料还有防腐和滤清麦芽汁的功能。

车内的情况。萧朗记得之前跟踪的那辆套牌面包车的车牌号，和眼前的这辆并不一样。虽然牌照不一样，但一眼就看得出来，这就是那辆运送方氏夫妇、劫持杜舍的面包车。此时车停在仓库内，不知道车上有没有人，而仓库的门开着。

萧朗心中一喜，知道凌漠这小子的一系列推断，全部应验了。他持着枪，悄悄绕进仓库的大门，潜到面包车前，用枪指着车辆的前挡风玻璃，猛然拉动车门把手。没想到，车门并没有上锁。哗啦啦一声，面包车的车门被拉开，暴露出车内的一切，空无一人。

"凌漠，发现可疑车辆，里面没人。"萧朗用对讲机说道。

"你小心啊。"对讲机里传来唐铛铛的声音，让萧朗心中一暖。

不一会儿，翻过墙头的凌漠也走了过来，钻进车内去检查。

"你小心点。"萧朗把唐铛铛的话转述了一下，说。

"他们处决杜舍的地点，以及他们藏身的窝点，应该不在这里。"凌漠从面包车里钻了出来，说道。

"怎么说？"萧朗收起了手枪。

"车里有很多麦芽和啤酒花，酒味很重。"凌漠说，"如果我没有猜错的话，这辆车应该就是啤酒厂的运输车。"

萧朗恍然大悟："他们偷了啤酒厂的车去作案，为了防止被发现，拆换了号牌。"

"对。"凌漠说，"如果啤酒厂的人发现他们的车不见了，也会报警，所以崔振他们偷车办完了事情，就把车给停到了这里。"

"这么多辆车，为什么要偷啤酒厂的？"萧朗盯着凌漠的眼睛，说，"是因为他们的窝点，就在附近！"

凌漠点了点头。

凌漠和萧朗并肩向厂房方向走去，两张陌生的面孔，引起了工厂工人的警觉，他们纷纷驻足盯着两人。

两人装作若无其事的样子，穿过了厂房。厂房很大，一条酿酒生产线和一条包装生产线正在运行着。厂房内一览无余，不可能有藏身之地。因此，他们也确定了崔振等人并不在啤酒厂厂房内。

“这个啤酒厂除了仓库和厂房，就没有建筑物了，他们确实不在这个厂子里。”凌漠走到了啤酒厂北侧的围墙下，说，“让铛铛他们看看卫星地图，看这附近有什么其他可以藏身之地。”

萧朗点点头，拿出对讲机喊了几句，对讲机里传出沙沙的声音。

“怎么没信号？”萧朗晃了晃对讲机，说，“不对啊，刚才在南边仓库，我还收到大小姐的关心来着！”

凌漠抬起头，说：“那就说明，他们现在在围墙北侧，对不对？”

萧朗一拍脑袋，说：“他们的信号干扰覆盖到这里了，说明我们离他们不远了！”

话音刚落，萧朗看见远处位于啤酒厂正西侧大门门口的保安室里走出了两名保安，拎着橡皮棍，向他们这边看来。一个工人模样的男子，正和他们说着什么。

“不好！我们引起啤酒厂的怀疑了。”凌漠说，“他们要是拉警报什么的，我们就暴露了！”

“来不及通知大小姐他们了，希望他们和特警找得到我们吧！”萧朗扔了手中的对讲机，一个飞跃，跳上了围墙墙头，伸手把凌漠也拉了上来，跳出了啤酒厂。

啤酒厂外，是一条坑坑洼洼的道路，显然很久没有车辆经过了。路的对面，是一排斑驳的厂房，只是这些厂子的招牌都腐朽、掉落了，很显然，这些都是倒闭了十年以上的旧厂子，偶尔能看到一些锈迹斑斑的起重器械，不见人烟。

“南安还有这种地方。”萧朗藏身在一棵大树后面，说道。

“南安太大了，什么样的地方都有。”凌漠说，“你不记得我们抓曹允的时候，那个‘几不管’地带了吗？”

“这可怎么找？”萧朗向对面的厂房看去。

凌漠捏着对讲机听了听，说：“信号完全屏蔽了，肯定不远了。”

“那我们就过去看看。”萧朗说完，一个“闪现”就穿过了破旧的马路，来到了对面厂房的围墙边。凌漠紧随其后，两个人悄无声息地进入了第一家厂子。

厂子里十分破落，一台锈迹斑斑的起重机停放在厂子大院的正中间，厂房已经坍塌了一半，里面的灰尘厚到踩一脚都能出现一个立体足迹。

显然，这里面没有人，而且似乎也没有来过人。

凌漠一边四处张望，一边在厂房里溜达。

“这一片都是废弃的厂房，估计是政府为了环保，把地收回来了，但是还没有开发。”萧朗也在废墟中艰难地行走、勘查，说，“旁边不远就是南安河，建工厂、建住宅都会有污染。所以啊，政府也不知道该怎么办。只是，这一片目测可不小啊，等我们找到了，可能就晚了。”

凌漠走到了起重机边，似乎是看到了什么，快走了几步，来到了起重机侧面的油箱盖处。这里，机器锈迹斑斑的表面上，黏附着一些油渍。凌漠用手指蹭了一些油渍，在鼻子下面闻了闻，说：“有了。”

“什么？”萧朗奔跑过来，蹲在地上看油箱盖。

“这里的机器少说十年都没人用过了，为什么油箱盖外面还有没干涸的油？”凌漠说道。

“你是说，他们在给起重机里面加油？”萧朗说，“他们要用起重机？”

“难道，他们的面包车里装着的油，是给起重机加的？不是要烧死杜舍？”凌漠沉思道。

“不不不，我再强调一遍：我闻见的现场的味道，是汽油味，而这个油渍，明显是柴油的。”萧朗自信地说，“起重机一般都是烧柴油的。”

凌漠抬头看看萧朗，又低头看看油箱，说：“是了，这些油渍也不是今天才粘上去的，应该有两天了。”

萧朗想了想，一个翻身，踩着起重器的梯子上到了驾驶室，在驾驶室门口看了看，说：“没错，驾驶室门把手上，没有灰尘！”

“你进去看看！”凌漠在起重机下方喊道。

“好的，你也别站在机械臂下面，小心陷阱。”萧朗从口袋里拿出手套戴上，然后拉开了起重机的驾驶室大门。

“里面的座位上和操纵杆上都没有灰！驾驶座前面的盖板被打开了，里面的电线被接起来了！”萧朗说，“他们就在这里！他们要用这台起重机！”

“不，别急，你试试这台起重机能不能用。”凌漠说道。

萧朗坐在驾驶座上，踩了踩油门，又拨动了几下操纵杆，起重机纹丝不动。萧朗又将电线重新接了一下，说：“是不是没电了？”

“他们总不至于临时发电吧？”凌漠说，“那他们的准备工作做得也太不好了！两天前就加油了，还要现在来发电？”

“那你是什么意思？”萧朗跳了下来，说，“他们使用过这台起重机是没错的。”

凌漠走到起重机的液压杆下面，看了看，说：“你看，液压杆没有收缩的迹象，说明他们并没有能够启动这台起重机，唯一可以解释的，就是这台起重机是坏的。”

“坏的？”

“对。”凌漠说，“他们确实是在找起重机，但这一台是坏的！”

“他们找起重机干什么？”萧朗问道，“而且还有汽油。”

“我有一个大胆的想法。”凌漠说，“你有没有听过一种刑罚，叫‘点天灯’？”

萧朗的头皮一麻，说道：“你的意思是说，他们要把杜舍全身都浇上汽油，然后用起重机吊起来，再点燃？”

“是的。”凌漠说，“这是古时候的一种刑罚，将受害者倒着吊起来，从脚底板开始点燃。因为火的外焰温度高，所以上方受热的时候，下方还不够热。这样，头、躯干位于火焰下方的受害者，整个被烧死的过程会很长，是一种惨无人道的刑罚。这种刑罚，需要用到两个关键的工具，就是油和吊台。”

“所以，他们在两三天前，就应该在这里寻找可以使用的起重机！先加上柴油，再连接打火线、发电，看看起重机能不能使用。他们一定是已经找到了能够使用的起重机，然后再去抓人的。”萧朗沉吟道，“所以他们要抓活的杜舍，不是为了祭奠，而是为了残忍地折磨他。”

“被仇恨蒙住了眼。”凌漠说道。

“那接下来，我们就好办多了，只要在这一片厂房里，找起重机就行了，一定可以找到他们。”萧朗说道。

凌漠赞许地点了点头，心中又是一阵感慨，没想到这女人这么狠毒。

“这就好找多了吧？”萧朗再次爬到了起重机的顶棚上，向远处眺望，说，“大一点的厂房，也就四五间，说明起重机顶多也就四五台，范围缩小得很多！”

“发现了线索是不错，”凌漠说，“我们运气也不错，没有直接撞上崔振他们。如果那样的话，可能会有一场恶战。我们现在究竟是折回去通知唐铛铛，还是直接去找？”

“我去找，你去通知大小姐。”萧朗说完，转念一想，哥哥反复叮嘱两人不能分开，这样的安排似乎也会有很大的风险，于是又改口道，“我们俩一起去找，如果能找到，我在那里盯着他们，你再回去通知大小姐和后续援兵，这样的话，你的危险就小了。如果现在就这样回去，万一你碰上他们的人，就比较麻烦。”

凌漠感觉到萧朗对他似乎有一些不太信任，但是似乎又无法反驳萧朗的安排，于是点头认同。两个人手持手枪，小心翼翼地踩着地上的废墟，向有起重机的另一家厂子走去，生怕自己踩碎了朽木，引起了崔振的注意。

走进了第二家厂子，凌漠快步走到起重机的旁边，绕着起重机走了一圈，确定了之前的推断。因为这一台起重机的油箱旁边也有油渍，驾驶室也有人进入的痕迹，并且被拆了线路板，液压杆也没有丝毫收缩的痕迹。

“这一台也是坏的。”凌漠说道，“下一个。”

他们知道，自己离崔振越来越近了，心情也更加紧张了起来。抓住崔振，不仅能摧毁黑暗守夜者重要的一方势力，更能获取更多关于吕教授的线索，从而彻底摧毁整个黑暗守夜者组织。他们给自己暗暗鼓了鼓劲儿，快步向下一台起重机走去。

“运气不错，我们找到了。”在第三家工厂的围墙外，萧朗下了结论。

这是一家看起来比其他工厂要新一点的厂子，起重机也不是可移动的，而是在厂房顶端固定多条纵横交错的轨道，轨道上有一条可以沿着轨道移动的机械臂。从操纵室操纵机械臂，就可以让机械臂悬吊着货物，将货物移动到厂房任何一个角落。但是萧朗确定这里就是处决地，并不是因为这厂子新一些，而是他隔着围墙，听见了厂房里面轰隆隆的空调声。

“这里不都废弃了吗？怎么会有空调？”萧朗问道。

“如果这家厂子的发电装置没有搬走，加了柴油就能发电。”凌漠回答道。

萧朗扒在围墙边缘，一个引体向上，把自己的脑袋探出围墙，向里面观察，说：“起重机的操作室在院子里，刚才我还看见机械臂在移动，没错，是这里没错了！不过，看不到厂房里是什么情况。”

“你小点声。”凌漠提醒道，“万一他们中也有和你一样听觉灵敏的人，我们就被发现了。”

“他们身处轰隆隆响的厂房里，肯定听不到外面的情况，要是我，我也听不到。”萧朗说道。

“怎么进攻？”凌漠问道。

萧朗想了想，说：“这个厂房四面都是围墙，只有厂房南边有大门。如果特警赶来包围，他们就没法跑了。我们两人攻进去，风险太大，毕竟他们人肯定比我们多。而且，他们手上有人质。”

凌漠笑了笑，拍了拍萧朗的肩膀，说：“这可真不是你的风格啊。好吧，我折回去通知唐铛铛，现在时间差不多了，几分钟后估计后援也就到了。”

话音还没落，只听见噗的一声响，紧接着就是一个人被塞住嘴巴后发出的呜呜声。

“点火声？”萧朗突然脸色苍白地说，“他们点火了！”

“好像是的。”凌漠也皱起了眉头。

“走！”萧朗拿着枪，站起身说，“我会不惜一切代价封住大门，不让他们出去。你用最快的速度找来后援！”

“不行！你一个人太危险了！他们人太多！而且你一个人是封不住大门

的，他们可以突破，也可以从其他地方翻墙出去。别忘了我们面对的是一群演化者，他们不是正常人！记得望哥的话！”

两人对视一眼，沿着厂房墙壁绕到南边大门，凌漠沉声说：“我们一起进去，至少有个照应。尽可能救援，救不下也是天命。”

萧朗拗不过凌漠，只得跟着进入了厂子。

厂房内部虽然有四五层楼高的空间，但因为遮光效果好，一进入厂房，光线立即暗了下来，两人看不清四周，不得不提起一万分的小心。好在进门就堆着一排高高的木头箱子，是极好的掩体。他们屏住呼吸，贴着这堵“木箱墙”，背靠着背，举着手枪，缓慢前进，边保持警戒，边观察着四周。

眼睛渐渐适应了光线，可以看到厂房顶棚有四盏亮着的探照灯，齐齐向北侧照射，很是刺眼。厂房的四周堆着一些木头箱子，虽然像是空箱子，但毕竟是木质的，所以看起来依旧很笨重。厂房中央也有几堆箱子，最高的堆了三米多高，差不多是一层楼的高度。

起重机的移动轨道机械臂，此时正藏在厂房北侧那堆木头箱子的后面。因为木头箱子堆得很高，所以看不到箱子后面的情况。但是那闪烁的火光和呜呜的痛苦挣扎声是从箱子后面传出来的。而且厂房的探照灯也正齐齐地照向箱子后面。

“糟了！真点火了！”凌漠暗叹了一声，转头看向萧朗。

萧朗居然没有拔枪冲过去，而是叮嘱了一句：“别忘了唐老师的教训，小心箱子后面有陷阱！”

萧朗和凌漠沉住气，靠近北侧的角落，经过门口的起重机操控室时，朝里看了一眼。只见起重机操纵室的旁边也堆着箱子，但是操纵室里没有人。

“你能听到什么吗？”凌漠悄声问道。

萧朗指了指顶棚上的空调通气孔，说：“空调声音太大了。”

“怎么办？再不救就来不及了。”凌漠说，“可是我们冲过去也不一定救得了。”

萧朗眼珠一转，向起重器操控室跑了过去，一个鹞子翻身跳上了操纵台，开始操纵起起重机来。

“好主意！”凌漠一拍大腿，赞许道。同时，他也持枪走了出来，帮助萧朗进行警戒。

木箱子后面似乎有一些嘈杂的声音传了出来。紧接着，起重机的机械臂速度由慢到快，迅速将悬挂着的“物体”从木箱墙后面吊了出来，按照厂房顶端的机械臂轨道拐了两个弯，向萧朗和凌漠这端送了过来。

“物体”一出现在萧朗和凌漠的视野中，两人就倒吸了一口凉气。

远远地看去，那是一个被倒吊的人，全身赤裸。火焰从他的大腿中部开始，向上燃烧。因为红色的火焰覆盖，看不到他的腿已经被烧成了什么样，只知道他的上半身还没有被火焰包裹，他的意识还是清醒的，在不断地扭动着身体，充满痛苦的呜呜喊叫声透过空调声传了过来。

“快！快！”凌漠一边催促着萧朗加速，一边持枪警戒。

突然，眼尖的萧朗似乎看见北侧木箱后面露出了一点白色的圆形边缘。

“快！朝木箱开枪！”萧朗在操纵起重机，腾不开手，只能朝凌漠喊道。他知道，杜舍的身上并没有被浇满汽油，不然他整个身子早就烧没了。而且，子弹也并不会像电视上那样引燃汽油，除非和金属碰撞产生火花。所以凌漠这时候开枪，可以打到藏在木箱后面的人，也不会造成杜舍的危险。

凌漠没有萧朗眼睛那么尖，但萧朗这么一喊，凌漠二话不说，就瞄准开枪了。子弹打在木箱上，木屑溅了起来。

“他们狗急跳墙，拿着汽油桶要泼洒。”萧朗一边解释道，一边操纵起重机加速。

很快，起重机的机械臂被移了过来，脱离了木箱后面的人泼洒汽油的射程。火焰中的人离萧朗越来越近，近到可以看清杜舍那一张扭曲的脸了。萧朗二话不说，操纵机械臂把杜舍从半空放了下来，冲下操控室，用自己的外套扑灭杜舍身上的火焰。

“幸亏我们没分开，不然杜舍就死了！”凌漠仍持枪警戒着。

“别说得那么肉麻。”萧朗拼命扑火。

火焰不大，很快被扑灭，但是杜舍的双下肢已经呈现出了焦黑色，而杜舍痛得满头大汗，此时已经昏厥了过去。萧朗不敢随便移动他，从他的嘴里抠出塞得紧紧的破布，保障他呼吸顺畅，然后观察了一下他的生命体征，似乎还可以维持生命。萧朗拔出枪，说："大门我们封住了，我们有枪，现在他们人质都没了，等着束手就擒吧！"

"有人在对面木箱墙后面，想泼汽油，要不要冲过去？"凌漠低声说道。

"嘘。"萧朗一边让凌漠噤声，一边侧耳倾听，"你听见有人在哼唧没？"

凌漠也侧耳倾听，似乎可以听见类似女人的声音在窃窃私语。

"是从那边传过来的。"萧朗指了指厂房东面三米多高的木头箱子墙。

"崔振是在东面，而不是在我们对面？"凌漠捏了捏手中的枪柄。

一直性子急的萧朗，此时却没有贸然冲上去，而是躲在掩体后面观察了一会儿，低声对凌漠说："不对劲啊。东面是侧面，侧面的木箱墙是探照灯侧光照射的，如果箱子后面有人的话，应该会有影子投射在墙上！可是你看，只有箱子的影子，看不到人的。"

凌漠一惊，定睛一看，确实是这样。

"可是声音确实是从那里传出来的。"萧朗说。

"别忘了，他们有声优。"凌漠低声说，"如果在那里放个手机、开免提，开到最大音量，然后在任何地方低声模仿声音，都可以造成这个效果。问题是，他们想要把我们引过去做什么？"

"你是读心者，你分析。"萧朗左右张望着，还是没有看到东面木箱墙后面有人影。

"底部箱子有绳子！"凌漠说，"他们事先布置了机关，把我们引过去，想像抓麻雀那样，用箱子把我们埋了。"

说完，凌漠用手指关节敲了敲面前当作掩体的木头箱子，说："这种箱子可不轻。"

"绳子延伸到厂房西侧面！"萧朗说完，转头一看，西侧面的墙上似乎有一团黑影。

"我数到三，我们一起冲过去。"凌漠也侧眼看了看西侧的箱子堆，说，

"一，二，三！"

两人一前一后，猛然向人影冲了过去。这让躲在西侧箱子堆后面的男人猝不及防。他发出了一声尖啸，不知道说的是什么，猛地拽动绳子。东侧的箱子哗啦一声倒了，甚至带倒了西侧的箱子堆。萧朗为了躲避突然倒塌的木箱，绕远了些。男人瞅准机会，把凌漠扑倒在地，然后迅速爬起身来，夺门而出。

萧朗对着天空乓乓开了两枪，紧跟其后追了出去。凌漠跟着萧朗跑到了工厂的门口，一个急刹停了下来。他站在门口，看了看已经休克的杜舍，一咬牙，举着枪折回了厂房内，不管其他黑暗守夜者有没有逃离，他都必须拼尽全力守着杜舍。

"萧朗那边，希望他可以制伏那个男人……望哥，对不起了，这次我们真的是不得已要分开行动了。"

凌漠没有跟上来，萧朗很是欣慰。凌漠有枪，他既可以保护杜舍，又可以防止崔振那伙人从厂房的南门逃离。现在，他可以放心地将注意力全部聚集到在自己十米外拼命奔跑的男人身上。这个男人的短跑冲刺速度还真是不错，就连萧朗都不能在短时间内缩短他们之间的距离。萧朗知道，眼前这个人是唯一可以顺藤摸瓜的线索，自然不能击毙他，于是萧朗收起了手枪，摆出了标准的短跑摆臂姿势，专心提高自己的冲刺速度。

前面的男人头也不回、弯也不转，一股劲儿地向前奔去。奔了大概两百米后，萧朗终于意识到了这个男人的意图。

前面，就是南安河。

萧朗怎么会不知道眼前这个人的演化能力！他是声优，他不仅可以模仿各种声音，更因为他喉部的奇特构造，可以让他在水下闭气超长的时间。萧朗和他已经有过两次交手：第一次，萧朗跳下水去，看见他像一条鱼一样，很快就消失在水下昏暗的光线内。第二次，在杀"医生"之后，他直接跳入冬天的河水，一样不冒头地就消失了。这是第三次，萧朗知道，自己无论如何也不能让他顺利地扎进水里。进了水里，纵使萧朗的游泳训练强度再强一倍，训练时间再多一年，依旧不是眼前这个男人的对手。

“凌漠你个臭小子，说我最近疏于训练，你看我今天把声优给你抓回去！虽然我也知道，这个声优是为了调虎离山，但也绝不能放过他。希望增援可以及时赶到，帮助凌漠把崔振那伙人一网打尽吧。”萧朗一边暗自发力，一边顺手抄起了刚在厂房里拿的一卷麻绳，在绳头打了个活动结，像一个猎人一样，他一边奔跑着缩短两人之间的距离，一边将绳头抛了出去。

萧朗毕竟不是猎人，没有那么精确的准头，这一抛，绳子砸到了声优，但是并没有套住他。萧朗并不放弃，他一边奔跑，一边收回绳头，第二次抛了出去。

第三次、第四次、第五次……终于，绳套套住了声优。绳子从声优的颈部滑过双臂，紧紧拴在了他的腰部，而绳子的另一头紧紧攥在萧朗的手中。萧朗心中一喜，但很快就担忧了起来，因为此时的声优，已经奔跑到了南安河边，他一个猛子就扎进了水里。

入了水的声优，就像是一条拼命挣扎的大鱼，巨大的牵扯力直接把在岸上的萧朗拽倒，并向河边拖去。别说把声优像钓鱼一样拖上岸来了，萧朗就连站起来的力量都没有。眼看着自己即将被拖入河中，萧朗索性一不做二不休，直接把麻绳拴在了自己的腰上。刚刚拴好，萧朗就感到一阵腾空的失重感，紧接着就扑通一声落入了水中。

平时的萧朗，也算是个游泳健将。四岁就在夏天的泳池里“厮混”的他，水性比身边所有人都要好。但是此时，他根本就无力反抗。他扑腾着，用刚刚腾出来的双手拼命划水，希望能浮出水面，获取一口氧气。可是这个可恶的声优一点机会也不给他，一个劲儿地往水深之处扎去。强大的牵引力拉着萧朗在河里越陷越深，不管萧朗如何踩水，都不能让身体浮上去一点。两人沉得越来越深，水下的光线也越来越暗。萧朗感到强烈的憋气感，意识也开始有些恍惚。他知道，此时一定要坚持住，因为一旦憋不住，吸入了水，他很快就会溺水死亡。

萧朗咬着牙，一边坚持着，一边拽着绳索，不断收紧，向更深的地方潜去。无论声优游得有多快，萧朗收紧绳索的速度仍在他的速度之上。他知道，只要绳子仍在收紧，他距离声优也就越来越近了。

不一会儿，已经严重缺氧的萧朗终于贴到了声优的身体。在水下，他什么也看不清，只能摸索着用自己的上臂锁住了声优的喉咙。很快，他感觉到声优的身体在猛烈挣扎。但此时已经逐渐意识不清的萧朗，只有一个信念：淹死我，你也别想活。

萧朗健壮的手臂勒紧了声优的喉咙，让他遇水便可以紧闭的声门发生了痉挛，声优一紧张，猛然吸了几口气，瞬间就灌进了大量的河水，这让他更加慌乱了。声优的四肢不断地乱挥乱蹬，却始终无法接触到身后的萧朗。不一会儿，声优停止了挣扎，显然是因为溺水而昏迷了。

靠着强大的意志力抵抗着身体全面缺氧的萧朗，知道留给他的时间不多了，于是他松开了手，四肢并用，拼命向上划水。腰间的麻绳牵引着昏迷的声优，拖慢了他的动作，但求生的欲望让萧朗奋力一搏。终于，他们浮上了水面。萧朗就像是获得了新生，他踩着水，仰着头，大口喘着粗气，然后忍不住大声咳嗽起来。好不容易稳定了自己的呼吸，萧朗终于稳下心来，牵引着毫无知觉的声优游到了岸边。

萧朗拼尽了自己最后的力气，将声优一起拖上了岸，又对声优进行了心肺复苏的按压和人工呼吸。直到声优猛地吸气，恢复了正常的呼吸和心跳，萧朗才双眼一黑，压在了声优的身上。经历了这场让人窒息的搏斗，此刻他四肢瘫软，不得不大口喘着粗气。在力竭昏倒之前，萧朗做的最后一件事，就是用手铐将自己和声优的手腕铐在了一起。

2

萧朗追出去之后，凌漠持着手枪重新进入了厂房，挨个儿检查了木箱堆，却根本没有发现人迹。凌漠知道，这个厂房只有一个大门，虽然对方提前发现了他和萧朗的行踪，但是凌漠坚信，如果有一队人要挟持一个人质走出厂房，一定逃不过他和萧朗的眼睛。

那么，这一队人藏到哪里去了呢？

凌漠知道他现在心情很紧张，脑子也有些发蒙，但是这不影响他的行动。他敏捷地移动着脚步，在确保起重机操纵室附近没人的情况下，又持枪来到了已倒塌的东侧木头箱子后方。果不其然，倒塌的箱子缝中有亮光，不出意外，那是一台手机，屏幕还亮着。凌漠连忙跑过去，把手臂伸进缝隙，用两根手指把手机夹了出来。果然，那是一台普通的华为手机，似乎正处在通话免提状态。

凌漠知道，声优之前用另一部手机拨打电话给这部手机，意图就是制造声音陷阱，引诱凌漠和萧朗进入危险地带。如果声优此时挂断了电话，那眼前的这部手机就会黑屏，想要再打开手机，就要输入密码了。好在通话还没断，于是凌漠举起手机仔细聆听。

电话那头，是密集的脚步声、喘着粗气的声音，紧接着便是扑通的落水声。凌漠心里暗叫了一声糟糕，一方面是担忧萧朗是不是再次跟丢了声优，另一方面，他知道手机一旦入水，电话很快就会挂断了。

在电话挂断之前，凌漠将当前通话界面最小化，进入了手机的主屏幕。

简单地检视了一遍，手机里没有什么可以作为线索的应用或通话记录。凌漠只能将希望寄托于手机里的图库了。他打开了手机图库，选中了相机拍摄的照片，里面有几十张用手机直接拍摄的照片，大多就是这个厂房里的景象。可想而知，他们为了准备这场处决活动，对场地进行了考察，对退路也提前进行了安排。

翻来翻去，突然有一张照片引起了凌漠的注意。这也是一张拍摄厂房内场景的照片，但是照片一角的木箱堆旁边，靠着一扇泛黄的百叶窗。在第一次进入这个厂房的时候，凌漠就观察了周围的环境，他的记忆非常清晰，这扇百叶窗和厂房墙壁中部的空调出风口处的百叶窗，一模一样。

“为什么要拆卸百叶窗？”这个问题的答案显而易见。

凌漠再次环绕了一圈，确定他的记忆并没有偏差，这个厂房的任何一堆木箱旁边，都没有百叶窗，而且，厂房四周墙壁上的几十个出风口的百叶窗也都安装完好。也就是说，他们先行拆除了百叶窗，后来又给装上了。

显然，他们刚才隐藏在北侧的木箱堆后面，那么也只能从北侧墙壁上的空调出风口逃离。北侧的木箱堆比较高，将出风口都遮挡住了，所以刚才萧朗和凌漠在南侧厂门口的时候，是看不到木箱堆后面的情况的。可是北侧墙壁有几十米长，有十几扇百叶窗。如果有充分的时间，挨个儿利用木箱堆作为阶梯爬到墙壁中部检查出风口，一定可以找出那扇有问题的百叶窗。但是如果真的这样去做，等凌漠找到了百叶窗，崔振他们早已从空调出风道撤离了。少了杜舍这条线，再去找崔振，那可就比登天还难了。

凌漠调匀了呼吸，盯着那些看起来丝毫没有区别的泛黄的百叶窗。终于，凌漠发现了不同之处。

空调口的每一扇百叶窗上，都绑着一条红丝带，它们虽然已经褪色，但是随着空调风力不断飘舞的热情是丝毫不减。然而，在其中一个出风口处，淡红色的丝带却软绵绵地低垂着，显得那么颓废而不合群。

凌漠三步并作两步，来到了这个空调出风口的下方，果然，他看到那里有一堆木箱，木箱上面因为反复踩踏而导致灰尘大量减少。凌漠知道，自己找对了地方。

凌漠利用木箱作为楼梯，几个跳跃就来到了空调口的下方，他抓住百叶窗，轻轻一拉，这扇泛黄的百叶窗就和出风口分离了。

“果然是这里！”凌漠一个激灵，正准备扔下百叶窗，翻身进入通风口，却又停了下来。他用华为手机拨了程子墨的电话，信号屏蔽。

“刚才没屏蔽，现在屏蔽了，看来演化能力是可控的。”凌漠无奈，只能打开手机音乐，将音乐声放到最大的音量，看能不能吸引增援部队的注意，然后又用一块帆布盖住了已经休克的杜舍。

“他们应该是逃离了，因为从地形上来看，他们没有办法再折返回来，所以应该不会又是调虎离山了。”凌漠想了想，这才冲进了出风口里。

这个风道非常宽大，可以容一个成人男子弓着腰在里面行走，还能有不少富余的空间。因为风道是金属材质制造的，所以脚步落在风道里，会发出很大的声音，并随着风道放大、传播。所以，凌漠在进入风道的那一刻，就听见了前方密集的脚步声。

已经落下了不少距离，凌漠心里清楚，于是他弓着腰快步向前冲去。风道虽然弯弯曲曲的，但可能是因为这一扇风机已经被拆除，所以并没有逆风而行，加之风道空间不小，所以凌漠速度越来越快，终于在转过最后一个转角之后，看见了风道的尽头。

可是，凌漠刚刚转过转角，看到远处尽头透过来的光芒，就感觉一个小小的黑影扑面而来。凌漠猛地一个转身，又藏回了转角处。一支弩箭咚的一声插在了转角处的金属风道壁上，箭尾还在嗡嗡地颤动着。

这一下，换作别人都会觉得很惊险，可是凌漠的脸上更多的是震撼的表情，他像是想起了什么似的愣住了。无数的记忆碎片忽然涌进了凌漠的脑海。凌漠再次出现了那种天昏地暗、天旋地转的感觉，身体一时居然感到有些不稳。但他知道，这一次他绝对不能昏厥。

凌漠扶着风道壁，想从转角处伸出手枪开上两枪。可是对方似乎是预料到了他的想法，一个女声从风道里传了过来，嗡嗡地发着回声："别开枪，我们有汽油。"

虽然刚才萧朗说过，子弹不会引燃汽油，但这里是金属风道壁，子弹和金属碰撞，擦出了火花，可就不好说了。凌漠还没找到一切的真相，也还没弄清楚自己的身世，就这样和对方同归于尽实在太没有意义了。

豆大的汗珠从凌漠额头上滴落了下来，他拼命喘着气，维持着自己摇摇欲坠的身体，说："董老很好，你可以放心。"

"不要和我来这一套！小儿科的攻心把戏，我二十年前就会了。"女人不屑地说道，"他好不好我比你清楚得多，你们根本救不了他！"

"所以，不如我们合作？"凌漠还是不敢从转角出去，默默地看着身旁正在颤动的弩箭，寻找着脑海中呼之欲出的记忆。

突然，凌漠闻见了一股刺鼻的汽油味，紧接着，从转角金属墙壁的反光中，看见了一个小小的火光在空中划出一条抛物线，冲着自己的方向飞了过来。

凌漠知道，自己还是来晚了一步，就在刚才的一问一答中，崔振的人已经尽数逃出了风道，还将汽油全部倾倒进了风口，然后从外面扔了一个点燃了的打火机进来。

这些人，是要置自己于死地啊。

砰的一声巨响，管道内的汽油被引燃了。爆燃产生的巨大冲击波迎面而来。幸亏凌漠反应快，此时已经往回奔走了十米，而且有一个转角的缓冲，才没让火焰直接烧伤身体。但沿着风道运行的巨大冲击波还是把凌漠推出了好远。凌漠挣扎着、连滚带爬地返回了厂房内，跑了几步，一屁股坐在了厂房中央的地面上。

一队特警已经抵达，正在检查杜舍的伤势。

“快！子墨！快！他们从风道尽头逃跑了！”凌漠呼喊着站在厂房大门口的程子墨。

程子墨二话不说，拿出自己的平板，操作了一番，恨恨地说道：“追不到了！”

空调出风口的尽头外，是一片未经开发的山林，进入山林的人很少。关键的一点是，这一片山林的地貌特征和董连和、董乐的“坟冢”所在的小山非常相似。同样青山绿叶，同样蜿蜒起伏，同样有南安河从一边穿过。如果崔振把董乐的遗骸转移到了这里，确实像是给他换了一个环境一模一样的新家，而且不会被外人“打扰”。那么，为了不引起山火造成不必要的损失和麻烦，崔振选择了在山林附近的厂房里处决杜舍，也就说得通了。

凌漠眩晕的感觉仍没有消散，他吃力地站起来，像是想到了什么一样，用手腕上的联络器呼喊着萧朗。

之前他被射箭馆的箭击中，萧朗都知道，那么自己刚才再次出现了眩晕的状况，按理说，萧朗也会通过联络器知道。即便是在执行抓捕行动，萧朗赶不回来，也会发来语音消息。可是那个联络器，就像是坏了一般，没有一丝反应。

“萧朗呢？”聂之轩见杜舍暂时没有生命危险，跑过来扶住凌漠，问道。

“我听见了水声，对方是声优！快！去南安河里找！”凌漠一脸忧色，面色苍白地喊道。

杜舍被营救后，立即被送往公安医院进行了抢救。因为他的双下肢严重烧伤，已经出现了创伤性、感染性休克的症状，而且下肢已经没有保留功能的可能了。所以，医生毫不犹豫地对他进行了双下肢的截肢手术。幸亏杜舍髋骨以上的部位没有被火焰直接烧灼，而只是高温灼伤，所以胸腹部脏器并没有受累。手术后，杜舍的性命算是暂时给保住了。

凌漠因为意识一会儿清楚、一会儿模糊，于是被送往公安医院进行全面检查。当然，检查的结果，还是和以前一样。医生再次告知凌漠，第一要注意保护头部，不要轻易经受外伤；第二要注意控制情绪，尽可能地杜绝巨大的情绪波动；第三是要注意休息，不要过度用脑……都是老生常谈。

现在的凌漠，前面两点倒是可以轻易做到，但是第三点是他自己不能控制的。

一整晚，凌漠躺在洁白的病床上，瞪着双眼盯着天花板，也不知道脑子里都在想着什么。盯着盯着，凌漠就困了，在半梦半醒之间，耳边似乎又响起了弩箭破空的声音。

那个对于凌漠来说格外刺耳的声音，一直在凌漠的耳边聒噪着，每当凌漠困意来袭，都会被这声音逼出一身冷汗。

他试图想起什么，记忆的碎片就像是无数片雪花在脑袋里漫天飞舞，但总是无法联系到一起。凌漠抓不住线头，也理不清乱麻。

突然，凌漠感觉到手腕上的联络器振动了一下。他猛然从病床上坐起，脑部的瞬间供血不足，让他眼前有些发黑。他做了几次深呼吸，让意识清醒了一些，然后按了一下收听键。

“你住普通病房，我住ICU，你气不气？”萧朗的声音从联络器里传了出来，温暖而熟悉。

“这个也要比？”凌漠依旧用冷淡的语气回应着，但是他分明知道，自己正在微笑。

“不然比什么？”萧朗那种习惯性的傲慢语气再次传来，“我抓了声优，你保护了杜舍，算是个平手。幸亏你没抓住崔振，不然你二比一赢我了。”

“你怎么会在ICU？”凌漠知道萧朗这是在安慰他，也不点破，岔开了话题。

“我也不知道啊！我感觉好得很，但他们非说什么害怕我过度缺氧导致心肺功能受损，怕是有后续的什么窘迫什么综合征[1]的，所以要监控我的生命体征。你说这帮医生是不是一惊一乍的？”

“哦，我还以为你缺胳膊少腿了呢。”

“呸呸呸！能不能不要乌鸦嘴？我哥给我买的耐克鞋我还没穿几次，少了腿怎么穿？”

“关我什么事儿？”凌漠继续装冷漠。

“你总是这么冷血。”萧朗嗤之以鼻，说，“我知道声优其实已经醒了，但就是不睁眼，说白了，就是不想配合。”

“那怎么办？崔振不可能还藏身在现场附近，肯定又搬家了。”

“我听子墨说，聂哥现在正张罗着办一件事儿，可能会对审讯声优有利。不过这丫头就是喜欢卖关子，不管我怎么问，她就是不说。”

“今天，你的联络器为什么不能监控我了？”

“你说下午吗？”萧朗说，“嘿，我跳水里捉鱼了，也来不及把联络器摘下来啊！这不，大小姐刚刚把它修好送给我，我就给你打个电话试试信号了。”

“泡坏了？”

“谁说不是呢？等忙完这一阵，我得让大小姐给我们做个防水的。”

“忙完这一阵，你还要监控我？”

“嘿嘿嘿，你这话就说得难听了。”萧朗说，“你知道不？老萧之前说你需要休息，让我停止你的工作，准备把你关在医院里。”

“你总是喜欢使用夸张的修辞手法。”

“真是狗咬吕洞宾！是我保住了你，你才能继续工作啊！我用光了所有的词汇，才说服老萧继续让你工作。你居然就这样对我！”

“工作有什么好？休息有什么不好？躺在医院里落个清闲多好。”凌漠

1　作者注：法医秦明系列众生卷《玩偶》一书中会对这种特殊的病症有更多的介绍，敬请期待。

言不由衷。

“躺在医院里，你能去翻档案吗？”萧朗的声音小了些，似乎是在试探。

凌漠沉默了好一会儿，叹了口气，说：“我早就知道你在跟踪我。而且，你还去档案室翻过我看过的档案。”

“又是跟踪，又是监控的，我说你能不能不要那么狭隘？”萧朗见凌漠把话说开了，心中一喜，“我那是关心你好不好？你半天放不出一个闷屁，会把自己憋坏的。”

“其实没什么，私事而已。”

“你的身世是吧？那可不是私事。”

“不知道为什么，九岁之前的事情，我一点儿也想不起来了。”

“可能和你脑袋里的血管瘤有关系，那是演化的副作用吧？”

“我猜也是。”凌漠顿了顿，思忖着要不要继续说下去。

两个人从来没有这样隔空对话过，凌漠感觉自己虽然离萧朗很远，但又似乎离他很近。二十多年来，他第一次感觉到一种让人放松的安全感。

如果不是对着这可爱的联络器，而是对着萧朗的那张脸，凌漠大概难以开口，但此刻，他竟不知不觉有了倾诉的冲动：“我经常会做梦，梦见自己和母亲被劫持的现场。这倒没什么，恐怖的是，我总觉得，自己不是自己。”

“*Who am I*（《我是谁》）？完了，你是动作片看多了。”

“不，我的意思是说，我经常会做梦梦到自己照镜子，但镜子里的人不是我自己。”

“完了，你是恐怖片看多了。”

“还能聊吗？”凌漠对萧朗的态度很是不满。

“能聊，能聊。”萧朗连忙收起嬉皮笑脸的态度，说，“那会不会只是个梦？”

“不，我觉得那应该是真实的记忆。”凌漠说，“其实我有无数记忆碎片，天天在脑袋里翻来滚去的，就是联系不到一起。”

“就像拼图一样，找不到最关键的那一块，是吧？”萧朗说，“可是你这个总觉得自己不是自己，说不过去啊。”

“我一开始也觉得很不科学，但是我只要在梦里照镜子，镜子里的人就不是我自己。”

“你是说，你的记忆，其实是别人的记忆？”

凌漠点了点头，虽然没发出声音，但是联络器那头的萧朗似乎感受到了凌漠的动作，萧朗说：“你别急，不就是找个记忆拼图的连接点吗？我帮你！这几天，你要是有什么需要，直接喊我。”

“我现在在找我九岁之前，所有劫持母子案件的卷宗，希望能找出一点线索。”

“这是个好办法。等我能从 ICU 里出去，就帮你。”萧朗把胸脯拍得嘭嘭响。

凌漠微微笑了一下。

好像每次他跟萧朗单独相处时，都是两个人最狼狈的时候。追捕幽灵骑士的那一夜，他们就约定过，如果能够活着出去，就要一起喝酒，做朋友。但那顿酒没有喝完，他们就重新上了“战场”。

之后，一场战斗接着一场战斗，他们似乎一直都没有机会坐下来，重新把那一次的酒喝完。凌漠若有所思，正想再说点什么，突然，联络器那头出现了一些异响。

萧朗的声音很快变得急促：“凌漠，你去四楼看看，好像是我哥那边有什么事情。这里的医生不让我出去！”

凌漠立即起身，跑上了四楼。此时，几名医生已经从萧望的监护病室里走了出来。

“里面的病人怎么了？”凌漠慌张地问道，同时捕捉着医生的眼神。

“刚才病人的生命体征出现了比较大的波动，是感染的情况在加重。”

从医生的眼神中，凌漠觉得情况并不是非常严重。

“目前我们仍没有好的办法去控制感染，还是需要针对这种真菌的特效药物。”医生接着说道，“现在去研发肯定来不及，还是需要你们尽快破案。”

凌漠愣住了，他从医生的描述中知道，留给萧望的时间，真的不多了——留给他们的时间，真的不多了。

联络器那头的萧朗似乎已经狂躁了，不断地询问着凌漠，声音都变了。凌漠按下说话键，说：“望哥目前没事，但是我们要抓紧时间，尽快破案了。”

3

聂之轩、唐铛铛和程子墨三人，似乎是去做审讯声优的准备工作了。所以守夜者组织只派出了凌漠一人，配合特警部门押送杜舍去特警临时征用的“安全屋”。

可以理解，从法律意义上说，杜舍现在是一个刑满释放的自由人，不是犯罪嫌疑人，也不是罪犯，将他关在特警支队里，显然是不妥的。可是，崔振已经逃离，以她的做事风格来说，她是不会善罢甘休的。既然有可能复仇，那么警察自然不会坐视不管。所以，经过萧闻天和傅元曼的商议，决定征用“安全屋”，派两名特警二十四小时保护杜舍，直到黑暗守夜者案件破获。另外，“安全屋”内还配备了一名医生，帮助杜舍度过术后恢复期。

在凌漠抵达特警支队的时候，却意外地发现守夜者的万斤顶居然停在门口。不用说，萧朗那小子也来了。

“你不是在ICU吗？”凌漠在进门的时候，正好看见萧朗在和特警支队的文职人员进行手续的交接。

“你见过这么健壮的ICU病人吗？”萧朗一边签字一边说，“我躺在床上的时候左看看、右看看，要么就是重度昏迷的病人，要么就是全身插满管子的病人。我觉得我若再多住一天，就会瘫痪了！”

“你应该遵医嘱的。”凌漠耸了耸肩膀。昨晚两人互相吐露了心声，今天见面似乎有一点尴尬。

“你还记得不，在金宁监狱，我们假装押运杜舍转移，中途遭到了劫狱？”萧朗凑过去，低声对凌漠说，“这次可是真的转移，除了信息保密，我们更要打起一百二十分的精神，防止意外的发生。”

“从心理学的角度来看，崔振现在更加倾向于自保，不会立即冒险行动。”凌漠歪了歪头，说，“不过，小心驶得万年船，所以谨慎一点也是不错的。”

“所以啊，马仔！这么重要的活儿，我怎么能让你一人扛着呢？”萧朗突然放大了声音，故作老成地拍了拍凌漠的肩膀。这一拍，凌漠倒是没事，他自己却猛烈地咳嗽了起来。

“所以说，你就该遵医嘱。”凌漠的脸上看不出任何同情之色。

萧朗却不以为意，他挥挥手，一声令下：“转移行动，现在开始。”

回到了南安的地盘，加上之前的行动经验，这一次的转移行动比上次的押运行动更加兴师动众。

一辆特警装甲车和一辆特警防暴车在车队的最前方闪着警灯开道。在萧朗的坚持下，萧朗亲自开着万斤顶，在凌漠的陪同下，载着杜舍和医护人员，行驶在车队的中间。车队的后方还有一辆特警水炮车和一辆电子防干扰车压阵。车队的两侧，有六名南安铁骑驾驶摩托车护航。除此之外，南安市特警支队还增派了警用直升机在上空巡逻，排除危险隐患。两架无人机轮番升空，保障道路情况一目了然。行驶全程约十公里，中间的每个路口，都有交警执勤，在车队即将抵达的时候，进行交通管制，保障道路的通畅。

看到这个架势，萧朗知道崔振纵使有孙猴子的七十二变，也进不来了。消除了精神上的紧张，驾驶万斤顶的萧朗话也就多了起来。

“杜舍你看看，你这是国家元首的待遇啊。”萧朗说。

坐在后排，由凌漠和医生陪同的杜舍似乎回到了监狱时期的情绪状态。他坐在医生的身边，身上连着心电监护的电线，身后还放着一架轮椅，低着头，看着被纱布包裹的断肢，一声不吭，眼神呆滞，并没有回应萧朗的讥讽。

“据说，这么些年，南安市公安局出动这么大阵仗的场面，也就是在抓捕那些越狱逃犯的收尾阶段才有过。”萧朗说，“可惜啊，凌漠，咱俩那个时候正在和幽灵骑士斗着呢。”

凌漠也不接萧朗的话茬，而是侧头看了看杜舍，说：“你还不如不出来。”

杜舍依旧没有回话，眼神呆滞，盯着自己的断肢。

“接下来，你打算怎么办？”萧朗问道。

杜舍仍不言不语。

“嘿，我叫萧朗，你可别不搭我话。”萧朗有些不满，说，“是我们找到了你的落脚之地。如果不是我机灵，别人连找都找不到你，何谈救下你啊？我可是你的救命恩人之一——啊，对了，你这人喜欢恩将仇报，我可不想当你的救命恩人。”

坐在副驾驶的凌漠从后视镜里感觉到杜舍的肩头微微抖动了一下，但杜舍还是没有搭话。

既然杜舍不愿意聊，那么萧朗和凌漠也就失去了对话的意义。他们知道，杜舍是崔振准备处决的对象，崔振没有道理和他攀谈，所以他也不会有什么线索。于是三人一直沉默，度过了这将近半个小时的车程，来到了位于南安市郊区的“安全屋”。

这间“安全屋”位于一个独立小区中央的一幢洋房的顶层。整栋洋房一共七层，其中六层和七层分别是一户复式楼。本身一栋洋房也没什么特殊的，但是这个小区里的洋房与众不同。小区的周围有八幢高层楼房，而唯一的一幢洋房位于中心点，被高层楼房包围。这个够傻的设计，直接导致洋房的顶层因为缺乏阳光而没有售出，成了尾盘。但也正是因为这个奇葩的设计，让这幢洋房有了被包围感，只需要有人在对面高层盯防，就可以保证这幢洋房不会被人侵入。即便对方有直升机，也无法在高层之间降落；即便对方有狙击手，也会很轻易地被住在高层的特警发现。看来萧闻天选择这个地点保护杜舍，也是下了功夫的。

一行人下了车，在特警的警戒之下，杜舍住进了洋房中间一户的复式楼。负责保护他的两名特警，一人与医生同住一户，另一人住在对面高层，负责观察附近的情况。

洋房的周围密密麻麻地安装了很多摄像头和红外线装置，算是一个密不透风的安全之地了。

萧朗和两名特警嘱咐了一些注意事项之后，拉着凌漠准备离开。毕竟不知道聂之轩那边的工作布置得怎么样了。性子急躁的萧朗，此时就想迅速抓住对方的尾巴，来个一锅端。

在两人准备离开的时候，杜舍突然说话了："萧朗，你等一下。"

萧朗有些意外，回头看着他。

"我听要杀我的人说，董连和没有死？"

"是啊，是没死，但是你也别觉得冤枉，你故意杀人的主观故意明显是存在的。虽然没有发生死亡的后果。"萧朗以为杜舍是要为自己脱罪，于是说道，"而且董老师现在生不如死，你坐了这么多年牢，也是罪有应得。"

"我想见见他。"杜舍沙哑的声音里带着说不清、道不明的情绪。

"怎么见啊？你去医院？那我们可不放心你。"萧朗看了看杜舍的断肢，说，"让他来，他也是没法来的了，他比你还惨。"

杜舍抬头看了看萧朗，眼神里充满了疑惑，显然是不太明白萧朗的意思。少顷，杜舍舔了舔嘴唇，像是鼓足了勇气，说："视频，可以吗？"

"嘿！你坐这么多年牢，外面的网络科技你还知道不少啊。"萧朗说，"不可以，人家可不想见你。"

凌漠拉住萧朗说："你不是董老师，你不能代替他做决定。不如，我们请示一下吧。"

萧朗想了想，觉得凌漠的话很有道理。但是此时守夜者其他成员都在工作，老萧也在外地寻访可以医治董连和和哥哥的专家，那么这个决定应该谁去做呢？董连和现在的情况，萧朗也不了解，也不清楚他是不是还处于昏迷状态。啊，唯一能知道的，可能就是同住在南安市立医院的姥爷，以及负责照顾他的司徒霸了吧。

萧朗想了想，不太情愿地拨通了司徒霸的手机。

从司徒霸那里，萧朗得知，方氏夫妇果真对董连和的病情十分了解，他们利用锥形管里的原料提炼出来的某种药物，对董连和的病情有明显的效果。目前，董连和已经意识清醒，可以和人交谈了。为了从董连和的口里得出更多的信息，傅元曼亲自出马，现在正在病房里和董连和促膝长谈。只是从司徒霸的角度来看，董连和真的对黑暗守夜者组织一无所知，就是他的女儿崔振，这么多年，他也没见过几面。董连和坚信崔振是插在黑暗守夜者里的一根钉子，一定是可以帮助他们破案的最锋利的尖刀。

也就是说，董连和那里，恐怕难以再有什么突破了。

在得知杜舍的诉求之后，司徒霸将意思转达给了傅元曼，傅元曼又将意思转达给了董连和。万万没想到，完全不懂什么是视频聊天的董连和，坚定地要求，要和杜舍见上一面。

这确实出乎了萧朗的意料。不过鉴于双方当事人的意愿如此，且他们又不是犯罪分子或犯罪嫌疑人，萧朗自然不能对他们的诉求横加干涉，于是萧朗从万斤顶里找来了一个 pad（平板电脑），做好了连线的准备。

不一会儿，视频接通了，屏幕被对面董连和的整张脸所占据。可想而知，对面的司徒霸把手机凑近了董连和的脸，好让他能更加清楚地看到网络这一侧的杜舍。

和萧朗想象的不一样，董连和并没有暴跳如雷或嗤之以鼻，他的脸出奇地平静，甚至看不出任何心情。董连和从被解救下来到现在，除了痛苦的表情，就是昏迷，这是第一次出现一个正常人内心毫无波澜的表情。

萧朗有些惊讶，他侧头看了看身边的杜舍。杜舍的脸上虽然依旧是一副冷若冰霜的样子，他的齿间却蹦出了两个字："董叔。"

这哪里是两个冤家对头见面的场景？这种"意外"对于凌漠来说，却不是那么难以理解。凌漠知道，对于一些人来说，时间是仇恨的解药，但对另一些人来说，时间是仇恨的磨刀石。他能理解崔振这样的偏执狂，也能理解杜舍开口前一刹那的犹豫。

可能是拿着手机的司徒霸觉得手机屏幕离董连和太近了，于是有意识地抬高了手机的位置。随着手机角度的变化，杜舍这边的屏幕上，出现了董连和断肢残端没有愈合的淡黄色组织的画面。

杜舍突然眯起了眼睛，下意识地问道："您的身体？"

司徒霸心中有气，显然也有让杜舍了解情况的意愿，所以不顾董连和的反对，他继续调高了手机的位置。那苍老而瘦弱的、无胳膊无腿的躯干出现在了屏幕里，恐怖而可怜。

杜舍目不转睛地盯住了屏幕，过了许久，他居然微笑了，说："您这是？"

"过去的，都让它们过去吧。"董连和打断了杜舍的询问。

如果说杜舍的问题还存在着一丝侥幸的话，董连和的回答算是彻底地击碎了杜舍的侥幸。这个问答，在凌漠听来有其他的意思：

"您这是我弄的吗？"

"是你弄的，但过去了。"

杜舍颤抖了一会儿，居然放声大笑起来："哈哈，哈哈，真是天意啊！天意！"

杜舍推动轮椅后撤了一点，同样也暴露出了他的断肢。两个失去了肢体的人，此时在视频中对望着，说不出的诡异。

在视频连线之前，萧朗设想过无数种可能发生的情形，但唯独不包括这种。萧朗一时不知道该如何反应了。关闭连线？显得有些唐突。安慰杜舍？那不是萧朗内心所愿。可能包括傅元曼在内的所有守夜者组织成员都没有意料到这样一个场面，所以视频的两头，包括杜舍和董连和，都愣在原地，不知所措。

"你这是？"董连和沙哑的声音从嗓子里挤了出来。

"我这也是拜您所赐啊。"杜舍微笑着，语气里又有了一丝说不出的阴狠。

董连和怔了一下，很快意识到了是怎么回事。杜舍的表情他很熟悉，很多年前对自己下手的时候，他就是这个样子。董连和沉默了良久，忽然有些感慨，问道："你以为我死了，也已经是很多年前的事了。杀了我，失去母亲的痛苦和恨意减少了吗？"

这个问题，似乎很有效，杜舍瞬间收敛了他的笑。他的阴狠僵在脸上，好似一条岁月留下的纹路。萧朗第一次从这张脸上看出了老态。

“我也想问，再给您一次机会，您还会救助我吗？”杜舍问道。

现场再次恢复了安静。过了好一会儿，董连和才缓缓开口了。

“我还是会救助你的，我救助你，不是因为我愧对你，而是因为我希望你好。”董连和说，“执法办案，我问心无愧。我做这一切，都是希望你刚刚开始的人生，能有一个好的起点。我从来没有站在自己的角度考虑问题。”

杜舍的表情凝重起来。他似乎在反复咀嚼着这几句话的含义，然后低声承认道：“这么多年，我的痛苦没有减少，恨意也没有减少。”

“暴力没有解决任何问题。”董连和缓缓说道。

“没有解决任何问题。”

杜舍喃喃重复道。他抬起头来，问道：“我妈被抓走之前，跟我说过一句话，你知道吗？”

董连和摇了摇头。

杜舍的眼神里忽然有了一丝困惑。他不知道是在追问董连和，还是在追问自己：“我妈说，让我好好活下去，长大了可以去找你。我那时候知道她活不成了，满脑子都是乱的。我一直想，她为什么让我好好活着，让我长大了再去找你？肯定是怕我年纪小，没办法为她报仇。”

董连和的眼中忽然有了一种悲悯的情绪。

“她为什么要让我去找你？”杜舍继续说着，“我这些年里一直都在想这件事。我明明已经找过你了，我也报仇雪恨了，但不知道为什么，我的心里一直觉得好像有哪里不对劲。我一直想，我那时候是不是脑子一热，漏听了什么。我想亲口问问你，你知不知道，我妈为什么让我长大了去找你？”

他抬起头来，眼睛里都是渴望。这眼神不是成年杜舍的眼神，而是那个偏执又脆弱的孩子的。

“原来如此。”

听完杜舍的话，董连和深深叹了一口气，像是在感叹这些年的所有波折。他说话的时候，笑容里满是苦涩。

“你母亲死刑前，我们聊过一次。她一直都很担心你。她说，你这个孩子什么都好，就是什么都憋在心里，她怕自己死后，你成了无父无母的孤儿，在这个世上被人欺负，会钻牛角尖，会活不下去。她想拜托我照顾你。”

董连和追忆着那一幕，泪光闪烁。“她就算不说那些话，我也打算照顾你的。我想看着你像其他孩子那样长大，像我的孩子那样长大。她说，等你长大了，和其他人一样结婚生子的时候，一定让我再嘱咐你一句。”

“她让你嘱咐我什么？”

“不要成为你爸那样的人。”董连和不忍再直视镜头，闭上眼睛继续说道，“不要成为你爸那样只会用暴力的人，因为她这辈子就是这么被毁掉的。所以，你要放下所有痛苦，好好活下去，连她那份一起，一起好好活下去。”

这一番话，像是一道闪电击中了杜舍，他眼中的渴望，转瞬变成了难以自抑的失落，全身开始颤抖起来。

“可惜，一切都晚了……我辜负了你妈的嘱托，没能让你走上结婚生子的人生道路。你妈妈没有机会看到你长大，我也没机会看到我的孩子长大……”董连和有些哽咽。

没等董连和把话说完，杜舍忽然伸出手，木然地推开了 pad，重重地叹了一口气。萧朗和凌漠对视了一眼，看到屏幕那边的董连和也是触动了情绪，需要缓和的时间，便默默和对面的司徒霸示意了一下，中断了视频。

杜舍已经对他们下了逐客令：“谢谢你们，再见。”

说完，杜舍便推着轮椅，进了自己的房间。

萧朗和凌漠有些发怔，也没法再做些什么，只能默默地收拾好东西，向门口的电梯走去。萧朗一边走，一边忍不住感慨道：“所以，他是得到自己想要的答案了吗？”

凌漠摇摇头：“他已经意识到，他母亲当时把对生活的希望都留给了他，他却因为恨而走上了邪路，人生最好的时间都在监狱中虚度了。不仅如此，恨蒙蔽了他的眼睛，也让他与善良的母亲越行越远，彻底成了他父亲那样的混账。如果他母亲天上有知，或许都不愿意再见到他了。”

两人走出了楼道，向停在不远处的万斤顶走去。毕竟，留给他们的任务还非常艰巨。如何将崔振和黑暗守夜者一网打尽，如何解救那些下落不明的孩子，还是一个巨大的谜题。

刚刚走出楼道不到二十米，突然一声巨响在两人的身后响起。

萧朗吓了一跳，回首望去，身后的地面上，居然躺着一个人。那个人没有双腿，明明就是杜舍。

萧朗几步蹿到了杜舍身边，将俯卧的杜舍翻过身来。可是，翻过身来也无济于事，杜舍头边殷红的血迹夹杂着乳白色的脑浆，他的一张面孔此时已经扭曲到无法识别。这一景象告诉萧朗，眼前的这个人，已经无法挽回生命了。

“怎么回事？怎么回事？”萧朗对着楼上嘶吼。

楼顶的窗边，探出了半个身子，是那名陪同的医生。特警也从隔壁的窗边伸出头来，不知所措。医生的声音都在发颤：“我没拉住他！”

“为什么？为什么？”萧朗低下头，继续喊着。他不知道自己为什么会有这样激动的情绪，以他的正义感来说，这种十恶不赦、恩将仇报的恶人，百死不足以谢罪。可是看到眼前的一地鲜血和脑浆，他还是没有控制住自己的情绪。

凌漠则镇定多了。

凌漠走到萧朗的身边，轻轻拍了拍他的肩膀，说：“至少，在最后一刻，他清醒过来了。对于杜舍来说，这也许是最好的结局。”

第七章　死猫

别走，别走，别走……

我好像，从来都没有真正抓住过什么。

我不想再失去任何人了。

——唐铛铛

1

“这么多人，都看不住一个残疾人吗？”萧闻天坐在自己的办公桌前，声色俱厉。

刚刚从外地归来的萧闻天，风尘仆仆。可是一回到南安就听到这个消息，让他原本就很抑郁的心情变得有些暴躁。抑郁的是，他寻访了全国知名的专家学者，可是对董连和和萧望的病情，专家学者们都束手无策。除了一些抗炎、对症治疗的忠告，就没有什么新鲜玩意儿了。现在，杜舍一死，这种无能为力的焦躁感觉更是强烈。萧闻天这一发火，众人不知如何应答，都低下了头。办公桌前的凌漠也一声不吭，默默接受了批评。

可是坐在一边的萧朗不干了，他猛然站起，辩解道：“他要死，是他自己的事，看得住一时，还看得住一世吗？”

“你不要不服气。”萧闻天说，“我们兴师动众这么多人，所以你的思想意识上放松了。换句话说，你根本就没想到他会自杀。”

凌漠抢在萧朗前面答道：“是，我该想到，但是我确实没想到。”

“你看出了他的自杀倾向？”萧闻天问。

“董老师带给他的那一句话，似乎就已经让他断绝了生的希望。”凌漠沉声说道。

“这是不可控的事件好不好？”萧朗愤愤地说，“就像你也找不到一根救命稻草来救我哥。”

萧闻天被萧朗说得一时无言以对，张了张嘴却没有再训斥下去。办公室的气氛顿时僵硬了，在场的各位都知道萧望的病情，而这才是大家内心焦躁的根源。萧朗现在一心等着声优清醒，希望可以从他的口里问出点什么。

“封锁杜舍死亡的消息。”萧闻天恢复了平静的声音，说，“如果崔振知道杜舍已死，会潜逃的，我们再想抓住她，就很难了。”

“我不这样认为。”凌漠说，“崔振熟知董老师的情况，她就是因为知道董老师的治疗离不开方氏夫妇，才将他们绑了过来。同样，她一定知道，方氏夫妇随身携带的药物原料只能维持一个多月的时间，所以她一定会想方设法找到吕教授，拿到原料配方，或者获取更多的药物原料交给我们。”

萧闻天点点头，认为凌漠说得有道理：“姓吕的人，查得怎么样了？”

“这个不好查吧？”萧朗也消了气，说，“如果他的姓名是伪造的咋办？”

“既然所有人都称呼这个人为吕教授，而且并不清楚他的真实姓名，那么他完全可以使用其他的代号。他为什么让别人这样称呼他？为什么在签名的时候也会签‘吕’？只能说明这个姓氏对他来说很重要。”凌漠说，“我认为，他可能真的姓吕。”

话音还没有落，唐铛铛推门进来了，说：“姓吕的调查，已经有了结果。”

萧朗挠着头说：“大小姐，能不能不要这么快打脸？”

唐铛铛不知道萧朗的话是什么意思，眼神里有些疑惑，但并不追问，她看着手中的文件，说：“目前通过户籍对比，找到一个名叫吕星宇的人。1964 年 1 月出生，男，南安市本地人。1994 年 2 月，和单位失联，至今一直处于失踪状态。因为他无父无母、无儿无女，所以失踪了也就失踪了，至今没有人追究此事。”

“1994 年 2 月，这个时间点就很可疑啊。”凌漠说，“1994 年 2 月，正是杜舍伤害董老师，并将他弃‘尸’河中的时间。”

“没了？就这么点信息？他是什么单位的？”萧闻天追问道。

唐铛铛说：“他二十岁入学南安大学生物遗传学学院，二十四岁大学毕业后，一直在环保部门的研究院里工作。我刚才调取了该研究院的文件档案，发现当年吕星宇在该研究院里，一直在研究南安河蓝藻防治的相关课题。大量的研究数据表明，他的主攻方向，就是生物遗传，也就是基因。”

“太多的巧合，就不再是巧合了。”凌漠沉吟道。

“这个人性格内向孤僻，不与人交往。大家都分析他是因年幼时父母双亡而导致的自闭型人格，所以也都没有在意。”唐铛铛接着说，“可惜，正是因为如此，除了这一张他年轻时候的黑白照片，就得不出其他有用的线索了。”

说完，唐铛铛拿了一张黑白一寸照片放在萧闻天的桌上。

照片里，是一个平平常常的年轻男人的脸，除了额头较为宽大，没有其他任何可以作为甄别依据的特征。

“那用视频识别的技术来寻找他，有可能找到吗？”萧朗问唐铛铛。

唐铛铛摇摇头，说：“我们甚至有崔振近期的照片，可是这帮人非常了解我们的技术手段，所以根本不给我们视频追踪的机会。这个吕星宇的照片都是二十多年前的了，更加没有意义。”

“那找到了身份和没找到，有啥区别啊？”萧朗耸了耸肩膀。

“走吧，我们去看守所看看，聂哥那边已经有动静了。”凌漠起身，向萧闻天道别，然后一把拉着莫名其妙的萧朗离开了萧闻天的办公室。

一路上，萧朗都在不停地追问凌漠，知不知道聂之轩和程子墨这两天在忙什么，他们忙得都没空来护送杜舍，肯定是有什么进展了。

凌漠则一直用沉默来回应萧朗，直到萧朗有些着急了，凌漠才说：“现在还不知道成不成，等到了你就知道了。”

他们把车直接开到了南安市女看[1]的院子外，办理完入所手续后，凌漠和萧朗来到了女犯会见室隔壁的小屋子里。聂之轩和程子墨早已等在这里。程子墨一见他们，便朝墙壁上的液晶显示器努了努嘴。

显示器里，是一名身着警服的女警，和两个农民打扮的男女。一男一女看起来有四五十岁，坐在会见桌的一侧，显得有些局促不安。

“这是……”萧朗似乎意识到了聂之轩他们做的工作。

“山魈的父母，不在原籍，出去打工了，费了挺大劲才找到。”聂之轩

1 女看，是女子看守所的简称。

说，“山魈进来就不怎么说话，也不和同号[1]的嫌疑人说话。所以组织上就一直在寻找她的父母，准备攻心。”

萧朗点了点头，心里明白凌漠并不是不想告诉他这件事情，而是他自己并不想面对这件事情。凌漠的心情恐怕是挺复杂的吧，他对山魈能见到父母的事是期待，还是羡慕？萧朗盯着屏幕，直到山魈被一名女警从监号内带了出来，带着一脸莫名其妙的表情，站在了中年男女的对面。

“坐下。”女警命令道。

“是。”山魈没精打采地回答道，整个过程她没有抬头，甚至都没有正眼看对面的男女一眼。

男人似乎还蛮淡定，但是从女人的行为举止上可以看出，她激动的心情已经完全按捺不住了。所以在山魈坐定的那一刻，女人下意识地半站了起来，探身向前。恐怕那一刻，女人都不清楚自己只是礼貌性地起身，还是想伸出手去摸一摸山魈瘦弱的脸庞。但是山魈的反应还是很强烈、敏捷和不留情面的，她坐在椅子上，双脚蹬地，吱呀一声，让椅子距离会议桌远了一些。这样，她和男女的距离就被拉开了。这个动作的意思很明显，她不想被那个陌生的女人碰到。

女人的手僵硬在半空良久，才垂了下来。她坐回了自己的座位，目不转睛地盯着对面骨瘦如柴的女孩。看着看着，女人的眼睛越来越红，终于开始抽泣起来。

女人的抽泣，像是触动了凌漠的某根神经。他问：“山魈的身体怎么样了？”

聂之轩说：“一直在进行溶栓治疗，颈动脉粥样硬化的病情有所缓解。暂时不会危及生命了。”

凌漠点了点头，摸着自己的耳朵说：“宣读 DNA 鉴定书。”

屏幕里的女警立即从随身的文件包里拿出一份文件，直接翻到篇末，读道：“南安市公安局刑事科学技术研究所 DNA 检验报告书检验结论，李风、

1　同号，指的是同监室。

赵兰是17988号犯罪嫌疑人生物学父、母亲。亲权指数为1.68×10^{19}。”

萧朗的母亲就是从事DNA检验的，所以他对这个结论的意思了如指掌。在1.68×10^{19}人中，这一对男女就是山魈的生物学父母。当然，整个地球也没这么多人。他想，山魈即便不明白亲权指数的意思，也听得明白前面一句话。

“介绍。”凌漠说。

女警接着说道：“17988号犯罪嫌疑人，你面前的这两位，李风、赵兰，是你的亲生父母。”

萧朗这才知道凌漠戴着耳麦，直接指导在会见室里的女警引导这一场认亲活动。凌漠不去露面亲审也是有道理的，毕竟之前凌漠审过山魈，若是让凌漠再次审讯，难保不被山魈看出端倪，然后产生抗拒的情绪。

“说她的身份信息。”山魈依旧低着头，但显然面部表情僵硬，凌漠知道这一招可能对山魈很奏效，于是说道。

“17988号犯罪嫌疑人，你姓李，你的父母原本给你取名为李豆。你出生于1993年12月17日，南安市安桥县。在1996年7月23日，你被盗走。”女警盯着山魈低垂的脸庞，说道。

从山魈全身颤抖得越来越剧烈的情况来看，她的内心风起云涌，震惊、悲恸、懊悔之情溢于言表，无法压抑。但是，她还是一字不吐。

“豆豆，我和你爸都想死你了！是妈妈不好，是妈妈把你弄丢了！妈妈对不起你！对不起你一辈子！”赵兰泣不成声。

“不要说了。”山魈阴沉沉地说，“我怎么知道你不是在演？”

这一句话问得对面两人一愣，他们盯着山魈看了半天，从她狐疑和警惕的表情中猜测，虽然她的内心已经相信，但是因为多年来的训练养成，她还在挣扎和警惕。

“豆豆，你的左脚底板有颗红色的痣，对不对？”赵兰盯着山魈，问道，泪痕挂在脸上，她都没有空去擦拭。

山魈浑身依旧在发抖，从她的表情来看，赵兰说的是对的。脚底板这个位置，连入看守所的体检中，都不会检查到，这个秘密除了生身父母，又有谁会知道？

山魈的眼眶内饱含泪水，但她依旧没有说话，她心底的防备依旧没有卸下。

李风一直愣在一边，用说不清、道不明的眼神盯着山魈，一刻也没有离开。此时，见山魈依旧满身是刺，于是摸索着上衣口袋，从里面掏出了一张照片，放在会议桌上。

李风话不多，但眼神里充满了怜爱和心疼。

山魈抬起头，看了看桌上的照片。这是一张不清楚的彩色照片，里面是一个可爱的、胖墩墩的小女孩。可想而知，这是山魈的一周岁照片，恐怕也是她被盗前唯一的照片。对一个农民家庭来说，在 1994 年去照相馆拍一张彩色照片，肯定花了不少钱，这也说明父母对孩子的宠爱之情。

山魈当然记不起自己一岁时候的样子，但是从那小女孩的眉眼间，依稀还可以看出山魈的模样。山魈也是可以看出来的，此时的她心底应该确信了眼前的男女就是自己失散多年的父母。

“这些年，咱们家的地都包出去了。我和你妈在外面打工，挣的所有的钱都用来找你。”说完，李风从口袋里又拿出了一沓照片。照片里，虽然背景各不相同，但主角是一模一样的。李风手持印有山魈周岁照的布条，上面满满写着很多山魈的外貌特征。这是二十多年来，李风夫妇二人全国各地寻找自己女儿时留下的照片。

看到这里，山魈终于绷不住了，她将脸埋在臂弯里，肩膀不断地抖动。

赵兰依旧是泣不成声，她伸出双手，轻轻握住了桌面上山魈的双手，轻轻地爱抚着。四只手一接触，山魈颤抖得更厉害了。但是这一次，山魈并没有挣脱。

“晚了，都晚了。”山魈的声音从桌子下面飘了上来，不清不楚。

“政策开导。”凌漠对着耳麦说道。

女警走到山魈的身边坐下，一边轻拍她的肩部，一边说：“你看，不要轻易放弃生活的希望，至少你现在也有牵挂，对不对？依据《刑法》的有关规定，共同犯罪中，从犯应从轻或者减轻处罚。我们都知道，你在整个犯罪组织中，属于从犯，受制于人、受命于人，所以对于法律判决，你一定要有信心。如果你可以检举、揭发犯罪组织的犯罪行为或主犯，对侦查破案有功并且可以出庭做证，依法还可以进一步减轻处罚。如果你积极配合警方、积极配合审判，你和你的父母都年轻，你出狱后还可以尽孝。你想想，是不是这个道理？”

这一顿开导，说到了山魈的心坎里，她瞬间放下了心里的防备，一心只求减刑。山魈抬起头来，泪眼婆娑地说：“你们想知道什么？”

凌漠和萧朗几乎同时拍了一下大腿，走进了审讯室。

凌漠直奔话题，问：“那我们就聊一聊吧，你们的组织是叫‘守夜者’吧？你们的负责人是谁？”

山魈点了点头，说：“涡虫。”

“涡虫，是个四十岁的女人？”

山魈又点了点头。

“你们组织的犯罪动机和目的是什么？”凌漠接着问。

山魈摇了摇头，说：“涡虫负责发号施令，我们具体实施。我们都很怕她，也事事顺着她，她告诉我们，组织的目的就是惩恶扬善，处决那些恶贯满盈，但是法律又不能惩处的人。”

这个回答凌漠早已料到，他知道崔振给这帮孩子从小洗脑，所谓的“惩恶扬善”思维已经根深蒂固。

“那你们，为什么要自相残杀？”萧朗问道。

山魈先是一愣，然后说：“你是说黑瞳吗？我也不想，真的不想！在组织里，他就像我的亲弟弟一样！可是，涡虫的指令，我们不敢违抗。她说他膨胀了，又被警方抓了，所以为了我们的安危，他必须死。我当时就害怕涡虫会把处决黑瞳的任务给我，可是她偏偏真的给了我。我犹豫过，伤心过，可是我不敢违抗涡虫，真的不敢。”

凌漠知道她说的黑瞳是幽灵骑士，但是他也知道萧朗问的不是这个，于是追问道：“我是说后来，你们除了涡虫，有其他的领导吗？”

山魈愣了愣，说：“我们组织分为两组，还有一组的首领是吕教授。”

“吕星宇？”

“我不知道他的真名。所有的孩子进了组织，都会接受涡虫的地狱式训练，在我们看来，那些成绩好的孩子，最后都会去吕教授麾下。有些孩子对涡虫很是服从，被调走的时候，也很不舍，但是似乎吕教授那边的任务更高级。也有在吕教授那里训练一段时间后又回到我们这组的，比如皮带。”山魈说。

凌漠知道她说的是皮革人。看来崔振和吕星宇之间是相互利用的关系，表面上吕星宇拥有组织的最高领导权，但是他们各自的“部队”中，其实都被对方安插了卧底。

“那你说说除了惩恶扬善，你们还有别的任务吗？”

山魈又摇了摇头。

凌漠心里一凉，看来山魈是真的不知道黑暗守夜者其实是吕星宇做主，也不知道所谓的天演计划及其具体的内容。

“你经常要给自己注射什么？”凌漠问道。

“那是涡虫让我注射的，说持续注射，就可以改变容貌。这样做，也是任务所需。”山魈回答道。

“那关于吕教授，你还有什么想告诉我的吗？”

山魈想了很久，才说了一句：“我从小时候就知道，他喜欢到处找流浪猫带回来养。”

“那这么些年，他该养了多少猫啊？”凌漠说，“你们生活的地方又不大，还要养那么多大人、小孩，哪有地方养猫？”

山魈歪头想了想，说：“这个我不知道，我就看到他捉猫回来，但养在哪里真不知道。”

凌漠陷入了沉思。

萧朗对这些鸡毛蒜皮的事毫不感兴趣，他问：“你们那里一共有多少人？”

山魈掰着手指头，说：“每年都会有新人，啊，也就是小孩进来。不算小孩的话，能工作的守夜者成员一共十几个人吧。还有负责我们衣食住行的阿姨，以及负责安全的保安，也有十几个人，再加上研究人员，总共三四十吧。具体多少我真不知道。”

“保安？”萧朗问道，“是不是一般都穿着蓝色衣服？”

山魈点了点头。

“有没有天天穿着皮衣、戴着头盔、骑摩托车、背着一个蜂窝状木头箱子的人？”萧朗追问。

山魈一脸诧异地摇了摇头。

“那小孩有多少？”萧朗很失望，于是接着问道。

“在我进来之前，最小的两岁，最大的十四岁，有十几个吧。”山魈说，“涡虫和我们说，他们都是被人遗弃的婴儿，收进来养活、训练，以后替天行道。但有不少孩子在很小的时候，就病死了。”

萧朗叹了口气，他知道那些可怜的孩子哪里是病死，明明就是因为人体实验而死亡的。

萧朗又问东问西问了不少问题，但是从山魈的回答来看，她也就是个办事的喽啰。对于黑暗守夜者组织的具体目的、动机以及组织结构，山魈都不甚了解。这帮孩子虽然从小养在一起，但都是分组生活，所以除了留在崔振这边的幽灵骑士、皮革人、壁虎、声优等人，山魈和其他的人并不熟悉，甚至不知道绰号和能力。所以无论是那些在战斗中死亡的黑暗守夜者成员，还是被活捉的山魈和声优，其实不过就是崔振的打手罢了。崔振和他们，从来就没有交过心。所以，除非是抓住两个头目，否则像抓了山魈和声优这样的人物，对于黑暗守夜者来说，只是折损力量而已，并不会伤筋动骨。

但后来一直都没有再问问题的凌漠并不悲观。他当然也知道山魈和声优只是黑暗守夜者的打手，但是他觉得这些黑暗守夜者成员的心理弱点都是共通的。既然找到亲生父母就能轻易攻破山魈的心理防线，那么对于声优，一样可以。而且声优的父母更好寻找，他们都在南安市，是南安市话剧团的演员。说不定，跟随崔振时间更长、经历了黑守组织内部反目全过程的声优，可以给他们提供更多的信息。

果不其然，在萧朗和凌漠离开南安市的女看守所，赶往公安医院的时候，声优已经在会见自己的父母了。和凌漠预料的一样，见到亲生父母后不久，声优的心理防线就彻底崩溃。因为他没有杀过人，所以很快就表达了自己的服从意愿，心甘情愿地配合调查。

可惜，声优也只不过是个喽啰。他的所见所闻和交代的内容，基本和山魈的一模一样。不一样的，也是山魈被捕后，他跟随崔振的逃生经历。这一系列的逃生经历，其实凌漠通过几个案件的推理还原，也知道得差不多了。声优说，他们在准备返回老巢的时候，遭到了皮革人的突然袭击，涡虫受伤。不过大家都知道，涡虫的自愈能力超群，所以并无大碍。后来他们一直受到曾经“同窗”的跟踪和追杀，也很多次化险为夷。从心娇托中心的行动，以及报复“医生”的行动，他们才开始反击。声优说，那时候他们已经知道，组织里跟随吕教授的人，为了灭口，开始追杀他们。好在，涡虫在黑暗守夜者里还是有一定影响力的，即便是被吕教授挑走的优秀成员里，也有涡虫的内线。凌漠知道内线就是在墓地里留下报纸、在驼山小学附近留下信号的人。声优说，那是个不喜欢穿鞋的人，具体是什么人，他也不清楚。这一点，和聂之轩的勘查结果是吻合的。

对于那个穿着皮衣、戴着头盔、骑摩托车、背着一个蜂窝状木头箱子的人，声优也表示并不确定。他说，有些被要求穿制服，有些会根据自己的喜好穿皮衣。喜欢穿皮衣的，有好几个人，比如有一个放屁臭得能熏死人的演化者就喜欢。这一点，和萧朗提供的情况基本一致。但是声优又说，这人从来不会背什么蜂窝状的木头箱子。

无论凌漠和萧朗怎么引导，都无法再让声优回忆出有价值的线索。因为声优并没有被吕星宇选中，他对吕星宇也不过是半生不熟。在萧朗和凌漠失望地准备离开的时候，声优突然说了一个看似无关紧要的线索。

“在驼山小学的时候，他们租了小学的一栋教学楼。”声优说，“我们获取信息后，第一时间是由我去侦查的。我去的时候，发现他们在那个小院子里，搭建了一个黑色的管道，T 形的，看不到里面是什么。但是，我看见吕教授抓了几只猫塞进了管道。”

“然后呢？”凌漠两眼放光。

“没有然后了。”声优说，“不管他们在做什么，我当时只有侦查任务。我知道，我们是要进去救一个残疾人的。只可惜，我们的行动好像惊动了他们，所以，最终并没有营救成功。”

这一点也和凌漠、萧朗他们推断的结果一致，在驼山小学是有过三方交锋的。如果不是崔振与吕星宇那一派发生了正面交锋，可能他们连董连和都来不及救。

问话结束后，凌漠一直心事重重。他让萧朗留在医院继续治疗，可是萧朗把胸口拍得嘭嘭响，表示自己早已无大碍了。于是二人回到了守夜者组织的会议室里。一下午，凌漠都在会议室的白板上写写画画，也不知道写的是什么、画的是什么。

2

在会议室白板即将被写满的时候，凌漠似乎明白了什么。他一脸醍醐灌顶的表情，用板擦默默地把白板正中央的“戒指”两个字擦去。凌漠的动作很轻，并没有引起在一旁一直翻手机的萧朗的注意。直到凌漠说了一句“我大概知道了”，萧朗才从凳子上弹了起来，问道：“知道什么了？知道什么了？”

凌漠拿着笔，盯着白板上密密麻麻的字，说：“我该从何说起呢？”

“我们掌握了这么多线索，但看起来都没什么用，你就从如何把它们联系起来说起吧。”萧朗说道。

“天演计划的内容，应该是让更多人被这种基因催化剂影响，从而发生要么昏迷死亡、要么产生演化能力的群体性现象。这个观点，你可赞同？”凌漠问。

“赞同。”萧朗说。

“可是，基因催化剂不可能影响到每一个人，所以需要一种利于传播的方式。”凌漠说，“用毒品进行传播，只能影响到吸毒的人，这可能只是吕星宇的一次实验。”

“吸毒的人演化后，会咬人，咬人也会传播。”萧朗补充道。

“之前专家分析过，咬人，并不是必然的动作。”凌漠说，“是交感神经兴奋之后的影响，并不是所有演化者都会咬人，而且被咬感染的人，发生演化的概率小，昏迷的概率大。”

“你想表达什么？”

“我的意思是，用毒品传播的方式，效果并不理想。”凌漠说。

萧朗点了点头。确实，从“毒丧尸”事件可以看出，通过毒品转载的真菌确实可以使得有些人发生演化，但是传播效果有限，变成演化者的概率非常小。

“你说吕星宇抓流浪猫是做什么？”凌漠话锋一转，问。

萧朗想了想，说：“做实验？”

“对！”凌漠说，“开始我就觉得他的这个行为很奇怪，但是声优说他把猫往管道里面塞，我觉得很有可能就是在做动物实验。”

“我听过医学院用青蛙、兔子、老鼠和狗做实验的，还真没听说用猫做实验的。”萧朗觉得一丝寒意涌上心头。

“说不定从基因的角度，猫有什么优势吧。”凌漠说。

“这个优势可不好。”萧朗直了直身子，说，“别跑题，继续。”

“既然是在管道内，我觉得吕星宇是不是又在测试什么新的传播方式？”凌漠说。

“管道？毒品？”萧朗思索着。

“后来，我恍然大悟，就是这两个字。”凌漠用笔尖指着白板上刚刚被擦去，但还能看清痕迹的“戒指”二字，说，“是这两个字，让我确信了这一点。”

“啥意思？”

“董老师和我们说，他听见吕星宇和方氏夫妇讨论过‘戒指’，而我们问方氏夫妇有没有什么‘指环’，他们并不知道。”凌漠说，“那是因为我们问错了，这个‘戒指’不是指环，应该是……”

凌漠在白板上写下了“介质”二字。

萧朗也“哦”了一声，表示明白了。

“所谓的介质，有可能是固体，也有可能是气体或者液体。”凌漠说，“如果吕星宇要增加传播的广度和成功率，毒品这个固体介质效果不好的话，他确实有可能试用气体或液体介质。”

“他们把猫塞在管道里，猫不会游泳，那么管道里应该不是水。如果是考虑气体介质的话，那就可怕了，空气中都飘浮着携带基因催化剂的真菌，这个真是防不胜防啊。”萧朗一脸焦急之色。

“不。”凌漠说，“他们不会直接投放在露天环境中。种种迹象表明，他们认为直接投放在空气中，因为空气流动，真菌很快就会被吹散，或者会使基因催化剂的剂量大幅减少，肯定是无法传播的。这就是他们制作管道的原因了。管道里虽然有空气流动，但是总体上说，是一个密闭的空间，有利于真菌孢子的扩散。”

“可是，管道里面哪会有人啊。”萧朗说，“总不能把人都赶进管道里，然后投放感染吧？”

“我觉得，是因为我们的追捕步步紧逼，所以吕星宇不得不把他那个还在实验阶段的天演计划，从动物实验阶段提前到在人群中进行实验。但是，这还不是正式实施天演计划，仍旧只是实验。”凌漠说，“从上次的‘毒丧尸’事件可以看出，他们现在针对的，还并不是大众。如果他们想针对大众，直接投放在香烟里，或者食品里，岂不是更厉害？从心理学的角度分析吕星宇的观念，他可能觉得吸毒的人生命并不值钱，所以，实验先从他们开始实施。”

“嗯。”萧朗点点头，说，“那按照你这么分析，吕星宇应该是想测出一个效果好的传播介质，然后再大规模投放！那这样的话，我们还是有机会阻止他们的。”

“问题是，这样的管道，会是什么东西的模型？他们的这一次实验，又会是针对什么群体？哪些人群会让吕星宇觉得生命不值钱？”凌漠低头沉思。

“你要是这样说，我觉得我可以给你提供一个思路。”萧朗把手机递给凌漠，说，“我刚才一直在查这个蜂窝状的箱子，找来找去，不知道应该是哪一种。但经过你这么一提醒，我觉得，会不会是这个？”

手机里是一张照片，展示的就是和白羽描述的差不多的蜂窝状盒子。

“这个挺像的，是做什么用的？”凌漠问。

萧朗说：“这是爆破员背的雷管盒，里面的蜂窝，就是安放一枚一枚雷管的空间。需要使用的时候，就拿出一枚雷管，插在炸药上引爆。设计成这样，是防止雷管之间因为碰撞而引起意外。”

“哪里用得到爆破员？”凌漠恍然大悟。

“开采石头啊，挖煤啊什么的，矿产行业吧。”萧朗说。

“开采石头是在山上，不可能。但如果是煤矿，恰巧矿井就是管道结构啊！而且，矿工大多是普通农民，待遇低、工作环境恶劣，吕星宇很有可能觉得他们的生命不值钱。”凌漠说。

萧朗兴奋得跳了起来，引得自己一阵咳嗽。

“你说得有道理，他们确实有可能是去矿井里投放真菌。而且，臭鼬很有可能是跟随吕星宇在对矿井进行踩点的时候，捡到了或者偷到了雷管盒，他们觉得这个工具不错，于是背上了。只是里面装的不再是雷管，而是毒品。每袋毒品分隔存放，防止毒品内孢子的交叉感染。”萧朗说，“可是，南安、文疆附近有这么多矿井，咱们去哪里找？总不能通知矿务局，暂停所有的矿务作业吧？”

“别忘了，方氏夫妇还给我们提供了一个线索。”凌漠说，“他说，吕星宇给他们看了一张 X 片，这片子里面提示吕星宇近期有反复登山而引起的膝关节损伤。”

“在山里的矿井？”萧朗陷入了沉思，“看来他真是去踩点了。”

南安市郊区某山脚下，万斤顶和皮卡丘以及来增援的一辆特警运兵车停在了道路的尽头。唐铛铛跳下车来，说：“应该就是这儿了，离南安、文疆都很近，山的中间有两个矿井，而且还是正在生产的。因为道路受到几个月前山体滑坡的影响，这几个月车都开不上去了，人想上去只能爬上去。符合所有条件的，就是这里了。”

根据之前的推理分析，凌漠要求唐铛铛对全市及周边所有的矿井进行分析，并进行概率演算，要满足几个条件，一是在山中，二是不通汽车，三是还在生产的矿井，而不是废弃矿井。其实，这几个点都没什么问题，如果没在生产，那矿井里没人，就不存在拿人做实验了；如果通汽车，吕星宇就没必要天天爬山导致膝关节受损伤了。

不过，这几点又是相互矛盾的。既然在生产，那么挖出来的煤必然是要运走的。可如果不通汽车，煤又如何被运走？

所以，这个概率演算还没开始多久，唐铛铛就得出了现在的这个结论。还在生产的、山里的矿井，有路但是路被山体滑坡摧毁了，摧毁时间是几个月前，目前还没有修复，矿里挖出的煤暂时堆在坑口，等待路修好了再运走。

因此，在这个时候，条件上都完美吻合的地方，去哪里找第二个呢？凌漠说过，很多巧合在一起，就不再是巧合了。只是在他们刚准备去这两处矿井的时候，就得知矿工早已下井工作了。而井下又没有联络装置，守夜者成员们必须亲自下去找到每个矿工，并让他们迅速离开矿井，然后要求矿井近期停工。

等车越过了道路被摧毁的一段路，又翻过了一个小山头后，守夜者成员们便可以看见不远处有两个堆成小山模样的煤堆，他们知道自己就快到了。

在一号矿井的坑口，一行人用帐篷搭建了一个指挥部。聂之轩、唐铛铛以及从矿务局请来的一个协助人员坐镇指挥部，另配两名特警保护。而萧朗、凌漠和程子墨以及剩下的四名特警不得不被分为两组，同时侦查两个矿井。虽然萧望说过，萧朗和凌漠在行动时是不能分开的，但是在如此情况下，萧朗觉得总不能让程子墨一个人一组吧，虽然程子墨觉得无所谓，但萧朗还是决定，自己带领两名特警侦查一号矿井，凌漠、程子墨和另外两名特警侦查在指挥部三公里外的二号矿井。

唐铛铛和聂之轩之所以留下，是因为他们必须配合矿务局的同志，接入每个矿工的定位信号。因为井下没有手机信号，所以每名矿工都要携带定位装置，这是现在井下作业的必然要求了。萧朗和凌漠除自己的联络器外，也都携带了矿工们携带的定位装置，好被井上人员随时监控。而且，他们要确保每个矿工都被救出来，才能结束行动。

分工完毕，各组就分别出发了。虽然曾经学的是考古专业，但古墓都没有下去过一次的萧朗，对这深不见底的矿井十分好奇。据矿务局的同志说，这两处矿井，都是竖井结构，就是通过升降梯直接下到地下三百米的地方。地下三百米，相当于一百层楼的高度，坐升降梯单趟就要两分半钟。

今天清晨，两个矿井都各自下去了十一名矿工。萧朗听矿务局的同志大概介绍完情况后，就开始清点自己的设备。一支手枪、一个定位仪、一个接收其他矿工定位信息的接收器、一张井下示意图，还有就是凌漠非要每个人都背上的空气呼吸器。所谓的空气呼吸器，就是消防人员经常背入火场的类似氧气瓶的“空呼”，因为在火场中，普通的氧气瓶很容易爆炸，所以消防兵进入火场时，背的是压缩空气，简称“空呼”。空呼很笨重，凌漠却坚持要求每个人都背上一个，萧朗也不知道这到底有用没用，但还是老老实实地背上了。

检查完设备之后，萧朗和两名特警兴奋地坐着升降梯下井，并开始按照定位仪寻找矿工的工作。

另一边，凌漠一行四人，正徒步向三公里外的二号矿井的坑口走去。虽然只有三公里路，但是小路崎岖，高低起伏，路上荆棘丛生，行走起来十分不便。走了好一会儿，他们终于走出了荆棘之路，来到了一块光秃秃的大石头上。大石头上，有一个小房间，里面发出巨大的轰鸣声。

程子墨看了看地图，说：“这是一号矿井的鼓风口。”

煤矿在很深的地下，如果井下没有空气流通的话，会有大量的瓦斯形成。瓦斯是可以燃烧的气体，浓度达到 5%，就会有爆炸的危险，而且井下的人会有中毒的危险。所以，当井下瓦斯浓度高于 1% 的时候，就要停止产生火花的工作，高于1.5%就必须停工，并撤离人员了。而防止瓦斯浓度升高的唯一办法，就是用鼓风机向井下鼓风，保持井下的空气流动速度。所以这个装置对于矿井来说，非常重要。

凌漠点了点头，推门走进了小房间。在鼓风口的轰鸣声中，凌漠看见了在鼓风口一侧散落的瓶子。这是一个形状很奇特的瓶子，容积大约有三百毫升，里面空空如也。整个瓶子看起来就像是缩小版的喷壶。它的壶嘴处，有一个盖子，而盖子此时已经被揭掉，放在一边。

凌漠连忙跑了过去，戴上手套拿起了瓶子。瓶子就是普通的瓶子，平淡无奇。

“不好！这里不应该有新鲜的瓶子，连灰尘都没有黏附！吕星宇他们已经投放了！”凌漠紧张到破音了，说，“是从鼓风口投放的！”

“鼓风口里的气体，会随着鼓风机被吹到矿井的每一个角落！”程子墨说，“完了，快看看萧朗下去了没。”

“下去了。”凌漠心里一阵绞痛，但又随即清醒，他用手捏了捏壶嘴的部位。这个部位是硬塑料材质的，壶嘴的盖子也是，两者之间，却是溶胶状态的感觉，此时还没有干涸。也就是说，为了防止危险品外漏，这个壶的壶嘴部分是被溶胶封死的，用火烤过之后，溶胶液化，盖子就可以拿下来了。此时，壶嘴的溶胶还没有完全干涸硬化，这说明投放是在几分钟之前刚刚实施的。

凌漠眼珠一转，伸手就将鼓风机的电闸拉了下来，轰鸣声随即停止。

“你干什么？”程子墨一惊，“你会害死萧朗的！”

“鼓风机不运作，通风管里的有害物质就会被留在管道里而不进入井中。”凌漠说。

说完，凌漠按住了手腕上联络器的按钮，说：“萧朗，在半个小时之内，井下瓦斯浓度就会要了你的小命，所以你必须马上把所有矿工救上来。”

说完，联络器发出了刺啦刺啦的回音。

“井下信号差，不知道他能不能听清楚。”凌漠皱着眉头，又对联络器喊了一句。这次传来了萧朗的声音，凌漠才放下心来。

凌漠走到门口，向远处眺望。按理说，这里进不来车，明明是刚刚投放的药物，嫌疑人并不会走太远。可是，凌漠什么也看不见。于是他又蹲在地上，仔细看着地面。

“不是说这里进不来车吗？可这明明是新鲜的车轮胎印！”凌漠心中一紧，指着地面上一处水洼说道。

程子墨刚刚打完电话，回到现场，也蹲下来看，说：“不，没有车辆的轮胎这么窄。”

“我想起来了，我想起来了。”凌漠说，“我记得在欢乐谷的‘大摆锤’地面上，就有和这一模一样的车轮胎印。”

“对，这是摩托车的车轮胎印，而且是两辆摩托车，所以给我们的感觉像是一辆汽车开过。”程子墨说。

凌漠点点头，说：“巨大的鼓风机轰鸣声，掩盖了摩托车的声音，所以我们没有发现。如果是萧朗来这边，说不定能分辨出来。不管了，看这方向，他们是在朝二号矿井的鼓风口开过去，我们赶紧追过去！”

此时的萧朗正在矿道中悠然自得地行走着。

他坐了两分多钟升降梯来到了地下三百米处，这恐怕是他这辈子下得最深的地方了。矿道周围并不是想象中那样全是煤炭，而是砌上了水泥，防止塌方。也是，现在国家对矿井的管理要严格、规范多了。矿道里有昏暗的灯光，加上萧朗头上的灯，眼前的景象看得还是比较清楚的。唐铛铛的数据已经接进了卫星接收器里，他对照着地图，可以轻松地找到所有矿工。这种简单的工作，让他觉得很不满足。甚至在寻找矿工的时候，他脑子里还在想如何利用这个矿井，设下天罗地网，把黑暗守夜者一网打尽。

十一个人中，萧朗已经找到了一个。他刚刚下到井底，就看见了一个背着雷管盒的男人。

“我是警察，这里有危险，你尽快出去。”萧朗说道。

男人似乎正在整理盒子，听到声音先是一惊，又是一怔，但始终低着头整理着盒子，说：“我是这个井的放炮员，我们接到的命令就是开展作业，所以我不能离开。”

“我们是警察！”萧朗又挥了挥手上的证件，说，“我们现在是在保护你！”

“那、那我也得等其他工友回来。”男人犹豫了一下，说，“按规定，我的雷管和其他工友的炸药是要分开的，所以我在这里等他们。”

既然这个男人心存戒备，萧朗也就不多说什么了，继续深入矿井寻找其他矿工。萧朗有些担心，并不是担心他找不到这些人，而是担心这些人都和那个放炮员一样固执，劝不走，那可就丢脸了。

想着想着，突然，矿道里的轰鸣声停了下来。那个在萧朗坐升降梯的时候就习惯了的轰鸣声，突然停止了，整个矿道里十分安静，这让萧朗感到有些不安。

不一会儿，他的联络器响了起来。

“萧朗，在半个小时之内，井下瓦斯浓度就会要了你的小命，所以你必须马上把所有矿工救上来。”

“你才是小命！你是马仔！”萧朗回答道。

“萧朗，在半个小时之内，井下瓦斯浓度就会要了你的小命，所以你必须马上把所有矿工救上来。”

“知道了，知道了，真啰唆。”

“半小时，这倒是不难，可是这帮人似乎有点固执啊，警惕性很高。”萧朗想着，突然看见远处有一团影影绰绰的不明物体，抬起头用头灯一照，发现是各个巷道中的人在主通道里聚集，他心一宽，说：“好吧，我不应该用自己的想法来代替别人的想法，他们都知道鼓风机停就要立即撤出，行了，任务反倒是简单了。”

萧朗一阵小跑，到了十名矿工中间，高声说道：“现在矿井有故障，我是警察，我带大家先回到地面，请跟着我有序撤离。”

这些矿工显然是训练有素的，跟着萧朗以及两名特警不慌不忙地来到了升降梯的旁边。那个放炮员也停止了整理雷管的工作，坐在地上休息。

“按照规定，炸药和雷管不能同时上去，而且升降梯一次也就只能坐八个人。”萧朗说，“背药的同志和我们两名特警先上去，其他人等下一批。”

说完，萧朗看了看墙上的瓦斯检测仪表，说：“时间绰绰有余，不要着急。”

众人按照指挥，上了八个人，启动升降梯的时候，突然听见噗呼啦啦的声音，升降梯抖动了一下，不再上升。

“哎？怎么了这是？”萧朗看了看矿工们，矿工们面面相觑，显然都没遇见过此类情况。

萧朗二话不说，让矿工们从升降梯里出来，然后自己翻上了升降梯轿厢的顶端。一眼就可以看出，升降梯的钢索断了。

“这也是够倒霉的。”萧朗心里想着，不过随即想到如果升降梯的钢索是升了一半再断，那岂不是更惨？萧朗打起精神，用联络器呼叫凌漠：“马仔，现在我们的钢索断了，但是我看见旁边有条备用钢索。”

“我让一名特警火速赶回，把联络器带给唐铛铛，你和她直接交流。”凌漠的声音有些焦急和担心。

“没事的，来得及。”

等待的时候，萧朗用袖口将被淤泥覆盖的备用钢索标签擦干净了。

不一会儿，联络器送到了唐铛铛身边，于是萧朗说：“每次限载两人。大小姐，我现在要你启动备用钢索，拉升降梯上去，每次上去两人，如果顺利，我们的时间还是够的。”

因为突发的变故，唐铛铛吓得连声音都变了，她和聂之轩着急忙慌地找到了矿务局的同志，然后撬开了升降梯旁的操纵室，经过仔细分辨，找到了备用钢索的启动开关。

“好了，你们快点！”唐铛铛着急地对着联络器喊。

“行了，一次两人，背药工先走。”萧朗说，“上下五分钟，我们七趟就完成了，虽然超过半小时，但没关系，我最后走，我百毒不侵的，而且我还背了空呼。嘿，凌漠这小子还真是挺有先见之明的。”

在萧朗的唠叨声中，一组一组的矿工坐着升降梯，利用备用钢索晃悠悠地上升。

时间一点一点流逝，瓦斯浓度检测表的指针也正在从黄色区域向红色区域移动。

“哎？那个放炮员呢？”萧朗指了指地上的木头箱子，说，“箱子还在这里。”

“他刚才说去解个手，吓得。”最后一名没上去的工人嬉笑着说道。

“好，你们先上，我等他。”萧朗说完，让最后一名特警和那名工人上了升降梯，然后喊道，“都是大老爷们儿，去哪儿解手？不要命啦？”

没有回音，萧朗好奇地打开了他的木头箱子，还没来得及定睛去看，远处的拐角传出来一个声音，说：“不好意思，不好意思，正好剩我们两个，我们最后上。”

萧朗没有回答，默默地把背上连接了压缩空气瓶的面罩罩在了脸上。等那人走到自己的身边，萧朗突然一个箭步向前，来了个过肩摔，把男人狠狠地摔在地面上，扭住了胳膊，铐上了手铐。

“小样儿，化了装，光线不好，就想瞒天过海是吧？”萧朗恶狠狠地说，“现在你放屁臭不到我了吧！说！你去干什么了？”

男人侧头看了看萧朗脸上的面罩，哈哈大笑，说：“看不出来，你还真挺厉害的。你是怎么认出我的？”

“升降梯上面是我们的人，下面只有你一直在这里，不是你破坏的还能是谁？你不会认为用‘巧合’就能搪塞吧？我之前不抓你，是怕殃及其他人，现在就我们俩了，你还想跑吗？”萧朗说，“你的雷管箱里并没有雷管，但箱底有白色的粉末，你说你是谁？说！你刚才干什么去了？”

“没干什么。”男人似乎一点也没有挫败感，说，“我就是等他们都走了，然后臭晕你，让你独自在井下的爆炸中碎裂。砰！”

“你为什么要杀我？就因为我当初从你手上抢走了蚁王？”萧朗大感不解。

“哈哈哈哈。”男人不再说话，只是侧头一直盯着墙上的瓦斯检测仪表。

“你不要抱什么幻想了，电梯马上就下来了，你就束手就擒吧！”萧朗站起身，拎着手铐，把被反铐着的男人也拽了起来，按在升降梯门的旁边，等待升降梯再次返回。

因为瓦斯浓度高，男人似乎有些中毒症状了，此时摇摇晃晃、全身发抖。萧朗有些着急，好不容易抓到的一条线索，可不能就这样被毒死了。哗啦啦的升降梯的声音，让萧朗格外焦急。当他正在考虑要不要给这男人呼吸两口空气的时候，男人突然说：“5% 了，可以爆炸了。”

“没火，傻子。”萧朗又用了点力气，将男人按在墙上，防止他耍花样。

“我的任务完成了，也就‘生无可恋’了。”男人哈哈大笑，说，“你只知道硫化氢能毒晕你，但是你不知道硫化氢可燃吗？”

一听这话，萧朗下意识地低头看去。男人被反铐着的双手，此时正握着一个微型打火机，而位置，正好是他可以发射硫化氢的地方。

电光石火之间，萧朗知道，一旦这个男人喷射出去的硫化氢被点燃，产生的火花就会像一条火龙，向矿道深处的瓦斯喷射而去，爆炸，也就难以避免了。

萧朗抬头看看升降梯，怕是和他们还有一百米的深度距离。于是萧朗二话不说，丢了男人，转头向刚才男人藏匿的转角处狂奔了过去。

唐铛铛的心情很是复杂，她明知萧朗一定会在所有的工人都上来之后，自己再上来。但是看到一梯一梯的人，都不是萧朗，她心中还是充满了失望和焦急。她知道萧朗此时正在井下指挥，她也不好用联络器去呼喊他，只能在心中默默地计数。

对了，没错了，这是最后一批了，没问题了。这时候差不多，升降梯快要到底了吧？我就能见到他了。

砰！

一声巨大的爆炸声，伴随着强烈的气流将矿井口的唐铛铛推出去了十几步，她重重地跌在了地上。

突如其来的变故，让唐铛铛和聂之轩愣了半晌后，才连滚带爬地来到了矿道口，向深不见底的矿井里看去。可是他们什么也看不到。

“萧朗！萧朗！”唐铛铛大哭着，对联络器喊着。

可是没有丝毫回音。

“矿井发生事故，请求直升机支援！请求直升机支援！”矿务局的同志在一边对着电话喊，“有两人在井里，爆炸了，估计没救了。”

3

“怎么样？能看到什么吗？”凌漠一边疾步前行，一边问身后捧着显示屏的程子墨。

“从无人机的视角来看，前面根本没有像样的路！步行还行，摩托车是没法横跨过去的！”程子墨操纵着无人机作为凌漠他们四人小队的指引。

听程子墨这么一说，凌漠抓紧跑了几步，沿着地面上断断续续的车轮胎印，向越来越窄的土路前方跑去，说：“再升高一点，最好能看见前面的二号矿井鼓风室。”

“能看见，但周围有很多灌木，所以看不清，但肯定没有摩托车。”程子墨跟着凌漠跑着，气喘吁吁的。

又跑了几分钟，凌漠眼睛一闪，拨开路边的灌木，果然发现了躺在灌木丛中的两辆摩托车。看来对方是将车骑到了这里，见无路可走，于是将摩托车弃在路边。

“果真是两辆摩托。”凌漠说，“说明他们至少两人，最多四人。”

“凌漠，凌漠，好像有人影闪进了二号矿井的鼓风室。”程子墨突然喊道。

“你们两个从近道包抄过去，我和程子墨从小路围过去，快！”凌漠拔出手枪，对两名特警说道。

四个人急速奔跑至鼓风室附近，从四个不同方向持枪向鼓风室移动。

“里面的人出来，你们已经被包围了。”凌漠喊着。

“你是不是还要喊，缴枪不杀？”程子墨嚼着口香糖，笑着说道。

凌漠仍是一脸严肃，上前一脚踹开了鼓风室的门。里面空空如也，鼓风机发出的巨大轰鸣声震耳欲聋。

“你不是说他们进来了？”

“是进来了啊。”程子墨也是一脸不解。

凌漠二话不说，上前检查鼓风口，说：“鼓风口脱落了，这帮人从风管钻进去了。”

“不会吧？”程子墨吓了一跳，说，“这下面几百米深啊！”

“看看图。”凌漠说。

“风管是S形的，他们坐上了一个几百米长的滑滑梯。”程子墨说。

“真是亡命之徒啊。”凌漠心中一惊。

“我们……也这样下去？”程子墨问。

“别开玩笑了。”凌漠说，“这里的管道，下得去，但是上不来。我们只要来得及堵死入口升降梯，他们就是瓮中之鳖了。”

四个人将鼓风管重新接好，转身向二号矿井的入口处奔去。入口处很安静，没有人，升降梯也停在入口处。按照时间推断，即便对方几个人是自由落体到了井底，也来不及跑到入口处坐升降梯上来。所以，对方的人还在井底。

凌漠几个人上了升降梯，在升降梯下降的过程中，戴好了头灯，给枪支上膛，做好了一切准备工作。

和萧朗的感受一样，矿井里总体来说是比较干净整洁的，和他们想象中那种不堪的环境大相径庭。从升降梯里走出来，程子墨就看见了远处有不少巷道，巷道口有三三两两的矿工，不知道在做什么工作。

“警察办案！请配合工作，原地蹲下，不要动！”特警端着95式自动步枪，向前移动。

“矿下有炸药，不要轻易开枪。”凌漠提醒道。

远处巷道口的矿工听见喊声，立即靠墙蹲了下来，表示配合工作。凌漠快速移动到矿工的身边，问：“通风口的出口在哪里？你们见到可疑人员了没有？”

三名矿工蹲在地上，脸上尽是煤灰，看不清眉目，但是三个人都摇了摇头。其中一名矿工指了指矿井的最深处，说：“通风口在最里面。”

“你们其他工友在哪里？”凌漠问。

“都、都在干活儿，谁知道呢？”另一名矿工说。

“这个矿井里面巷道很多，四通八达，我们怎么找？”程子墨蹲在地上，铺开矿道图，看着地形。

凌漠站在一边，并没有看图，说：“靠我们四个，是没办法封锁矿道的各个相通的路口的。反正他们已经是瓮中之鳖了，刚才我已经打电话通知聂哥叫人了，我们等过来支援的特警进来，分队推进，他们就插翅难逃了。”

“可是他们手上有基因催化剂。”程子墨说。

“我不相信他们真的连自己的小命都不要。”凌漠冷笑一声，说，“反正我们有空气呼吸器，关键时刻，我们又死不掉。”

凌漠居然这样说话，让程子墨很是吃惊，她像是不认识眼前的人似的看着凌漠。

“所以，我们守在这里，万无一失。”凌漠此时已经把手枪装进了枪套，不知道什么时候从包里掏出一支香烟，叼在嘴边，转头对一名矿工说，“哥们儿，借个火。”

这样的凌漠更是让程子墨吃惊不已，他什么时候开始抽烟了？程子墨的脑子飞速旋转，看来这小子又在用计了。

一名矿工从口袋里掏出一个打火机，站起身来准备给凌漠点烟。在打火机接近香烟的一瞬间，矿工猛然想将打火机收回。因为在靠近的时候，他突然发现，凌漠嘴上叼着的，并不是一支香烟，而是一支在昏暗灯光下看上去像香烟的白色圆珠笔。

可是收回的动作已经来不及了，凌漠一把抓住了他的手腕，一个过肩摔，将矿工按在地上。情况突变，另外两名矿工噌地站了起来，身后的两名持枪特警也是反应迅速，立即用枪指着两人，大声呼喊着让他俩蹲下。

“干什么？干什么？”被按倒的矿工挣扎着，说，“你们警察不能乱抓人。”

“别装了。”凌漠冷笑了一声，给矿工戴上手铐，说，“进来的时候，我就觉得你们三个不对。按理说，你们突然看到警察，微表情提示的心理活动应该是好奇或惊恐。可是你们三个居然都非常坦然，就像知道我们会出现一样。直到我说我们在这里看着你们，等后援，你们其中两个才表现出有些焦急的微表情。”

矿工听完，不再挣扎，算是认栽了。

程子墨这才知道，凌漠刚才的那一番话，就是在试探他们，从而进一步确认他们的身份。而要打火机点烟，则是凌漠再使一计，彻底确认他们的身份，并且制造抓捕的机会。矿井下有炸药、瓦斯，对于明火，那是绝对严禁的。不会有矿工带着打火机下到矿井下面，因为这是纪律要求，也因为没有谁会拿自己的生命开玩笑。而黑暗守夜者的人，因为要用火来熔化基因催化剂容器的壶盖，所以必然会携带打火机。凌漠这一招，确实很奏效。

三名假矿工可能之前还在考虑如何脱身，没想到形势急转，来不及反应，就只能束手就擒了。

“说！你们挟持的三名矿工在哪里？”凌漠用枪指着假矿工的头，大声问道。

凌漠知道，这三个假矿工肯定不会带着矿工的全套装备来进行投放，那么，最有可能的是，他们进入矿井后，挟持了三名矿工，并且剥下了他们的制服以及装备，伪装成矿工。等到警察从升降梯上下来之后，他们可以瞒天过海，然后趁机溜走。

凌漠的思维很清晰，在制伏假矿工后，他们的第一要务是解救那些生死未卜的矿工。

三名假矿工被反铐住，并排蹲在墙壁边。可是，三个人都是一副死猪不怕开水烫的样子，对于凌漠和特警的逼问，置若罔闻。

凌漠也没办法，总不能上去把他们打一顿。突然，凌漠想起了一事，他拿出卫星信号的接收平板看着，对两名特警说：“你们看好剩余的矿工都在什么位置，现在用最快的速度找到最近的矿工，发动他们就近寻找，看能不能找到被这三人侵害的矿工，同时，也要求他们尽快到我这里集合。现在的首要任务是撤出矿工，保障他们的生命安全。”

两名特警点头应允，检查被铐三人的手铐之后，匆匆离开。凌漠和程子墨则持枪对三人进行控制。

凌漠在三人面前走来走去，这三个人为了伪装自己，都在脸上抹满了煤灰，根本就看不出年龄样貌。不过凌漠也不着急，反正这几个人也跑不了，等回去了，什么妖魔鬼怪都要现出原形。可是，其中一个假矿工蹲在那里，长相非常奇特，一张标准的鞋拔子脸，深深的抬头纹，上颌的龅牙龇到了唇外，眼角还有个蚕豆大的痦子。他头发花白，大约五十岁的样子。

这是一张只要看一眼，就能记住的，辨识度非常高的脸。而这张脸让凌漠的脑袋又开始隐隐作痛了起来。

“你叫什么名字？”凌漠强忍头痛，恶狠狠地问道。

“我叫老虎甘，你听过我的大名吗？”假矿工轻蔑地说道。

“我就听说过牛肉干，还真没听过老虎干。”程子墨扑哧一声笑了出来。

凌漠却怎么也笑不出来，因为此时他的脑袋又开始剧烈疼痛起来了。不知道这个老虎甘究竟是有什么魔法，引得无数记忆碎片又开始不听话地在凌漠脑袋里飞转起来。碎片无情地击打凌漠敏感的神经，让他一阵阵发晕。

“你没事吧？”程子墨注意到了凌漠的异样，有些担心。

凌漠正准备追问些什么，主巷道里突然的一阵嘈杂声吸引了凌漠的注意。凌漠知道，这个时候必须专心，不去想那些乱心神的东西，否则可能会带来无法预料的后果。所以凌漠尽量抛开脑中的记忆碎片，定睛朝远处看去。

原来两名特警已经非常高效地找到了剩余的八名矿工，并且发动矿工寻找剩余的矿工。很快在一个阴暗的角落里，他们就找到了昏厥在地、被剥光了制服装备的矿工。一行人在一起，抬着几名昏厥的矿工来到了主巷道。

“数目不对！多了一个人！多了一个人！”特警一边抬着昏厥矿工，一边朝凌漠这边喊道。

凌漠在远处仔细一看，原来被抬着的、昏厥的、没了制服的矿工居然有四个人。确实，多了一个人。

凌漠的大脑转得飞快，他们发现的是两辆摩托车，那么，黑暗守夜者确实有可能来了四个人。当然，矿务局提供的下矿人数，也是有可能出现偏差的，这个问题矿务局之前就做了说明。但是有一个关键的信息，凌漠对此是记忆犹新的。在观察卫星信号接收器的时候，凌漠确定携带卫星定位下矿的人，只有十一个。那么，大概率是仍有一名黑暗守夜者潜伏在眼前这帮人中间，如果让他靠近，可能大家都会有危险。

事不宜迟，凌漠必须做出判断。剩下的一个黑暗守夜者究竟是潜伏在八名穿制服的矿工中间，还是在这四个昏厥的矿工中间。这两种可能性都是有的，在这四个人下矿之后，有可能派出一个人伪装成矿工寻找投放点或突围藏匿点，也有可能派去看守昏厥的矿工。

那么，从哪里突破呢？

对！身材！

在远处奔跑过来的众人当中，一名特警和一名矿工抬着一个人奔跑得格外吃力。特警都是经过特殊训练的，即便是一个人抬着两百斤的假人跑，也不会显得如此吃力。那么，这说明了一个问题，他们俩抬着的，是一个胖子。再看剩余那些穿着制服的矿工，他们的衣服都很贴身，并无宽大的样子。要知道，天天从事重体力劳动的矿工，应该很少有胖子。于是，根据三段推理法，分析出这个被抬着的胖子，应该是黑暗守夜者的人，他装作昏厥，混在那三名真昏厥的矿工之间，没有被发现。

"警员 024543！你抬着的人是嫌疑人，立即控制他！"凌漠不知道特警的名字，但是超强的记忆力帮助他叫出了警员的信息。

没有想到的是，这个胖子是个灵活的胖子。在特警刚刚反应过来的时候，"昏厥"的胖子突然发力，直接将特警踹倒，然后一个翻身控制住了抬着他的那名矿工。

"不要过来！我手上有毒！我咬开瓶盖后你们都得死！"胖子拿出了一个特制的瓶子，和凌漠他们之前发现的那个一模一样。

"不要停，你们都过来。"凌漠再次遇见了劫持的事件。

和上次不一样的是，这次的凌漠虽然没有克服自己的头痛，但是他学会了尽可能地分散心神，这样反倒让他镇定了很多。因为凌漠每次遇见可能刺激记忆的事件时，他的下意识行为就是在自己的脑海中搜索着记忆碎片，并试图将碎片全部粘合起来。这样的极度用脑，最后的结果就是让他忍受不了头部的剧痛，最终昏厥。现在，他掌握了这一规律，所以努力地克制自己的下意识行为，这样他的意识就还是清醒的。

其余的矿工和两名特警都来到了凌漠的身边，和胖子以及人质拉开了距离。可是胖子很聪明，他严严实实地躲在矿工的身后，即便是神枪手程子墨也不敢贸然开枪。更何况这里是有炸弹、瓦斯的井下。

“两名警员，你们带所有的工友和三名嫌疑人先上去，此地不宜久留。”凌漠知道，万一这个胖子真的咬开了瓶嘴，后果不堪设想。他和程子墨有空气呼吸器，好歹还能支撑，可是其他人就有生命危险了。

可是升降梯限载十人。

凌漠想到了这个问题，于是补充道：“警员 024543，你带着三名晕倒的工友和六名工友先上。上去之后，在井口等，所有人不准离开。”

这样安排的原因很简单，凌漠害怕在剩下的矿工里，还有潜伏着的黑暗守夜者成员。

升降梯开始发出巨大的轰鸣声，而矿井下的气氛却似乎沉寂了。胖子带着矿工一直在向后退。为了防止因为矿道深处的光线太暗，胖子脱离他们的视野，凌漠和程子墨一直向前推进。僵硬的气氛使得时间变得异常缓慢，这五分钟升降梯折返的时间，在凌漠看来，像是度过了两个小时。

终于，升降梯折返了，凌漠听见身后远处警员正在呼喊着，让剩下的矿工和三名嫌疑人上升降梯。

就在此时，意外发生了。

砰的一声巨响，就像是发生了强烈的地震，整个地面剧烈摇晃，天旋地转。矿井内的灯光同时熄灭，同样停息的，还有那轰轰作响的排风管。整个矿道里似乎都填满了灰尘，即便是戴上了空气呼吸器，即使努力调整头灯的光线角度，凌漠还是看不清远方的情况。

“我去，这是地震吗？”程子墨一屁股坐在地上，怔怔地问道。

“不，是爆炸！可是为什么没有冲击波？”凌漠很是疑惑，但是更加心焦，他对着身后喊，“快撤离！你们快撤离！升降梯能用吗？”

“能用！”特警的声音在背后响起，让凌漠稍感心安。

“快上去！”凌漠喊道。

“好！”特警刚刚回答完，又立刻喊道，“回来！再跑我就开枪了！”

凌漠知道，那三个嫌疑人显然是没有上升降梯，而是折返了回来。凌漠在烟尘之中往回奔跑了一截，躲进了身边的一个小山洞一样的小房间里。不一会儿，他就看见三个被反铐着的嫌疑人跑了过来，一边跑一边剧烈地咳嗽。

凌漠猛地从小房间里冲了出来，向三个人撞了过去。三个人防不胜防，其中两个被凌漠同时撞倒在地。特警及时赶过来，和凌漠一起，用枪再次控制住了局面。

身后的升降梯轰隆隆地响了起来，那名矿工突然听见爆炸声，知道矿井随时有塌方的危险，所以也不再等待，直接溜了。井上还有特警把守，所以凌漠也不担心，他和特警把三个人押到程子墨身边，继续和远处那看不真切的两个身影对峙。

“投降吧，如果你不想死在井下。”凌漠摘下空气呼吸器，让自己的声音更大一些。

“放我们走！否则他就得死！”远处烟尘之中，传来胖子歇斯底里的叫声。

“放弃吧，你知道我们不会放你走的。”凌漠说道。

两个人隔空喊话，一人一句，但是谁也不愿意示弱。凌漠知道现在他们这么多人都处于极度危险之中，唯一的办法就是强攻。于是，他示意程子墨摘下面罩，和她商量着进攻之法。

突然，远处传来一声惨呼。

“怎么了？你不要伤害人质！否则你一点退路都没有了！”凌漠重新举起了手枪。

远处静悄悄的，在昏暗的灯光下和满天的烟尘里，现在甚至连身影都看不清了。凌漠一时没了主意，不知道如何是好。

可是，没过一会儿，令他又惊又喜的是，烟尘之中突然出现了一个高大的身影。他一只手扶着一名矿工，另一只手拖着一个伏地的胖子，正大步向凌漠走来。

这个身影，凌漠太熟悉了，是萧朗！

“萧朗？你、你怎么？”凌漠一时丈二和尚摸不着头脑，不知道为什么萧朗会突然出现在这里。但是当务之急，是先撤离这个危险的现场。

“萧朗，小心他手上有毒！”凌漠高声提醒道。

“没事，我把他砸晕了。”萧朗的声音透过他脸上的面罩，依旧清晰无比。

“萧朗！你会瞬移吗？你怎么在这里？这明明是两个矿井！”程子墨更加惊喜，跳着叫道。

在萧朗走到离凌漠他们不足五米的地方的时候，那个伏地的胖子突然再次苏醒。他一脚踢开萧朗拖着他的手，跳了起来。这次，他没法再劫持人质了，但是他在萧朗拔出手枪之前，将手中一直攥着的容器壶盖给咬开了。

“戴空呼！戴空呼！”萧朗一边喊着，一边猛地将胖子扑倒，试图用自己的身体堵住容器里的气体。

可是这个容器里，似乎装着液化气一样，瓶盖一开，一股乳白色的气流就哧哧地喷了出来，即便萧朗去堵，气体也丝毫不减速地喷射了出来。

凌漠、程子墨和特警倒是在第一时间戴上了空气呼吸器。可是那名矿工人质和四名嫌疑人就没那么幸运了，随着气体的喷出，他们一个接着一个晕了过去。

“我去！我刚刚砸那么重，这胖子没晕，现在反而晕了！”萧朗有些懊悔，喊道。

“他是演化者！”凌漠解释道，“快，立即离开现场，说不定他们还有得救。”

凌漠他们一人拖着一个嫌疑人向升降梯挪去。明明只有不足五百米的路程，却像是走了五公里。随时可能塌方的井下，巨大的精神压力让大家根本顾不上说一句话，只能拼足了力气向生的希望移动过去。

好在，升降梯及时地抵达了井下，打开了希望的梯门。

第八章 两具白骨

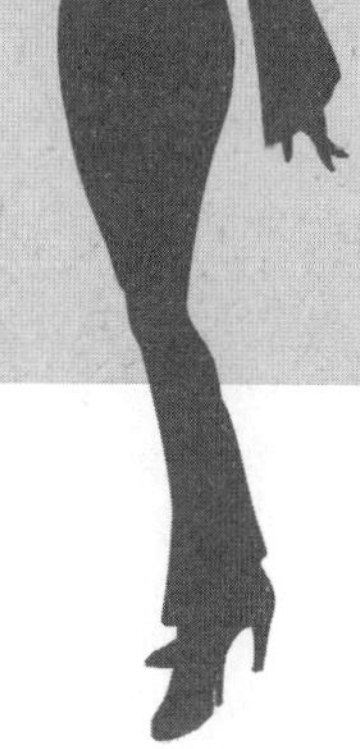

我一直知道她有事瞒我，但我选择瞒过自己的心。

——秦兆国

1

南安市公安医院后院的篮球场边。

凌漠和聂之轩正在操场边的地面上，对着两件蓝色的衣服，翻来覆去地看着。唐铛铛和程子墨坐在球场旁边的栏杆上，百无聊赖地晃着腿。

萧朗蹲在唐铛铛的旁边，仰头看着她的眼睛，觍着脸说："大小姐，你这是哭过啊，眼睛都肿成这样了，你说说看，为啥要哭？"

唐铛铛扭过头去，不理萧朗。

"你还没和我们说，你是如何在大爆炸中逃生的。"程子墨看得出唐铛铛害臊，主动岔开了话题。

"我早就和你们说过，我这人啊，命是最大的，死不了！"萧朗拍着胸脯说道，"当时那个臭鼬说，硫化氢是可燃的。这可真是吓了我一跳，你想想啊，我们当时的位置是在升降梯旁边，瓦斯的浓度是最低的。但是若他真的能放屁放出一个大火球的话，引燃了我们身后浓度较高的瓦斯，那可不就爆炸了吗？我当时看他是真的要点火了，而且升降梯还远得很，所以拔腿就跑。"

"关键是你怎么可能跑得过冲击波？"唐铛铛哑着嗓子问道。

"我也知道跑不过。"萧朗故作神秘地说，"但之前臭鼬借口上厕所，跑去了一个巷道拐角处。其实我下井之前就做了功课，我知道那里不仅仅是个拐角，还是井下的硐室[1]。当时矿务局的人说，井下为了防止发生意外，巷

1　硐室，指的是一种未直通地表出口的、横断面较大而长度较短的水平坑道。其作用是安装各种设备、机器，存放材料和工具，或作其他专门用途，如机修房、炸药库、休息室等。

道边会有这个硐室，运下井的炸药会保存在这个硐室内的铁皮柜里。所以我知道，那里有个铁皮柜嘛。说来也是惊险，我刚刚钻进那个大铁皮柜，外面就爆炸了。我就是命大，本来这个柜子是要上锁的，但是那天正好里面没有保存炸药，所以没锁。”

“所以，是铁皮柜子救了你一命？”程子墨问。

“我自己救了自己一命好吧，多亏我跑得快！”萧朗纠正道，“这爆炸也是真狠，那么重的柜子，都被掀翻了，我在里面滚了好几圈，耳膜感觉都震破了。过了一会儿，我看炸完了，就跑出去看，全是烟尘，啥也看不到。摸索着到了升降梯那里，才发现臭鼬都被炸碎了，脑袋还在那儿骨碌碌地转。”

唐铛铛打了个寒战，说：“所以你还捡了一块肉带在身上是吧？真受不了你。”

“这个叫作取证意识，回来要做 DNA 的，聂哥不是总给我们灌输这个意识吗？”萧朗对着操场边的聂之轩说，“对了，聂哥，DNA 结果出了吗？”

“出了。”聂之轩说，“确实是失踪幼儿，说明这个臭鼬也是个从小就被培养的演化者。”

萧朗说：“你看，你看，我的取证意识有效果吧！取了证以后，我就去检查升降梯，结果这一炸，是彻底把这台升降梯给炸坏了。联络器吧，也不知道是摔坏了还是怎么着，反正喊半天也没人回。我在下面喊，上面也听不见。”

“三百米！当然听不见。”程子墨往嘴里扔了一颗口香糖。

“我当时就怪绝望的，没给炸死，要被活埋了。”萧朗说，“没办法了，我就往矿井深处走，想看看那根通风管能不能利用一下。可没想到，走到矿井最深处的时候，发现那里的煤炭层居然因为爆炸，而和另一个矿井直接连通了。”

“其实我们当时就应该知道，这两个矿井本就是同一深度，原来的开采计划，就是两井连通的。”凌漠一边看着眼前的衣服，一边说道。

“然后我就像是重获新生了一般呗。”萧朗说，“钻过两井连通的那个洞，我就看到一个胖子正挟持着一个矿工，在那里咋咋呼呼的。所以我就随手拿了块石头，跑过去给了他一下，他就直接晕了。可没想到，他到最后居然醒了过来，还把毒气给放了。”

“所以，很危险啊，幸亏我们都有空呼。”凌漠说，“这四个人，当场死了俩。剩下的两个，一个还是重度昏迷。你看这四个人的衣服，除了那个胖子的是普通的长袖 T 恤，其他三个人都是穿着蓝色制服的。”

“制服上，能看出什么吗？”萧朗问道。

“我原本以为蓝色制服上，可能会有我们守夜者的徽章或者标志，结果并没有。”凌漠说，“没有任何字样，没有任何图形，就只是普通的工作服而已。不过，这三件工作服一模一样，也就说明问题了。这三个人应该是黑暗守夜者的保安，或者叫雇佣兵。而那个胖子，是演化者。”

“怪不得我打不晕他。”萧朗说。

“胖子现在处于重度昏迷的状态，感染情况非常严重。DNA 还在做，估计也是对得上身份的。”凌漠拍了拍手，直起身来，向萧朗他们走了过去，说，“现场地面上，经过后来的勘查，发现了第三辆摩托。说明他们是两个演化者、三个保安一起来的，按照第一个矿井的情况来看，他们之所以来两个演化者，是要每个演化者下一个井的。可是，投放毒气只需要在地面上的鼓风室就可以完成了，为什么演化者还要冒险下井？从胖子中毒昏迷的结果来看，他们也是顶不住这种感染能力很强的毒气的。”

萧朗迷茫地摇了摇头。

凌漠翻身一跳坐在栏杆上，说：“你想想看，你下去的时候，演化者在做什么。”

萧朗也跳到栏杆上，坐在凌漠和唐铛铛之间，说：“我下去的时候，臭鼬正在升降梯旁边，也不知道他在干什么。当时他伪装成放炮员，我哪里知道他是臭鼬啊，我们就进去搜索了。出来的时候，升降梯的钢索就坏了，很显然，是臭鼬破坏的。但是后来我想想，他既然能破坏主钢索，当然也可以破坏备用钢索。之所以不破坏，是他也不想被活埋在井底啊。破坏主钢索的目的，就是延长我们上井的时间。本来一梯可以上一半人，如果想用屁来弄晕所有的矿工、特警和我，他没有把握。所以，他用这种办法，自己先躲了起来，直到井底就剩下我和他。从他当时的口气来看，是准备把我臭晕，然后自己上井。只要我真晕了，哪怕他不往下面点火，我也肯定中毒死了。总之，他的行动轨迹说明，他的目的，是让我死。”

凌漠听完，想了想，点了点头表示认可，说：“我们这边情况不一样，他们是被我们逼迫从通风管进入矿井。当时他们劫持了三个矿工，并且换了矿工的衣服。胖子则留下来看守那三个矿工，其他保安到巷口，可能是为了探查情况。不过，到最后，胖子还是准备同归于尽的，这让我感觉，他们的目的确实是让我们死。”

“如果仅仅是做个实验而已，他们直接在两个鼓风室放毒就完事儿了，何必那么麻烦。”萧朗说，“下井本身就很危险，而且还被我们堵在下面了。对了，在我们进去找人的时候，臭鼬是有机会坐升降梯逃离的，但是他没有。”

“他肯定知道井口有警察，上去可能被抓。”程子墨说。

“如果只是单纯地想跑，上去还是有可能糊弄过关的。”凌漠说。

“那他们的真实目的究竟是什么呢？”萧朗说，“可惜了，这胖子估计醒不过来了，臭鼬又成了一堆烂肉，剩下的一个保安，我猜他也不知道什么。”

“医生说，因为剩下的一个保安吸入毒气少，所以感染情况不严重。”凌漠说，“现在就寄希望于他可以在治疗后苏醒过来了。不管他知道些什么，我想总会对我们有所帮助。”

可惜这个有希望苏醒的保安，不是老虎甘。凌漠发起了呆，似乎在回想着什么。

“保安醒了，可以问了。”聂之轩拿出手机看了一眼，对凌漠说，“你和萧朗去问吧，我们等你们的好消息。”

凌漠和萧朗快步走到公安医院的急诊病房内，凌漠从护士手上接过了提前打招呼准备好的注射器，然后板着脸走进了病房。

躺在病床上的枯瘦男人，看上去三十多岁。在矿井现场的时候，他敏锐地发现了胖子准备同归于尽的想法，所以虽然自己是被反铐着双手，但还是将头顶的矿帽甩到了面前，护住了自己的呼吸道。因此，他吸入的有毒气体较少，感染情况也不严重。经过一夜的休整，此时完全苏醒过来了。

男人原本就有些不安，此时看到了在矿井下智慧与狠辣并存的凌漠出现在自己的床头，男人的面部表情更加不自然了。

凌漠完全不去理会男人有什么表情，也不听他啰唆，直接走到床边，将手中的注射器插入了吊瓶的软塞，将注射器里的液体全部注入了吊瓶。紧接着，凌漠关闭了输液管的控速滑轮，说："现在我把你的点滴停了，因为现在瓶子里注射了一种药物。这种药物叫作血管痉挛剂，进入人体后，会导致全身血管痉挛，发生剧烈的疼痛。要知道，是全身血管哦。"

这个动作和这句话让男人惊恐不已，他想拔去自己的输液管，可是双手分别被两个手铐铐在了床栏上，他根本无法接触到左手手背的针头。

"大哥，大哥，你这是干什么？"男人惊恐得语无伦次，"有话好好说，我又不是坏人，你是警察，你不能这样。"

"你不是坏人？你们滥用私刑，还不是坏人？"凌漠沉着声音说道，"既然你们那么喜欢用私刑，我今天也给你感受一下。"

"没有，没有，大哥，我真没有。"男人挣扎着，手铐和床栏碰撞出咔咔的声音，"我就是个保安，我啥坏事也没做过，真的没做过啊！"

"别动。"凌漠说，"老实回答问题，你还有救，不然的话，我就把控速滑轮打开，给你体验一下。"

"我不动，不动，大哥，你问啥我答啥，有一句假话天打雷劈。"男人保证道。

凌漠见男人真的是被吓坏了，于是问道："姓名，年龄，加入犯罪组织的时间？"

"我、我叫司马广，是文疆郊区的村民。"男人说。

"司马光？砸缸的那个？"萧朗憋着笑。

"广，广告的广。"男人说道，"今年三十三岁，在福利院工作了四五年吧。”

“福利院？”凌漠说，“你说的是，矿上的那个福利院？后来你们搬到了驼山小学，是吧？”

司马广点了点头，说：“你不都知道吗？”

“你认为，你供职的单位是个福利院？”凌漠追问道。

“不然呢？好多孩子，还有老师。”司马广说，“还有一些研究人员、老教授，他们做研究都是为了赚钱养活孩子们吧。”

“他们平时都做什么？”

“我不知道啊，我就看到有的时候会给孩子们上一些课，科学、格斗什么的。”司马广说，“我就是一个保安，平时也就负责维持维持秩序，出去买买菜什么的，真的什么都不知道！”

“你们从驼山小学出来后到哪里去了？”

“这个，我说不出来。”司马广说，“从驼山小学出来，福利院的领导似乎对我们产生了怀疑，不让我们和他们住一起了。然后，我们就住在一座大山脚下的一些废弃民宅里。他们则进山了，具体在山里的哪个位置，我是真的不知道。他们定期会有一个年轻人下山，从我们这里拿我们购置好的生活物品。”

“你说的福利院的领导是谁？”凌漠追问。

“这个，不太知道啊！以前是一个叫涡虫的美少妇，后来听说她叛变干坏事去了，现在就是一个姓吕的教授在打理。”司马广说。

“你们都是一个组织的，难道你真不知道他们在山里的具体位置？”萧朗不甘心地问。

凌漠发现司马广有些犹豫，于是举起了拿着控速滑轮的手。

“别，别。”司马广连忙说道，“我想想，我想想。”

“快点想。”

“具体位置，我是真不知道，他们不让我们上去。”司马广说，“但最近我们经常可以看到他们在山上烧饭还是干什么的，烟雾挺大的。我估计，那有烟雾的地方，就是他们居住的地方。”

“烧东西？”

“就这两天吧。”司马广说，“我真的什么都不知道！我真的不知道他们是干坏事的。”

“不干坏事，需要藏着掖着吗？”萧朗厉声说道。

司马广一时语塞。

“说说你们这次的行动吧。”凌漠话锋一转。

“这次具体什么行动，我也不清楚。”司马广说，“我们三个保安就是负责骑车，带着两个也不知道叫什么名字的年轻人。到了第一个地方，两个年轻人就说让我们丢下一辆车，然后其中一个年轻人就和矿工们一起下井了。那个年轻人好像认识矿工们，或者是他本身就在矿上工作。”

“这个我们查过了，他冒用了一个人的身份，在矿上工作。现在矿务局正在组织调查组调查这一次的事件。”凌漠说，“你就说你们的过程。”

“他下井以后，我们就到那个轰隆响的房间去了。”司马广说，“胖子让我们三个在外面等，之后，他进去里面，不知道在干什么。后来我们仨里的一个人发现你们好多人、好多警察上山了，就通知了胖子。然后胖子就敦促我们去下一个轰隆响的房间。结果骑车骑到一半，没路了，只能步行。速度慢了，就被你们堵在小房间了。胖子说，他知道这里的管道就和滑梯一样，就带着我们从管道滑下去。我的天哪，现在都不敢想当时的景象。要不是胖子弹性好，在最下面给我们当肉垫，我们都得摔死。后面的事情，你们都知道了。”

“还说你不知道他们在干坏事，不干坏事，看到警察你们跑什么？”萧朗问。

司马广继续无语。

“你知道，第一个下井的年轻人，他为什么要下去吗？”凌漠说，“别随口答，仔细想想再回答我。”

司马广闭着眼，想了想，说：“他们好像在路上讨论了一会儿，那个年轻人说什么浓度不好控制，要下去看看。然后胖子说下去危险，他就说没事，说排风管在最深处，他只在井口看。”

凌漠和萧朗对视了一眼，明白了他们的意图。他们在投放毒气的时候，仍不确定计算的浓度成不成功。于是，他们派了一个人下井，观察中毒矿工的情况。因为害怕自己被感染，所以一直没有向矿井深处走去。在萧朗他们下井后，臭鼬临时改变了计划，他决心要把两次照面都在破坏他行动的萧朗杀死在井底。为了不被其他矿工和特警联合制伏，他就使用了破坏升降梯，只留下自己和萧朗的方法。

“这还不叫干坏事吗？”萧朗又逼问了一句。

“真的，没有了，除了这次，我真的没有参加过他们任何一个活动！我说的都是实话！”司马广说道。

“知道了。”凌漠举起了控速滑轮，猛然把滑轮转开。吊瓶里的液体开始向软管中滴注。

司马广惨叫了一声，大声喊道：“我说！我说！还有一次！还有一次！”

这倒是个意外的收获，凌漠饶有兴趣地又把滑轮关上。

“还有、还有就是大概一年前吧。”司马广喘着粗气，说道，“我、我帮他们埋了一次尸体。”

“埋尸？小孩的尸体？”萧朗问道。

“不是，不是。”司马广连忙说，“是一个老人家的，呃……也不算老人家吧，五六十岁的。我不知道他怎么死的，真不知道。我只是按照我们保安队长的要求，去埋尸体。”

“什么人的尸体你都不知道？”凌漠厉声说。

“我、我就听说是姓裘。”司马广说。

萧朗和凌漠同时一惊。

司马广接着说：“他们说他是坏人，还说这人十恶不赦，坐过牢什么的。可是我真不知道他是怎么死的！我真的没参与。”

“埋哪儿了？”凌漠说。

“就在安桥那个矿上的福利院附近，距离福利院不远。”司马广说，“可是具体位置，我不清楚。”

通过这次谈话，凌漠知道这个司马广是个路盲，连东南西北都不分。

于是问道："我现在给你一张地图，你能找出位置吗？"

司马广茫然地摇摇头。

"那我们带你去呢？"

"可以试试。"司马广说，"只能说试试。"

说完，司马广居然哭了起来，说："我真是倒霉，怎么会找到这么一份工作？开始还觉得挺轻松的，虽然工资不错，却不能回家。谁知道他们是干坏事的啊！我真的是不知道啊！"

凌漠没理他，把控速滑轮再次打开。

"别啊，别啊！大哥！真的没有了！我真的什么都不知道了！我知道的全都告诉你们了！"司马广再次惨叫了起来。

"跟你开个玩笑而已，刚才我注射进去的，是医生需要给你加的抗生素。"凌漠淡淡地说道，留下司马广一脸茫然地躺在病床上。

"走吧，我去找老萧，组织警力把他们老巢给围了。"萧朗摩拳擦掌。

"不，不能贸然行动。"凌漠说，"如果如司马广所说，他们现在藏身于深山老林之中，那可是易守难攻的。万一打草惊蛇，就会再次竹篮打水一场空。所以，我觉得应该让子墨带着两个特警，根据司马广的大概描述，先行侦查。根据侦查的情况，再进行部署。"

萧朗思考了一会儿，说："可以。"

萧朗这么痛快地就赞同了自己的意见，这让凌漠很是惊讶，他准备了一肚子说服他的话，看来都不用说了。

"那我们……是不是要带着司马广去挖尸体？"萧朗的口气居然变成了征询。

凌漠点了点头，说："如果不出意外，这具尸体很有可能就是大家都找不到的裘俊杰。如果真的是裘俊杰，这事儿就有意思了。你想想，一年前是在越狱大案之前，是在崔振寻找裘俊杰之前。为什么在那个时候，裘俊杰就死了？"

萧朗"嗯"了一声，陷入了思考。

"那就这样办，我让子墨先根据司马广的描述来找地方并进行侦查。子墨对地形的敏感，是我都难以企及的，我相信她能找到。”凌漠说，“我们呢，准备准备，晚上去挖尸体。”

“晚上？”

“是啊，兴师动众地去挖尸体，我怕打草惊蛇。”凌漠说，“现在，咱们所有的行动，能多保密，就要多保密！”

2

“这月黑风高的，你确定你能认清方向？”萧朗一边开车，一边看着外面漆黑的夜空，问道，“你可是连东南西北都分不清的。”

“谁说我分不清了？”司马广戴着手铐，坐在万斤顶的后排，说道，“虽然我确实有点路痴，但这里我真忘不了。我帮你们找到了尸体，你们是不是可以帮我减刑？”

“我们会和法庭说明情况的。”凌漠安抚道，“你为什么忘不了埋尸的地点？”

“那是我第一次看见尸体好不好？还要去埋尸！”司马广露出一副惊恐的表情说，“当时要不是想赚那 2000 块钱，我才不去！而且，还是晚上。”

“即便你是第一次见尸体，也不至于在这种深山老林里还记得路吧？”萧朗还是心存怀疑。

萧朗、凌漠和聂之轩三人押着司马广驾车行驶了两个多小时，才开到了那座已经被封查的矿内福利院。然后再根据司马广的提示，向福利院后侧的一座大山里行进。虽然这座大山脚下是有错综复杂的小路的，但是司马广这个路痴似乎轻车熟路一般，一直指挥着车开进了山里好久，才在一个三岔路口停了下来。

“你确定在这里？”萧朗跳下了车，用手电筒照着周围。这是一片寂静的树林，周围有各种昆虫的鸣叫声，植物也长得很是茂密，根本看不出有什么异常之处，更说不上有什么标志性的建筑或者植物了。

“就是这里，没错了。”司马广也跟着下车，指着小路旁边已经长满了灌木的土地说。

“奇了怪了，你究竟是怎么认出来的？你现在让我把车开出去，再开过来，我都不一定找得到，何况你埋尸都是一年前的事情了。”萧朗说。

“哪有那么难？”司马广笑着说，“福利院不是在这座大山的南边吗？找到最高的那座山峰，然后从小路进山，在最高山峰的正南边下面的小路上，找一个三岔路口就行了。你一路开进来，只看到了四岔路口吧？没看到三岔的吧？第一个三岔路口的东南角就是埋尸的地方了。”

“三岔？东南？”萧朗一脸不解地问，“啥意思啊？”

“就是我们保安队长要求的，去最高的山峰正南边的一个三岔路口，把尸体埋在路口的东南角。”司马广说，“我们没车，都是徒步的，所以一看到三岔口，立即就埋了，就这么简单。”

“为什么要这么埋？”凌漠问道。

“谁知道呢？说是领导让这样干的。”司马广说，“而且要我们严格保密，要是说出去就会没命。”

“保密可以理解，但是在一个看似固定又不固定的特定地点埋尸，代表了什么？”凌漠转头看了看聂之轩。

聂之轩正用假肢摸着自己的下巴，说：“我猜，可能是一种风俗。据我所知，很多不同的地方，或者是不同的宗教甚至邪教，对埋尸都是有要求的。比如我听说过有人为了不让尸体的灵魂出窍，要在尸体上撒米。”

“恐怕也只能用风俗来解释了。”萧朗说完，挥舞手中的铁锹开始挖了起来。

“不不不，不是风俗，保安队长说，这是领导研究《易经》的结果。”司马广说，“说这都有科学道理，只是现在科学技术有限，我们不知道其中的道理。”

“你们是几个人过来埋尸的？”凌漠也拿起铁锹帮忙，一边挖，一边问。

“一共三个人，队长指挥，我和胖子两个人挖的。”司马广说。

“就是那个在矿里的胖子？”

司马广点了点头。

可能这帮人埋尸的时候比较仓促，所以两个人没费多少工夫，就挖出了衣服的一角。

“果真在这里！真有你的。”萧朗说。

“这有什么，这里就是很好找啊。”司马广被表扬了，甚至有些开心。

萧朗快速挥动铁锹，不一会儿，就将尸体的表面全部暴露了出来。在强光手电的照射下，那一具已经白骨化的、穿着老式中山装的尸体仰面躺在土坑里，看起来有些恐怖。在尸体表面全部暴露的时候，聂之轩叫停了萧朗。因为尸体的软组织已经消失殆尽，所以骨骼之间就失去了连接的纽带，这个时候触碰尸体，就有可能改变骨骼的原始位置。

“哎哟，怎么都变骨头了？”司马广说，“阿弥陀佛，冤有头、债有主，可不关我的事啊！”

“嗯，他说得没错，这种白骨化程度，符合在这种气候下掩埋一年左右时间造成的情况。”聂之轩在土坑旁边支起两盏强光灯，用万斤顶上的发电机发电，把土坑照得犹如白昼。

聂之轩戴好了装备，开始检查尸体，说：“尸体衣着正常，衣裤均未见血迹。打开衣物后，可见尸体已经完全白骨化。颅骨无骨折，全身骨骼无骨折。”

“这要是看不出伤，是不是就不能确定死因啊？”萧朗打断了聂之轩，问道。

聂之轩点了点头，回答道：“不是所有的白骨化尸体都可以查明死因的，如果找不到可以判断死因的损伤，我们还要提取尸体下方的土壤回去，看看有没有可能是中毒死亡。但也有可能完全找不到死因。比如，凶手一刀刺破了死者的心脏，没有伤及肋骨，到尸体白骨化的时候，就什么也看不出来了。”

“可是如果那样，衣服上应该有破口，而且应该有血染。”凌漠说。

“不错。”聂之轩用自己的假肢竖起了大拇指表示肯定后，说，“但如果清理过尸体、换过衣服呢？”

“他们不过是杀个裘俊杰，没必要那么麻烦。”凌漠说。

聂之轩点了点头，说：“死者所有的骨骼都是完整的，没有损伤，包括脊椎骨也是正常的。不过，呃……不过我还是找到了他的死因。”

说完，聂之轩用镊子从死者的颈部夹出了一小节骨骼，说：“你们看，这就是舌骨，两侧舌骨大角都骨折了，骨折的地方颜色加深，说明不是死后形成的。”

“舌骨骨折？掐死的？”萧朗问道。

聂之轩没说话，又用手术刀和止血钳配合，把死者颈部的泥土清理掉，暴露出没有完全腐败的软组织，说：“舌骨下面的甲状软骨也有纵行的骨折线，这么大的受力面积，这种骨折线形态，勒死、缢死的可能性就不大了。所以基本上可以判断，是扼死。”

“扼死就是掐死嘛，我说得对吧！”萧朗自豪地说。

“被人杀的，能确定吗？”凌漠问道。

“扼死是唯一不能是自杀的死亡方式。”聂之轩解释道。

“果真是个命案啊。”萧朗说道。

聂之轩又检查了死者的指甲，再掰开死者的下颌，说：“当然，还需要窒息征象来印证。还可以看到死者的甲床[1]是青紫色的，我来看看有没有玫瑰齿。哎？你看他嘴里是什么？”

说完，聂之轩用止血钳伸进死者的口腔里，夹出了一枚一元硬币。

“你们在他嘴里塞硬币了？”凌漠问司马广。

司马广摇摇头，说：“这个，我真不知道啊！”

“这样看起来，真的是风俗。”聂之轩说，“和选择埋尸地点一样。不过，这个姓吕的既然是搞科学的，为什么会迷信啊？”

“这个不矛盾。”萧朗说，“那些信邪教的，还有那些被电信诈骗的，有很多都是大学教授好不好？越钻研科学，说不定就会越迷信。”

“不是迷信，不是说是《易经》吗？”司马广说。

---

1 甲床，指的是指甲或趾甲深面的基底部分。

“《易经》里可没说这个。”凌漠说道。

“不管怎么说，这个受害者死于扼死的征象是很明显的。”聂之轩从车里拿出一个裹尸袋，将土坑内的骨骼和衣物逐一捡进尸袋里，说，“回去用牙齿做个DNA，确定一下身份，就可以立案侦查了。”

萧朗见聂之轩已经将骨头捡完，拉上了尸袋的拉链，于是和他合力把骨头塞进了万斤顶的后备厢。

凌漠则是蹲在土坑旁，拿着一株刚刚被萧朗挖倒的灌木发呆。

“看什么呢？走了，小心山里有野猪。”萧朗喊凌漠上车。

凌漠蹲在原地，没动，说：“你看看，这灌木为什么只有这个坑上才有，周围都看不到一模一样的？”

聂之轩听凌漠这么一说，又从车上跳了下来，拿起挖倒的灌木看了看，说：“你还别说，真是这样的！这是海桐，常绿灌木。现在想起来，我们一路开过来，都没见到海桐。”

“土被挖的时候是一年前，野草是可以春风吹又生的，但是灌木可就没那么容易了。周围没有海桐，哪儿来的海桐种子？”凌漠说。

“啊，对了，我想起来了，我们保安队长在我们埋完了尸体以后，在上面撒了什么。”司马广坐在车里叫了起来，“他当时还说，有尸体在土壤下面养分好，春天一过，上面就什么都看不出来了，都是一片绿。”

“你小子不早说，差一点儿错过了重要信息！”萧朗作势要打司马广，吓得他往后一躲。

“难道又是风俗？”凌漠沉思道。

“海桐皮可以药用，有很多种独特的药物成分。”聂之轩说，“你说，不管是风俗还是为了掩盖现场，既然有这么多海桐种子，是不是可以作为调查的线索？”

“查海桐种子的销售？”凌漠看了看聂之轩，后者点了点头。

一行人不再说话，又乘了两个小时的车，回到了南安市局。办好了司马广的羁押手续后，聂之轩带着尸骨去了DNA实验室，而萧朗和凌漠则回到了守夜者组织。

躺在宿舍的床上，萧朗和凌漠久久不能入睡，但一直没人开口说话。

“刚才在路上，我问了司马广，他说在埋尸之前，就再也没有见过崔振了。”凌漠打破了黑暗中的寂静，说道。

“我知道你要说什么。”萧朗说，“在幽灵骑士越狱案之前，崔振应该在找裘俊杰拿图纸，自然不会杀他。他们没直接针对金宁监狱的缺点去帮杜舍越狱，说明他们也没有找到裘俊杰。裘俊杰却在那个时间点，被人杀了。这只能说明一个问题。”

“嗯，你说说，什么问题？”凌漠说。

“说明裘俊杰是吕星宇杀的，埋尸的人也是吕星宇的人，可以充分证明这一点。”萧朗说，“吕星宇杀裘俊杰的意图，似乎也明朗了起来。他不想让崔振找到裘俊杰，就是不想让崔振去劫狱。说明吕星宇和崔振所追求的目标，是不一致的。”

“崔振是为了给父亲和哥哥报仇，但吕星宇不是。”凌漠说。

“吕星宇不让她去报仇，肯定是害怕她做了大案子，吸引了警方的注意，露出了太多马脚，甚至被抓。”萧朗抢着说，“那样的话，就会牵连吕星宇，导致吕星宇没有充分的时间做实验，从而无法完成自己的天演计划。”

“这个和后期吕星宇通过皮革人、‘医生’追杀崔振的分析是一致的。”凌漠说。

“最终，说明一个问题。”萧朗说，“吕星宇的目的，比几十个人越狱、杀害好几个人、为董老师报仇的事儿，要大得多！”

两个人再次陷入了沉默，凌漠的沉默代表他和萧朗的分析结果完全一致。不过，只是分析出了这个结果，似乎对侦破整个案件没有任何帮助。程子墨和唐铛铛已经赶去了省公安厅，在厅里会有省测绘局的人，根据司马广的供述来分析吕星宇他们现在可能藏身的地点。这才是这个案子一举侦破的关键所在。但听说司马广给出的特征描述十分宽泛，即便是省测绘局的专家，也不可能立即得出结果。现在多个领域的专家正在协助程子墨他们分析、测算黑暗守夜者藏身地的概率，再由程子墨按照概率大小逐一侦查。这项工作看起来至少还需要一天的时间。

萧朗也知道现在急也急不得，于是转移了话题，问道：“对了，这些天，你找卷宗找得怎么样了？”

凌漠在黑暗中摇了摇头，说：“如果我的被劫持、和警方对峙的梦境都来源于现实，那么我……嗯……那应该不是我，反正是有个孩子当时应该是被歹徒扔出去了。既然被扔了出去，即便歹徒被击毙，这案子也不能算破了吧？没破的疑难案件，咱们守夜者卷宗库里都应该有吧？可是，找不到。”

“没破的重点疑难案件才有！”萧朗纠正道，“而且，你说的那情况，算破案了。”

“所以，找卷宗就像是大海捞针。”凌漠有些沮丧。

“中国这么大，你又不知道案发地在哪里。”萧朗说，“而且，你也只是猜测一个大致的时间，这个大致，一大致就大致了前后好几年。再加上你猜测的那个年代，还没普及电脑呢，更没有公安内网。确实，说白了就是大海捞针。”

“可是，不大海捞针，也没有别的办法。”凌漠的声音在黑暗中发出来，是一种和他的年纪不相匹配的沧桑，他说，“这几次行动，算是真正和崔振以及那些黑暗守夜者成员打了照面了。他们中的有些人让我感觉似乎很面熟。”

“那也正常。”萧朗说完，突然觉得自己有些唐突，他抱歉地看了一眼凌漠，可是在黑暗中看不真切，于是赶紧说道，“你不是不知道自己的身世吗？现在只能指望抓到崔振和吕星宇以后，看能不能找到你的身世。”

“可是我每等待一天，都是煎熬。”凌漠叹了口气，他最近确实被这连续不断的噩梦折磨得够呛。

“说到崔振，我还想起来一件事情。”萧朗说，“上次我去市局翻阅他们侦查部门对崔振的社会关系的广泛调查内容，就是看她的联系人什么的，发现有个名字似乎有点熟悉。”

“谁？”

“其实也不算是很熟悉、很经常的联系人。”萧朗说，“就是隔三岔五打个电话的那种，叫秦兆国。你听过没？”

一阵窸窸窣窣的响动，是凌漠坐了起来的声音，他似乎有些激动："秦兆国？他是看守所的副所长，越狱大案发生后，他因为涉嫌玩忽职守罪，被检察院拘了。"

"啊？这样啊？"萧朗倒是没有那么激动，他说，"检察院调查案件，和我们不一样，都神神秘秘的，所以有什么消息也不会通报给我们。我估计这个调查记录已经给检察院了，说不好听的，既然裘俊杰都死了，崔振他们对看守所内部结构还那么熟悉，说不定这个秦兆国就是个内鬼。"

"你说是秦兆国把看守所图纸给崔振的？"凌漠问道。

"保不齐呢。"萧朗说，"要不然崔振他们怎么对看守所地下道了如指掌的？"

凌漠坐在床上，思考了一会儿，说："我要见秦兆国。"

"大哥，大半夜的，赶紧睡觉吧，明天再说。"萧朗翻了个身，把被子蒙在了头上。心想凌漠这个家伙又抽什么风，也怪自己闲得没事，提这个事情干什么？

"明天可以，但是我一定要见到他。"凌漠说。

"都说了，检察院办案，神秘兮兮的，又都是官老爷模样，不好说话，你见不到的。"萧朗说。

"你可以，你带我去见。"凌漠说。

"我？我不可以。"萧朗说，"我凭什么要带你去见？"

"你爸是政法委书记、公安局长，可以协调检察院。我们是公事，又不是徇私枉法。"凌漠说。

"我不想去求老萧。"萧朗依旧背对着凌漠。

"也是，最近这么多次行动都没抓到关键人物，你恐怕是没脸见萧局长。萧局长见到你，估计也就是骂。"凌漠用起了激将法。

"我没脸？要不是我，案件能进展这么快吗？能严重挫败、打击对手的力量吗？"萧朗转过身来，反驳道。

"可你还是不敢见萧局长。"凌漠说。

"有什么不敢见的！我带你去就是！"萧朗气鼓鼓地说道。

3

萧朗带着凌漠，穿过北安市公安局看守所的层层大门，来到会见室。

这一上午，他们俩可真是没有闲着。一大早，萧朗就被凌漠喊了起来，去找了萧闻天。当然，萧闻天并没有像凌漠说的那样指责萧朗，而是非常痛快地和检察机关的负责人进行了协调和沟通。因为秦兆国原本就是南安市公安局看守所的副所长，所以他当然不能被羁押于南安看守所。于是，在获得检察机关负责人的许可之后，萧朗又开了两个多小时的车，来到了秦兆国被羁押的地点——北安市公安局看守所。

在会见室里等候了一会儿，就看见秦兆国穿着看守所的蓝色马甲，戴着手铐，被两名监管民警带到了会见室里坐下。秦兆国近四十岁，但是看上去面色憔悴，双鬓斑白，双眼无神，就像是已经接近花甲一般。他坐在会见室的桌子旁，上身笔直，看上去仍不像是一名犯罪嫌疑人，而是一身正气凛然的公职人员。

眼前的两个年轻人，很是陌生，所以秦兆国的眼神里充满了疑惑。

“我是萧朗，他是凌漠，我们是……公安局的。”萧朗想了想，还是隐藏了守夜者组织的名号。

“我听过你，闻天局长的儿子。”秦兆国笑了，双眼两侧的鱼尾纹很深。

“呃……其实，我们就是想来向您了解一下，您和崔振之间的事情。”萧朗也不知道自己为什么对眼前的这个犯罪嫌疑人用上了敬辞，可能是他身上的那股子正气感染了萧朗吧。

“哦，你是说，图纸泄密的事情吗？”秦兆国说道，“之前检察院也调查过了，说是崔振策划了越狱大案，她对我们看守所的内部结构了如指掌，认为是我故意泄密。我当时也解释了，个人私情和组织纪律之间，我知道怎么选。保密的事项，绝对不可能从我的口里漏出，这我非常有信心。但是，后来，我又仔细想了想，觉得自己的信心不那么足了，所以我也和检察机关说了，虽然我不知情，但是我愿意承担所有的责任。”

“信心不足？你指的是……”凌漠问道。

"前两年，崔振总是提出要来我的办公室坐坐。我们是监管部门，按照规定，是不允许的。"秦兆国说，"但是，我可能是被迷了眼吧，所以我就同意了，悄摸地带她来我办公室坐了两个小时。在这期间，我出去上厕所一次，接到管教汇报处理事务一次。这个时间，如果崔振在我的书柜里找一下，是有可能找到图纸并拍照的。而且，我们所来了一个毫无监管经验、毫无处置突发情况经验的所长，这一点也是我告诉崔振的。说者无意，听者有心，我完全想不到她是一个别有用心的人。违反了纪律，造成了后果，我必须承担责任。"

萧朗看了看凌漠，凌漠微微点头，意思是从微表情来判断，这个秦兆国的心理活动非常自然，他说的都是真话。

"我注意到你今年快四十岁了，还没成家，是为了崔振吗？"凌漠很是直白。

秦兆国也不藏着掖着，他点了点头。

"那能说说你们之间的故事吗？"凌漠试探道。

秦兆国不愧是有多年公安经验的老民警了，他很快意识到眼前的两个年轻人并不是来兴师问罪的，于是说道："我和崔振，是我藏在心里很多年的秘密。不过为了你们能尽快破案，我愿意告诉你们我跟她的全部事情。只是，这么多年了，她对我一直若即若离，我对她可以说是不甚了解，不然我也不会被她利用。所以，我和她的故事很少，很寡淡，未必能对你们有所帮助。"

虽然秦兆国这样说，但是他还是毫无保留地把自己和崔振的故事说了出来。

秦兆国在大学三年级的时候，认识了崔振。当时秦兆国是公安学院监管系大三的学生，因为在东北的金宁监狱有熟人，所以利用假期时间去金宁监狱见习。见习的过程中，毫无波澜，唯一遇到的算得上是个"事件"的，就是偶遇了崔振。崔振和秦兆国年龄相仿，当时的崔振年轻、漂亮、神秘，第一次见面就让秦兆国一见钟情，从此一发不可收拾。至于她为什么会带着匕首来监狱，她要找什么人，秦兆国通通没有记住，唯一记住的，就是她那与年龄不符的拒人千里之外的气质。

天意弄人，一年之后，大学毕业的秦兆国被分配到了南安市公安局看守所工作。在一个大雨天，他下班路过超市去买方便面的时候，看到了一把他非常熟悉的大黑伞。那把伞，是他大一的时候，老师送给他的。而之后他在金宁监狱门口，将大黑伞送给了崔振。他又遇到了崔振。这一次偶遇，改变了秦兆国的生活轨迹。他没有想到在这么远的地方，可以和自己一见钟情的女人相遇。后来，他就没有再在乎过除她之外的任何一个女人。

可是，接下来的二十年，秦兆国用的那个形容词——若即若离，用来描述他和崔振的关系是再恰当不过了。对于崔振的一切，秦兆国除了知道她是在某个不知名的生物制剂公司工作，其他一概不甚清楚。甚至对她的住处，也只是知道个大概。

秦兆国的心里也清楚，崔振和那个大学教授唐骏的关系肯定是不一般的，他们两个人虽然相差了十来岁，但是肯定不是老师和学生的关系那么简单。尽管崔振说自己跟随唐骏，不过是为了学习，为了考心理咨询师，但秦兆国也私下调查过唐骏的情况，知道唐骏是个有家庭的男人。可是崔振一直否认自己对唐骏的感情，他秦兆国又能说些什么呢？直到 2002 年，唐骏中年丧妻，当时秦兆国认为自己的这段感情肯定是要告一段落了。可是，又静静地等待了两年，唐骏并没有和崔振重组家庭的迹象。可能唐骏是为了孩子，也可能唐骏对崔振的感情并不是爱情。但是秦兆国知道，崔振的眼神里，闪烁的明明就是对唐骏满满的爱意。于是，这种三角恋的关系就这样继续拖了下去。说白了，秦兆国很清楚自己这么多年来，不过就是个备胎。

人就是个奇怪的动物，即便知道自己是备胎，依旧会被荷尔蒙麻痹到失去理智。秦兆国说，只要唐骏和崔振一天没有结婚，他就有机会。所以，这么一等，就等了二十年。等过了自己的青春时代，等过了人生中最美好的日子。

也不能说秦兆国的青春不美好，他全身心专注于监管工作，取得了很多不菲的成绩。崔振偶尔也会和他约会，让他感受着那种像雾像雨又像风的、似有似无的爱情。

单身多年，这就是一见钟情的代价。

“你和她相处这么久，就没有发现她有一点点异常？”萧朗问道。不过问完，就知道自己是白问了。一个常年在崔振身边的心理学教授——唐骏，都没有发现崔振的异常，更何况一个普通的监管民警呢？

可是这个问题没有白问，因为秦兆国居然回答出来了。这说明秦兆国在看守所的日子里，并没有每天发呆，而是每天都在思索着自己的过去。对于这个问题，秦兆国已经提前找出了答案。

“如果说一定要找出什么异常的话呢，还是有一次的。”秦兆国说，“我记得，那是香港回归祖国的那一年，1997年。也就是香港回归祖国后一个多礼拜，7月12日，崔振说她过生日，让我陪她。我当然陪了，不过不是在南安过的，而是去了……嗯……是来了北安市。”

“1997年7月12日，农历六月初八。”凌漠自言自语道。

“可是到了1998年，还是7月12日，我买了花再去送给崔振的时候，她居然很冷漠无情地拒绝了我，说她的生日并不是这一天。”秦兆国说，“虽然她对我若即若离，但是这种冷漠的态度还真是不多见。你说，这算不算异常？”

“不算异常，她过的是农历生日。”萧朗说道。

秦兆国像是想通了什么，哦了一声，做恍然大悟状。

“我可以冒昧地问一下，你们在北安市，是怎么过生日的吗？”凌漠问道。

“对，这也是个异常点。”秦兆国说，“我们到了北安以后，她让我先去开个房间，然后她需要用我的车去办一点事情。我当时也是脑袋昏了，因为我们并没有那个过。所以，我就答应了。后来我开好房间，等了她一个小时左右吧，她就回来了，我们在酒店吃了顿饭。整个过程中，她显得有些不耐烦、烦躁。吃完饭以后，她居然让我把房间退了，然后我们就开车回了南安。”

“你的车？那时候你有车了？”凌漠问道。

“不，那个时候公车私用的现象还是挺多的。”秦兆国有些愧疚地说，“我当时开的是我们看守所的警车。”

凌漠点了点头。

秦兆国接着说：“当时我是非常不能理解她的举动的，回到南安以后，我去交车的时候，发现后排座坐垫上有血。这就可以理解了，她应该正好是生理期，所以……”

“所以啥？”萧朗一脸莫名其妙。

凌漠用手肘杵了萧朗一下，对秦兆国说：“除了这一次，还有什么其他的异常吗？”

秦兆国低头想了想，然后坚定地摇了摇头。

道谢之后，萧朗和凌漠走出了北安市公安局看守所的大门。凌漠盯着萧朗，说：“还得麻烦你。”

“又怎么了？”萧朗惊讶道。

“还得麻烦你去协调一下北安市公安局，我要调阅 1997 年的案件卷宗。”凌漠说。

“麻烦倒是不麻烦，公安都是自己人。但是你有把握吗？”萧朗拿出了手机，准备给萧闻天打电话。

“我觉得把握还是挺大的。”凌漠说，“这个发案的时间，正好是崔振盗窃婴儿的日期，一天都不差。而且你想想，唐老师和我说，我大概是 1995 年出生的，那么，无论我梦中的那个孩子是不是我，只要是我的同龄人，1997 年 7 月应该都是两岁多。这和我梦中的情景非常相似，一个可以被母亲单手抱起的孩子，而且已经有认知能力了，岁数大概也就是那么大。”

“我就是问你的梦靠不靠谱啊。”萧朗说，“你不是说，在梦中，你记得劫持你和你母亲的，是一个男人吗？”

“是的，但是崔振在那一天突然来北安，而且看起来什么都没做，这个实在是非常可疑。”凌漠说，“根据我的梦境，我查询了守夜者和南安市所有大概时间范围内的卷宗，都没有找到相似的。现在想想，如果是发生在北安市，而且犯罪分子当场自杀或者被警方击毙，那案件都是会被销案的，不算什么疑难案件，那么确实有可能不被我发现。”

“这个简单。”萧朗拨通了电话，说，“去档案室翻一翻，有确凿的作案日期，找起来也就简单了。”

被萧朗说中了，在北安市公安局档案室里，萧朗和凌漠很快就在那一排排档案柜的中间，找到了一卷名为《1997.07.12 北安市北山区晋茜被绑架案》的卷宗。卷宗里有一份详细的案件调查报告、十余份询问笔录、二十余张现场照片以及相应的法律文书，看完这么多材料，凌漠在脑海里，勾勒出了当时的画面。

晋茜，事发时二十七岁，北安市居民，父母去世得较早，没有兄弟姐妹。1994 年，和南安市居民孔伟胜结婚，并随即移居至南安市。1997 年 3 月，晋茜和孔伟胜感情破裂而离婚，晋茜独自一人带着刚满两岁的儿子孔华回到了北安市，住回了晋茜父母留下来的老宅。

1997 年 7 月 12 日，星期六，中午。晋茜的一名邻居在午睡期间，突然听见楼下有一阵喧哗之声，于是起身看热闹。在这个破旧的小区门口，晋茜正哭喊着，和一个男人争抢那只有两岁的男孩。晋茜撕心裂肺地哭喊、呼救，旁边有很多围观群众，但无一人上前阻止。不是这些围观群众冷漠，而是那个男人声称自己是晋茜的前夫孔伟胜，自己对孩子有抚养的权利，现在是来讨回自己的这项权利的。这种家庭矛盾，其他人确实不好插手。

可是只有这一个邻居知道，晋茜哭喊着说不认识这个男人，是真的。因为她以前去晋茜家的时候，看到过一家三口的照片，照片里的男人并不是眼前这个抢孩子的男人。

于是，邻居毫不犹豫地报了警。

北安市比南安市小得多，人口也少得多，像是绑架这种重大刑事案件更是极为稀少。所以，北安市公安局在接到报警后，仅用了五分钟，就来了十几辆警车，将劫持了晋茜母子二人的男子团团围在防洪坝的一侧。

男人虽然劫持了母子二人，但是似乎并没有提出什么条件。在僵持的过程中，男人突然发难，用匕首割开了晋茜的颈部，并且在她失去意识的一刹那，抢下了怀中的孩子，抛过了防洪坝。一秒钟之内，连杀母子二人，警察当然不能再让他活着。为了尽快解救晋茜，并且腾出时间来搜救孔华，警方的现场指挥官下令开枪。随后，男人被当场击毙。可是，被割破了颈动脉的晋茜已命丧九泉。警方随后组织了大批力量在防洪坝另一侧的南安河里进行了搜救和打捞，可是最终也没有找到孔华或者孔华的尸体。

后期的调查，让警方也十分费解。这个劫持母子的男人的身份，一直没有被查明。在那个刚刚出现 DNA 技术的年代，这种高难度的身份识别确实是很难做到的。警方也怀疑过是孔伟胜雇凶去抢孩子，但是经过调查，当年离婚，是孔伟胜主动放弃了孩子的抚养权，而且在事发后一个月内，北安警方一直对孔伟胜进行盯梢和调查，没有发现任何异常。于是，这一场莫名其妙的劫持案件，也只能销案作罢。

在卷宗的末尾，还记载了一个神奇的事情。

这是一个办案警官把另一卷卷宗里的内容复印后，装订在这起案件卷宗后面的。卷宗里是一起尸体失窃案件。

凌漠看到这一沓复印卷宗的时候，手都是在颤抖着的，他认为，崔振在午后赶来北安的目的，可能就是偷走他们黑暗守夜者组织成员的尸体。可是，卷宗的内容，却并不是这样。被偷盗的，居然是晋茜的尸体。

事发后，晋茜的尸体被第一时间送到了北安市殡仪馆保存。在法医们第二天上午赶来殡仪馆，准备对晋茜的尸体进行程序上的解剖检验的时候，却被告知，晋茜的尸体不见了。当时北安市公安局也专门成立了调查组，对晋茜尸体被盗案进行了立案侦查。可是在当年，不仅仅是公共监控设施十分落后，这座经济落后的城市里，殡仪馆的管理措施也是差到了令人发指。不管警方怎么努力侦查，到最后依旧是搞不清楚晋茜的尸体是被人盗走了，还是被殡仪馆职工误烧了。同样查了一个多月，最后查不出任何头绪。这次对殡仪馆的调查，还查出这并不是北安市殡仪馆第一次出这样的事情了，之前就发生过尸体被盗卖给医学院做标本的案例，出过尸体被家属偷回去土葬的案例，还出过误烧尸体的案例。殡仪馆的台账就是一笔烂账，这也让很多警察认为，晋茜尸体被盗案，很可能只是一个巧合，而不是有人蓄意为之。

最后，这起案件也就慢慢地淡出了人们的视野，好在办案民警有心，把卷宗的复印件附在了绑架案卷宗的后面。不然现在肯定是没有人再能记起，当年究竟发生了些什么。

被盗的尸体不是无名男性犯罪分子的，而是女受害者的，这让凌漠更加充满了期待。他一方面打电话通知聂之轩赶紧赶到他提供的定位地址来，另一方面又打电话通知唐铛铛，希望她可以通过内部系统，找到孔伟胜，从孔伟胜那里拿到他和晋茜、孔华一家三口的合影。这张合影肯定是存在的，邻居的口供可以反映出来。而现在唯一可以找到这张合影的途径，就是孔伟胜了。

“我的梦境，不是梦境，是记忆。”凌漠说道。

虽然当时的照片像素有限，尸体被盗后又没能拍摄到正面照，所以凌漠不知道死者和自己梦境中的“母亲”是不是一个人，但是凌漠非常肯定的是自己在卷宗里看到的那一幕一幕，和自己的梦境一模一样。

“你现在……是要去找被盗的尸体？”萧朗说，“你怎么知道尸体在哪里？”

“猜一下。”凌漠说，“北安市只有一座高山，高山的正南边，三岔路口，你懂的。”

“啊？那不是吕星宇的伎俩吗？崔振怎么会这么做？”萧朗问道。

“吕星宇应该是黑暗守夜者的大 Boss，崔振不过是帮他海选成员的一个考官。”凌漠说。

“那我也觉得崔振的想法和吕星宇不一样，她至少不迷信吧。”萧朗虽然这样说，但还是继续驾驶车辆往凌漠标记的地图点开去，“你想想，吕星宇搞那些伪科学，为什么后来山魈杀了那么多人，都没有去埋尸，而这个晋茜的尸体都放到殡仪馆了，她还要费尽周折去偷尸体，然后埋尸？”

“我猜，有可能在那个年代，崔振还小，并没有太多的主见，所以她还是听命于吕星宇的。”凌漠说，“秦兆国说她那天非常烦躁，可能就是对吕星宇的这个要求很是抵触，但她还是乖乖去做了。到了山魈第一次杀人的时候，是 2014 年，那时候的崔振已经有了主见和自己的判断力，而且和吕星宇的关系也发生了转变，不再完全听命于他，所以才不会多此一举。”

“为什么你这么坚信崔振是来偷尸、埋尸的？”萧朗不解道。

“所有的迹象都指向这个结论，那么我相信这就是真相。”凌漠说，“崔振一直对秦兆国若即若离，在这个特殊的时间点，农历六月初八的午后提出要来这里过生日，肯定是和这个劫持案有关。崔振用开房间来让秦兆国疏忽，自己则开着警车离开。为啥要开警车？因为一般情况下，殡仪馆和警察打交道的时候很多，开着警车到殡仪馆偷尸体是很方便的，成功概率很大。”

“原来崔振要的，是秦兆国的警车，而不是秦兆国。”萧朗说。

凌漠点点头，接着说：“还有，秦兆国说警车后座上有血，怀疑是崔振生理期，其实如果她是去偷尸体的，那么晋茜虽然死亡了，但尸体挪动，也会导致血管内的血液溢出。”

“你是说，车上的血，是晋茜的？”萧朗问道，“可惜那时候也没个DNA检测。这个秦兆国要是知道崔振用他的警车来运尸体，不知道会是什么感觉。”

凌漠又点了点头，说：“秦兆国说，崔振开车离开了只有一个小时左右。我看了地图，从宾馆到殡仪馆，再到这座大山的脚下埋尸，再回到宾馆，如果有帮手、挖坑快的话，一个小时差不多。如果去更远的地方，就来不及了。还有，农历六月初八，这个日子，咱们再熟悉不过了。至于崔振，她突然来北安，最后也并没有说带着被抢的幼儿离开，而是自己一个人跟着秦兆国回去了。那么她来有什么意义？我觉得，一定要她来做的，不是带孩子离开，就一定是让警方理解不了的事情。”

“你说得有道理，这帮人可真是，自己人的尸体不偷，去偷一个被害者尸体来搞伪科学。”萧朗摇了摇头。

“从裘俊杰的事情来看，吕星宇的伪科学，可真是几十年没变过。”凌漠笑了笑，说，“刚才我给聂哥打电话的时候，聂哥说，已经通过DNA确定死者就是曾经入狱的裘俊杰了。”

“不出意料。”萧朗说，“哎，这是个三岔路口，会不会是这里？”

凌漠没有说话。

“嘿，我问你呢，会不会是这里？”萧朗回头看了眼凌漠，发现凌漠双眼正直勾勾地看着远处的那个三岔路口。

萧朗顺着凌漠的目光看了过去，那是好多丛海桐，十分茂密。

即便是在北安市局看到关于晋茜的卷宗，凌漠都没有表现出一点异常。可是在看见那一丛丛茂密的海桐的时候，凌漠全身都开始发抖。从一开始的微微颤抖，到全身都在颤抖。那个戴在凌漠手腕上的，已经被唐铛铛修复的联络器，敏锐地感觉到了凌漠身体的变化，通过卫星信号第一时间传到了萧朗的手腕，嘀嘀嘀地发出了报警声。

“你没事吧？”萧朗停下车，去到凌漠身边，轻轻地按住他颤抖不止的肩膀。

凌漠没有说话，他颤悠悠地下车，走到万斤顶的后面，打开后备厢，费劲地拿出一把现场勘查铲，然后又颤悠悠地走到了那一丛茂密的海桐树前。凌漠在海桐树前停留了一会儿，像是在默念着什么，突然，他停止了颤抖，不知道哪里来的力气，歇斯底里地用手中的勘查铲向那一丛海桐砍去。一下、两下……那一丛海桐瞬间被铲倒了大半。

萧朗虽然不能完全理解凌漠此时的心情，但是有一点想法是和凌漠一致的，他也想尽快看到这一丛海桐的下面究竟有没有尸骨。于是，萧朗也从后备厢拿出一把勘查铲，和凌漠一起挥动了起来。

埋了一年的土地，挖起来都很费劲，更不用说这二十年都没有动过的土壤。加上最近一段时间少雨，土壤非常坚硬。两个年轻小伙子使出了吃奶的力气，挖了快一个小时，凌漠的铲尖终于接触到了不像是土壤的东西。

凌漠扔了勘查铲，跪在地上，用双手刨土。萧朗知道，他是害怕自己的铲尖伤到尸骨，于是也跪在凌漠的身边，用双手十指帮他一起刨土。

慢慢地，一具尸骨呈现在了两人的眼前。

这具尸骨呈现出灰黄色，有些部位已经发黑，甚至完全脆化了。全身的衣物早已消失殆尽，除了骨头，没有任何其他的随身物品。一看就知道，和裘俊杰的尸骨相比，这具尸骨的年代要久远很多。

凌漠一系列的推断，最后都因为这具尸骨的出现而被印证。他跪在尸骨的旁边，已经顾不上双手指甲破损而带来的钻心疼痛，眼泪像是断了线的珠子一样坠落了下来。他知道这具尸骨未必是自己的母亲，未必能揭示他的身世。但是，无论如何，这具尸骨都和他有着某种联系。答案揭晓的那一刻，那种说不清、道不明的复杂情绪涌上心头，带来了那无法克制的心酸。

恰在此时，一辆特警SUV疾驰而来，停稳后，聂之轩从车上跳了下来。他在接到凌漠的电话后，就找萧闻天要了一辆车和一名驾驶员，马不停蹄地向凌漠发给他的定位点赶来。

来到了现场，却看见凌漠这副模样，聂之轩很是诧异。

“又发现一具尸骨？”聂之轩作为一名职业法医，在发现尸骨的时候，总是能摒弃所有的情绪，直接进入工作状态。

“前额部角度较陡，眶缘锐利，颧弓不发达，枕外隆突不突出。虽然盆骨腐蚀得很严重，但仍可以看出这是一具女性尸骨。”聂之轩说，“还好，耻骨联合面还能勉强看清楚，沟脊明显，背侧缘未形成，腹侧斜面基本形成，她死的时候，应该不到三十岁。”

聂之轩每说一句，凌漠都颤抖得更剧烈。这让聂之轩回到了原来的诧异情绪，问道：“你们怎么挖出来的？这是谁啊？”

“这是他妈。”萧朗指了指凌漠。

凌漠摇摇头，喘息着说：“不，不一定。聂哥，能判断出她的死因吗？”

聂之轩又低头看了看尸骨，说：“全身骨骼没有损伤，目前无法判断她的死因。”

“好吧。”凌漠支撑着身体，站了起来，说，“我现在需要她的DNA数据。”

“对啊，和凌漠的DNA比对一下，就能知道他们有没有亲缘关系了。”萧朗说道。

守夜者组织恢复职能快一年的时间了，凌漠从来没有当众说过自己的身世，也没有表露出对自己身世的疑惑。这是第一次。所以聂之轩非常知道这次的DNA检验结果对凌漠来说该有多重要。

陈年尸骨的DNA提取是一项非常复杂而困难的工作，聂之轩回到南安之后，就和傅如熙进了实验室，通宵达旦地工作，总算在黎明时分，提取到了尸骨长骨骨髓内的DNA成分。经过扩增、测序，一张图谱慢慢地从打印机的出纸口吐了出来。

当聂之轩急匆匆地从DNA实验室的大门奔跑出来的时候，萧朗正拿着嘀嘀嘀报警的联络器，关切地蹲在凌漠的旁边。唐铛铛也站在一边，一脸担忧地看着凌漠。

凌漠坐在实验室外的长条椅上，手中拿着一张发黄的照片，双眼呆滞，呼吸剧烈。

“怎么了？凌漠，你还好吧？”聂之轩的手上拿着DNA图谱，只能用假肢轻抚凌漠微微颤抖的肩膀。

“怎、怎么样？”凌漠的声音很是虚弱，不知道是彻夜未眠还是其他原因造成的。

“死者和你没有亲缘关系。”聂之轩说，“但是，和之前‘医生’藏在盲女床下的那盒骨骼有关系，他们是生物学母子关系。”

凌漠慢慢抬起头来，仰视了一眼聂之轩的嘴唇。凌漠脸上的刀疤微微颤动着，瞳孔正在急剧缩小。聂之轩的嘴唇还在开合着，但凌漠已经从椅子上跌了下去。聂之轩后面说了什么，凌漠已经听不见了。

第九章 替身

追寻了十八年，痛苦了十几年。

直到这一刻我才知道，故事的主角，从来都不是我。

——凌漠

1

月黑风高，万籁俱寂。

一幢破落的小楼，蜷缩在一座大山的脚下，就像在天桥涵洞里躲避大雨的流浪汉一样。

此时，空旷的周围除了昆虫的鸣叫声，就只有青蛙的聒噪，给这个夜晚增添了神秘的气氛。小楼所有的房间都已经熄灯，有的屋子里还传出轻微的鼾声。

在其中的一个小房间里，三个幼小的身影面对面坐在一张床铺上。他们离得很近，但几乎都看不到彼此的面目。他们屏住呼吸，都在确认门外有没有异常的声音。

小野、六子和豆浆，是这三个八九岁的孩子的绰号，至于真实姓名，连他们自己都不知道，因为他们是涡虫口中的弃婴。至于为什么会被自己的父母丢弃，他们也不清楚。

他们被安排成为同一个寝室的室友，也就成了童年里最好的伙伴。当然，不是最好的伙伴又能怎么样呢？这家福利院，几乎每年都会来新人。每年来的新人，都住在同一间宿舍里，从两三岁开始。而且，福利院有规定，宿舍与宿舍之间，是不允许有过多交流的，也不允许他们走出福利院大门。于是，每一间宿舍里的人，自然就成为彼此童年时期的唯一玩伴。

他们太小了，不会去研究为什么这家福利院每年都会进来一两岁大的弃婴，只知道如果没有涡虫和那些穿蓝色制服的管理员，他们早就死了。他们甚至会经常感叹，这个社会真的太可怕了！生下来的孩子，只要父母不喜欢、不满意，就会被随意丢掉。如果真的是这样，与其被父母欺负，不如来福利院。福利院虽然让他们感到很累很累，每天要学习知识，还要进行体能训练，但是至少可以吃饱喝足。有时候他们还可以通过一台破旧的电视机看到外面世界的样子，这就足够了。

涡虫不是经常来福利院，他们的日常生活，都是由那些穿蓝衣的管理员叔叔阿姨负责的。但是他们都知道，管理员叔叔和阿姨都会听涡虫的号令。涡虫也是对他们要求最严格的人。

他们说不清自己对涡虫是什么样的心理感受，是恐惧？是敬畏？还是感恩？可能是多种复杂的情绪夹杂在一起，所以也不清晰。虽然他们还不知道自己长大以后会去做什么事情，但是作为孩子，总是不愿意劳累的，可是他们又不敢不劳累。因为如果不努力，被涡虫知道了，就一定没有好果子吃。

涡虫对他们说，既然来到了福利院，就等于上天给他们赋予了一项神圣的使命，所以他们要替天行道、为民除害。

小野和六子，对涡虫所说的一切，深信不疑。尤其是小野，他先天残疾，长得和别人不一样，看起来就不正常，走路也不正常。据说他三岁多了，吃饭还不能自己吃。所以小野认为自己被父母抛弃也是可以理解的。但不知道为什么，他快五岁的时候，突然就能和其他孩子一样生活自理了。涡虫说，那是疫苗帮助他康复了。

从记事开始，他们就知道，每个月的一号，是注射疫苗的日子。据说疫苗不仅能防止他们得病，而且可以强身健体，给他们一个超凡的身体。孩子们总是崇拜英雄的，一听可以成为英雄，那么注射疫苗的一点点疼痛也就不算什么了。

豆浆比六子、小野个子要高一些，像个哥哥一样。事实上，豆浆的确对他们两个都是无微不至、照顾有加的。先天自卑的小野，在豆浆的关照下，很快就成了豆浆的跟屁虫，连睡觉都不愿意分床。六子的性格内向，半天说不了一句话，但是豆浆也一样把他当成自己的兄弟，能帮助的，尽量帮助。不过，最近两年，六子的进步特别大，无论是学习成绩，还是体力训练，都超人一等，需要豆浆帮助的地方也不多了。

论学习成绩，整个福利院大大小小那么多孩子，都没有能够和六子比肩的。那些晦涩难懂的课文，六子只需要看一遍，就可以倒背如流，这让其他孩子无比羡慕。论体能，六子也是首屈一指的，就连隔壁宿舍那个天生神力的孩子，也不敢说自己一定可以在跑步、跳远上胜六子一筹。

因为这两年的急速进步，涡虫对六子开始关注得多了。每次她来福利院，都会特地到他们宿舍来看六子。给他们带来一些特别的零食，尤其是麦丽素，他们都特别爱吃，还会说一些鼓励的话语。有时候，涡虫的有些话甚至是背着豆浆和小野，只对六子说的。比如，她会和六子说："虽然你很优秀，但是你要懂得隐藏自己的实力。你也知道，我们每年都有考核，这个考核，你要尽可能考出差的成绩。难道你没有注意过，考得好的孩子，以后你们都见不到了吗？你只有隐藏自己的实力，以后你才能成为我最坚强的左膀右臂。否则，你很快就会离开我，离开你的两个好朋友。"

六子听着也就点点头，对于一个八九岁的孩子来说，并不能理解其中的缘由。但是大家对涡虫都是言听计从的，即便不能理解，也不会发问。至于左膀右臂这些鼓励的词语，对于六子来说，顶不上来一个鸡腿带劲。但是涡虫总是说、总是说，所以对于这句话，六子甚至可以一字不差地背出来。

涡虫对六子特殊的关爱，其他孩子也是看在眼里的。在这些缺乏父爱、母爱的孩子们心中，肯定会出现嫉妒的情绪，因为他们也渴望被赞扬、被鼓励。比如小野，就有些眼红。他不理解为什么涡虫会对六子钟爱有加，自己明明是进步最明显的孩子，自己才是最有希望成为涡虫左膀右臂的孩子，可是为什么他得不到这种关爱？对于这种情绪，幸亏有豆浆及时化解。他会经常开导小野，他们三个是亲兄弟，既然涡虫把六子当成自己的左膀右臂，那么他们俩不也就是涡虫的左膀右臂了吗？小野一想，也确实是这么回事，于是便不再多言。

这个晚上，对三个孩子来说似乎有着特殊的意义。

豆浆神秘兮兮地竖着耳朵听外面的声音，小野则耐心地等待着豆浆和他们一起“商量大事”。而六子则有些瞌睡了。

“你们有没有想过，为什么我们福利院每年都有新人来，但为什么总人数在变少？”豆浆压低声音，悄悄地说，“为什么每年考核最优秀的人，以后就不和我们住一起了？”

“有吗？”小野不解地问道。

“你没有注意过吗？”豆浆顿了顿，听听外面的动静，接着说，“住一楼的那个黑瘦子，昨天他说自己一个人睡觉，觉得害怕，然后被管理员骂了。可他原来明明是和另外两个人住一屋的！”

“你这么一说，好像还真是。”小野说道。

“可能是被爸爸妈妈接回家了吧。”六子有点困，听他这么一说，却清醒了，吓出了一身汗。涡虫让他隐藏实力的话语，萦绕到了耳边。

“那怎么可能？找到爸爸妈妈这么好的事情，为什么我们一点都不知道？”豆浆说道。事实上，豆浆之前一直在背地里和他们说，自己并不是被父母丢弃的，而是因为一场事故。所以他很渴望找到自己的父母。

“那、那你说是怎么回事？”小野问道。

“我听说，成绩好的，会被调去另一组。去了另一组，训练更苦，还会加量打疫苗。”豆浆说，“而且，我今天看到，一个三四岁的小孩，在打完疫苗以后，就死了！”

“真的假的？”六子清醒了些，他看了看自己左臂上刚刚留下的针眼。

“不会吧，我们今天也打了，没死。”小野说。

“说不准，下一个死的，就是我们了呢？”豆浆的眼睛里闪着泪光，声音也有些颤抖，“就算不死，万一我们的考核成绩好了，被调走了，怎么办？我们不就不能互相见面了？而且如果训练真的很苦的话，岂不是更受折磨？”

外面突然传来巡视管理员的脚步声，三个孩子连忙挤着躺了下来。过了一会儿，脚步声越来越远，三个孩子又面对面坐了起来。

“不说被调走受折磨的事情。我今天亲眼看见他们把那死掉的小孩用床单裹了起来，朝后山去了。”豆浆有些害怕，说道，“你们不怕吗？”

六子和小野同时点了点头。

“你们不想不这么累了？你们不想出去看看外面的世界？”豆浆接着问道。

“涡虫说过，外面坏人多，而且我们出去了肯定给饿死。”小野说道。

“不出去怎么知道是不是这样呢？”豆浆的眼神闪烁着，那些残留的泪滴此时就像是夜空中的星星，“前不久，我看了《西游记》，里面的人一路上化缘、吃果子，都走了十万八千里路，也没饿死啊！我们也可以化缘、吃果子！”

“你想走啊？可是管理员叔叔和阿姨让我们走吗？”小野有些犹豫。

“当然不让。”六子终于开口了。

“我有办法，不走的话，我们会死的。”豆浆说道。

“什么办法？”六子问道。

“我已经想过了，”豆浆直起了身子，口吻完全不像是一个小孩子，“其实只要我们趁晚上逃出这堵围墙，基本就算成功了。”

“大门有门卫啊。墙那么高，我们爬不过去。”小野皱着眉头说道。

“我也知道这一点。”豆浆说，“但是我也知道，我们的后墙，就是靠山的那一边，有一个狗洞。”

“钻狗洞？”六子问道。

“那个洞，被杂草挡着，所以这里的管理员都不知道。”豆浆说，“我上次踢球踢到那里，才发现了那个洞。我们只要钻出那个洞，再绕到前门旁边，就上大路了，顺着路走，肯定能到电视里的城市里去。”

“可是每天晚上，楼里都有管理员巡逻的呀！”小野满脸的不踏实。

豆浆指了指墙上的钟表，说：“你看，现在是十一点零九分，三分钟前，巡逻刚刚过去。这说明每天晚上单数点，会有巡逻，从楼下巡逻上来，要六分钟时间。我们只要赶在这个时间之前偷偷出去，就可以了。”

“可是大院里也有巡逻啊，而且是不定时的。”六子说。

没想到六子居然也留意过这个，豆浆有些欣喜地看了看他，说：“可是如果下大雨，他们就不出来了。”

小野左看看、右看看，发现这两个从小到大吃睡在一起的玩伴，一瞬间自己像是不认识他们一般。很显然，这两个人从很早以前就有逃跑的想法了，不然不会留意巡逻的规律。

“我今天看了电视，天气预报说，后天会有大雨。”豆浆神秘兮兮地说道，“怎么样，你们走不走？”

“走！”六子想到了涡虫的话，此时觉得很是害怕，于是掷地有声地说道。

“嘘！”豆浆做了个噤声的手势，又转头看了看小野。

小野躲闪了几下豆浆咄咄逼人的眼神，最终还是没能躲闪开来。他有些犹豫地说：“那、那我听你们的。”

“那我们这两天把衣服偷偷装包里，其他东西都别带。”豆浆说完，心满意足地去睡觉了。

六子则彻夜未眠。

他的心里五味杂陈，有恐惧，有期待，有不知所措。确实，这已经不是他第一次想要离开了，却是第一次要付诸行动。他并不是不喜欢这里，不喜欢涡虫。涡虫和他说了很多话，现在看起来，那不过是想救他，不让他被调去另一组，然后死掉罢了。而且，豆浆总是念叨的往事，让他心存不安。

从很小的时候开始，豆浆就经常对他和小野说自己小时候的故事。因为那个时候的豆浆太小了，所以他自己都有点记忆模糊。但他还是可以复述事件的经过，被劫持的自己和妈妈，对面持枪的人穿着的绿色警服，妈妈习惯性地用力抠自己腕部的胎记，大滴的血液滴落在自己的脸上，自己被人扔飞、看得到下面的防洪墙，落水后的窒息感……

豆浆不是被捡回来的，而是源于一场事故。是有人抢他，还是有人在水里捡了他？不得而知。

这个故事，豆浆说了不下三十遍，而每次说完，六子都会在脑海里想象当时的画面。他越来越觉得，自己身处的这个地方，有些说不清、道不明的恐怖。

所以，他想逃离。

彻夜未眠带来的结果，就是第二天一整天浑浑噩噩，毕竟，六子是个八九岁的小孩。一直到吃晚饭的时间，六子头晕眼花，食欲全无，于是他请了假，准备在宿舍睡上一觉。如果不保持一个好的睡眠，明晚的潜逃就不一定成功。可是在他迷迷糊糊、将睡未睡的时候，豆浆突然坐在了他的枕前，拼命地将他摇醒。

“不好了，我刚才看见小野鬼鬼祟祟的，钻到吕教授的办公室去了。”豆浆一脸惊慌。

吕教授和涡虫一样，都是福利院的负责人，他的话甚至连涡虫都不得不听。今天涡虫不在基地，小野遇事也应该向管理员反映，他去找吕教授做什么？

“你说他会告密吗？”豆浆问。

“不知道。”六子有点蒙，不知道该如何应对。他和豆浆一样，能想到企图逃离被发现后的悲惨下场，估计也会和那个被床单裹着的小孩子一样。

豆浆咬着嘴唇想了想，说：“不行，我们马上就得逃。”

“可是，万一小野不是去告密呢？”六子说道。

“是啊，如果他不是去告密，我们逃了，他也活不了。”豆浆恨恨地说道，“可是，昨天晚上我问他的时候，他就很犹豫，他好像不太乐意和我们一起跑。”

“我们不能拿他的命去赌吧？”六子说。

“那这样，等会儿他回来，我们就说马上就要逃，看他什么反应。”豆浆说道。

话音还没落，小野推门进来了。虽然表面上看起来若无其事，但是他说话的声音似乎都有些走音：“六子，你不舒服吗？”

“是啊。”豆浆站了起来，说，“趁着六子还走得动，我们现在就逃！”

小野吓了一跳，他看了看天空，说：“现、现在？”

这是深秋的傍晚，加上天气阴沉，虽然只有六点多，但是天已经基本黑了。

豆浆点了点头，将床上的六子拉了起来，各自背上自己的包。豆浆说："现在管理员和老师都在吃饭，是最好的逃跑时机。你的东西呢？收拾好了吗？"

"好、好了。"小野的小脸涨得通红，他一瘸一拐地走到自己的床边，将藏在被褥里的包拿了出来，停顿了一下，说，"你们等我一下，我去拉个屎。"

"快点。"豆浆说这句话的时候，看着的是六子，眼神里有了只可意会不可言传的味道。

豆浆躲在门口，亲眼看着小野拐进了厕所，又悄悄溜出，向楼下跑去。于是豆浆一挥手，和六子撒丫子向另一个楼梯跑去。

"这样硬跑，能跑掉吗？"六子担忧地说道。

"跑不掉也得跑，反正就是一死。"豆浆咬着牙，牵着六子的手狂奔。

六子的担忧是对的，当二人跑到后墙墙洞边的时候，几名蓝衣人已经赶了过来。他们一边跑，还一边大声威吓。豆浆见此状，连忙用双手拨开杂草，把六子一把推到了洞外，自己也紧跟着向洞外爬去。

因为被背上的背包挡了一下，豆浆钻洞的速度受到阻碍，也就是这一两秒的时间，蓝衣人已经赶到。此时，豆浆的大半个身体已经钻进了洞里，只有一条腿还没进来。蓝衣人赶了过来，挥舞手中的大棒，狠狠地砸到了豆浆的腿上。

一声惨叫和一声让人毛骨悚然的骨折声，让墙外的六子痛心不已。他不顾一切地抢在蓝衣人伸手之前，将豆浆拖了出来。

"我走不动了，你快走，快走！"豆浆在地上打滚，疼得满头大汗。

"不！要走一起走！"六子强作镇定，说，"这个洞他们大人钻不出来，只能从前门绕出来，我们有时间，有时间！"

说完，六子把豆浆背在肩上，向前方走去。雨点开始坠落，瞬间打湿了二人的外衣。

"前面是树林，我们钻进去，他们不好找。"六子一边说，一边费力地前进，他知道，他们不可能往前门方向去，那么就不可能走上大路。钻进树林，如果能躲过追击，他们就还有机会。涡虫总说六子的地形感非常强，虽然他还不知道什么叫作地形感，但他有信心重新走出林子，找到大路。

不知道走了多久，可能后面的追兵也在林子里迷失了方向，一直没人追来。六子终于走不动了，瘫倒在一个小土丘的旁边，两个孩子在大雨里拼命地喘着气。

“六子，你看，这是什么地方？”豆浆可能是疼痛缓解了一些，他指着周围说道。

六子抬起头来，着实吓了一跳。他们背靠着的这个小土丘，不是唯一的小土丘。他们的周围有十几个小土丘。他们知道，这哪里是土丘，这分明和电视上的墓地一模一样，只是没有墓碑。

“我说吧，福利院里死了的孩子，都埋在这里。”豆浆心有余悸。

两个孩子还没回过神来，突然听见远处一个女人的声音，正在语速极快地布置着什么。看来，涡虫听到消息，居然赶了过来。

福利院里的孩子们，都有着自己的本领和长项，可是在涡虫面前都不足一提。比如说什么地形感，六子知道，自己的本事只是涡虫的一个小指头。所以不能再休息了，要赶紧逃！

豆浆还是不能行走，于是六子扶着他向前蹦着，蹦累了，六子就背着他再跑一阵。终于，他们在被一条汹涌的大河阻断了去路的时候，也被涡虫、吕教授带来的蓝衣人追上了。

童话毕竟是童话，结局不会那么美好。两个孩子知道，自己的死期到了。他们也知道，横竖都是一死，不如抵抗一下。

汹涌的大河边，有一棵歪脖子树，向河中央伸了过去。六子背着豆浆顺着树干爬到了树梢，在晃晃悠悠的树梢处停了下来。看着下面奔涌的河水，两个孩子的心里充满了恐惧。

“不要过来，过来我就跳下去！”六子对着面前的蓝衣人大声喊道。

“跳呗！”一个蓝衣人并没有把二人的生命看得太重，依旧在向大树走去。

“别动。”涡虫喊了一声，让蓝衣人停下，然后对六子说，“为什么？你为什么要背叛我？你们还是孩子，跑出去也会饿死！跟我回去，痛改前非的话，既往不咎。”

“别听她的，回去的话，只会被折磨致死，不如痛快地死。”豆浆咬着牙，低声对六子说道。

“六子，我和你说过的话，你都忘了吗？”涡虫说道。

说实在话，六子知道涡虫一直严格狠辣，他们从小到大对于涡虫的命令，就没敢说一个不字。所以就是这么一句没有任何狠词儿的话，让六子有些犹豫了。

可是，没有等他犹豫出结果，突然一个黑影闪了过来，六子感到自己的脸上一阵刺痛。他定睛一看，发现不知道是谁射出的一支弩箭，穿透了豆浆弱小的身躯，又划伤了六子的脸后，向河中坠落。

“你们急什么？”涡虫突然转头喊道。

“我让杀的。”一个低沉的声音从人群中传了出来，不知道是谁的声音。

涡虫立即不再大声喊叫了。

此时的六子，已经顾不上去分辨那个低沉的声音的由来，他看见的是一片血红，大口的鲜血从豆浆的嘴里呕吐出来。豆浆终于无法再在树梢上坐稳，他身子一歪，跌落下去。在下坠的过程中，撞到了树枝，弹了开来。最终，豆浆没有掉入河里，而是跌落在了岸边。几名蓝衣人迅速向大树靠近。

“跳！”

这是六子听见豆浆说出的最后一个字。所以，他想都没想，向波涛汹涌的大河跳去。他听得见，涡虫的吼声。

六子没有死。他在落水的时候，居然意外地抱住了漂浮在水面上的一块木头。顺着汹涌的水流不知道流了多久，水势缓和了下来。他拼命地踩着水，抱着木头游到了岸边。此时，已经是后半夜了，深秋的冷风夹杂着毫不停歇的雨滴侵袭着六子的身体。六子感觉到自己的脸上不仅仅是疼痛，更多的感觉是酸麻。他猜测，箭头上有毒，他也活不了多久了。

六子踉踉跄跄地前进着，他的眼前，很快出现了连成一片的建筑物。虽然他从记事开始就从来没有出去过福利院的小院子，但是从他看过的电视，他知道，自己来到了梦寐以求的城市。

他找了一个避风的涵洞，躲了进去，拿出包里的衣服，裹在自己的身上。强烈的困意让他还来不及去思考些什么，就沉沉睡去。他睡得迷迷糊糊，一会儿冻得瑟瑟发抖，一会儿热得像是五脏六腑都要融化。

最后，六子是被刺眼的阳光给照醒的。他颤颤悠悠地坐起身来，靠在涵洞的洞壁上，全身酸软无力。他扭头看了看自己身边的背包和散落在背包外面的衣服，感觉十分陌生。

“谁把衣服扔这儿了？”六子想着。

“这是哪儿啊？”六子接着想，“不对啊，我是谁啊？我为什么会在这里？这全身湿乎乎的衣服，是谁的？”

六子猛地站了起来，左看右看，使劲捶打着自己的太阳穴。可是，他就是怎么也想不起来自己的名字，怎么也想不起来自己来自哪里。

眼前的这个涵洞，远处的高楼，甚至他的衣着，都是那么陌生。

他感觉自己的脸上黏附着什么，硬硬的，还有些痒。使劲儿抠了一下，居然抠下来一大块凝血块。

他因为害怕，全身开始瑟瑟发抖。

他蹲在地上，抱着头，努力地想着。他隐约记得的，是被劫持的画面，对面的绿色警服，大滴的血液，还有腾空而起的感觉。虽然记得这一些碎片，但是也同样模糊。于是，他就愣愣地坐在那里，不知如何是好。

正在此时，一名中年妇女走了过来，关切地用手摸了摸他的脸蛋，用很难懂的方言说道：“伢，你是哪家的啊？你怎么有血啊？还在发烧！”

终于有人和自己说话了，六子像是抓住了救命稻草一般抓住妇女的手，说：“阿姨！我想不起来了！我什么都想不起来了！我是谁我想不起来了！”

妇女的眼睛一转，随即露出了关切、心疼的眼神，说：“我知道你了！你是我们村子的孤儿，你看你这可怜的，你跟我过吧，叫我娘！你爹就想要个儿子，可是我给他生的是女儿，啊，也就是你姐姐。走吧走吧，快去诊所看看，别烧坏了身子。”

2

凌漠一骨碌坐了起来。

“我的天哪，你这动不动就晕，醒了还一惊一乍的，可不是好习惯。”床边的萧朗被他吓了一跳，说道。

“我早就醒了，你刚才说我的坏话我都听见了。”凌漠说，“我只是不想中断我的回忆。”

“回忆？”萧朗惊讶道。

“是啊，我叫六子，‘医生’叫小野，我以前的梦，其实是豆浆的记忆。”凌漠淡淡地说道，“我们三个以前是最好的朋友。”

“什么？什么乱七八糟的？”萧朗一脸莫名其妙。

“小野对我们内疚，所以才会偷藏豆浆的尸骨。”凌漠不理萧朗，依旧自言自语道。

“啥意思啊？你恢复记忆了？那你搞清楚自己的身世了？”萧朗有些惊喜。

凌漠摇了摇头。

“没搞清你发什么疯呢？”萧朗有些失望。

“没搞清我的身世，是因为我从记事起，就在福利院生活了。”凌漠说，“对于福利院的一些行事风格和习惯，结合我之前研究的资料，我可能会知道一些。”

“那你说说，天演计划是什么？”唐铛铛在一边问道。

“我在福利院的时候，还是个小孩子。小孩子是不可能知道他们完整的计划的。甚至，我都怀疑，涡……啊，崔振都知道得不太全。不过，咱们之前也都研究过了，现在我再好好想一想，觉得他们最开始是用疫苗来检测小孩对基因催化剂是否敏感，如果有这样敏感体质的孩子，他们就会把孩子偷回去，并长期定时对其注射基因催化剂来让他获取演化能力。”凌漠说，“然后，他们会研究这些孩子体内的抗体，最后研究出可以适应大多数人，并且易于传播的基因催化剂的形态。他们是想让全社会的人，都获取演化能力！”

“真变态！”萧朗说，“聂哥说了，基因演化，有的时候就像是得癌症，他们想要全天下的人都得癌症啊？”

“不，以他们的观点，他们是想让不适应催化剂的人死去，让适应催化剂的人变得强大。”凌漠说，“从吕教授的伪科学来看，他一定是崇尚所谓的‘自然界优胜劣汰’的规则的，他们认为不适应演化的人应该去死，所以才不会关注副作用的严重性。”

“如果你猜得对的话，这个天演计划针对的是所有人！”萧朗说，“这可就可怕了！虽然子墨摸清了他们的大致位置，但是我们不知道这个天演计划的具体实施措施啊！”

“知道位置就好！”凌漠跳下床，说，“我们现在就去一网打尽，哪还有什么天演计划？”

“那你的身世之谜……”萧朗问道。

“至少现在，不重要！”凌漠说。

突然，萧朗的电话响了起来。萧朗拿起电话，听着。不一会儿，他的脸色煞白，拿着手机的手也颤抖了起来。

“怎么了？”唐铛铛似乎有了不祥的预感，问道。

“是我哥。”

“望哥怎么了？”唐铛铛噌的一下从椅子上站了起来。

“说是情况恶化。”萧朗咬着牙说道。他知道，这事儿不能对唐铛铛隐瞒，也不必对她隐瞒。唐铛铛也不是过去的唐铛铛了。

“那我们是不是要……”凌漠犹豫着。

“不，我们去了医院也帮不上任何忙。”萧朗说，“我相信医生会努力，也相信我哥的意志力能挺过来。我们能做的，就是尽快找到解药！”

凌漠有些意外萧朗的反应，但随即眼神坚定地点了点头。

萧朗开着爆闪警灯，驾驶万斤顶风驰电掣般地开了近两个小时，按照定位驶入了一个破旧的山区小村庄。村庄倒是没有什么特别的，但是村庄几个入口全都停满了警车，让这个村庄变得与众不同。

村庄的中间，有一幢二层小楼，看门口的警察人数就知道，这里应该是整个行动的指挥部。

萧朗、凌漠、唐铛铛和聂之轩跳下了车，径直走进了小屋。

小屋一楼的堂屋中间，摆着一张八仙桌，萧闻天、两名穿着白衬衫的警官以及一名武警大校坐在桌子周围，程子墨则坐在萧闻天的背后。

“哟，老萧你也在啊？”萧朗走到萧闻天旁边，说道。

“说什么？”萧闻天皱着眉头瞪着萧朗。

“报告萧局长，守夜者组织成员前来报到。”萧朗做了个立正、敬礼的动作，说道。

萧闻天重新低下头，研究着面前的地图，说：“子墨，你把前期工作的情况告诉他们。”

程子墨知道萧望的病情恶化，最焦心的自然是萧局长，于是她连忙简短地介绍了她负责前期侦查时发现可疑地点的经过：按照被捕的司马广描述的情况，程子墨等人对安桥矿井周边有可能出现山洞的大山进行了排查。可是当他们来到实际地点的时候，发现这一带大山连绵，根本就无从查起。

虽然司马广说大山里有时会有烟雾腾空，但是这一片范围实在是太广了，即便是派出无人机，其侦查寻找的范围也是远远不够覆盖整个山区。于是程子墨要求特警支队派员把司马广押了过来，当面指路。可是走来走去，这个路痴司马广居然还是迷路了。

找来找去找不到目标地点，程子墨有些着急了。就在这个时候，唐铛铛在守夜者组织里一直进行的，摸排吕星宇失踪前行为轨迹的工作，总算是有了结果。唐铛铛想来想去，在那时候告诉躺在病床上的凌漠和照顾凌漠的萧朗其实没有多大意义，所以她第一时间联系了程子墨。对程子墨来说，这个信息就像是在沙漠之中拿到了一瓶甘露，她茅塞顿开，一切明朗了起来。

吕星宇，1964年出生于南安市郊区，他唯一的哥哥在自然灾害中死亡。他的父母生下他之后，为了能活下去，带着他来到了安桥县的一个小村庄，以游猎为生。吕星宇在村子上小学的时候，就展现出他超人的智商，平时放学就去山里玩，并不怎么苦学，考试从来不错一题。为了能够给吕星宇提供更好的学习环境，他的父母攒了一笔钱，重新回到了南安市生活。虽然吕星宇的学习好，可是因为穷，他们一家不得不住在化工厂旁边，毫无污染处理措施的化工厂，让他的父母先后染上了重病。1982年，吕星宇上了大学，也成了孤儿。

唐铛铛通过网络研判，得知吕星宇小时候生活的村庄，其实就是司马广口中的废弃房屋所在地。因为进城务工潮的掀起，这座村庄在十五年前就已无人居住，渐渐废弃。而吕星宇小时候放学时间总是在山里玩耍，又或是帮助父母进山捕猎，所以他对村庄附近的大山地形会非常熟悉。

大山里没有供电，吕星宇当然不会把黑暗守夜者的基地放在山里。但是福利院、驼山小学先后暴露，在仓皇之间，他非常有可能来到儿时熟悉的山里，重新组建基地。虽然没有电，但是退而求其次，总比无处安身要强得多。因此，吕星宇的藏身之地，应该就在这座已经从地图上消失的村庄附近。

有了这条线索，唐铛铛继续运用网络研判技术，找出了几名曾经在那个村庄生活的老人。根据老人的描述，唐铛铛在南安市安桥县地图上找出了村庄的地址。后来经过了解，这座村庄周围的几座大山，植被茂密，很早就被作为南安市重点自然保护区保护起来，没有被开发，所以鲜有人知。

有了具体的位置信息，程子墨的侦查就顺利起来。她操纵无人机，对附近的大山进行了侦查，果真在其中一座名为“试璧山”的大山半山腰处，发现了有腾空升起的烟雾。准确地说，是水蒸气。结合司马广的证言，基本确定了黑暗守夜者目前大本营的位置，就在试璧山的某处。

可是，这座山太大了，植被又非常茂密，无人机想要在不被发现的高度侦查，根本就侦查不到山里的情况，视野会被植被完全遮盖。考虑到山里没电，夜间十分黑暗，有可能会使用明火来照明、取暖，所以程子墨还使用无人机携带热感应仪对大山进行了侦查。可还是因为可飞高度的问题，热感应仪并没有感受到明显的明火热反应。所以，警方虽然掌握了黑暗守夜者的大体位置，但仍没有能够进行精确定位。

后来，程子墨又咨询了地质部门的专家，他们说这附近的大山，内部有大量的空洞。根据历史，古时候还曾经有将军藏兵于山洞之内。但毕竟这里没有被开发，所以他们也没有完全掌握大山内山洞的具体情况。

不过，这个信息足以引起警方的高度重视。萧闻天在得知这个消息后，立即调动兵马，集合了近七百名特警、民警在附近待命，并且请求了武警部队的支援。近五百名武警官兵刚刚也抵达了集结地点，做好了随时围山、搜山的准备。

这个警力规模，在中华人民共和国成立后，南安市处置的刑事案件中，尚属首例。

“山里有路吗？”萧朗问程子墨。

“可以说有路，也可以说没路。”程子墨说，“山里虽然植被茂密，但大多数地区都是可以行走的，只是没有固定的上山或者下山的小路。也就是说，如果我们的包围圈出现了任何一处漏洞，他们都可以从这个漏洞处溜走。这也是我们这次行动中，最困难的地方。”

“这座大山还是挺高的。”凌漠走到八仙桌边，看着地形图，说。

“是啊。”萧朗也说道，“他们在山下的废弃村庄里有暗哨，就说明在其他的位置可能也有暗哨。更可怕的是，如果他们在山上的高点设置了暗哨，那么我们这么多警力一靠近，就会立即被他们发现。等我们上山收网，他们有一个多小时的时间可以摧毁所有的犯罪证据。可是如果不用这么多警力，根本无法完成对大山的合围。”

“不仅仅是摧毁犯罪证据的问题。”萧闻天看着自己的小儿子，语气虽然依旧严肃，但是眼神里充满了欣慰的微笑，他说，“他们手上应该有救老董的药物生产线，也有救那些被感染后昏迷不醒的受害者的药物生产线。

如果他们摧毁了这些生产线，可能老董和那些昏迷者都没救了。”

萧闻天不说，但是大家都知道，他最担心的，是自己仍在昏迷的儿子——萧望。

“如果真像司马广说的那样，他们是在山洞中建立基地的话，那还得考虑这座大山的山洞有暗道，可以突围出我们包围圈的可能性。”凌漠补充道。

“总而言之，我们必须清除暗哨，以最快的速度完成对山洞的合围。”聂之轩说道，“可是山这么大，没有精确位置，即便清除了暗哨，也无法完成合围。警力是不是有点不够？”

萧闻天叹了口气，说：“我们南安警力很缺，只有不到万分之六的比例，也就是说，二十多个警种加起来也只有一万人。这个城市总还要运转吧？我不能把人都拉来！”

“这也是我们能调配的最多的兵力了。”武警大校说道。

“现在不该纠结人多人少的问题。”一名文质彬彬的老者开口说道，“不管人多人少，进山都是需要时间的。时间要是把握不好，他们破坏了药物的生产线，我们就没有办法研究出相应的对策来救人了。”

萧朗这时候才注意到八仙桌后侧坐着四名儒雅的老人。

萧闻天点了点头，说：“这四位，是我从北京请回来的药理学、微生物学、遗传学和医学免疫学的著名专家学者，是来协助我们救人的。”

萧朗这才意识到自己的父亲已经把工作想在了前面。如果警方可以顺利控制住黑暗守夜者的大本营，在第一时间控制住他们制造基因催化剂和防真菌感染药物的生产线，就可以研究分析并发现制造解药的方法。吕星宇肆无忌惮地使用这种独特的真菌来携带基因催化剂，那么一定有办法抑制这种真菌。如果找到了解药，那么萧望还是有救的。同时，根据方氏夫妇的供述，如果他们能找到制造维持董连和生命的药物原料的方法，也就有可能一次性解决董连和的生命危机。能同时请到国内相关领域的顶尖专家学者，萧闻天肯定是下了不少功夫的。

“说白了，基因催化剂倒是不至于致命，如果引上正途，说不准对以后的癌症或者基因缺陷疾病会有帮助。”另一名老人说道，“最要命的，是携带基因催化剂的真菌。目前国内没有有效的抗生素，所以必须从这里拿到药物配制的方法。”

“你们怎么知道他们一定会摧毁？”聂之轩问道。

“对方能存在这么多年，靠的就是反侦查能力。”凌漠说，“为了破坏证据，我觉得他们有可能会破坏方法或者原料。”

“我们可以把一千二百个警力分配在东、南、西、北四个方向的这四个点。”一直没说话，在一旁研究地图的萧朗，突然指着桌子上的地图，说，“这四个点都是有植被覆盖的，并且有公路可以直接抵达目标山脚下。我觉得只要指挥得当，看起来似乎不需要那么长时间就可以完成包围。我们晚上进攻，可以减少被哨岗发现的可能性，还是有希望的。”

“和我们想的一样，目前各分组警力都是按照这个方法集结的。”萧闻天的眼神里仍是满满的欣慰，“可是，我们赌不起啊。”

“我前期查询了很多资料，我可以分析出他们安排哨岗的规律。”凌漠自信满满地说道。

房间里的人们听凌漠这么一说，都充满疑惑地看着凌漠。

“我相信凌漠。”萧朗拍了拍胸脯说，“我担保，他能搞清楚。”

萧闻天虽然不知道萧朗和凌漠的这股子自信是从哪里来的，但他还是问道：“可是，你又如何才能看到暗哨呢？总不能进山吧？这是一片未开发的地区，你一进去，立即就会被发现！”

“我不进去，但是我可以伪装成迷路的路人，从山脚下探一探。”凌漠看了看程子墨，说，“看完地形，我大概能推断出个所以然来。我得和捕风者程子墨一起。”

萧闻天很是担心凌漠会走漏风声，引起对方的警惕，但是目前看起来，似乎又没有更好的办法。他犹豫再三，最终还是点头同意了。

凌漠和程子墨再次伪装成了一对情侣，不过这次，他们穿上了冲锋衣，背上了户外用的大行李包，拄着拐杖，俨然是一对驴友情侣。这两套装备，是萧闻天打电话让安桥县公安局的人临时找了一家户外用品店买的，然后火速送到了指挥部。

走进了山林，凌漠才发现这个地方实在是太好了。大自然的造化，让这里成为一片巨大的天然氧吧。似乎有些甘甜的空气，充斥了凌漠的鼻孔，甚至整个肺，让他心旷神怡。这是凌漠找回记忆、放下思想包袱后出的第一个任务。虽然他知道这次任务非常重要，也非常危险，但是置身于大自然当中，还是有一种放飞了自己灵魂的感觉。

顺着目标大山的脚下走了几公里，凌漠发现了一条从山里流出来的小溪。已经有些口干舌燥的凌漠，准备蹲在小溪边，试一试这一定非常甘甜的溪水。可是正当他撸起袖子，准备用手捧水的时候，他突然怔住了。

“这、这水里，怎么会有死苍蝇？”凌漠问道。

“这有什么好奇怪的，山里有苍蝇不是正常的吗？”程子墨嚼着口香糖，不以为意地说道。

凌漠没说话，用手挡住水流，不一会儿，手掌边缘就拦住了四五只死苍蝇。他抬头看了看程子墨，说：“山里有苍蝇很正常，但都在一个时间点集中死在这一条小溪里，就不正常了。”

程子墨也发现了这个异常，有些发愣，说：“那……会不会是有什么野兽死在了小溪边，所以……招苍蝇？”

“招苍蝇正常，但是苍蝇死了就不正常。”凌漠说，“一般会造成苍蝇大批死亡的，通常是有毒药物。这座没有开发的大山里，有毒的地方，只有黑暗守夜者的基地。”

“这个好办。”程子墨解下户外包，从里面掏出了自己的无人机。

“你不是说无人机视野会被植被遮盖？”凌漠问。

“你不知道了吧！我之前把这台无人机重新组装了，可以适应不同的侦查需要，你看，现在就是一个潜水器。”程子墨说完，她手中的无人机也确实变成了双螺旋桨潜水器。

眼前的小溪有八十厘米宽，四十厘米深，足够让一个潜水器毫无声息地潜行移动了。

凌漠很是兴奋，说：“你能遥控它逆水而上，并用摄像头传回小溪周边的影像吗？”

“能啊。”程子墨把潜水器放进了水里，用遥控器操纵它潜水前行。

潜水器跑得还挺快，在路途中，通过摄像头，凌漠和程子墨又看见了几堆集中的死苍蝇。终于，他们看见了死苍蝇的源头——岸边有一堆腐烂的猫的尸体。

“猫！他们的实验品！”凌漠暗叫了一声。

程子墨操纵潜水器停了下来，然后悄悄地浮出了水面。显示屏上的画面更加清晰了，眼前的小溪岸边，堆放着几十只流浪猫的尸体，有的已经部分白骨化了，有的还没有开始腐败。猫的尸体上，黏附着密密麻麻的死苍蝇，但是没有一只蛆虫。随着水的流动，那些没有紧密黏附在尸体上的死苍蝇被冲进水里，顺水漂流了下去。这说明这些猫的尸体上，有能够致死苍蝇的药物成分。

潜水器完全浮出水面后，视野也宽广了许多。但是受到周围杂草的遮挡，除了能看到小溪边不远处有一个用木板搭的简易窝棚，窝棚里放着的三个“高压锅”，就看不到更远的地方了。这三个“高压锅”具有高压锅的形状，却比普通高压锅大了数倍。它们似乎在工作状态，微微颤抖，有水蒸气从锅顶处喷射出来。因为窝棚的顶棚非常简易潦草，大量的蒸汽穿透棚顶，升腾到了半空。而窝棚内、锅顶的上空，有一个竹子制作的架子，上面用绳索捆绑着几只挣扎着的小猫。“高压锅”的旁边站着两个高挑的男人，戴着防毒面具，不知道在忙碌着什么。

能看到的，仅仅如此了。

“嘿，你们干什么的？”

一声大喝，吓得正看着潜水器画面的凌漠和程子墨一阵心悸，他们过分专心，完全没留意到后面有人。

两名穿着蓝色制服的男人站在距离他们五十米开外的地方，对着他们喊道。其实带着枪的凌漠并不惧怕这些穿着蓝色制服的人，但是他看见了其中一人手里握着一台卫星电话。也就是说，他们随时有可能通风报信。所以，凌漠和程子墨必须演。

“大哥，大哥你们好！你们是森林管理局的人吗？”凌漠一边作揖一边说道，“我们是驴友，迷路了。”

远处的男人一怔，随即眼珠一转，说：“这里是非开发区域，驴友也不准来！迅速离开。”

“我去，我的潜水器还没回来。”程子墨心疼地低声说道。

“没事，你把它潜下去，别被发现。先撤，回头总是能拿回来的。”凌漠低声说完，又对远处的男人喊道，“大哥，我们真迷路了，这有点茶水钱孝敬您，麻烦帮忙指个路吧！”

说完，从口袋里掏出了一千块钱。

看着这一沓钞票，两个男人很是满意，快步向他们走了过来，边走还边收起了卫星电话。

“沿着山脚，一直往东走，就出去了。”男人接过钞票，笑眯眯地说道。

“太感谢了！太感谢了！”凌漠作揖道，“你们也辛苦，一直要住在这里啊？”

“喏。”男人指了指远处灌木丛中露出的破烂屋顶，说，“这都是我们森林局的哨卡，你们别乱走啊，只能沿着山脚往东走。其他方向都有哨卡，被抓住就不好了。更不能上山，山上有野兽！”

“太感谢了！”凌漠深深鞠了一躬，拉着程子墨向东边走去。

3

“你们居然知道基地在哪里了？”萧朗听完凌漠的报告，噌的一下就站了起来，说，“那还说啥？沿途清理暗哨，然后直接攻进去呗！”

“不！”凌漠挥手制止萧朗，说，“那里不是基地。”

“不是基地？”程子墨也是吃了一惊。

“你们想想，虽然我们不知道水蒸气里是啥，但是一来附近的人戴防毒面具，二来附近有大量死猫。这足以证明这几个‘高压锅’周围是有毒的。”凌漠说，“如果你是吕星宇，你会把基地安排在有毒的地方吗？”

萧朗重新坐下，说：“那不是白搭嘛。”

“根据刚才那两个保安的话，东边山脚下是没有第一道哨岗的，这说明基地肯定不在东边。”凌漠说，“南边是他们的实验地，不会是基地所在。所以，他们的基地应该在这座大山的西坡或者北坡。我觉得现在就可以调动兵力，将精锐调集到西边和北边，随时准备进攻。”

“可是问题又回到了原点，既然不知道这两个坡面的暗哨情况，攻进去还是得要很长时间，而且有风险。”萧朗说。

“不要紧，在刚才的调查中，我发现了一个问题。”凌漠示意程子墨把刚才接收到的画面投影到指挥部的墙上，画面定格在“高压锅”的特写镜头上。

“你们发现没有，这些容器的下方是没有点火的，但是它们又确实是在工作的。”凌漠说，“那……能源哪里来？”

“你是说，用电？可是山里哪有供电？”程子墨这才发现，凌漠发现了她没有发现的问题。

“是！一定是用电的，不然你的热感应仪不可能感受不到明火的热反应。”凌漠说，“既然山里不可能供电，那么就只有一种可能，他们是有发电机的！”

“而且基地和实验地不在一起，他们至少要有两台发电机。”萧朗补充道。

“接着说。”萧闻天知道凌漠的推论还没说完，于是饶有兴趣地看着他。

“现场附近没有看到大片的太阳能板，说明他们的发电机也不是太阳能的。但发电机也是需要能源的，而通常我们知道的发电机，都是烧柴油的。”凌漠接着说，“山里不可能有柴油，也进不了车辆，所以他们不可能一次性搬运大量柴油进山。”

“所以，他们必须派人每天下山买油！人工搬运！少量、多次地买油！”萧朗提高了音量。

“现在的汽油、柴油都是有管控的，如果不是开车去加，想要拎着桶加油，是要派出所开证明的！”萧闻天补充道。

“所以，在正规的加油站他们是买不到油的。”萧朗说，“只有那些村野里的黑加油站，才会卖给他们。”

“如果他们的基地在山的西坡或者北坡，他们只会从最近的路下山，而不会绕路从别的坡面下山。”凌漠说，“我们只要在西坡和北坡设置侦查哨，发现有人下山，或者下山后给第一道保安哨岗交代事情，就可以确定他们是要买油了。”

“明白了，我们把附近的黑加油站控制起来，然后我们的人在给他们加油的时候，在买油人身上装上摄像头，就可以跟着这个人沿途搞清楚暗哨的位置了！”萧朗高兴地拍了拍桌子。

“根据司马广的描述，黑暗守夜者成员经常会安排他们山脚下的保安去买东西。所以我们不知道他们会自己去买油还是派保安去。保安不能上山，所以在他们身上装摄像头是没有意义的。”凌漠说，“但是不管是谁买，油桶是一定会跟着黑暗守夜者的人进去基地的，所以在油桶上安装摄像头最保险。”

“干得漂亮，我马上安排。”萧闻天赞许地点头，说道。

接下来就是漫长的等待。

不过，也不是单纯地等待。在萧闻天的指挥下，精锐警力开始位移，将更多的警力铺在大山的西边和北边。同时，一组突击队以最快的速度控制了大山西边和北边十公里之外的小村庄里的黑加油站。经过突审，基本确定大山西边的一个黑加油站是黑暗守夜者经常会去买油的地方。另外，一组技术民警也经过研究，设计了一套将微型摄像头安装在油桶内壁、又可窥视外界的方法，这样可以最大限度地防止被对方发现微型摄像头的存在。

一阵忙活，天已经完全黑了下来。

而就在天完全黑了的时候，大山西边的侦查员通过对讲机报告，有三四条光束在大山的林子里晃动，有可能有人下山。指挥部和各个警力集结点的气氛瞬间紧张了起来，因为大家都知道，凌漠的推断被证实了，而接下来，将会是一场攻防战。

事情在指挥部预计的轨道上顺利发展着，四名黑暗守夜者成员下山后，和山下第一道哨岗的四名保安简单交流。四名保安从废弃房屋中各推出一辆摩托车，载着四名拎着油桶的黑暗守夜者成员，向西边驶去。一路颠簸之后，他们来到了黑加油站。黑加油站老板为了获取被宽大处理的机会，充分发挥了他的演技，掩护警方技术人员在油桶上钻孔、安装摄像头后，给八个油桶全部装满了柴油。

顺利加完油后，保安又驾驶着摩托车将黑暗守夜者成员送到了山脚下，直到摩托车无法继续行驶了，才放四人下车徒步向山上攀登。保安则重新驾驶摩托车，回到了他们哨岗的住处。

因为这四名黑暗守夜者都佩戴着头灯，所以即便微型摄像头的夜视功能不太强大，也能让萧朗他们基本看清眼前的情况。四个人走出了大约一公里的路程，凌漠就看明白了他们在丛林之中不迷路的门道。原来黑暗守夜者在他们上、下山的路径沿途的大树上刻上了记号，所以这四个人每走出一段，都会在旁边的大树上寻找记号，以确认他们没有偏离这一条不存在路面的小路。

四个人的总行程大约是三公里，经历了三个暗哨，最后来到了一个山洞。可惜，四个人只是把油桶放在了山洞进门处的“杂物储藏间”里，这就导致微型摄像头无法探查洞内的具体情况了。

看完了全程，萧朗也是捏了一把汗，因为吕星宇对于暗哨的设置，还真是挺上心的。三个暗哨，有的在树上，有的潜伏在草丛里。如果不仔细寻找，肯定是无法发现的。但是有了这一趟行程的录像，他们心里有底多了。

“我以前在流浪的时候，看过一本书，是关于阵地明哨、暗哨布控方法的。还有，后来我在组织里找资料的时候，也看过一些资料，印证了这种方法。在我们端掉驼山小学后，我通过勘查暗哨位置，也印证了这种方法。后来我想起来了一些事情，现在回味看看，以前在福利院，保安就有好多布哨方法，其中一种就是‘十’字排哨法。从目前侦查的情况来看，应该就是这种。”凌漠默默地说，“他们会以三个哨位中间的那个哨位为中轴线，大约每五百米再向南坡、北坡安排一个哨位。当然，他们可能没有那么多人，但我们必须保证每个可疑哨位都要派人排查。”

“以前的资料？靠谱吗？”萧闻天皱着眉头问道。

“我觉得，有八成把握。”凌漠说。

“八成，概率很高了。不管知不知道暗哨的布控方法，咱们都是要强攻的。”萧闻天站了起来，发布命令，“位于目标西侧的警力，抽调出五十精锐力量作为突击小组，由萧朗和凌漠带队，最先进入山林。按照刚才视频提示的方法沿路上山，并且清除暗哨，一旦你们控制了山洞洞口，就立即发回消息。其他各方向的警力，在接到消息后，以最快速度包围、收网，按照凌漠指出的暗哨位置清除暗哨。如果发现其他暗哨，一并抓获。所有警力，在接近洞口高度时，按照阶梯状留下守员，保证我们的这张大网密且不漏。记住，登山要保持横行排列，地毯式搜索！除非万不得已，否则不准开枪，全部抓活的。”

“对了，清除暗哨的时候，要盾牌先行。”凌漠说，“既然我们不能开枪，就要注意安全。他们虽然应该没有枪支，但是他们有弩箭，而且是威力挺大的弩箭。”

说完，凌漠儿时的那一幕涌上心头。脑海中的场景，变成了慢动作。一支黑色的弩箭，微微地转动着，向自己和豆浆射了过来，毫不停顿地穿透了豆浆小小的身躯。沾着豆浆心头热血的箭头划过凌漠的脸，将他的面颊划得血肉模糊。热血扑面而来，喷溅在凌漠的脸上和身上。凌漠不知道发生了什么，只是看着那支弩箭势头稍减，划过一条弧线，坠入了大河。

凌漠的心，像是突然开始颤抖了一样，鼻头稍酸。凌漠知道，这支弩箭对他的心理影响巨大，因为那一次在通风管内，看到弩箭的时候，就激发了他剧烈的反应。

“领头警员戴夜视仪，不准使用灯光。”萧闻天直起身子，肃穆地站好，说，“行动开始！”

萧朗很喜欢自己的这身打扮。

他穿着防弹衣、收腿裤，脱去了自己的白色耐克鞋，蹬上了一双高帮防刺皮靴，头戴特警多功能头盔，一副夜视镜遮住他的双眼。他的腰间系着警用多功能腰带，腰带上别着手铐、辣椒水、警棍和装在快拔套里的 92 式手枪，手上则端着一支微型冲锋枪。

不可否认，他很喜欢这一身装备，虽然他不知道一年前自己拼死也不愿意当警察的时候，是不是因为不知道自己有朝一日会穿上这么酷的装备，冲锋在和犯罪斗争的最前线。刺激、热血、正义是萧朗骨子里的东西，不管他嘴上愿不愿意承认。

萧朗和凌漠带着两列纵队在树林中穿行，树林和灌木很密，几乎没有太多下脚的地方，他们只能艰难向前行走，尽可能不发出声音。很快，按照凌漠手中平板图示的标记，他们已经接近了第一处暗哨的位置。当然，萧朗看见了暗哨，暗哨也看见了萧朗。

萧朗疾步奔跑了一段，就看见了不远处树杈上靠着的暗哨。暗哨也很是诧异，在这个很平静的晚上，眼前怎么出现了这么多人？他拿出弩箭，对着人群就嗖嗖嗖地射出了几箭。幸亏凌漠早有预料，于是在萧朗疾奔的时候，就让盾牌警察也跟着冲了过去。此时，盾牌警察站到了萧朗的前面，立住盾牌，瞬间铛铛铛三声金属碰撞的声音发了出来。

“哎呀我去，还是诸葛连弩。”萧朗说道。

“让你小心！”凌漠低声喊道。

“没事，我死不了！命大着呢！”萧朗说完，从盾牌后冲了出去，以最快的速度向那棵大树下奔去。

不知道为什么，凌漠听到萧朗说死不了，心里反而产生了一种莫名的担忧感。

萧朗的速度显然出乎了暗哨的意料，暗哨连忙扔了弩，从背后包裹里掏卫星电话。可能是他完全想不到警方会神不知鬼不觉地摸上来，所以没做好准备，也可能是越紧张动作就越僵硬，所以试了几次，卫星电话的天线都被包内的其他物品缠绕着，他半天没能把卫星电话掏出来。可是早有准备并且毫不紧张的萧朗，自然不会给他更多的时间。萧朗只花了几秒钟的时间就爬到了大树中央的枝丫处，一个背摔就将对方摔到了树下，然后一个下跃，直接骑在了对方的身上。这名黑暗守夜者成员，几乎连呼救都没机会，就被戴上了手铐。

萧朗用胶带封住了对方的嘴巴，然后留下两名特警看押，自己则带着队伍继续前进。

第二名暗哨，几乎被萧朗用同样的办法给制伏了。这次，这名暗哨甚至都还没看清眼前的情况，弩箭都没来得及放出去，就被从树下“瞬移”到树上的萧朗按倒在了地上。

两次清理暗哨的任务都非常顺利，这让萧朗非常得意。在接近第三个暗哨的时候，凌漠告诉萧朗，这是一个钻在防虫睡袋里，躲在灌木中的黑暗守夜者成员。而且，这个暗哨点距离基地山洞的洞口只有百米的距离。所以在他们接近第三个暗哨的时候，萧朗用对讲机发出了信息，要求四周围山的警察迅速收网。同时，也催促他们这一组突击队后方的大批警力加快速度，赶来支援。

来到了图示中的暗哨地点，眼尖的萧朗一眼就看见了睡在绿色睡袋里的人，这个人似乎已经睡着了。这让萧朗更加自信，他疾跑了几步，一个鱼跃就扑在了睡袋上面，双手紧紧攥住了裹在睡袋里的黑暗守夜者成员的双臂，把这人死死压住。

可也就是在那一刹那，一股少女的体香扑面而来，这时萧朗才注意到，原来这个暗哨是一个清秀的年轻女孩。睡梦中的女孩突然被人控制住，一时不知道怎么办才好，瞪着水汪汪的大眼睛看着眼前这个莫名其妙的男人，双颊绯红。

萧朗更是吓了一跳，他也知道自己现在这个姿态实在是不好，而且他头盔上的摄像头会把眼前的画面实时传输给指挥部。要命的是，唐铛铛此时正坐在指挥部里。所以，只是几秒钟的工夫，萧朗就像是身上装了弹簧，本能地从女孩的睡袋上弹了起来。他弹开了，女孩的双手就恢复了自由。谁也没有想到，此时女孩藏在睡袋里的手上，正捏着那部用来通风报信的卫星电话。

"警察来了！警察来了！"女孩显然已经拨通了电话，她将脑袋钻进了睡袋里，喊道。

"不好！留两个人控制住她！"萧朗知道自己犯了错，连忙带着突击队员们一路狂奔，向山洞跑去。

一行人进了山洞，顿时傻了眼，他们根本没有想到这个天然溶洞居然如此之大。从洞口进洞，可以看到洞顶大约有三层楼的高度，而脚下也是有两层楼高的矮崖。崖下乱石嶙峋，无法走人。但从洞口开始，沿着洞壁，向洞内延伸了一条一米宽的小路。沿着小路向洞内看去，似乎有灯火。而且，摆放在洞口的柴油发电机此时正在工作，有一条很粗的线缆沿着洞壁向内延伸。显然，真正的基地还得往洞内探索。

萧朗一挥手，队伍由两列变成一列，沿着洞壁的小路向内快速行进。走了大约两百米，眼前豁然开朗，出现了洞内的一个大空间。大空间里没有人，但是有电灯照亮了四周。大空间的四周，是天然形成的上百个石窟，每个石窟的外面都拉上了布帘。显然，吕星宇是把这些天然的石窟，变成了孩子们平时就寝的房间，而中间的大空间，则是"上课"和"训练"的地方。不得不承认，如果不用每天去买油那么麻烦，作为一个黑暗守夜者的基地，这里真的是再好不过了。

萧朗和凌漠身后的这四十多名特警，都是训练有素的精锐警力，所以在进入大空间后，立即分为十几个小组，持枪对各个石窟进行了围剿。他们拉开所有的布帘，用枪控制住里面的人并上铐，然后继续围剿下一个石窟。因为帘子的后面，大多是半大的或者很小的孩子，所以这项工作进展得很快、很顺利。

萧朗和凌漠则穿过大空间，向山洞最深处探索，看看这个山洞会不会有其他的出口，关键人物会不会通过别的出口逃离。可是，他们越往前走，洞顶越低，最后大空间的最深处和地面相交，将空间封闭了起来。

萧朗长吁了一口气，这个山洞是封闭的，并没有其他可以出洞的途径。即便黑暗守夜者的关键人物是在洞口听见了示警，赶在特警封锁洞口之前逃离了，也一样无法钻出已经由一千二百名警察和武警密密编织的大网。

所以，虽然萧朗犯了错，但是并没有造成不好的后果。如果他没有猜错的话，吕星宇以及犯罪集团的其他人员都已经被捕，无辜的孩子们也都通通被解救了。

他们胜利了。

萧朗和凌漠掩饰住内心的喜悦，重新回到了大空间的腹地。后续支援的警力此时已经赶到了现场，大空间的地面上排着队蹲着三十多个人，有大人，有孩子，还有好几个学龄前的小孩被几名女特警带着。这些人都会被带回附近的派出所，分别进行讯问、甄别，从而分辨哪些是有罪之身，哪些是无辜之人。

上百个石窟的布帘都被拉开了，暴露出里面的情况。这些石窟一般都不太深，就像是一个个十来平方米的小房间。有些是空着的，也有些里面摆了一些私人物品。还有一些较大的石窟，里面放着各种仪器设备和很多瓶瓶罐罐，周围还有一些生产原料之类的东西。不用说，这些石窟就是洞内的实验室了。凌漠走到一间实验室里，蹲在地上捡起了几粒不知道是什么的东西，闻了闻。他知道，这是海桐的种子。他瞬间明白了，在埋人的时候撒海桐的种子，不仅仅是为了让那里生长植物，更好隐蔽，还很有可能是为了消除尸体内存在的毒物成分，防止被警方的毒化检验检出。那么，这一间实验室很有可能是研制真菌抗生素的实验室。凌漠把这间实验室仔细摄像，画面传回了指挥部，并且说明了海桐种子这一发现，希望他的发现，可以帮助那些专家学者尽快研究出救命的药物。拍完后，凌漠在实验室里转了一圈，除了地上撒落的海桐种子，并没有再看到大量的种子。他想了想，走出了实验室，绕着大空间，一个一个地数着石窟。

萧朗则走到蹲着的嫌疑人面前，手持着一张吕星宇年轻时候的照片，在几名年长者之间辨认。唐铛铛花了不少心思，从吕星宇的老档案里面找出来几张黑白照片。因为每一张照片的年代都非常久远了，显得斑驳破旧，大量的破损痕迹导致单单使用一张照片根本无法进行辨认。所以唐铛铛将几张照片完好的部分进行处理，最终合成了一张吕星宇年轻时候的一寸大头照。

萧朗和凌漠的耳机里，不断地传来外围收网成功的消息。

“第四十七小组抓捕暗哨一名。”

“第二十一小组抓捕暗哨一名。”

“第六小组抓捕暗哨一名。”

…………

“收网完毕。”耳机里传来了外围收网指挥员的声音。

“你就是吕星宇吧？”萧朗走到了一名穿着白大褂、被捕前还在石窟实验室工作的老者面前，问道。

老者“哼”了一声，说：“胜者为王，败者为寇。”

萧朗心中一阵狂喜，对凌漠说：“凌漠快来，吕星宇找到了。”

凌漠正站在蹲着的“队伍”后面，数着人数。直到数完了，他才皱着眉头，走到了萧朗的旁边，接过吕星宇年轻时候的照片，对比着眼前的这位老者。看了良久，凌漠说：“虽然从眉眼上来看非常像，但他不是吕星宇。”

老者露出了一丝不易察觉的惊慌。

“你咋知道？”萧朗又抢过了照片，不服气地问道。

“吕星宇的膝关节有问题，你还记得吧？”凌漠淡淡地说，“他不可能蹲这么久都纹丝不动。”

“那其他人……”萧朗有些慌了。

“其他人更不是了。”凌漠说，“吕星宇跑了。”

“这、这怎么可能？”萧朗下意识地把背在背后的微冲又端在了手上。

凌漠挥手让萧朗跟着他，两个人走到了石窟实验室前，凌漠说：“从痕迹上来看，这里原来放着不少生产原料，但现在看，明显是被人搬走了。因为慌乱，还撒了不少。”

说完，凌漠又带着萧朗走到了大空间的一侧，说：“我刚才数了，所有住人的石窟，哪怕是一个人住一间，也应该有五十一个人。而现在逮捕的，只有四十七个。”

“少了四个人？”萧朗瞪大了眼睛。

“至少少了四个人。”凌漠说，“如果有两人或两个孩子住一屋，那就少得更多了。”

“对了，还有外面的暗哨啊！”萧朗说。

“我说的四十七个，就是包括这里的人，还有外面报告来的抓捕到的暗哨。”

“那会不会还有别的暗哨没有抓到？”

“外围已经收网完毕了，我们这么大一张网，你觉得有可能少抓这么多人吗？山下的保安又是不能上山的。”凌漠说道，“这个老人既然想装成吕星宇，那么更说明真的吕星宇逃脱了。”

“可是，这个洞就一个出口啊！”萧朗还是不服气。

凌漠想了想，拽着萧朗的衣袖，重新回到了大空间最深处的洞壁边。他从地上捡起一块石头，向洞壁扔去。

石头砸中了洞壁的岩石，发出清脆的响声，然后坠落。在坠落到地面的时候，发出了扑通一声。

萧朗吓了一跳，原来这个山洞的最深处，并不是封闭的洞壁，而是洞内水域。出于天气和水面上的暗绿色漂浮物的原因，之前他们没有注意到。既然有流动的水，就说明这水是和外界相通的。如果吕星宇带着亲信跳进了水里，泅渡过后，可能就可以离开山洞了。凌漠觉得，目前的这种情况，才是合理的。俗话说，狡兔三窟。吕星宇这么狡猾的人，不可能把自己封死在一个罐子里，他藏身之地一定会有逃离的通道，从驼山小学被改造的后围墙就可以看出来这一点。

所以，在接到门口女孩的报信之后，到萧朗、凌漠带队攻入之前，有十几分钟的时间给吕星宇准备。那个时候，他不可能带走所有的人，也不能让这些人暴露自己的逃生通道。于是，他挑选了精干力量、会游泳的手下，从这一处隐藏的水面泅渡离开。

为什么警察进洞的时候，所有的帘子都拉着，黑暗守夜者成员们没有一点惊慌的表现呢？恰恰是因为他们想故意装作没有收到门口暗哨的警报，而给泅渡逃离的吕星宇和手下制造逃离的时间，也想故意干扰视线，防止警方发现洞后的水路。

一股热血冲进了萧朗的脑子里，他跑了几步，想跳进水里，但被凌漠拉住了。

“别拦着我，我要去追！”萧朗说道。

“你不清楚水下情况，不要命了？”凌漠拦腰抱住了萧朗。

“我说过，我命大，死不了！”

“不要乱立 flag[1]！”凌漠说，“你现在去，怎么可能追得上？他都跑了一个多小时了！”

萧朗停止了挣扎，沮丧地蹲在地上。

“我已经通知了萧局长，会有蛙人赶过来，探查水路的情况。”凌漠说，“几名老专家也会连夜研究分析他们的生产流程和原料，找出救望哥、救董老师的方法，那才是最着急的事情！”

“是我错了。”萧朗低着头嘟囔道。

“你没做错什么。”凌漠诚恳地说道，“你已经很优秀了！若不是你这样的能力，第一道哨岗我们就暴露了。不要紧，黑暗守夜者百分之八十的力量都被围剿了，他们已经掀不起大浪了。更重要的是，你的出色表现救出了所有的孩子！你应该感到欣慰！”

被说服的萧朗跟着凌漠重新回到了大空间。

凌漠说：“马上会有技术人员赶来收集证据，我们现在把所有的嫌疑人、孩子带出这里，去安桥县公安局集中讯问。这个人，由我和萧朗带去最近的辖区派出所进行讯问。”

说完，凌漠走到一个十七八岁的男孩旁边，抓住他的手铐一提，让他站了起来，然后拉着他率先向洞口走去。

这个男孩没有穿鞋，一双脚底长着厚厚的老茧。

1 立 flag，指的是一个人被他自己说的话打脸了。

第十章 天演

我和你一样，不知道自己是谁。

但我知道，今天发生的一切，我不会后悔。

——崔振

1

天边泛起了鱼肚白，安桥县西矿派出所的狭小院落里，也开始慢慢明亮了起来。

破旧的办案区里，有一间年久失修的审讯室，审讯室里的软包墙体都已经裂开，有些地方甚至露出了白色的海绵。

伏在审讯室桌子上的萧朗，迷迷糊糊地睁开了眼睛。

他感觉自己似乎做了很多梦，一会儿是小时候和萧望、唐铛铛在一起玩耍的事情，或是姥爷辅导他们兄弟俩学习的景象，一会儿又是他和凌漠几次深入虎穴进行抓捕行动的过程。总之，他迷迷糊糊的，不知道睡了多久，也不知道醒了几次。

过了一会儿，萧朗总算是真的清醒了过来，他歪头看看旁边的座位，凌漠不知道去了哪里。他抬起头来，准备伸个懒腰，却突然发现正对面审讯椅上正端端正正坐着一个十六七岁的男孩，正睁着两只眼睛看着萧朗。

萧朗吓了一跳，说："嘿，你这样直勾勾地看着我，要吓死我啊？什么时候醒的？"

昨天清理完现场后，已经凌晨一点多了。萧朗和凌漠以及守夜者成员们带着这个赤足的男孩，回到了距离现场最近的西矿派出所里。因为派出所实在是太小了，不可能容下那么多人，所以其他嫌疑人和孩子，都被带到了安桥县公安局。

男孩被带回派出所之后，精神萎靡，所以凌漠并没有立即对他进行审讯，而是让他在审讯椅上睡一会儿。守夜者成员们见男孩趴在审讯椅上很快就鼾声大作，于是也都分别找了间办公室稍微睡一会儿。没想到这个稍微，就稍微到了天亮。也是，这段时间以来，守夜者成员们实在是太累了。

“睡好了？”萧朗揉了揉惺忪的眼睛，对男孩说，“准备交代不？”

“交代。”男孩说道。

萧朗又是吓了一跳，这突如其来的“交代”二字，让他愣了一下。正在这时，凌漠推开了审讯室的门，走了进来。看了看男孩的脸，又看了看萧朗，他笑着说：“小艾你想明白了？”

原来所谓的读心者，真的是可以读心的。凌漠从二人的脸上，似乎已经得到了答案。

“你咋知道？”萧朗低声问凌漠。

“出去前，我让他好好想想。”凌漠简短地回答说。

“想啥？我怕他有诈。”萧朗说。

“我来试试。”凌漠小声说完，朗声对小艾说，“你在你们组织里，也有十几年了，我现在想知道你原来在福利院时的一些细节。”

“你问啥，我就答啥。”小艾的眼神很坚定，没有丝毫闪烁。

“你们一般几个人一间寝室？”

“两到三个人。”

“寝室间，互相熟悉吗？”

“不熟悉。”

“涡虫和吕教授是什么关系？”

小艾沉吟了一下，说：“两个组的负责人，本来是合作，现在是对抗。”

“为什么对抗？”

“吕教授说是因为涡虫叛变。”

“你是吕教授这边的？”

“涡虫让我被选上吕教授一组，我给她提供信息。”

“所以，你是卧底，那现在为什么要交代？”

“你刚才让我好好想想，我想了很久，我的忠心到底换来了什么？”小艾眼神有点暗淡，说，“从两组反目开始，我就一直按照以前约定的暗号，给涡虫传递消息。每传递一次，我就会多一分风险。吕教授当然知道我们这几十个人中间有涡虫的卧底，我也知道他一直在调查。每透露一次消息，我暴露的风险就越大。吕教授的手段我知道，一旦暴露了，我只有死路一条。所以，这一次我求涡虫带我走，可是她让我继续寻找线索。是的，我就是颗棋子，我的忠心只会害死我，不会给我带来任何好处。”

“想明白了就好。”凌漠说，“我们继续聊福利院的事。”

“行。”

“福利院是不是有禁地？”

“那个有防盗门的房间不准进。”

“是不是经常有孩子死？”

“吕教授他们不说，但是私底下大家有这样的传言，说埋在后山。”

“吕教授他们的惯用武器是什么？”

“弩。”

“你们都是从哪里来的？”

“说是涡虫捡的弃婴。”

“你们信吗？”

小艾沉默了一下，说：“不太信，但也没办法。”

“为什么不跑？”

“跑不掉，抓回来了就是死。”

“你怎么知道？是因为以前有过类似的事件吗？”

“我从记事起，就被提醒这一点。”小艾说，“豆浆和六子，这两个名字经常被管理和教授提及。他们想跑，结果都死了。”

凌漠深吸了一口气，又慢慢地吐出来。虽然以前他也基本能确认自己的记忆是真实的，但是毕竟失忆了那么久，幻想梦境那么久，他需要有个人再给他进行最后一次确认。

凌漠一边听着，一边在纸上写着什么，然后把纸推给了萧朗。

萧朗一看，纸上写的是：“回答问题无卡顿，说明内心没有设防，他应该是真的要交代了。”

萧朗看完，立即直了直身子，问道："你刚才说，你只是一颗棋子，何出此言啊？"

小艾垂下眼帘，说："以前之所以能够传递信号，是因为涡虫一直在寻找基地搬迁的位置，但她现在已经不需要寻找搬迁位置了。所以我想跟她走，不想再那么提心吊胆地过日子了。可是，她不允许，她要让我一直当卧底。哼，我就是她的弃子，被发现了，死了也就死了。"

"你是说，涡虫救出了蚁王，救出了维持蚁王生命的医生，就没必要再找基地的位置了？"凌漠问道，"那你知道，这段时间，吕教授都在做什么吗？"

"一知半解吧。"小艾说道，"到目前为止，吕教授还没有怀疑我，所以我也知道一些情况。"

说完，小艾双脚互相摩擦了一下。

"你冷吗？"萧朗指了指小艾的脚，问道。

小艾被突如其来地关心了一下，有些感动，说："不冷，我的脚上全是角质层，不怕冷、不怕刺，所以不用穿鞋，这样可以保障我的奔跑和攀登的能力。吕教授需要很多中草药，都是我进山里帮他采的。"

小艾这样一说，凌漠和萧朗顿时就明白，这个小艾在黑暗守夜者组织中发挥作用的，应该是他的医术。从他的话中可以看出，他不仅精通西医，同样也精通中医。

"你先别急着说，把你经常采的中草药的名字给我写一下。"凌漠递过去一张纸，顺便把小艾的双手从审讯椅上的手铐中解放了出来。

看着小艾认真地写了十几种中草药的名字之后，凌漠悄悄把那张纸拍了照，传送给了萧闻天。此时的萧闻天正陪着四名专家学者对现场的药物生产线进行研究，以尽快寻找到抑制真菌繁殖感染的办法和维持董连和生命的办法。凌漠相信，这张药物名单，应该能帮助专家学者们尽快找到办法。

"那你就说一说，吕教授最近的活动，究竟是想做什么。"萧朗终究还是压不住自己的急性子，问道。

“天演计划啊。”小艾随口答道。

“我知道是天演计划，制造超级人类嘛。”凌漠连忙装出一副了然于胸的样子，说道，“可是他具体的实施计划，不是不太顺利吗？”

说完，凌漠悄悄拨通了萧闻天的电话，准备把接下来的谈话，及时传输给萧闻天和各位专家学者。

“他研究的真菌不行，一直找不到好的介质。”小艾摇摇头，说，“其实他的基因进化剂早就研究成功了，但是没有传播的方式。以前吧，他们是使用疫苗来传播。可是打进去的疫苗里的基因进化剂，只能作用人体一次，即便是有一点效果了，也需要长期注射，才能维持基因进化剂的作用。他总不能给所有的人都定期注射疫苗，对吧？所以，如果找到可以携带基因进化剂的微生物，利用微生物的繁殖来带动基因进化剂的复制，就可以一次投放，终身有效了。后来，吕教授就找到了真菌这条路，这种真菌，他研究了十几年，想要重新找到携带基因进化剂的微生物，肯定是来不及了。”

凌漠注意到，他们口中的“基因催化剂”到了小艾的口里，变成了“基因进化剂”。这也说明吕星宇向他们完全隐瞒了基因被催化后，有可能进化，但是更有可能退化或者变化的事实。也就是说，他一直在“报喜不报忧”，用“100%进化论”来给组织成员洗脑。所以掩埋那些实验失败的孩子的遗体，都是背着孩子们进行的，小艾他们都不太知道。当然，如果当年不是被聪明的豆浆发现，凌漠也不知道。

“嗯，是的，固体、气体的介质都不行，接下来要用液体的介质了吧？”凌漠大胆地推测，问道。

小艾只是点点头，却没有说话。

“那你知道，为什么固体、气体介质都不行吗？”凌漠试探地问道。

“这两个介质吧，出现问题的原因不一样，但是根源是一样的。”小艾毫无保留地说道，“吕教授的这种真菌，被他命名为天演星。天演星，不能被消化系统吸收，只能被呼吸和循环系统吸收。”

这一句话，就像是黑夜里的一道明光，瞬间让在审讯室外旁听的聂之轩茅塞顿开。聂之轩之前有很多想不明白的地方，此时全部明白了。

为什么吕星宇不把真菌直接投放在销量巨大的食品里，而是投放在受众极其有限的毒品里，并不是因为他只拿吸毒人员当实验品，而是因为吃下去的固体内的真菌不会进入人体各组织器官，不会繁殖。只有吸毒的人，将毒品吸入呼吸道，或者注射进血管，真菌孢子才会孵化，才会繁殖，才会随着血流到达各个器官。

为什么受害者被咬伤流血以后，会迅速被感染？就是因为真菌可以迅速通过创口，进入受害者的循环系统，然后随着血流到达各个器官。

也正是因为这个属性，吕星宇无法将真菌投放到各种食品、药品等被人吃入肚子里的物品里。但吕星宇又暂时找不到一个能让所有人都吸入呼吸道的介质。

“投放在空气里就更不可行了。”小艾补充道，“如果把天演星孢子投放在空气里，瞬间就会随风飘散。即便是周围有人，吸入极少量的孢子，也不会造成太大的影响。所以，吕教授就想到了，在密闭的空间投放天演星孢子。”

“所以，他想到了矿道。”萧朗也恍然大悟。

“是啊。”小艾说，“可是矿道吧，也有问题。他们用流浪猫做了实验，距离投放点近的吧，都死了；距离远的吧，没效果。”

“你们为啥要用猫做实验？”凌漠问。

小艾摇摇头，说：“不知道，好像听吕教授说，猫的基因进化，和人的某个方面比较类似吧，而且流浪猫比较多，又好抓。”

“既然用猫做实验不行，为什么还要做矿道实验？”萧朗问道。

“矿道和我们的实验器械不太一样。”小艾说，“矿道里有鼓风设施，有可能让空气里集中投放的天演星孢子分散开来。可也有个问题啊，你总不能把天演计划的实施放在矿下啊，不能把所有人都赶去矿井下面啊。”

“哦，所以他们现在是想办法，看如何能让孢子在一个密闭的空间里均匀分散，然后怎么在密闭空间里让所有人都感染。”凌漠点头沉思道。

“但是后来吧，去执行矿道实验的人都没回来。”小艾说，“所以，吕教授又改变了主意。现在又在做什么实验，我就不知道了。因为我的任务就是去采集药物，给他配备一些防止自己人过度感染真菌的药物。”

“你不知道他接下来要怎么做？”萧朗问道。

小艾摇了摇头。

“我似乎……知道。”凌漠颦眉沉思。说完这一句后，任凭着急的萧朗怎么询问，凌漠都没有说话，就这样过了十几分钟，凌漠重新开口了，他说：“这次，他们的介质，真的是水。”

“什么水啊？矿泉水啊？不是说喝下去是不会作用到人体的吗？”萧朗问道。

“你有没有注意到，那条小溪的旁边，搭了一个窝棚，里面有三个电高压锅。”凌漠说，“选址在这个位置，就是为了取水方便。”

“我就是问，水怎么携带真菌，被吸进人体？或者被注射进人体？”萧朗问道。

“有一种气，叫作水蒸气！”凌漠说道，“所有人家，都会烧开水，如果水中的真菌可以跟随水蒸气飘浮到空气中，就可以在密闭空间里扩散开来。你别忘了，所有人的家里，都是密闭的空间！在屋外烧开水的，毕竟是少数。”

“这就是他们在高压锅附近搭建窝棚的道理，他们在仿造一户人家，然后用猫做实验，看随着水蒸气扩散到空气中的真菌，能不能均匀分布在空气中，导致猫吸入正常剂量。”萧朗说道。

“如果我是吕星宇，我会这样想：如果利用水蒸气的话，可以避免直接喝入人体而不起效果；可以避免在气体中无法均匀扩散；可以避免给所有人找密闭空间的麻烦。”凌漠说，“如果在饮用水的水源里计算好剂量投放，可以利用时间和距离来保证真菌孢子在水源里的均匀分布。等到水源通过管网输送到每家每户，真菌孢子也均匀地输送到了每家每户。洗菜、淘米用的水里的真菌并不会产生效果，也就是每个人都不会因为真菌过量而感染昏迷。只有那一壶一壶被烧开的开水，真菌随着水蒸气飘浮在每个密闭的人家，就可以对人造成污染。大多数人烧水的量和人口数量是成正比的，这就非常好计算投放的真菌孢子的量了。所以，这一招可真是够狡猾的，避免了他们实验中所有会出现问题的漏洞。”

在一旁听着的小艾突然说道：“你这么一说，很多我都不能理解的行为，现在也都理解了。从我的角度看，你分析得丝毫不差！”

“吕星宇的天演计划目标，范围有多大？”萧朗盯着小艾。

“那肯定不大。”小艾说，“他们繁殖真菌的能力有限，如今这样看起来，是要往水库里投，那需要的量就更大了。我估计啊，他们也就是想从南安市开始。你想想啊，一旦南安市的实验成功了，不就受到官方认可了吗？不就可以在全国推广了吗？”

“官方会认可你这破玩意儿？”萧朗按捺不住自己的惊讶和气愤，大声说道。

凌漠拉了拉萧朗，意思是黑暗守夜者成员是被洗过脑的，对于法治、社会、伦理上的问题没有意识。现在最重要的任务，还是要分析出吕星宇下一步的作案方式和地点。

“涡虫对于这个计划，会怎么做？”凌漠蹲在小艾的身边，盯着他，问道。

小艾想了想，说：“我觉得涡虫还是会出现的。”

“为什么这么说？”凌漠问。

“因为我们搬到山洞以后，我见过涡虫一次。准确地说，是我给她传递了消息，她找过来了。”小艾如实回答道。

“这个我知道。”凌漠点点头，说，“涡虫是为了去救方氏夫妇，就是那一对研究员夫妇。”

小艾脸上有一些惊讶之色，但立即接着说：“当时涡虫带着人，是去硬抢人的，因为我传递信息的时候告诉他们，研究员每天都有固定的放风时间。他们抢到人后，我就在一旁看着，我告诉涡虫，吕教授现在正在调查卧底，我很快就会被怀疑，我要走。但是涡虫说，抓了人，任务还没完成，还需要配方，让我想办法调查。还有，吕教授下一步行动的地点，也要让我偷听到，及时传递给她。所以，我觉得她肯定会再出现的。我当时真的害怕极了，我再传递一次消息，肯定会被发现，必死无疑了。”

“他们都找到山洞了，为什么不自己去抢配方？”凌漠追问道。

“因为涡虫知道，自己不是吕教授的对手。吕教授那边的进化者本身就是精挑细选出来的，而且他还有雇佣兵部队。”小艾说，“就是趁放风抓个研究员，他们后来都被发现了。要不是提前准备得当，他们估计得在山里被吕教授的人弄死。”

“你说。”凌漠说，“涡虫劫人的时候，差点儿被反杀？但她还是会回来弄原料配方？”

小艾点了点头。

“你按照涡虫的指示，调查了吗？”凌漠问。

“调查了。”小艾说，“我不敢不调查，只能企盼这一次调查完毕后，涡虫能让我跟她走，别再让我担惊受怕了。”

“所以，你调查到了什么？”萧朗有些急切。

“在你们进攻我们之前两天，吕教授在布置任务，我就在门口偷听。”小艾说，“他说了四个字，赵铺水库。”

“这种机密的事情，想偷听就能偷听到？”凌漠怀疑地问道。

“这我也不知道，他说得挺大声的，所以我听到了。”小艾说。

“那消息，你传递出去了？”

“在你们来之前，传递出去了。”小艾说，“虽然配方没偷到，但这个消息应该很重要吧。如果涡虫伏击成功，就能从吕教授身上拿到配方了。”

萧朗说：“所以，涡虫肯定会出现在赵铺水库，放手一搏。”

见已经获取了所有需要知道的消息，凌漠拉着萧朗走出了审讯室。

凌漠说：“我们端了吕星宇的老窝，吕星宇却跑了。他现在肯定是上墙的狗、咬人的兔子，肯定要不惜一切代价实施他的天演计划了！”

“我去调集警力。”萧朗说。

“等等。”凌漠说，“我们不能只盯着赵铺水库，你不觉得，小艾这时候获取这么关键的信息，有点可疑吗？假如，我是说假如，吕星宇为了查出自己组织内部的内鬼是谁，故意说给小艾听呢？既能调虎离山，又能查出内鬼！”

2

“没事，我们有办法。”萧朗说着，和凌漠走出审讯室，来到会议室。唐铛铛、程子墨以及聂之轩他们都已经摩拳擦掌，准备一起商量对策。

萧朗在会议桌上铺开了一张南安市地图，他见凌漠若有所思，便先开口道：“我刚才问了老萧，在诸多嫌疑人被关押之后，我们还是有近千警力可以继续使用。实在不行，就派出所有警力，潜伏在水库周围，守株待兔，他们的阴谋是不会得逞的。不管来水库的是谁，只要靠近水库，一律拘捕，你说他们能有什么机会？”

凌漠没有说话，坐在会议桌前，不知道在想些什么。

“只是，咱们南安用水的这三个水库，实在是有点大，不知道千名警力够不够包围。也不能确定，他们的真实目标是不是赵铺水库。”萧朗皱着眉头说，“如果不能做到网格化的布防，对方只有一个人去投毒的话，很难正好被我们的人发现。如果用直升机、无人机以及机动巡逻力量来震慑的话，我估计他们也不会冒险投毒，那也抓不到他们了。他们可以伺机而动，我们却不可能把大批警力一直压在水库周围。这还真是一件愁人的事情。”

南安市居民的饮用水全部源于赵铺水库、小屋水库和大屋水库，赵铺水库在南安市的正东，是离安桥县最远的一个水库。吕星宇的活动区域一直在南安市的西边，他确实有可能去一个最远的地方实施犯罪。大屋水库和小屋水库分别位于南安市的西南和西北，但是这两个水库的水量加起来还不足赵铺水库的三分之一。从覆盖人口上来说，赵铺水库也是最好的。

虽然凌漠猜测这可能是个声东击西、调虎离山之计，但那也只是猜测。毕竟小艾认为自己还没有被吕星宇怀疑，他既然是得了指令去有意偷听，也不能排除真的就是得手了。

讨论到最后，萧朗还是采取了稳妥的方法，他建议萧闻天派出三分之二的警力包围赵铺水库，防止投毒，剩下的三分之一则再分成两拨，分别守卫大屋水库和小屋水库。这样，即便吕星宇是设了个声东击西的局，他也一样没有下手的机会。

调动警力的工作没有想象中那么简单，在获得萧闻天授权后（萧闻天此时正在忙着服务几名专家，希望能尽快研究出解药），萧朗用了几个小时的时间，才将警力基本部署到位。民警身上都携带了定位仪，这些坐标投射到南安市地图上，更加方便萧朗的部署和调配。萧朗对照着地图把警力更加均匀地分布后，才满意地点了点头。然而此时，天色已经黑了下来。

“如果他们现在不动手，和我们熬着，我们可熬不起啊。”程子墨也意识到了这一点。这么多警力调配出去，就意味着南安市的很多警务活动是无法开展的，而且这些警力已经一天一夜未曾睡觉了。守过今晚也许可以，但是明天还要坚守，肯定做不到。

萧朗点了点头，说：“这个我是知道的，所以我们现在要去南安市看守所，提审那些被押的嫌疑人，看看有没有好的突破口能找出吕星宇，这样就可以顺藤摸瓜了，至于崔振，她记挂着治疗她父亲的原料配方，不愁她不现身。”

程子墨看了一眼凌漠，她对凌漠的读心技能非常有信心，而且萧朗提出的这个办法，也是现在唯一的办法。

一行五人，由萧朗开着车，从安桥县出发，向南安市看守所进发。此时已经临近深夜，道路上已经没有了熙熙攘攘的样子，尤其是从县里进城的快速通道上，没有路灯，靠着万斤顶的氙气大灯照射着蚊虫乱舞的路面。大灯不仅让这些蚊虫在黑暗里现形，更是用光明和炙热让它们凌乱，最后，蚊虫狠狠撞在车头成为一摊黏液。

还没进市区，萧朗的电话就响了起来。正在开车的萧朗瞅了一眼，是萧闻天打来的。这个严肃的老爸，如果不是有非常紧急的事情，是不会这么晚给他打电话的。萧朗将手机放在支架上，打开了免提。

“怎么了，老萧？”

“两个消息。”萧闻天简短地说道，“第一，110刚才接到报警，说是有人今晚会在赵铺水库投毒，经查，是一个公用电话打来的，公用电话的位置在西市区的国家电网大楼下面的马路边。”

“你咋不早说，我们刚刚经过那里！”萧朗说道，“现在再折回去，也找不到报警人了啊。没事，赵铺那边已经安排妥当了，天罗地网！”

凌漠愣住了，一脸吃惊的表情。

“第二，经过几名专家的研究，发现了真菌感染的解决办法。”萧闻天接着说道，声音里尽是激动，“氯气可以有效杀灭真菌，而那些中草药则可以控制感染症状，萧望他们有救了。山洞的生产线里，也找到了维持老董生命的药物原料的制备方法，老董也应该可以转危为安了。”

“太好了！”萧朗重重地拍了一下方向盘，差点儿手舞足蹈起来。

确实，在彻底捣毁黑暗守夜者组织之前，得知这个消息，不仅让成员们没有了后顾之忧，还极大地鼓舞了士气。

可是凌漠的脸上，看不出任何喜悦之情。他一边制止萧朗挂断电话，一边做手势让萧朗靠边停车，同时抢着说道：“萧局长，能不能赶紧帮忙问问，这些真菌孢子在絮凝反应中，会不会沉淀？”

车上几个人一脸莫名其妙地看着凌漠，根本不知道他说的是什么。

萧闻天显然是去问了，过了一分钟，电话里重新响起萧闻天的声音，说：“专家说，当然会沉淀。”

“不好！”凌漠说，“萧朗，我发个定位给你，你往那里开！”

“你啥意思啊？掉头？”萧朗看了看手机定位。

“快！”凌漠的语气里充满了毋庸置疑的意思。

萧朗乖乖地掉头，说：“你究竟啥意思啊？”

“别急，我还需要确认几个事情，铛铛，你从网上帮我查一些资料。”凌漠说，“一、为什么西市自来水厂在现在的这个位置？”

唐铛铛灵巧的手指在电脑上飞快敲击着，不一会儿，说：“因为这是大屋、小屋水库的连线中点，在这里建设自来水厂，可以同时从两个水库汲水，并缩短输送到市内的管网距离。”

“二、西市自来水厂的消毒方式是什么？”

“臭氧。”

“三、南安有几个自来水厂？”

“两个，还有一个赵铺自来水厂。”

"它的消毒方式呢？"

"氯气。"

"行了，不会错了，请萧局长立即抽调大屋、小屋附近布防的警力赶去西市自来水厂支援我们。"凌漠知道调动警力会比较麻烦，机动性远不如他们守夜者。所以，他们必须先去阻止犯罪，等候支援力量的到来。

"你是说，他们会在自来水厂投放？"萧朗似乎明白了什么。

凌漠说："你说，什么人会去打110报警？如果是崔振良心发现，她直接投案就可以。如果是吕星宇打的电话，意图就非常明显了。吕星宇一直在西边活动，距离西边的两个水库和自来水厂近。他声东击西故意透露消息将崔振引去东边，就是为了调走警力，这一招和当年的'医生'佯装在加油站安装炸弹的手法如出一辙，他们不愧是师徒！而且，吕星宇还留了后手，即便我们发现是调虎离山之计，重点也会在'水库'上，我们的工作目标也是大屋和小屋水库，这两个水库距离西市自来水厂都比较远，这样警方就无法妨碍他们的天演计划了。"

"所以，他们的目标，并不是水库。"萧朗点了点头。

"自来水厂汲水之后，会消毒！"凌漠说，"大多数自来水厂是用氯气消毒，而从山洞里的生产线上，我们发现了真菌会被氯气杀灭，这说明吕星宇也明知这一点！如果他在赵铺水库投毒，水被吸入自来水厂，里面的真菌很快就会被氯气杀灭，还能有什么效果？但是，西市自来水厂的消毒方式不是氯气，而是臭氧。"

"前两年有人质疑西市自来水厂的氯气加入量过大，导致了一些人患癌症。"唐铛铛盯着电脑说，"当时还炒作得沸沸扬扬、人心惶惶，后来为了压住舆论，西市自来水厂宣布停用氯气消毒，而是改用成本高很多的臭氧消毒。"

"这就对了！操纵网络水军，也是黑暗守夜者作案的方式之一。"萧朗说道。

"其实我们早该想到，在水库那么大的水体里投放危险物质，那得需要多少真菌啊？"聂之轩说。

"是啊！我当时以为他们会在水库汲水口投放，就无须考虑水体体积了。但是，在自来水厂投放明明可以更加方便。"凌漠说，"说白了，我们都是被小艾的偷听内容给误导了，先入为主，没有跳出思维定式。"

"你说得对啊！"萧朗说，"可是你现在可以排除他们在大屋、小屋水库的汲水口附近投毒吗？如果他不去自来水厂，就在水库下手呢？"

"所以我刚才问了，絮凝反应的事情。"凌漠说，"自来水厂的生产流程是：从水库里汲取水，然后进行絮凝反应，再将水存入沉淀池进行沉淀。沉淀后，水会经过一个过滤处理。过滤后，再加入氯气或者臭氧进行消毒，最后进入管网，输送到各家各户。如果真菌孢子经过絮凝反应、沉淀、过滤后，会被作为杂质而去除的话，那么他们在水库里投放则是没有意义的。孢子要么被沉淀，要么被过滤，即便它们对臭氧没反应，也于事无补，因为它们根本到不了臭氧消毒的那一步，就会被剔除掉了。"

"所以，他们投毒的地方，必须是在过滤之后、管网之前。"萧朗恍然大悟。

说完，萧朗又狠踩了一下油门，万斤顶发动机的轰鸣声就像是在宣告要起飞了一样。

"安全第一，别着急。"聂之轩说，"他们刚刚打 110 报警，说明他们也还没有开始实施犯罪，我们来得及。"

"是啊，这样一想，还真都说得通了。"萧朗说，"吕星宇必须在他的那帮喽啰开口之前实施行动，如果警方没有追踪到崔振，即便崔振获得了消息，也不会吸引警力。他虽然知道小艾被我们抓了，但是他不确定小艾会不会开口。更何况，他也不确定小艾是不是就是内鬼。所以，他必须打这个电话，不然西边的警力不一定会被吸引到东边去。"

凌漠则坐在摇晃的万斤顶里没有说话，他不知道崔振会做出什么样的决策。但归根结底，崔振也不过是吕星宇这一盘大棋里重要的一枚棋子、一枚背锅的棋子，也终将会是一枚弃子。吕星宇就是这样一个人，就算他们相处再久，也不存在什么感情，该弃的时候，吕星宇会果断地抛弃。所有人对他来说，没有什么远近亲疏，只有有利用价值或没有利用价值之分。

“精锐警力集结赶来，需要多长时间？”萧朗看了看手表。

“半个小时。”程子墨拿出手枪，插进了腰间的枪套。

“我们到了，先进去。”萧朗悄无声息地把万斤顶停在自来水厂大门附近的阴影里，熄了火。

自来水厂看起来还比较新，门口有两间门卫室，此时已经熄灯。厂子里除了水泵的轰鸣声，就听不出任何其他声音了。

此时唐铛铛已经从网络上下载了自来水厂的结构分布图，几个人挤在电脑面前研究着。

“真菌孢子怕沉淀、过滤，但是不怕臭氧，所以他们在消毒池附近和将水压进管网的泵房附近都是有可能作案的。”萧朗指着面前的地形图，用手指作为标尺，量了量，说，“消毒池和泵房之间有五百米的距离，我们必须分头行动，同时阻截。”

大家纷纷点头认可萧朗的指挥。

“不得已，为了行动力量的平均，这次我必须和凌漠分开行动了。子墨、聂哥，凌漠就交给你俩了。”萧朗说道。

“我不需要人照顾。”凌漠瞪了萧朗一眼。

“听指挥。”萧朗挺了挺胸膛，说，“子墨、凌漠和聂哥，你们负责消毒池周围的警戒。消毒池面积大，必须三个人行动，一旦发现了问题，立即通过对讲机联系。”

说完，萧朗又扬了扬手腕，露出那个卡通联络器，说：“虽然干扰器不在吕星宇这边，但是以防万一，我们的联络器也要开着。”

凌漠点点头，打开了联络器。

“我呢？”唐铛铛歪着头看着萧朗。

“你留在车上，等待后援力量。”萧朗说，“顺便考虑一下，什么时候把我们的联络器改一改，不要这么卡通了。”

“不，你总不能一个人去泵房。”唐铛铛说道。

“泵房不大，我一个人可以。”萧朗说。

“这还不大？看图，这有上万平方米！”唐铛铛说道，“我和你去泵房，我在这里等毫无意义。我们把门卫叫起来等就行。”

萧朗看着唐铛铛，心里有些感动，但更多的是犹豫。少顷，他还是点头同意了唐铛铛的请缨。

“防弹衣。”唐铛铛拿出一件防弹衣递给了萧朗。

萧朗感激地点点头，说：“行动！”

3

自来水厂除了他们所在的大门口，南、北两侧还有两扇小门，但是都没有异状。从睡梦中被叫醒的保安似乎根本没有意识到危险的存在。

守夜者成员们从大门进入，立即分了组，分别向北边的泵房和东边的消毒池走去。

萧朗带着唐铛铛从自来水厂的大门沿着围墙直奔北侧泵房的大门，可是一进泵房大门，他就乐了。

泵房里面灯火通明，一览无余，地面上密布着各个方向的管道，水泵的轰鸣声不绝于耳。它确实有一个足球场那么大，可里面都是密闭的钢质管道，根本就没有水面。那么，黑暗守夜者想在这里投放真菌，根本就找不到投放的地方。

萧朗一见这个情况，立即拉起唐铛铛准备折回自来水厂东边的消毒池，支援凌漠他们。可是，细心的唐铛铛却发现了问题。在水泵房最东边有扇小门通往房外，房外种植了许多灌木，而小门的旁边，还有间“房中屋”。小屋的外面，有一个瘦小的人影，伏在管道的后面。若不是有灯光照射，将他的影子投射了出来，根本看不到他的存在。

唐铛铛指了指人影。

萧朗蹲了下来，以一根粗壮的管子作为掩体，仔细倾听，说：“有电钻的声音！这家伙想钻孔投毒！”

既然能从水泵的轰鸣声中分辨出电钻的声音，那么萧朗也一样能分辨出其他的声音。所以他躲在管道后观察了一番，确定了整个泵房内只有那一个人之后，萧朗端起了手中的微冲，慢慢向东边的小屋靠近。

“不许动！双手举起来！”萧朗在靠近人影的时候，大声喊道。他的声音穿透了轰鸣声，但是并未对人影产生什么效果。

走近的时候，萧朗和唐铛铛才注意到，这个人并没有在钢管上钻孔，而是似乎是在“房中屋”的铁门上钻孔。他和其他的电焊工不一样，大量的火花迸溅到他的脸上，他似乎连躲都不带躲一下的。一瞬间，萧朗突然想到了驼山小学，那个在大火中舞动着的人影，那个在灭火后不知所终的人影。

还没等萧朗捋清思路，人影回过头来，一脸坏笑，他手上的乙炔枪的枪口上还跳动着火焰。此时萧朗才看清，这个人的身后，有两个汽油桶。

砰的一声巨响，强劲的冲击波夹杂着大量的烟尘扑面而来。在那一瞬间，萧朗像是一块门板一样，严严实实地挡在了唐铛铛的前面，然后两个人同时被掀翻。

“萧朗！萧朗！”唐铛铛摇晃着倒地的萧朗，喊道。

不知道是什么原因，油桶爆炸了，带起了大量的烟尘，以及剧烈的火焰，导致整个“房中屋”附近视线极为不清。看起来，“房中屋”已经完全被火焰吞噬。唐铛铛似乎都看不清近在咫尺的萧朗的脸，她摇晃着他，喊着。

“没事，没事，大小姐。”萧朗短暂昏迷了几秒，揉着后脑勺坐了起来，说，“我命大，死不了。”

萧朗重新端起微冲，他知道自己的对手虽然没有武器，但同样是极度危险的。他下定决心，只要对方再有危险动作，一定毫不留情地扣动扳机。可是，萧朗根本看不清眼前的景象，更不用说瞄准射击了。但萧朗刚刚恢复的听力，依旧可以接收到电钻的响声。

是否需要对着火焰打一梭子呢？这个人不怕火焰灼烧，会不会也不怕子弹呢？就在萧朗犹豫的时候，一个人影突然从泵房东侧的小门冲了进来，直接闯入了火焰。

“难道是有人来支援了？”萧朗愣住了。

但是很快，他就听见火焰之内的电钻声停止了，然后便传来了厮打声和惨叫声。

萧朗犹豫地端起了枪，却被身边突然伸出来的一把消防斧吓了一跳。原来，唐铛铛不知道从哪里找来一把消防斧递给了萧朗。她的意思很简单，只要砍断这里的一根钢管，因为水泵的作用，大量的水会被喷射出来，那么眼前的火，也就自然被扑灭了。

但萧朗立即意识到这方法不行，跟唐铛铛说：“那是汽油引起的火，用水灭不掉的，你在哪里找的消防斧？我去找找看有没有铲子。”

萧朗前往唐铛铛说的地方，找来了铲子，并跑去房外的灌木丛里开始使劲铲土，对准被火烧着的那两个人。

力气活儿是萧朗的强项，很快，眼前的火焰也逐渐被扑灭。

扑灭火焰后的泵房里一片狼藉，虽然烟尘依旧遮挡视线，但是随着萧朗和唐铛铛的靠近，他们发现在这之中，匍匐着两个人。他们都已经被烧得焦黑，显然没有了生命体征。这两个人都很瘦小，显然不是他们熟悉的体形。还好不是他们五人中的一个。不过萧朗不知道究竟发生了什么，为什么不怕火焰的黑暗守夜者会被烧死，是不是有人有破解他防火能力的秘诀，但这些都不重要了。

因为这时，水泵房外传来了几声爆炸声，吸引了萧朗和唐铛铛的注意。他们端起枪，向屋外冲了过去。萧朗边跑边呼叫支援，请人赶来灭掉“房中屋”周围的火。

凌漠等三人一进入自来水厂，就直接奔水厂东边的消毒池而去。在接近消毒池的时候，凌漠就发现了问题。消毒池作为自来水厂的生产重地，原本是被一圈铁丝网包围的，但此时水池外围最东侧和最北侧的铁丝网上，都被剪开了一个口子。这说明，黑暗守夜者的成员们，很有可能已经潜入了消毒池附近，开始了他们的计划。

凌漠用保安给的钥匙，打开西边的铁网门，三人一同冲进了消毒池区域。可是，消毒池周围静悄悄的，被四周竖立起来的四盏强光灯照射，似乎看不出什么问题。但是凌漠知道，水池周围铁丝网内侧种植的灌木中，可能会有未知的危险。

“有人。”聂之轩蹲在地上，看着水池周围长期处于湿润状态的泥土，说道，“每踩出一个足迹，泥水会慢慢地回位，让足迹逐渐消失。也就是说，是陈旧足迹，就会被泥水重新掩埋。但这里还有显眼的足迹，说明这里刚刚有人走过，方向是水池中央。”

话音刚落，东边的灌木丛中就出现了一个人影。人影正在费力地拖动着一袋什么物体，向水池走来。凌漠一个激灵，知道这可能就是黑暗守夜者即将要实施投放工作了，于是从腰间掏出了手枪，正准备上膛。突然，不远处，一个女性的影子从灌木上方掠过，一个跳跃，竟然直接跳过了这一片水池，自上而下向拖动东西的人影发起了攻击。

这真是把凌漠吓了一跳，他居然一直不知道不远处的灌木之中，还藏着一个人。而这个人似乎是针对黑暗守夜者而去的，凌漠左看右看，程子墨在自己的身边，这人的跳跃力惊人，显然也不是唐铛铛，一时间，凌漠似乎意识到了什么。

对面拖动物体的男人愣了一下，居然瞬移一般躲过了女人的攻击，两个人瞬间打在了一起。一个跳跃力惊人，总是可以自上而下地实施攻击，另一个可以在瞬间变换自己的体位，总是可以躲过攻击。几招过后，两人居然分不出胜负。这时，从东边的灌木里，突然又出现了一个女人的身影，这人不知道投掷出一个什么东西，硬生生地击打在男人的脖子上，男人一个错愕，没有躲过致命的一击，女人从上而下，将一把匕首狠狠地插在了男人的胸口。

“4 号位！”男人的脖子被击打，声音变得沙哑难听，但还是在身体倒伏之前喊出了这一句。

话音未落，嗖嗖嗖，几支弩箭向两名女人射了过去，擅长跳跃的女人一个跳跃，挡在了另一个女人的面前，几支弩箭毫不留情地插在了她的胸口。

电光石火之间，又是几支弩箭射了过来，另一个女人已有防备，她连续打了几个滚，来到了水池旁边，可未曾想，水池里突然冒出四只人手，分别抓住了她的双足，狠狠一拉，随着扑通一声，女人被拉下了水面。

也就是几十秒的时间，凌漠彻底惊呆了。一直平静的水面下方，居然还有人！难道，他们已经开始在水下布置，并且开始实施让真菌孢子均匀分布在水内的计划了吗？

凌漠连忙掏出了腰间的对讲机，低声喊道："萧朗！萧朗！在消毒池！消毒池！"

可是，对讲机里传出了沙沙的声音，说明信号已经被屏蔽。这时，凌漠确定了心中所想。很显然，崔振识破了吕星宇的诡计，她这是带着她的部下赶到了自来水厂，想要劫杀吕星宇，获取救助自己父亲的配方。之前跳跃女的突袭，是建立在干扰器阻碍吕星宇一方之间的通信之上，高点的弩箭手没有注意到瞬移男被围攻，所以之前一直没能攻击，直到瞬移男喊出了声音吸引了高点弩箭手的注意。

凌漠正准备使用联络器联络萧朗，却发现高点的弩箭手因为对讲机的杂声发现了他，好在他们有灌木作为掩护，几支弩箭没有目标地向他们这边射来。为了防止被伤害，凌漠不敢再发出声音，他招手让聂之轩和程子墨跟着他沿着灌木向北侧移动。因为北侧铁丝网的缺口距离泵房的侧门已经不远了。

刚刚移动到铁丝网西北侧拐角处的凌漠等人，正准备重新拿出联络器，却听见水泵房传来砰的一声爆炸声，隐约中，可以看到远处泵房的侧门内闪现出的火光。

"萧朗！铛铛！"聂之轩看到眼前这个景象，心急如焚。

"怎么办？"程子墨端着手枪的手都有些瑟瑟发抖。

"别急，看清情况。"说完，凌漠开始观察起四周的情况。

过了一会儿，凌漠发现铁丝网外有人影闪动，原来是大门处的保安听见了异响，不顾守夜者们之前的嘱咐，赶过来查看情况了。

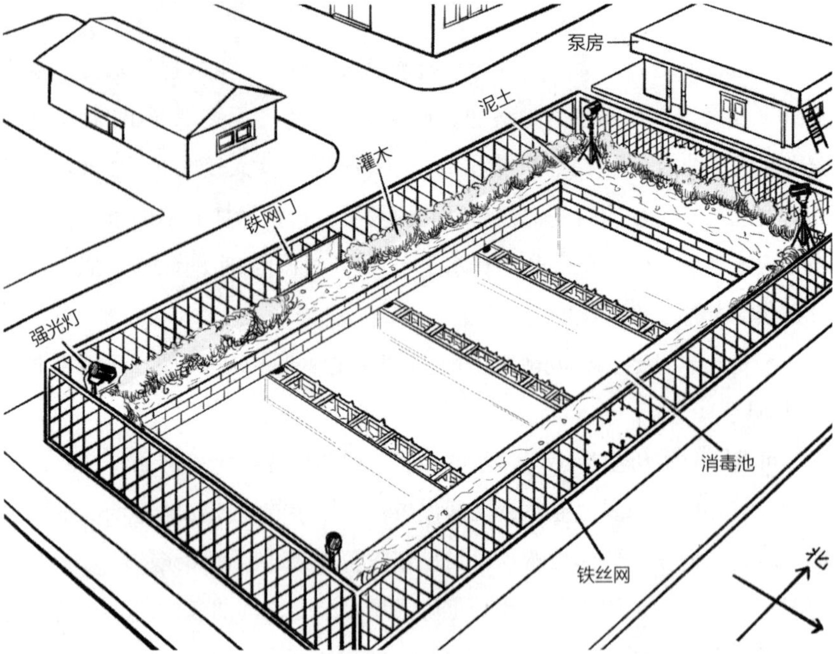

自来水厂地形示意图

“聂哥，你快去阻止他们，不能让无辜的人伤亡了！”凌漠喊道。

虽然聂之轩很担心萧朗他们，但是他也知道这个时候是不能让保安靠近的，于是他钻出铁丝网，向远处跑去。

“我看到了！”在黑暗阴影的高处，突然发出了一个声音，然后紧接着嗖的一声，一支弩箭向消毒池南侧的灌木射去。随着一声重重的摔倒声，凌漠的对讲机咔咔响了两声后，恢复了正常状态。

“不好，干扰器废了，对方可以协调指挥了。”凌漠低声说，然后对着对讲机喊，“萧朗，萧朗你还好吗？”

没有回音。

此时，水里的那个女人不知道用什么办法摆脱了纠缠，居然从南侧岸边爬了上来。她站在水池边的那一刻，四周的强光灯就像聚光灯一样照清了她的面庞。那不是崔振还能是谁？

凌漠心中一惊。

崔振一声尖啸，向灌木奔去，看这架势，是在为干扰器抵挡后续而来的弩箭。瞬间，几支弩箭射中了她的后背和四肢，但由于她的自愈能力和意志力都非同凡人，崔振居然直接拔掉了身上的弩箭。虽然崔振行动变得迟缓，但是看起来并无大碍。不过，没有大碍只是暂时的，拥有指挥的弩箭手，发出的弩箭更加有节奏且准确。

突然，不知道从哪里又冒出了一个黑影，遮挡在崔振的身后。而这个硕大的且似乎刀枪不入的黑影的后背，居然挡掉了所有弩箭，就像是又一个皮革人出现了。

崔振钻入灌木丛，撕心裂肺地喊着，看起来，干扰器是活不了了。

嗒嗒嗒的几声，一个圆球形状的物体从铁丝网外被扔了进来，滚在了皮革人 2 号的身后，他还来不及反应，巨大的爆炸声响了起来，夹杂着耀眼的白光。皮革人 2 号被狠狠地抛开了，他的背后已经被炸得稀烂。

吕星宇为了防止崔振的劫杀，带了手雷。

趁着爆炸产生的混乱，水底的两个人此时悄悄钻出了水面，拖起那一袋不知名物体，猛地向水池里跃去。

“子墨，开枪！”凌漠注意到了这个细节，喊道。

啪！啪！两声枪响，程子墨的子弹准确无误地击中了两个水鬼，水鬼一声呜咽跌进了水里，顺带着把那一袋不知名物体给拖下了水。

“不好！水被污染了！”凌漠看见水池里泛出了白色和红色夹杂的颜色，而水泵依旧在轰鸣，在不断地将消毒池内的水吸走。

凌漠直起身子，左看右看，像是寻找着什么。

此时，另一颗手雷从铁丝网外扔了进来，方向直指崔振的位置。受伤且悲痛的崔振，并没有被直接击垮，她准确地跳跃，一个“临空抽射”，把还未落地的手雷一脚踹进了消毒池里。

砰！又一声巨大的轰鸣，大量水花从池子里涌了出来，把周围的泥巴地变成了一片稀泥。另外，已经中枪的两个水鬼，完全无法抵挡这突如其来的爆炸，双双浮尸水上。

吕星宇这边也是杀红了眼，又有三个黑影从铁丝网边钻了出来，和崔振扭打在了一起。

黑暗守夜者内部双方还在较量着，凌漠却坐不住了。为了最大限度降低居民被感染的风险，他知道现在最好的办法，就是将水泵停下来。现在，他开始后悔没有仔细去看一看自来水厂的电路分布图了，不然就能很容易入手。

“怎么了？”萧朗的喊声从远处传来。

凌漠知道萧朗和唐铛铛并无大碍，并且已经赶来支援了。他心中一喜，可是转念一想，高点还有弩箭手，他们就这样冲过来，非常危险。所以凌漠立即起身，从北侧铁丝网剪开的洞口处钻了出去，向萧朗打着手势，让他们赶紧找掩体。而自己，则一路绕着“S”形路线向他们靠近。

背后有破空的声音，一个黑影应声倒下，原来是一支弩箭穿过了一个人的身体。弩箭穿过那个人的身体之后，已是强弩之末，它发生了偏转，软软地砸在了凌漠的身上。这一下，对凌漠已经没有任何杀伤力，但是对凌漠的心理造成了巨大的创伤。他想起了小时候的一切，他想起了为自己抵挡致命一箭的豆浆。悲痛没有让凌漠丧失理智，此时他已经奔跑出了一段距离，看清楚了四盏强光灯背后的树上，隐藏在阴影里的弩箭手。

“子墨，你的十一点、两点和四点半方向！灯柱后面两米半的高度！”凌漠以一根钢管为掩体，对着对讲机说道。

啪！啪！啪！三声枪响，三个物体坠落的声音响过之后，枪林弹雨般的弩箭停止了。

“你们知道水泵房的电源开关在哪里吗？”凌漠连忙对十米开外的萧朗和唐铛铛喊道。

这时候，萧朗和唐铛铛几乎同时意识到黑暗守夜者那个不怕火的人在做什么了。那间“房中屋”极有可能就是水泵房的电源开关，而那个不怕火的人正在“房中屋”的铁门上焊接链条，为的就是防止有人切断电源，阻断水泵房的工作。好在他并没有成功焊接上链条。

“我知道！我去！”唐铛铛喊了一句，折了回去。

“萧朗，快去消毒池边支援崔振！”凌漠也喊了一句。他知道，那两个黑影，在萧朗的格斗技术面前，也就是两只三脚猫。

萧朗有些犹豫，他不放心唐铛铛独自回去执行任务，但是毕竟人手有限，而且他很确定那两个火焰之中的黑暗守夜者成员都已经死亡了，所以水泵房应该没有危险。于是，萧朗一咬牙，向消毒池边奔了过去，白色的耐克鞋溅起了许多泥浆。

凌漠跑到刚才中箭的年轻男孩身边，扶起了胸口汩汩流血的男孩，检查着他的上半身。看起来，这一箭穿透了他的胸膛，估计是活不了了。

“我们离开的时候，留下的三颗雷，我造的，现在还有一颗。”男孩并不认识凌漠，但此时他只是瞪着眼睛，用尽自己最后的力气说着，不知道是想告诉谁这个信息。

凌漠心中一动，他怀疑眼前这个男孩就是崔振手下擅长制造爆破物的成员，他曾经在曹允的藏身之地设置机关，想要置他们于死地[1]，可在这个关键的时候，却又提醒他们要继续警惕。凌漠不知道自己现在的心情是什么样的，也不知道心里面的情感是怜悯还是憎恨。

远处，萧朗和一个黑影的格斗已经结束，他用手铐铐住了黑影的手腕，费力地往铁丝网方向拖着，想要将手铐的另一边铐在铁丝网上。而崔振和另外两个黑影的格斗，因为程子墨的加入，也逐渐出现了优势。看起来，萧朗的策略是联合崔振控制吕星宇这一方后，自己再控制崔振这一方。更好的消息是，远处已经传来了警用直升机的轰鸣声和警笛的呼啸，他们的支援力量已经从西、北、南三个方向包抄而来。从地形图上看，水池的东边是一片山林和农田，还有南安河，是没有大路的，所以警车无法从东边形成合围。

虽然没有形成合围，但凌漠知道，此时他进入战场，胜利就即将到来。

就在此时，轰的一声响，水泵的轰鸣停了下来，随之熄灭的，还有消毒池旁的四盏大灯。唐铛铛成功完成了任务，南安市居民的生命安全也得

1　见《守夜者 2：黑暗潜能》“迷宫的死角”一章。

以保证。

凌漠总算放下心来，重新钻回了铁丝网，加入了战斗。

也就是两分钟的时间，凌漠、程子墨和崔振以及后来加入的萧朗把剩下的两名黑暗守夜者成员成功制伏，并且上了铐。

黑暗之中，凌漠甚至看不清近在咫尺的崔振的面容。但是她那熟悉的身影和气场，还是让凌漠有一些印象的，他对崔振说："自首吧，我们带你一起去见你父亲！"

崔振却说："配方在吕星宇身上，吕星宇不在这些人中间，要赶紧找到他！"

话音刚落，凌漠等三个人的对讲机就同时响了起来。他们三个都没说话，聂之轩又在保护保安，那么这声音肯定是从唐铛铛的对讲机里传出来的。只是，传出来的，并不是唐铛铛的声音。

"叫一个人去重新打开水泵！快！不然我就把这丫头推进天演池里！"是吕星宇苍老的声音。

吕星宇居然给自来水厂的消毒池起了个新的名字！几个人向前看去，果真看到一个五十多岁的男人，挟持着唐铛铛，慢慢走到了池子边。

萧朗顿时就炸了，可是又不敢贸然行动，他血红的眼珠都快瞪出来了，全身都在发抖。

凌漠要镇定许多，他给程子墨使了个眼色，假意让她去水泵房打开电源。凌漠知道，支援的警力最多五分钟就能抵达现场。只要能保证唐铛铛的安全，吕星宇的阴谋是不会得逞的。

程子墨心领神会，一边向池子北侧快步走去，一边说："好说，好说，我这就去开，你别伤害她。"

唐铛铛的表现则出乎所有人的预料，她并没有因为害怕而乱了方寸，倒是一直在向萧朗使着眼色。

"司徒老师在哪里？"唐铛铛问道。

司徒老师当然不会在这个现场，但是和唐铛铛从小玩到大的萧朗，瞬间理解了唐铛铛的意思。她是要按照司徒老师教的那样，摆脱挟持。

萧朗虽然有些信心不足，但还是微微点了点头。

“啊！”唐铛铛按照司徒霸教的那样，发出了长啸，同时低下身子，露出了身后吕星宇的头部和上半身。

萧朗下意识地扣动了扳机，但是毕竟眼前的人质不是别人，而是自己爱慕了十几年的大小姐，所以他的准星[1]还是偏了一些。

子弹穿透了吕星宇的肩膀。

唐铛铛心跳加速，虽然练习过很多次，但这毕竟不是一次演习，而是发生在自己身上的真实场景。在子弹破空而来的一刹那，她不自觉地想到了惨死的父亲。原来死亡离一个人很近的时候，不仅会让人产生恐惧，还会让人产生愤怒和不甘……唐铛铛低下身体的那一刻，使出了全身力气，对着吕星宇的胯下就是狠狠一记肘击！

这一击，加上子弹的冲击力，让吕星宇痛苦不堪地连续后退了好几步，跌倒在灌木丛内。

萧朗惊魂未定，喘着粗气，向唐铛铛跑去，将她紧紧地护在身后。

萧朗没有发现，后仰跌倒的吕星宇的手上，抓着一根细长的白线。如果不留心观察，还真是不太容易注意到。白线的另一端，连接在唐铛铛背上的书包里，连唐铛铛自己都没有注意到。急于保护唐铛铛的萧朗没注意到白线，但是远处的凌漠注意到了。

“我们离开的时候，留下的三颗雷，我造的，现在还有一颗。”

男孩的声音，在凌漠的耳边再次响起。

“小心手雷！”凌漠大喊了一声，向萧朗和唐铛铛扑了过去。

可是话音未落，凌漠被身边的人猛然一推，猝不及防地扑到了泥浆之内。而这个人影却像风一样，向唐铛铛奔了过去。一刹那的工夫，人影摘下了唐铛铛的书包，抱在自己的怀里并扑倒在了地上。

砰！

这一次的爆炸声，似乎比之前的两次要强烈太多，强光让凌漠刚刚抬

1　准星，指的是枪上瞄准装置的一部分，在枪口上端。

起来的眼瞬间迷离，而那一股热浪把凌漠推出去好几米。

在强光之中，凌漠分明看到那个怀抱手雷的人影被气浪冲起了好几米高，然后重重地摔在地面上。强光之后，依稀可以看到远处只有三个人影，却不见吕星宇的身影。

现在，凌漠的眼前只有黑黝黝的一片。

凌漠不知道发生了什么，他不敢想象发生了什么。

凌漠挣扎着想站起来，可是他脑中的出血直接影响着他的前庭功能，他感觉，地面是在不断摇晃着的，所以他根本就站不起来。他努力了数次，跌跌撞撞，最后都以重新跌进泥巴为结局。

可是，这一次，他必须自己站起来。

“啊！”

凌漠摸到了手边有半块砖块，他怒吼一声，将砖头向自己的脑侧拍了过去。

啪的一声，砖头碎了，一阵剧痛袭来，却让凌漠清醒了一些。强烈的眩晕感，在一些黏稠的血液滴落的同时，缓解了一些。

凌漠喘着粗气，四肢并用，向前方爬了一段距离。

眼前黑黝黝的景象，似乎可以看清楚一些了。

有人躺在地上，或许是一个他熟悉的人。这样的距离，根本无法看清楚细节，但那人胸腹部豁开的黑色大洞，却在月色的映射下格外显眼。鲜血就像泉水一样，从大洞里汩汩而出。

即便是刚才那块砖头的猛击，都比不上眼前这个景象给凌漠带来的震惊猛烈。就像是被雷击一样，凌漠再次匍匐到了地上。地面上的泥巴狠狠地嵌进了凌漠的口鼻。

耳鸣，似乎停止了，但是凌漠依旧听不见周围的声音，除了流血的声音。

呼呼的流血声，格外刺耳，那个人，显然不可能再生还。

那个人，竟然是崔振。

这个罪孽深重的女人，这个被他们追捕了近一年的女人，居然就这样倒下了。

像是一口鲜血堵在了凌漠的嗓子眼儿，他居然说不出话来。崔振的眼睛很快就要失去神采，她拼尽最后的力气，竖起了指向东边的手指。凌漠用强光手电，向一团黑影照去，他看见崔振的身下压着萧朗，萧朗的身下压着唐铛铛。萧朗那双白色的耐克鞋此时已经被崔振的鲜血染红，他纹丝不动。但是，萧朗的身上并没有伤口，那些血，都是崔振的。在巨大的冲击波作用之下，萧朗应该是昏厥了。唐铛铛在这双重保护之下，应该没有大碍，因为她还在声嘶力竭地喊着萧朗的名字。

凌漠跌跌撞撞地站了起来，从东边的铁丝网开口中钻了出去，一只手举着警用手电，另一只手举着手枪，追了出去。那一刻，他的脑海里全是崔振的脸。也许，以这样的方式结束生命，对于崔振来说是最好的结果吧。不过，就连崔振都知道任务还没有结束，何况是他呢?

按照聂之轩之前教给他的方法，凌漠循着足迹追了出去。向那片警方无法合围的山林、水边追了出去。

在唐铛铛的哭声里，萧朗逐渐清醒了过来。

他看见远处程子墨带着一队特警向东边狂奔，眼前又是唐铛铛泪眼婆娑的小脸。

“没事，没事，我命大，死不了。”萧朗直起了上半身，把身侧的崔振扶在自己身上，想给她止血。但是崔振的腹部有明显的穿透伤，现在即便是神仙也无法救活她了。

“不行了。”已经赶过来的聂之轩查看了一下崔振腹部的创口，沮丧地摇了摇头，问，“你还有什么要交代的吗？”

崔振也知道自己的终点到了，她抿紧了嘴唇，艰难地举起一只手，抚摩唐铛铛的脸颊，瞬间在唐铛铛的脸颊上留下了五个血指印。

唐铛铛先是一震，似乎对于这个看似亲昵的动作有些抗拒，不过她最终还是没有躲开，任由那沾满鲜血的手捧住了她的面颊。

崔振长长地吐出一口气，说：“我……对不起你爸。”

唐铛铛咬了咬牙，犹豫着，不知道该说什么。

可紧接着，她感到崔振触碰着自己面颊的手，猛然一垂。她咽气了。

萧朗百感交集。如果不是崔振这一下，现在没命的就是他和唐铛铛。虽然他们穿了防弹衣，但是这种巨大的冲击力足以撕裂他们的内脏。他不知道应该说些什么，默默看向了身旁的唐铛铛。

不知道是思念亡父，还是怜悯眼前这个女人，唐铛铛的眼角缓缓滑落一颗泪珠。萧朗伸出手，轻轻放在了唐铛铛的肩上。

啪！

嗒嗒嗒！

远处响起了枪声，萧朗连忙抬起头向远处看去。可是在漆黑的环境当中，还有层层山林遮挡，他什么也看不见。

“子墨，子墨，怎么了？”萧朗抓起快要散架的对讲机喊道。

“我打穿了一个黑暗守夜者，又击中了吕星宇，吕星宇被抓了！可是吕星宇有枪，他打中了凌漠！”对讲机那边响起了程子墨想哭的声音，“我尽力了，我真的尽力了！”

萧朗浑身的鸡皮疙瘩都起来了，他已经完全顾不上严重耳鸣的双耳和看不清前面的双眼，他举着对讲机喊道：“快救人啊！快救人啊！”

“他们在把凌漠往前面路边的救护车上送……”程子墨显然是帮不上那一队特警的忙，她难得一见的哭腔里，满是无奈和焦虑。

“凌漠，凌漠你小子不能死，你给我回话！”萧朗打开了联络器，一边喊着，一边看着上面提示的生命体征。

屏幕上显示的心率、血压瞬间变成了零。

“不要啊！你不要死啊浑小子！我不准你死！”萧朗对着联络器喊道。

一片死寂。

“你一天到晚不让我立 flag，你自己呢？你自己呢？”萧朗的眼睛似乎要滴出血来。

还是一片死寂。

“这帮救护人员都是猪吗？不能抢救一下吗？”萧朗开始迁怒于别人了。

“吵死了，睡一下都不行吗？”联络器里居然传出了声音。

萧朗不敢相信自己还在耳鸣的耳朵，他使劲儿揉了揉耳朵，不可置信地盯着联络器。

“勒得慌，我摘下来而已，谁死了？”凌漠说。

“臭小子！子墨说你中枪了！”萧朗转悲为喜。

“铛铛不是让我们穿了防弹衣吗？”凌漠有气无力地说道。

“铛铛是你叫的吗？臭小子！”

尾声

我，会成为你们所有人的父亲。

——吕星宇

1

我叫吕星宇。他们都叫我吕教授。

我的事业，起始于水，却又终结于水。

其实从十八岁开始，我就已经是一个孤儿了。后来机缘巧合，我认识了一个人，这个人做一些医疗相关产业的生意，在改革开放之初捞了第一桶金。1987年，他在南安市创办了南安市鸿港生物制剂有限公司。这人和我一见如故，并且一直把我当成自己的弟弟或者是儿子来看待。这二十多年里，我人间蒸发，潜心研究天演计划，其实资金也都是他给我提供的。他就是这样，无私地给我提供资金，却从来不问我在做什么。

1993年，那一年，我二十九周岁，在公派出国留学并归国后，我已经是医学和分子遗传学的双料博士了。同年，中国中科院院士提出了“系统遗传学”的概念，我觉得自己的专业走上了时代潮流的顶端，所以干劲儿十足，希望能在基因研究上获得一些成就。

由于经济开发中的各种违规排放，南安市很早就已经有了环境污染的问题，常有人患癌症早逝，当年环境问题对癌症的影响还不明确，但我已经敏感地发现了这一点，却苦于无力制止。我的父母就是沉默的牺牲品。

人类是短视的，只能看到眼前的利益，看不到未来的远景。

我越来越相信，要让人类在各种恶劣环境中存活下去，最终的发展方向就是变异和进化。于是，我开始在实验室里私下研究能够达成该目标的基因进化剂，我给它起了个名字，叫作“天演蛋白”。

说个笑话，我当时在研究部门的工作，是蓝藻的治理。我研究过《易经》，有的时候说出来你们不信，方位会影响很多因素。所谓的“运气”其实也是自然界存在的东西，甚至可以因为方位的不同而改变。要是想有好的“运气”，凡事都要讲究个方位。蓝藻的问题，很可能和湖面的方位有关，这是无法改变的。但是，为了应付工作上的任务，我还不得不去南安市辖区内的水域进行取样研究。

1994 年 2 月的某天，我去采集江水样本时，偶然发现了被江流冲刷而来的董连和。我第一反应是报警，却发现董连和居然还有存活的反应。在那种重度污染的河水之中，全身复合性损伤，还能活着，这就是奇迹！于是我想都没想，当即下水捞人，将他救上了岸。

我看了一下方位，提示这是我的一次机缘。

出于研究者的好奇心，我在岸边仔细观察了他。我发现被江水污染的蓝藻黏附在董连和的创口上，产生了奇异的融合现象。这么好的实验观测对象，如果报警、送医，那么我就会失去突破研究瓶颈的唯一机会了。我确信，这是上天特意给我安排的一次机缘。我是医学博士，我可以救他的命，而他说不定也可以改变我的命运。

事实的确如此。

我将董连和带回了实验室抢救，可惜他的四肢因为损伤、感染、溃烂，是不可能保住了，于是我给他进行了截肢手术。在手术的过程中，我发现蓝藻与董连和自身体内免疫机能生成的一种抗体结合，居然出现了我梦寐以求的“天演蛋白”的属性。此时，我做出了一个决定，我决定把发现董连和的事情隐瞒下来，将董连和作为我永久的实验品：一号进化者——蚊王。

当时，董连和的寻人启事贴得到处都是，电视台也一直在轮番播放。我知道这个董连和不是一般的人，要想掩人耳目，必须有所行动。于是我将他被截断的肢体重新抛入了南安河中。河中常有轮船经过，尸体被螺旋桨打碎，这也很正常嘛。

后来，我在研究中发现，董连和截肢创口一旦愈合，他体内的免疫机能就不会再生产出那种可贵的抗体了，所以，我用了一点手段，让他的创口永远处于不愈合的状态，他的体内也就会源源不断地生产出抗体，供我使用了。这也是他会被我称为蚁王的原因。

受到蓝藻催化的提示，我实验了多种植物类型的实验品，最后发现，用海桐种子可以促使“天演蛋白”顺利成形，也可以在“天演蛋白”寄主死亡后，顺利清除掉痕迹。

我当时非常兴奋，想将我的研究成果报告给上级，希望能由官方推广，实施我给人类提供进化机会的计划。可没想到，我的领导，居然很认真地找我谈了一次话。说什么让我学习法律、伦理，让我去理解什么是人类，什么是社会。

都是些什么乱七八糟的？一群墨守成规的老夫子，他们就是社会的蛀虫。既然有人给我提供资金，我又何必在这种腐朽的单位里苟活？于是，我卷起铺盖就走人了，开始独自研究我的秘密计划。

总之，因为董连和的突然出现，我成功研制出了“天演蛋白”。这一切，不都是冥冥之中已经注定的吗？

当然，冥冥之中注定的，不止这一点。

大概是1995年年初吧，我的研究成果初具雏形，必须用人体来进行实验了。一开始，我想到了用社会边缘人群来做实验品，我尝试以金钱为诱导，以“新药实验”为名，给一部分小混混和流浪汉注射了天演蛋白。但在这些人的身上，董连和身上发生的奇迹并没有出现。我也做了科学的分析：人的机体一旦发育成熟，除非像董连和那样经历了生死的刺激，一般很难发生大的异变，天演蛋白会随着新陈代谢被人体吸收或者排出体外。

于是，我决定调整计划，将目标转为身体机能尚未发育成熟的儿童。为了保密，我让鸿港公司发起了公益疫苗活动，将天演蛋白掺入流感疫苗，投放在南安市的一家孤儿福利院中。

疫苗投放后，有孩子发了高烧。但除此之外，并没有更详细的资料，尽管我可以以慈善活动的名义多次前往福利院，甚至最终让鸿港公司买下这家福利院以便观察，但亲力亲为的效率依然比较低下，也更容易引起怀疑。何况这样小的投放范围，样本的数量也始终不够充足。

这时候我意识到，我需要物色能帮我操作的人手了。

我重新观察了一下之前第一批成人实验的数据，从中挑选了一些体力较好、社会关系较简单、容易被控制的边缘人士，计划让他们渐渐替代福利院原有的员工，为我服务。

在这个过程中，我忽然发现，其中一个参与实验的人的基因数据有些眼熟，对比之下，竟然正好与“蚁王”有亲缘关系。后来才知道，这个叫崔振的女孩，就是董连和的亲生女儿！虽然不清楚她的姓氏为何和她父亲不一样，但你说，这难道不是天赐机缘吗？

后来，我以“新药实验”发现了副作用为由，联系了那个叫崔振的女孩，进行第二次体检，对她进行了全方面的检查。

在这次检查中，我发现，在注射天演蛋白后，崔振的若干 DNA 片段都和董连和一样，出现了与常人不同的细微变异。限于当时的知识和技术，我还无法理解这些 DNA 是如何发挥作用的，但我敏锐地意识到，崔振就是我最理想的“二号进化者”。

我找到崔振，前后试探几次后，与她进行了一次秘密长谈。在这次谈话中，我坦诚地说出了自己的抱负和秘密，也带崔振看到了她已成为人彘却依然活着的父亲。她应该知道，我就是她父亲的救命恩人！于是我继续毫无保留地说出了观测到的结果，希望崔振可以留在我的身边，帮助我带来更多的实验者。希望通过更多的实验，找出规律，将人类进化计划——天演计划实施下去。

我告诉崔振，我打算在南安市所有给幼童提供的疫苗里加入天演蛋白，如果观察到幼童中出现了产生反应的进化者，就想办法带他们来到福利院中单独培养。从之前的小范围实验来看，天演蛋白带来反应的可能性很小，所以需要年复一年持续操作，这将是一件风险极大且耗时不短的事。但没关系，因为我说过，人类是短视的，只能看到眼前的利益，看不到未来的远景。而我要做的就是让人类的自然演化提前发生，我，吕星宇会成为所有人类进化者的“父亲”。

崔振应该是被我的诚挚和坦白所打动。她也应该知道，如果她不打算与我合作，如果出去报警，我可以在警察来之前就毁灭掉所有的证据。以当时医学的水平，董连和必死无疑。所以，毫不意外地，崔振认同了我的计划，也提出了她的条件：第一，她可以帮助我，但她不能是我的手下，而要和我各负其责。第二，如果要让她带来进化者，那这些进化者的身体实验由我负责，日常培训则由她直接负责。我可以在她的队伍里挑选人员，但是她必须保留剩下的进化者。第三，时机成熟时，剩下的这些进化者要协助她完成她的复仇计划。

这几个条件，根本不算条件。只要能够给我足够的研究对象，就可以了。至于复仇计划，我根本就不关心，和我并没有多少关系。所以，她到后来给福利院起了个什么“守夜者”的名字时，我虽然不理解，但也没有阻止。

经过研究，崔振带来的这些孩子必须长期注射天演蛋白，不然不能维持基因进化的功效。这也是个很麻烦的事情，因为我不可能给世界上所有的人都持续注射天演蛋白。所以，我必须研制出一种能够携带天演蛋白的微生物，在人群中不断互相传播，才能达到最好的、最广泛的、最便捷的效果。

是的，我承认，在研究过程中，确实有不少孩子因为自己身体不好，而最终死去。但他们是为了人类进化而献出生命，他们死得其所。

我从病毒研究到细菌，再从细菌研究到真菌。这个痛苦的过程，折磨了我十几年的时间。终于，我找到了一种新型的真菌，我称它们为“天演星”。

其实只要研究出“天演星”最好的传播方式，我的天演计划就可以顺利实施了。可是在这个节骨眼儿上，崔振开始出幺蛾子了。她说现在剩下的进化者已经完成了训练的工作，吵着让我兑现承诺，要实施她的复仇计划。

最开始她去杀人越货，我都忍了，毕竟和我没有什么关系。但是后来，她居然要找什么裘俊杰，去获取监狱图纸，制造越狱事件！而且在我没有同意的情况下，竟然派一个进化者去组织了一次大规模的越狱！

干掉裘俊杰，去除后顾之忧，对我来说易如反掌。毕竟优秀的进化者已经来到了我的麾下，而雇佣兵也都是我招来的，是听从于我的。可是她组织这么大规模的越狱，引起了警方的高度重视，就会危及我的实验。毕竟那个时候我还没研究出天演计划的传播方式。

更何况，那个组织越狱的孩子，因为媒体的报道而膨胀了起来，居然要干什么替天行道的事情，杀掉那些罪犯！最后什么结果呢？被抓了吧。

因为这件事情，我和崔振翻脸了。我要求她必须派人除掉那个孩子，不然落在警方手里，必然会交代出她，交代出我。我苦心研究几十年的成果，不能被一个该死的熊孩子葬送。崔振和我争执了很久，但毕竟董连和在我手里，她还是屈服了。

可是，在除掉那个熊孩子以后，她居然毫不收敛，还要继续她的复仇计划，说是当年我答应她的。最后甚至公开劫狱，让警方死盯住不放。

那我就没办法了，只有派人连她一起除掉。只是没想到，她还是有那么些个“死忠粉”的。最后，我没能除掉她，还让你们找到了我。

对了，她死了吗？

2

“故事，就是这样的了。虽然她确实犯了不少罪，但是最后行了善。”傅元曼坐在董连和的床边，一只手轻轻地搭在他的身上，说道，“这是她对自己灵魂的救赎，用自己的生命换来了好几个优秀的守夜者孩子的生命。”

“唉。”董连和长长地叹了一口气，说，“……是我对不起她。”

“她是个有良知的好孩子，是个孝顺的好孩子，只是她没有遇见对的人，没能去做对的事。毕竟，那个时候，她太年轻了。”傅元曼惋惜地说道。

“我的两个孩子都因为要给我报仇而丢了性命，是我没教育好他们……”董连和有些激动，他强忍着泪水，下巴不停地颤抖。

看来傅元曼在董连和情绪稳定后，把董乐事件的真相告诉了他。

“不，这不是你的责任。”傅元曼说。

“可是，这是我的命运。”董连和说。

“不要想太多了。”傅元曼轻轻拍了拍董连和，说，“门口有好几个孩子，他们都是我们守夜者的未来，他们是守夜者的孩子，是我的孩子，也是你的孩子。你看，他们有多优秀。”

说完，傅元曼从身边的纸袋中，拿出了一沓档案，一本本地翻给董连和看：“这些都是他们的成绩，当然，他们最大的成绩，就是摧毁了黑暗守夜者组织，保障了人民群众的生命安全。”

董连和仰卧在床上，颦眉看着那一页一页熟悉的档案纸，百感交集。想当年，为了在档案里留下出色的成绩，曾经的他多么努力啊！

“背抵黑暗，守护光明，别忘了我们以前的誓词。现在的孩子们，都在为这句誓词而不懈努力。”傅元曼说，“所以你要好好地活着，看着他们成长，看着他们是如何守护光明的！这难道不是我们这些老家伙忙碌一辈子，最希望看到的景象吗？”

董连和热血澎湃，眼含热泪，点了点头。

傅元曼正好翻到了凌漠的档案，档案的封面上，有一个蓝色中性笔画出的问号。

“你看，这个孩子，叫凌漠。”傅元曼说，“当时在进行检测的时候，我发现他的各项指标和其他人都不太一样，而这些指标又让我感觉有些眼熟，所以给他的档案做了记号。后来，我终于想了起来，在20世纪90年代末，唐骏曾经找过我，打探过守夜者组织是否能够重新成立。当时他拿着一份检测报告给我看，说他找到了异常优秀的人，说不定会是守夜者组织的将来。可惜，那个时候，我们刚刚被停止职能，所谓的恢复遥遥无期。”

“你是说，那份报告，是小君的？”董连和问道。

傅元曼盯着董连和的眼睛，点了点头，说：“如果我没有记错的话，那份报告和凌漠的几乎一模一样。”

董连和的眼睛里闪着泪光。

“所以我说，这帮孩子，是守夜者的孩子，也是你的孩子。”傅元曼鼓励地说道，“现在专家们已经得出了结论，他们有技术让你这二十多年没有愈合的截肢断面做手术愈合，一旦愈合，就没有反复感染的风险了，也就无须那些所谓的可以延续你生命的药物了。更重要的是，你不需要再承受那么多痛苦了，你应该好好地活着。我们年纪都大了，能看着他们努力几年，就要看着他们努力几年。”

“我会的！”董连和心潮澎湃，应允道。

站在门口的唐铛铛正在和萧朗、程子墨讲述自己的分析结果：“根据黑暗守夜者留下来的数据，经过分析，我认为，还有多名黑暗守夜者成员没有到案，或者尸体没有被发现。他们虽然不具备影响到多数市民安全的能力，但毕竟是有演化能力的人，可能会在局部对治安造成影响，这个我们需要留意。”

“而且凌漠还说了，民间还会有一些隐形的演化者。”程子墨说，“并不是所有的孩子在接受基因催化剂注射后，都需要持续注射才会出现演化能力的。比如‘银针女婴’案[1]的犯罪嫌疑人，她的跳跃能力极强，其实她只注射了一次基因催化剂，就直接获得了演化能力。这些潜藏在民间的演化者就连吕星宇和崔振都不知道，他们也同样会成为社会的不稳定因素。”

“所以，姥爷说了，公安部已经同意，咱们的守夜者组织将继续行使职能，主要针对的目标，就是疑似演化者作案的刑事案件。”唐铛铛说道。

“挺好的。”萧朗双手交叉在脑后，靠在病房门口，懒洋洋地说道，“反正我也不会回去学考古了，当警察还是挺刺激的。不过，姥爷说我们日常时间全部要在组织内进行学习、训练，这个我得让他改一改。要是整天被司徒霸折磨，不出一年我就得被他弄死。”

“朱力山老师的课，还是挺带劲的。”程子墨补充道。

“萧朗。”聂之轩出现在走廊的另一头，对萧朗挥了挥手，满面春风地说道，“你哥醒了。”

“真的吗？”唐铛铛最先跳了起来，用她从来都没有过的速度，向聂之

1 见《守夜者 2：黑暗潜能》“银针女婴”一章。

轩奔去。

几个人先后赶到了董连和楼上的病房，自从专家们研制出杀灭真菌、控制感染的真菌抗生素之后，萧望的感染情况就立即得到了改善，这两天更是从ICU病房转入了普通病房。虽然他一直处于昏迷状态，但是医生说过，他的苏醒是早晚的事情。终于，这一刻到来了。

病房里站着三个人，是一个三口之家，正在和萧望交谈着什么。

“望哥！”唐铛铛一头扎进萧望的怀抱，哭了起来。

“嘿嘿嘿，大小姐，你都是大姑娘了，注意点影响！”萧朗的眼眶红红的，声音也略微颤抖地说道，“再说了，这么好的事情，你哭啥啊。”

“我都听说了，萧朗你很棒，你们都很棒。”萧望的声音还有些虚弱。

“那是，你弟弟能差吗？”萧朗骄傲地说，“聂哥给你描述的，只是个大概，回头我再给你说一说惊心动魄的细节！”

“臭小子，讲大话的毛病还是没改。”萧望欣慰地笑着说，“啊，对了，我给你们介绍一下。这位是赵老师，这位是李老师，这是他们的儿子。我在派出所实习的时候，接触的第一起刑事案件，就是他们的儿子被人掳走的案件。”

“哦，我知道，我知道。”萧朗走了两步，摸了摸小朋友的脑袋，说，“不错，不错，大团圆结局。”

“是啊，昨天公安局安排了我儿子体检，他没什么大问题。我们是来感谢萧警官的。”赵健说道，“当然，也感谢你们，真的感谢。”

“是这个孩子一直在床边喊着萧望哥哥、萧望哥哥，然后你哥就醒了。”聂之轩说道。

“厉害！”唐铛铛对着小朋友竖了竖大拇指，然后递给他一根棒棒糖。

“凌漠怎么样了？”萧望环视一周，没看见凌漠，说道。

“没事，他还是那样，一张臭脸，不过干起活儿来，还可以。”萧朗拿出联络器，说，“我现在就叫他来。凌漠，到五楼来，我哥醒了。”

联络器显示对方处在关闭状态。

“这家伙，没事就关联络器，我和他说了多少次也没用。”说完，萧朗又拿出手机，拨打了凌漠的手机。可是，手机显示是关机状态。

“他早上不是和我们一起来的吗？”萧朗皱起了眉头，问道。

“是啊，但是我感觉他今天好像有点不对劲。”程子墨说，“话更少了，像是心事重重的样子。”

“真不让人省心。”萧朗说完，转身向门口走去，“我去车里看看，说不定他又躲在车里睡大觉。”

萧朗一路小跑来到了万斤顶里，车门紧锁，凌漠并不在里面。正当萧朗准备去别处寻找的时候，他发现车里凌漠经常坐的那个位置上，放着一个信封。

萧朗连忙打开了车，拆了信，熟悉的笔迹映入了眼帘。

我要查清我的身世，我走了，勿念。

你们的事业，刚刚开始；我的人生，也刚刚开始。

六子

- 全书完 -

致　谢

/

《守夜者 3：生死盲点》出版后，# 守夜者大结局竞猜 # 活动也随之开启。如今，终于迎来了守夜者系列的大结局，不知道故事是否如你们所料地发展呢?

从守夜者系列第一部到第四部，整整四年，三场竞猜活动，每一次我都能感受到你们的热情和机敏。微博、微信公众号或者豆瓣，你们在这些平台发表的推理文，每一篇都让我感到震惊。甚至一些非常细微的线索，都能被你们一眼捕获。你们的认真和思考，还有整整四年的陪伴，都让我深受感动。在此感谢所有支持和喜爱守夜者系列的你们。

和之前一样，我挑选了一些积极参与推理活动的小伙伴，将他们的名字潜藏在守夜者系列小说中，在这里也一并致谢!

特别感谢

守夜者外援精英团

（排名不分先后）

赖晓霜　　李孟尧　　沈伊宁　　颜　雪　　白　羽

无论黑暗中有什么

我都是你的守夜者

图书在版编目（CIP）数据

守夜者 . 4, 天演 / 法医秦明著 . -- 北京 : 北京联合出版公司 , 2021.1（2025.7 重印）
ISBN 978-7-5596-4719-1

Ⅰ . ①守… Ⅱ . ①法… Ⅲ . ①推理小说－中国－当代 Ⅳ . ① I247.5

中国版本图书馆 CIP 数据核字 (2020) 第 222693 号

守夜者 . 4, 天演

作　　者：法医秦明
出 品 人：赵红仕
责任编辑：牛炜征
封面设计：Topic Studio

北京联合出版公司出版
（北京市西城区德外大街 83 号楼 9 层　100088）
嘉业印刷（天津）有限公司印刷　新华书店经销
字数 327 千字　700 毫米 × 980 毫米　1/16　23.5 印张
2021 年 1 月第 1 版　2025 年 7 月第 13 次印刷
ISBN 978-7-5596-4719-1
定价：48.00 元

守夜者的未来，此刻交给你了！

历经四年多，尘埃落定，守夜者系列的故事最终告一段落。

手脚全无的董连和，最终脱离苦海，摆脱了惨无人道的囚禁；

野心勃勃的吕星宇，妄图打开潘多拉魔盒，却机关算尽，锒铛入狱；

身世成谜的凌漠，找回了记忆，却不辞而别，让人牵挂……

尽管天演计划已被阻止，黑暗守夜者的身份也被揭开，但危机并没有完全消失。

世界上还有很多像尹招弟这样的演化者，尚未被发现。如果他们发现了自己的能力，会如何使用？如果普通人发现了他们的存在，是否会产生恐慌？演化者的存在，对平凡的大多数人来说，到底是一种希望，还是一种威胁？

这些问题的答案，也许会在守夜者纪念套装中出现！

在未来的守夜者纪念套装里，你还期待看到什么？是守夜者成员和法医小组强强联合，一起破获惊天大案？还是由你来化身守夜者成员，体验互动沉浸式破案过程？再或是让下落不明的凌漠重新回到你的视野，看看离开守夜者后，他会踏上什么样的人生？

如果你已经对守夜者套装心动了，那么请你帮助它早日登场吧！

助力方式

请前往豆瓣，搜索“守夜者 4：天演”，打分并在“我要写书评”区发表你读完守夜者系列故事后的感受，以及希望在守夜者纪念套装里看到哪些新的惊喜。

当《守夜者 4》的“读过”人数超过 5000 时，便意味着助力成功！

守夜者限量纪念套装的出版计划就会被正式启动！

纪念套装里不仅会包括已出版的四部作品，还会有大量从未面世的新内容。你所期待的惊喜，很有可能会在套装里实现！我们还会在豆瓣评论区里挑选 10 位认真完成书评的读者，赠送法医秦明亲笔签名的守夜者套装，并在获得读者同意的情况下，将书评的精彩内容收录到特别赠品当中，成为纪念套装的一部分！

扫码关注法医秦明微信公众号，获取守夜者套装计划的最新进展：

关注微博 @ 磨型小说、豆瓣 @ 法医秦明，了解 # 守夜者大结局 # 更多有趣活动。

法医秦明所有作品

守夜者系列

无论黑暗中有什么，我都是你的守夜者

第一季《守夜者：罪案终结者的觉醒》

第二季《守夜者 2：黑暗潜能》

第三季《守夜者 3：生死盲点》

第四季《守夜者 4：天演》

法医秦明系列

万象卷

死亡不是结束，而是另一种开始

第一季《尸语者》

第二季《法医秦明：无声的证词》

第三季《法医秦明：第十一根手指》

第四季《法医秦明：清道夫》

第五季《幸存者》

第六季《偷窥者》

众生卷

众生皆有面具，一念之间，人即是兽

第一季《天谴者》

第二季《遗忘者》

第三季《玩偶》

正在创作中，敬请期待。

科普书系列

《逝者之书》

《法医之书》（暂定名）

正在创作中，敬请期待。